Unter Kontrolle

Ein erotischer Roman

von

Dajana Werner

Sämtliche im Roman vorkommenden Personen sind frei erfunden. Deren Handlungen, Neigungen sowie jegliche Ähnlichkeiten mit real existierenden oder bereits verstorbenen Personen sind reiner Zufall und in keiner Weise beabsichtigt.

Auch wenn das Thema hier ein wenig vernachlässigt wird, weil die Spannung und die Erotik im Vordergrund stehen, heißt es im echten Leben natürlich „Safe Sex!" Also: Immer schön Tüte drüber!

Endlich, heute ist es so weit.
Das neue Buch von meiner Lieblingsschriftstellerin kommt in den Handel. Nachdem ich den ersten Teil schon mehrfach verschlungen habe, bin ich jetzt total gespannt, wie es weitergeht. Die beiden Hauptfiguren hatten sich am Ende von Band Eins im Streit auf unschöne Art und Weise getrennt. Es gab demnach kein Happy End, was ich eigentlich ganz gut finde, denn im echten Leben läuft auch nicht immer alles, wie man es gerne hätte. Doch man konnte die Geschichte nicht einfach so stehen lassen. Ich glaube, die Leser werden ihr auf ihren Facebook-Seiten etwas Druck gemacht haben. Ich freue mich ja auch, endlich zu erfahren, was aus John und Kate wird.
Dafür habe ich mir heute extra einen freien Tag genommen. Will ja unbedingt die Erste im Buchladen sein und natürlich zu Hause sofort über meine neue Errungenschaft herfallen. Es ist acht Uhr fünfzehn, und ich stehe bereits einige Minuten vor der Buchhandlung, während ich von einem Bein aufs andere trete, fast hüpfe, da ausgerechnet heute ein hässlich kalter Novembertag ist. Die Hoffnung, das Geschäft öffnet vielleicht etwas eher, hat sich nicht erfüllt. Warum auch? Es werden jeden Tag neue Bücher veröffentlicht, warum sollten sie da ausgerechnet bei diesen Roman eine Ausnahme machen? Obwohl der erste Teil schon ein Bestseller war, heißt das ja nicht, dass außer mir noch jemand so verrückt ist und sich für den zweiten Teil schon so früh auf die Beine macht. Vermutlich kann man die nächste Zeit ständig und überall das Buch kaufen.
Mir egal, ich warte bis hoffentlich pünktlich halb neun diese verdammte Tür aufgeht.
„Guten Morgen, ich gehe davon aus, dass Sie auf der Jagd nach dem zweiten Teil von ‚Desire out of control' sind." Ich drehe mich um und sehe in zwei Augen, die hellblauer kaum hätten sein können, und deren eindringlicher Blick mich erschauern lässt. Der Besitzer dieses Augenpaars ist gut anderthalb Köpfe größer als ich, muskulös und seine

blonden Haare sind zu einem Zopf im Nacken zusammen gebunden. Ertappt wird mein Gesicht augenblicklich mit einer roten Farbe überzogen, da er offenbar selbst genauestens über den Inhalt des Buches informiert zu sein scheint.
Verdutzt nuschle ich ein „Guten Morgen" zurück und nicke leicht beschämt, während ich meinen Blick senke, was ihm ein amüsiertes und zufriedenes Lächeln entlockt. Sofort ärgere ich mich über meine Reaktion. Verdammt, was ist denn plötzlich mit mir los? Ich bin doch sonst nicht so schüchtern. Ich leite schließlich ein mittelgroßes Unternehmen mit einigen Angestellten, für die ich die Verantwortung habe. Reiß dich zusammen, schalt ich mich selbst. Trotzig straffe ich meine Schultern, strecke meinen Kopf nach oben; vielleicht etwas mehr, als nötig; und funkle ihn böse an, was ihm erstaunt die Augenbrauen heben lässt „Oh, hab ich was Falsches gesagt? Stehen Sie am Ende jeden Tag so zeitig hier vor der Buchhandlung? Dann tut es mir leid, aber ich hätte schwören können, dass Sie nur des einen Buches wegen hier sind. Genau wie ich", entschuldigt er sich mit Augenzwinkern und Schulterzucken. Sein Lachen ist jetzt schon eher versöhnlich warm, und ich stimme darin ein.
Er hält mir seine Hand hin "Ich bin übrigens Eric, Eric Johannson, und ich finde ein ‚Du' wäre angebracht, zumal wir beide Leidensgenossen sind, indem wir hier draußen in der Kälte ausharren, nur um die Ersten in einem Buchladen zu sein. Und mit wem habe ich das Vergnügen?" Der leichte Akzent in seinen Sätzen ist mir gar nicht sofort aufgefallen. „Hallo, ich bin Christine", antworte ich, verdrehe die Augen und wiege den Kopf hin und her. „Christin-e Schneider. Das ‚e' am Ende ist stumm, aber es nennen mich trotzdem alle Tine, wahrscheinlich damit sie mich nicht aus Versehen mal falsch schreiben.", ich kichere. Mein Gott, ich benehme mich wie ein pubertierender Teenager. Und was labere ich denn hier überhaupt für einen Mist? Der Typ bringt mich

total aus der Fassung. Was man von ihm wahrscheinlich nie behaupten kann. Er scheint, sich immer im Griff zu haben, nie die Kontrolle zu verlieren.

„Mir egal, ich werde dich Chris nennen", sagt er daraufhin natürlich mit einer Bestimmtheit, die keinen Widerspruch zulässt, und als er merkt, wie ich, ob seiner Frechheit, schlucken muss, fügt er schnell hinzu „Natürlich nur, wenn du erlaubst?", was so ausgesprochen nicht gerade wie eine Frage klingt, sondern wie eine mein Einverständnis voraussetzende Feststellung.

Ohne mich weiter darüber zu ärgern; denn in ein paar Minuten, wenn jeder sein Buch hat, trennen sich unsere Wege sowieso wieder; lenke ich auf ein anderes Thema. „Johannson? Das klingt verdammt schwedisch. Bist du hier zu Besuch?" Seine blauen Augen mustern mich eingehend, als ob sie mich studieren müssten. „Beinahe volle Punktzahl.", erwidert er nun lächelnd, „ich stamme aus Göteborg, arbeite aber seit einiger Zeit in Deutschland. Meine Firma hat mich abkommandiert, um hier einen großen Autohersteller bei der Entwicklung von Sicherheitssystemen etwas unter die Arme zu greifen." Jetzt bin ich erstaunt. „Du baust Alarmanlagen?", frage ich ungläubig, denn ich denke, dafür brauchen wir doch keine Schweden. „Nein, ich helfe dabei, die Autos für die Insassen sicherer zu machen, falls es mal zu einem Unfall kommt." Ah, das gefällt mir, denn ich fahre nicht nur des Aussehens wegen einen Volvo. Deswegen kann ich nicht umhin, ihn herauszufordern. „Und? Darf ich fragen, was für einen Wagen du dafür am geeignetsten hältst?" Ein triumphierendes Lächeln ist seine Antwort, und als ich ungeduldig die Augenbrauen hebe, setzt er hinzu „Ich fahre einen Volvo, genau wie du. Mein XC90 ist sozusagen meine Lebensversicherung." Mir klappt der Kiefer runter, und entsetzt schaue ich ihn an.

„Woher...?", ich bin zu perplex, um Worte zu formulieren. Steh ich doch seit kurz nach acht Uhr hier und da war weit und breit noch keiner zu sehen. „Ich hab dich gesehen, als

du ausgestiegen bist und da ich noch früher hier war, bin ich im Auto geblieben, wegen der Kälte. Dann hab ich dich hier vor der Tür stehen sehen und dachte, wir könnten doch gemeinsam frieren." sagt er jetzt freundlich.
Die Rathausuhr gongt einmal, und im gleichen Moment öffnet auch das Geschäft.
„Na dann wollen wir mal! Und danke fürs Mitfrieren." Ohne seine Antwort abzuwarten, steuere ich den Gang an, in dem ich das neue Exemplar stapelweise präsentiert bekomme. Da hätte ich nun wirklich keinen Stress machen brauchen, um so früh hierher zu kommen. Doch dann hätte ich Eric nicht kennengelernt, und ich muss zugeben, dass ich ihn ziemlich interessant finde. Er mich sicherlich auch, sonst hätte er mich nicht ständig mit seinem Blick gescannt. Trotzdem, in ein paar Monaten oder sogar Wochen wird seine Mission hier beendet sein, und er kehrt nach Schweden zu seiner Familie zurück. Einen Ring hab ich zwar nicht gesehen, aber was hat das schon zu sagen, die meisten Ehemänner haben ihren eh zu Hause im Schrank liegen. Dass so ein attraktiver Typ frei herumläuft, ist eher unwahrscheinlich. Also, Finger weg Tine!
Ich schnappe mir das Objekt meiner Begierde, gehe eilig zur Kasse und stürze nach draußen, will ja schließlich keine Zeit verlieren.
Der Schreck fährt mir in die Glieder, als Eric sich mir plötzlich in den Weg stellt und herausfordernd grinst. „Wollen wir nicht noch irgendwo einen heißen Kaffee zusammen trinken? Du hast doch bestimmt auch noch nicht gefrühstückt, wenn du zu nachtschlafender Zeit vor den Geschäften herumlungerst. Ich lade dich ein, komm!", schon schnappt er meinen Arm, zerrt mich hinter sich her und steuert das kleine Café auf der gegenüberliegenden Straßenseite an.
Ich hatte gar nicht gemerkt, dass er den Buchladen schon verlassen hatte, und angesichts seiner energischen Einladung, mit welcher er noch nicht mal das Nachdenken über eine Absage zu akzeptieren scheint, fühle mich total über-

rumpelt. „Hey, was zum Teufel soll das?" Ohne zu antworten, schleppt er mich in das Lokal und bestellt für uns beide Kaffee und belegte Baguettes. Erst jetzt fällt mir auf, dass er gar keine Tüte bei sich trägt. „Wo hast du denn dein Buch?", frage ich ihn angriffslustig, sicher, ihn überführt zu haben. Kurz stutzt er, als wisse er nicht, wovon ich rede, dann hebt er streng seine Brauen „Ich sagte, ich bin auch wegen des Buches hier. Dass ich es kaufen wolle, erwähnte ich nicht.", tadelnd schüttelt er den Kopf, und da ich ihn immer noch skeptisch ansehe, fügt er noch schmunzelnd hinzu „ Gab's nicht auf Schwedisch." und zuckt mit den Schultern.

Will er mich auf den Arm nehmen? Er hätte sich doch denken können, dass es die Fassung hier nur auf Deutsch gibt, außerdem ist er der deutschen Sprache durchaus mächtig. Langsam zweifle ich an seiner Glaubwürdigkeit, und wundere mich selbst, als ich mich sagen höre „Da kann ich dir ja was vorlesen." Was war das denn, Bitteschön? Bin ich jetzt total verrückt geworden? Am liebsten würde ich die Worte ungesagt machen. Doch dafür ist es zu spät. Meine Gesichtsfarbe nimmt einen erdbeerähnlichen Ton an, und ich würde am liebsten im Erdboden verschwinden.

„Die Idee gefällt mir. Wann wollen wir uns treffen? Bei dir oder bei mir?", springt Eric auch gleich darauf an. Ähm, ich glaube, es ist besser, ihm jetzt zu sagen, dass es so nicht gemeint war. Also nicht, dass ich prinzipiell gegen eine neue Bekanntschaft wäre, aber meine Scheidung von Oliver ist noch nicht so lange her. Ich weiß nicht, ob ich schon bereit bin, in welcher Form auch immer, mich auf jemand Neues einzulassen. Oder vielmehr, ob ich es erneut riskieren kann, einem Typen auf Grund meiner Bedürfnisse, in die Flucht zu schlagen. Das Vorlesen dieses Buches würde sicherlich nicht folgenlos bleiben, so viel steht schon mal fest. Dazu sieht Eric erstens viel zu gut aus, und seine dominante Art gemischt mit dem prekären Inhalt der Zeilen würde sicherlich den Rest übernehmen. Jedenfalls muss ich da jetzt irgendwie wieder herausfinden, aus dieser misslichen Lage, aber ich glaube, es gibt kein Entkommen mehr. Trotzdem starte ich kühn einen Versuch.

„Was würde denn deine Frau dazu sagen?", gehe ich frech auf Angriff, wenn auch nicht ohne Neugier. Eric holt tief Luft, was schon fast etwas Resigniertes hat, doch sofort hat er sich wieder im Griff und grinst mich an. „Wenn es eine gäbe, würde sie uns etwas Leckeres kochen und den Wein nachgießen.", kommt die seltsame Antwort. Ungläubig sehe ich ihn an, und er fährt fort, „Ich konnte bis jetzt noch keine dazu bringen, sich auf Dauer mit mir einzulassen. Nach der ersten Euphorie gaben die meisten schnell wieder auf." Das konnte ich mir nun wirklich nicht vorstellen, denn er schien ein ganz umgänglicher Artgenosse zu sein, wenn auch etwas zu sehr von sich eingenommen. Mir gefiel seine arrogante Art. „Na jetzt übertreibst du aber. Das Scheusal kauf ich dir nicht ab.", gebe ich mich versöhnlich. Ein spöttisches Lächeln war seine Antwort.

Während wir den Kaffee trinken, welcher uns wieder etwas aufheizt, und uns über die Baguettes hermachen, scheint er wirklich intensiver nachzudenken. Zwischendurch immer einen abschätzenden Blick auf mich werfend, fragt er schließlich „ ... und was ist mit dir? Gibt es einen Herrn Schneider dazu?" Fragend schau ich ihn an und dann fällt es mir ein. Ich trage noch immer den Ring, obwohl wir schon fast drei Wochen geschieden sind. Just in diesem Moment fällt mir die Ironie auf. Immer wenn ich mit Steve zusammen war, habe ich akribisch darauf geachtet, ihn abzunehmen. Ein Grund, warum ich ihn heute noch trage. Mit Steve hatte ich lange ein Verhältnis, ich habe ihn geliebt, weswegen ich allerdings letztendlich geschieden wurde. Oliver hat uns inflagranti erwischt. Man wird im Laufe der Jahre leichtsinnig, irgendwann passiert es. Ich hänge noch sehr an Steve. Und ja, verdammt nochmal, ich liebe ihn nach wie vor.

„Es gibt, ... gab", verbessere ich mich sofort, „durchaus einen Herrn Schneider, nur gehört er seit über zwei Wochen nicht mehr zu mir. Ich weiß, der Ring. Hab ihn bis jetzt vergessen ab zumachen." Das war gelogen und er merkt es natürlich. Zugegeben, Oliver fehlt mir schon ein wenig, was ja auch normal ist nach so vielen Ehejahren, aber er konnte mir nun mal nicht mehr geben, was ich brauche. Bei Steve war das ganz anders, aber ich habe mich im Laufe der Jahre verändert und hab ihn wahrscheinlich etwas überfordert mit meinen Phantasien. Das ist allerdings etwas, was ich Eric auf keinen Fall auf die Nase binden werde. Nachdenklich aber auch nervös drehe ich den Ring an meinem Finger, als Eric mit der Faust auf den Tisch schlägt. „Lüg' mich nie wieder an! Ist das klar?" Erschrocken und gleichzeitig alarmiert fahre ich hoch.

„Wie bitte? Was meinst du?" Sein Blick durchbohrt mich. Das Blau seiner Augen sieht jetzt aus wie gefroren. Mir wird schlagartig wieder kalt, und ich muss zwangsläufig an die ‚Schneekönigin' denken, den Trickfilm, den ich als Kind so geliebt habe. Eric sieht in diesem Moment ebenfalls aus, als hätte er einen Eissplitter ins Auge bekommen. Etwas milder fährt er jedoch dann fort „Komm ich weiß doch, dass du den Ring trägst, weil du ihn immer noch liebst, so verträumt, wie du gerade schaust. Was ist geschehen, dass ihr euch getrennt habt?"

Seine Neugier ist ziemlich frech, denn wir kennen uns seit einer Stunde und es geht ihm wirklich nichts an. Und doch hab ich das Gefühl, ihm vertrauen zu können. Aber ich lasse ihm in den Glauben, dass ich den Ring noch aus Liebe zu Oliver trage, obwohl diese sich schon vor einiger Zeit ganz heimlich aus dem Staub gemacht hat. Ich hole tief Luft und füge noch eine kurze Erklärung hinzu „Er hat mich mit einem anderen erwischt. Mehr möchte ich dazu nicht sagen." Mit hochrotem Kopf trinke ich hastig meine Tasse aus. „Ich glaub, ich geh jetzt lieber. Danke fürs Frühstück.", und in Gedanken füge ich noch hinzu „bevor ich noch eine große Dummheit begehe."

Er winkt den Kellner, während ich meine Jacke anziehe, und kurz darauf steht er schon wieder vor mir und versperrt mir abermals den Weg. „Was ist jetzt mit dem Vorlesen?", obwohl es beinahe wie ein Betteln klingt, spüre ich den Druck in seiner Stimme. „Ach, das hab ich doch nur so gesagt", entgegne ich vorsichtig, woraufhin sich seine Augen zu kleinen Schlitzen verengen, während er mich am Arm packt „Du wirst lernen müssen, dir ganz genau zu überlegen, was du sagst!", seine Stimme fegt wie ein eisiger Wind über mich hinweg. Wow! Verblüfft schaue ich ihn an und absurderweise breitet sich schlagartig eine wohlige Wärme in mir aus.

„Komm morgen Abend zwanzig Uhr zur Villa ‚Bluebird' und bring dein Buch mit!", sein Befehlston erzeugt ein Kribbeln in mir, besonders als er noch drohend hinzufügt „und wage es nicht, unpünktlich zu sein!" Dann ist er verschwunden, noch bevor ich ihm mein notorisches „...sonst was?" hinterherrufen kann. Viel zu verdattert bleibe ich zurück, und während ich verzweifelt auf meiner Lippe herumkaue, merke ich, wie mein Hirn ganz langsam das soeben erlebte verarbeitet und eindeutige Signale in meinen Unterleib sendet. Was hat er nur an sich, was mich so auf ihn reagieren lässt? Zwischen meinen Beinen spüre ich nun ganz deutlich die Nässe und mache mich schleunigst auf den Heimweg. Zum Glück habe ich mir heute den ganzen Tag freigenommen, sodass ich es mir zu Hause gemütlich machen und meinem Verlangen Abhilfe schaffen kann.

Ich ziehe mir eine Jogginghose und meinen Lieblingspulli an, mache mir eine heiße Schokolade und beginne, in den riesigen Sessel gekuschelt, zu lesen. Obwohl der zweite Teil genauso spannend losgeht, wie der Erste aufgehört hat, driften meine Gedanken immer wieder ab, hin zu den schönen Unbekannten von heute Morgen und dem Gefühl, was er in mir auslöste. Hatte ich etwa gefunden, wonach ich schon so lange suchte? Sollte ich wirklich morgen Abend dorthin gehen? Ich kenne die Villa, sie ist weit draußen, außerhalb der Stadt und riesengroß. Dass er da ganz alleine wohnt, kann ich mir gar nicht vorstellen. Bedenken melden sich an. Was hat er vor? Was, wenn er zu weit geht? Hört mich jemand schreien? Kann ich entkommen? Kopfschüttelnd lache ich über mich selbst. Ich glaube, ich hab in meiner Jugend zu viele Krimis gesehen! Er sieht, weiß Gott, nicht aus wie ein Triebtäter, geschweige denn wie ein Mörder. Ja, ich werde mich auf die Herausforderung einlassen. Hab plötzlich das Gefühl, mir wieder mal einen Kick geben zu müssen.

Wie wohl die Villa von innen aussieht? Ob er auch ein Spielzimmer besitzt? Die wildesten Phantasien spuken mir durch den Kopf, und während ich mich zwischen den Beinen berühre, lasse ich ihnen freien Lauf. Es dauert nicht lange und ich werde von einem heftigen Höhepunkt gebeutelt.

Am nächsten Morgen macht sich in mir bereits Aufregung breit. Unter der Dusche ermahne ich mich nochmals eindringlich, mir bei der Arbeit nichts anmerken zu lassen. Mit einem wirren Kopf kann man schließlich kein Geschäft führen, und seit ich die Leitung der Gärtnerei vor zwei Jahren übernommen habe, ist mir noch kein Fehler unterlaufen. Das sollte auch so bleiben.

Voller Elan betrete ich mein Büro, fahre den Rechner hoch und mache mich auf den Weg zur großen Halle, um nach dem Rechten zu sehen. Ich liebe diese tropische Atmosphäre, verbunden mit dem Geruch frischer Erde. Nachdem ich Kevin, den Azubi und Eddie, unserer treuen Seele, einen wunderschönen guten Morgen gewünscht habe, gebe ich ihnen noch ein paar Anweisungen und mache mich dann über die Bestelllisten her, die mir jeden früh per Mail zugehen. Bis zum Mittag muss alles zusammengestellt sein, was die fünf kleinen Blumengeschäfte, welche zum Unternehmen gehören, angefordert haben. Harry, unser Fahrer, wird pünktlich sein, um alles abzuholen, und dann breit zufahren. Mit den Listen bewaffnet gehe wieder hinunter zu Amelie, welche sich um den reibungslosen Ablauf und um die Lieferscheine kümmert. Wenn einige Pflanzensorten nicht mehr so häufig vorrätig sind, mailt sie mir das hoch in mein Büro, und ich ordere dann; meist sind es Exoten, die wir nicht selbst anbauen können; bei all den großen Blumenhändlern der Welt das Gewünschte nach. Alles andere kommt aus der hiesigen Erde, worauf wir sehr stolz sind.

Als ich in mein Büro zurückkehre, bemerke ich sofort die neue Mail, denn ein Brief hüpft aufgeregt über den Bildschirm. Das habe ich extra so eingerichtet, um ja keine Nachricht von Amelie zu verpassen, damit wir schnell und lückenlos die Läden bedienen können. Aber Amelie kann unmöglich schon wissen, was alles fehlt, habe ich ihr doch soeben erst die Listen gebracht. Als mein Blick auf den Absender fällt, rutscht mir mein Herz in die Hosentasche.

Was soll das denn jetzt? Woher hat er die Adresse? Hier auf dem Firmenrechner kann jeder mitlesen. Der muss doch verrückt sein!

Von: ericjohannson@ sfty-germancars.com
An: c.schneider@ sagsmitblumen.de
___

Dienstag, 26. November 2013 07:52 Uhr
Betreff: Heute Abend!

„Hallo Chris,
ich hoffe, du hast unser Date heute Abend nicht vergessen. Ziehe ein Kleid an und lass die Unterwäsche weg!
Das ist keine ‚Bitte'!
Eric"

Eric Johannson, Responsible Safety Development, German Automobile

Das kann doch nicht wahr sein! Was fällt ihm ein? Sofort lösche ich die Mail und entscheide, nicht dahin zu gehen. So eine Frechheit! Im Kleid, ohne Unterwäsche! Wir kennen uns gerade einen Tag! Ich mein ..., hallo?
Andererseits ist es doch gerade das, was ich brauche. Klare unmissverständliche Anweisungen. Und wenn er keine Zeit verlieren will, sollte es mir doch recht sein. Ich bin schon so lange auf der Suche nach jemand wie ihm. Keiner konnte mir bisher die nötige Härte entgegenbringen. Es war bisher immer das Gleiche. Hab ich mich extra versucht schüchtern und devot zu geben, hatte jeder Angst, mir ‚wehzutun'. Selig, wie körperlich. Gab ich mich jedoch selbstbewusst, manchmal in schwarzer Lederbekleidung mit hohen Stiefeln, wollte jeder von mir dominiert werden, anstatt die Herausforderung anzunehmen, und mich beherrschen zu wollen. Allesamt Feiglinge. Mein Verlangen domi-

niert zu werden kam allerdings nicht von heute auf morgen, nur war es mir nie bewusst. Am Anfang meiner Ehe mit Oliver hatten wir uns immer sehr zärtlich geliebt, fast lautlos, würde ich sagen. Doch irgendwann genügte mir das nicht mehr. Ich wollte aufregenden Sex, mit dirty talk und vielleicht auch mal Sextoys mit einbeziehen, welche sonst immer nur zu meinem alleinigen Vergnügen dienten. Auch das Zweckentfremden von diversen Lebensmitteln hat seinen Reiz, sowie hin und wieder ein kräftiger Klaps auf das Hinterteil ganz gut tut. Obwohl ich Oliver durchaus manchmal zu Experimenten im Schlafzimmer überreden konnte, langweilte mich unser Sexleben jedoch zunehmend. Was auch immer ich vorschlug, er war einverstanden. War aber nie mit der nötigen Leidenschaft dabei. Ich merkte, dass dominante Männer plötzlich auf mich eine ganz andere Wirkung hatten als früher, als ich sie noch scheußlich arrogant fand. Plötzlich fand ich solche Typen gar nicht mehr so abstoßend, die sich für unwiderstehlich hielten, das heißt, wenn sie es denn auch waren. Keine Machos, nee die sind meistens so ..., so primitiv. Ja genau. Ich sehnte mich danach, von einer straffen Hand geführt zu werden, von einer Hand, die weiß, was sie will und vor allem was sie da tut. Ich träume davon, einfach mal die Verantwortung abgeben zu dürfen und ja, auch mal Verbote und Befehle zu erhalten. Und bestraft zu werden, wenn ich diese ignoriere. Nichts ist langweiliger, als wenn du es jedem immer recht machst.

Eines Tages traf ich Steve, und obwohl wir am Anfang lediglich Freunde waren, merkten wir bald, dass zwischen uns die Chemie nicht nur stimmte, sondern nahezu perfekt war. Wir konnten zusammen endlose Gespräche führen, doch gingen unsere gemeinsamen Interessen irgendwann über das Verbale hinaus. Unsere sexuellen Phantasien setzten wir irgendwann in die Praxis um, und als Steve mich eines Tages etwas ungehalten in seiner Erregung, gespickt mit eindeutigen Drohungen; ich gebe zu, ich habe ihn gereizt; ziemlich brutal gegen die Wand drückte, die Hand an meinem Hals, dass mir fast die Luft wegblieb, um fast gleichzeitig derb in mich einzudringen, wusste ich, das war genau das, was ich brauche. Die Geilheit hatte mich auf der Stelle mitgerissen, löste eine gewaltige Welle der Lust in mir aus, dass ich mir was anderes plötzlich gar nicht mehr vorstellen konnte, als nur noch so genommen zu werden.

Meine Versuche, Oliver in irgendeiner Weise meine Bedürfnisse rüber zubringen, endeten meist mit den Worten „Du immer mit deinen Ideen, das ist doch krank! Du liest zu viel!" Das hörte ich mir eine Weile an, manchmal schon selbst daran zweifelnd, ob mit mir alles in Ordnung ist. Doch es war so, mir fehlte etwas. Trotz seiner Vorwürfe gab Oliver sich dann doch zunehmend Mühe, mir gegenüber etwas mehr Härte walten zu lassen. Aber es erregte mich einfach nicht. Selbst wenn er während eines Liebesspiels mal etwas strenger mit mir sprach oder sogar mal auf den Hintern klatschte, erzielte es nicht die gleiche Wirkung, wie die, welche Steves Angriff in mir auslöste. Ich wusste, dass Oliver sich nur dazu herabließ, um mir einen Gefallen zu tun, aber ich wollte nicht, dass er etwas tat, was ihm selbst keinen Spaß macht. Es passte einfach nicht zu ihm und wirkte gezwungen, ja sogar lächerlich. Also, ich meine, auch ich kam mir plötzlich lächerlich vor, jetzt, nach so vielen Jahren, solche Dinge von meinem Mann zu verlangen. Wir waren ein eingespieltes Team und der Sex war auch immer schön. Aber was soll ich sagen? Meine Wünsche haben sich verändert, jetzt brauch ich was anderes. Verdammt nochmal, ich hab mir das ja auch nicht ausgesucht! Ich liebte Oliver noch genauso sehr, wie zu Anfang unserer Ehe, deshalb kam es dann, dass ich nur noch selten mit ihm schlief, weil ich nicht wollte, dass er mir meine Unlust anmerkt und sich verletzt fühlt, denn anstatt mich fallen lassen zu können, musste ich mich konzentrieren. Schließlich wurde ich nur noch nass und erregt, wenn ich mir zum Beispiel vorstellte, ich wäre gefesselt in einer Lagerhalle und man bestraft mich, weil ich dort unerlaubt eingedrungen war. Oft war es dann so, dass ich meinen Orgasmus vortäuschte. Aber er merkte es nicht einmal. Wir drifteten immer mehr auseinander. Natürlich sprach ich mit Steve über die Sache, und er fühlte sich unwahrscheinlich geschmeichelt und begann auf einmal tiefere Gefühle für mich zu entwickeln. Dies schmeichelte mir wiederum, und ich muss zugeben, dass da in mir auch mehr war, als ‚Freundschaft plus', die ich für ihn empfand. Allerdings begann er zunehmend sanfter mit mir umzugehen. Verbal und auch körperlich. Ich genoss zwar seine Zärtlichkeiten, doch es fehlten mir seine Strenge und das Gefühl, von ihm beherrscht zu werden, mich vollkommen in seine Macht begeben zu können. Mein Gott, er hätte alles mit mir machen können, so sehr hatte ich ihm vertraut. Und ja, so sehr liebte ich ihn mittlerweile. Aber entweder war er doch nicht so dominant, wie ich dachte, oder er hatte in sich selbst kein Vertrauen, sondern Angst, zu weit zu gehen, die Beherrschung zu verlieren? Er erklärte mir, dass er mir diese Art der Lust nicht zu teil werden lassen kann, da er mich liebt und mir nicht wehtun könne. Klar hab ich mich über sein Geständnis sehr gefreut, seine Leidenschaft war ungebrochen. Ich liebte ihn, doch mir fehlte der Kick. Ich merkte, wie ich mich immer mehr zurückzog. Wir trafen uns zwar noch öfters, doch legte ich nicht mehr diese große Sorgfalt in die Organisation unserer Treffen, wo ich früher nichts dem Zufall überlassen hätte. Was letztendlich auch der Grund war, warum Oliver uns erwischt hat. Ich fiel in eine Art Lethargie, gemischt mit Trotz. Ganz gefährliche Mixtur! Mir war plötzlich egal, wohin das Schicksal mich schleudern sollte. Ich sah mich in der Zukunft weder in den Armen des Einen noch in denen des Anderen. Doch mein Innerstes ließ mir keine Ruhe, die andere Welt erkunden zu wollen. Das ist vergleichbar mit einer Zwille, mit der wir als Kinder Steine in die Gegend katapultiert haben. Ich fühlte mich genau wie dieser Gummi, der immer länger und länger gezogen und auf die Folter gespannt wird, auf den richtigen Moment warten muss, obwohl er endlich losschießen will, bevor es zu spät ist und er reißt, weil er mittlerweile vertrocknet und porös geworden ist. Er will es unbedingt, wird aber immer wieder ausgebremst. Und das Drängen in mir wurde immer stärker. Ich informierte mich tagtäglich über die verschiedensten Spielarten des BDSM, lernte ganze Lexika darüber auswendig, stöberte in Foren und informierte mich über das Sklavinnen-Dasein, das „Do and let be" in einer Spielbeziehung und alles, was mit BDSM zu tun hat. Irgendwann traute ich mich, vorsichtig im Netz eindeutige Seiten zu besuchen, und mich letztendlich sogar auf einer solchen zu registrieren. Was es da allerdings auch für Typen gab, und welch eindeutige zwielichtige Angebote, ging selbst mir zu weit. Ich sehe mir dann doch lieber in natura an, mit wem ich mich einlasse, dachte ich.

Nach Feierabend habe ich es heute eilig nach Hause zu kommen. Mein Entschluss steht fest. Ich werde heute Abend dahin gehen. Wenn es auch dieses eine Mal ist, aber meine Neugier ist zu groß. Ich mache mir schnell ein Sandwich und verschwinde dann unter der Dusche. Ein kleiner Teil meines Gehirns zweifelt immer noch an meinem Verstand und warnt mich, während der große Rest aufgeregt und geil mir beinahe die Schädeldecke platzen lässt. Mit Handtuchturban auf dem Kopf und dem Rest vom Sandwich in der Hand stehe ich vor meinem Kleiderschrank, welcher zwar so heißt, aber kaum welche beinhaltet. Warum muss ich überhaupt auf seine Forderung eingehen? Ich könnte Jeans anziehen und gut. Vielleicht wäre das sogar eine Herausforderung? Aber wenn er mich dann wieder nach Hause schickt …? Er könnte mich allerdings auch dafür betrafen, seinen Anweisungen nicht Folge geleistet zu haben. Bei diesem Gedanken werde ich schon wieder feucht. Andererseits, wenn ich ein Kleid trage; überlege ich weiter; signalisiere ich ihm bereits meine Unterwerfung… Aber will ich das? Da ich schon immer ein Rebell war, entscheide ich mich für die Jeans. Zum einen, um ihn zu zeigen, dass ich schwer zu ‚erziehen' bin. Also dass er mehr Strenge walten lassen muss. Zum anderen, um zu sehen, wie weit er sich traut, mich deswegen zu bestrafen. Das Risiko, dass er mich wegschickt, muss ich ganz einfach eingehen. Pünktlich um kurz vor zwanzig Uhr stehe ich vor der Villa.

Unpünktlichkeit wurde mir schon als Kind ausgetrieben, und ich hasse es ebenfalls, wenn sich jemand verspätet, genauso wie ich es hasse, wenn jemand erheblich früher bei mir zu Besuch auftaucht, als vereinbart, und ich noch in den Vorbereitungen stecke. Mein Zeitplan ist sehr durchstrukturiert, und wenn der aus den Fugen gerät, kann ich sehr ungemütlich werden.

Die Villa wurde vor ein paar Jahren ausgebaut, aber die ursprünglichen Merkmale hatte man erhalten. Sie gehörte

früher einem großen, hier ansässigen Fabrikanten, dessen Erben es verkommen ließen. Schließlich fiel es in die Hände der Stadt, welche es günstig verkaufte. Der neue Besitzer ließ es restaurieren und investierte viel Geld, um es zeitgemäß auszubauen, aber so, dass es nichts von seinem charmanten Jugendstil verlor. Zu viel Geld, wie es schien, denn es wurde kurz vor der Fertigstellung zwangsversteigert. Wem die ‚Villa Bluebird' jetzt gehört, welche ihren Namen der Malerei an der Giebelseite zu verdanken hat, weiß ich allerdings nicht. Eric wird sich ja bestimmt kein Haus in Deutschland kaufen, wenn er nur für eine befristete Zeit hier arbeitet. Bei dem Gedanken spüre ich einen leichten Stich im Herzen und rufe mich sofort zur Vernunft.
Auf mein Läuten hin, wird die Tür geöffnet und zwei himmelblaue Augen schauen mich freudig an, doch als sie an mir herunter gleiten, verdunkeln sie sich mehr und mehr. „Sorry, ich habe kein passendes Kleid gefunden", bringe ich mit gesenktem Kopf als Begrüßung hervor. Ich hätte ja auch so tun können, als hätte ich seine Mail nicht gelesen. Aber das würde er mir sicher nicht glauben. „Nun, dann komm erst einmal herein. Ich werde mir für dich etwas einfallen lassen, was dich in Zukunft davon abhält, meine Anweisungen zu ignorieren.", entgegnet er mit einer grausigen Ruhe in der Stimme. „Woher hast du überhaupt die interne Mail-Adresse meiner Firma?", will ich, unbeeindruckt von seiner Drohung, unbedingt wissen, doch er zuckt nur verheißungsvoll mit den Schultern. Na das kann ja was werden. Eric sieht phantastisch aus. Sein langes blondes Haar hat er mit einem Band im Nacken zusammengebunden; das weiße Hemd, bei dem die obersten drei Knöpfe offen sind, trägt er lässig über seiner Jeans, in welcher sein knackiger Hintern direkt zum Anfassen einlädt.
Als ich hinter Eric; meinen Blick immer noch auf seinen geilen Arsch geheftet; die Halle; anders kann man diesen riesigen Eingangsbereich nicht bezeichnen; betrete; fühle ich mich auf einmal total verloren und ausgeliefert. „Gib mir

deine Jacke! Ich hoffe, du bist gut hergekommen bei dem Wetter?", sein versöhnlicher Plauderton verwundert mich zwar etwas, ist mir aber im Augenblick, angesichts der unheimlichen Dimensionen dieses alten Gebäudes, mehr als angenehm. „Danke. Man kann kaum etwas sehen da draußen. Schneetreiben und dichter Nebel machen es den Autofahrern schwer." Mich fröstelt es noch einmal nachträglich, als ich an das Wetter da draußen erinnert werde. Zum Glück ist es hier drin angenehm warm.
Ich sehe mich um und stelle fest, dass hier nur die hochwertigsten Materialien verwendet wurden, nur die edelsten Möbel stehen. Und das Ganze in XXL. „Wow, ziemlich großer Palast, in den du hier residierst. Kannst du dir das leisten, wenn du einer Firma hier nur ein wenig auf die Sprünge hilfst? Die Miete ist doch sicherlich horrend.", presche ich verbal nach vorn, während meine Blicke staunend über die Decke mit modernem Stuck wandern. „Diese große breite Treppe erinnert mich an Aschenputtel, welche ihren Schuh auf einer ebenso ähnlichen verlor." Eric lacht über meinen Vergleich. Sein Lachen hört sich angenehm warm an, und sofort fühle ich mich hier wohler. „Das Haus gehört meinem Großvater.", erklärt er bereitwillig, und ich bin froh, dass er meine Neugier nicht kritisiert. „Er liebt diese alten Villen. Als ich vor zwei Jahren nach Deutschland kam, um mir meinen neuen Tätigkeitsbereich anzusehen, reiste ich mit ihm hierher, da er bis dahin Schweden noch nie verlassen hatte. Wir wohnten damals im Hotel ganz in der Nähe, und während ich mir tagsüber ein Bild über die Firma und deren Technologien machte, hatte er Zeit, sich die Gegend anzusehen. Da kam er eines Tages an dieser Villa vorbei, und sie hatte es ihm sofort angetan. Wir beide googelten am Abend gemeinsam, ob etwas darüber im World Wide Web zu lesen war und tatsächlich, sie stand zur
Zwangsversteigerung, welche für die darauffolgende Woche angesetzt war. Ursprünglich hatten wir vor, nur zwei

Wochen zu bleiben, welche in drei Tagen um sein sollten. Da ich mich entschied, den Job in Deutschland anzunehmen, musste ich mir allerdings noch ein längerfristiges Domizil suchen. Hotels sind nicht so mein Ding, ich brauche auch Ruhe zum Arbeiten. Jedenfalls blieben wir noch eine Woche länger, denn mein Großvater hatte es sich partout in den Kopf gesetzt, die Villa für mich zu kaufen, mit der Bedingung, ich verändere äußerlich nichts. Was das Innere betrifft, hat er mir freie Hand gelassen, und er kann mich, wann immer er will, besuchen."
„Toll, dein Großvater. War er schon einmal wieder hier?" „Ja im Sommer, aber er will demnächst mal im Winter herkommen."
Ich folge Eric in einen Raum, der zwar, wie wahrscheinlich alle hier, sehr groß ist, allerdings auch sehr gemütlich. An den Wänden stehen hohe Regale voll mit älteren und auch neuen Büchern. In einer Ecke lodert ein Kaminfeuer, vor dem ein Leopardenfell zum Kuscheln einlädt. In der anderen Ecke befindet sich eine Bar mit Tresen, welche scheinbar keine Wünsche offen lässt. Nur die edelsten Spirituosen sind dort zu finden. Davor stehen zwei Barhocker, aus edlem rotbraunem Leder, deren Füße in den Boden eingelassen sind. „Setz" dich! Ich hol uns nur noch etwas zu Trinken." Mit einem Kopfnicken in Richtung der großen weichen Couch, welche farblich mit den Barhockern abgestimmt ist, verschwindet er hinter dem Tresen, um mit einer Flasche Dom Perignon und zwei Gläsern zurückzukehren. Nachdem er uns ausgeschenkt hat, schaut er mir tief in die Augen und hebt sein Glas. Ich tue es ihm gleich und halte seinem Blick stand. „Auf eine schöne, amüsante und erregende Vorlesung!", raunt er mit tiefer warmer Stimme, und beugt sich leicht herunter, um mir einen zarten Kuss auf meine Halsbeuge zu geben. Mich durchfährt sofort ein wohliger Schauer, doch plötzlich muss ich an seinen Toast denken und daran, weswegen ich eigentlich hier bin. „Ähm... das Buch, ja.", stammle ich und hole es aus meiner

Tasche. Meine Hände zittern leicht. Es ist ein komisches Gefühl, ihn daraus etwas vorlesen zu müssen. Ich komme mir jetzt schon total bescheuert vor. Mia Dakota, meiner Tochter hab ich früher immer sehr viele Kinderbücher vorgelesen, aber das waren eben Kinderbücher. Dies hier ist harte Erotik, ganz zu schweigen von dem mir eigentlich immer noch wildfremden Mann, der mir gegenüber sitzt und mich erwartungsvoll anschaut.

„Trink noch einen Schluck und dann zieh dich aus!", er hält mir das Glas hin und ich stehe kopfschüttelnd auf. „Was?", ich hab mich bestimmt verhört. Er verdreht ungeduldig die Augen, holt tief Luft und setzt erneut an „Das heißt ‚Wie bitte?'! Und ja, du hast mich schon richtig verstanden!", kommt seine schneidende Antwort, welche nichts mehr von der Wärme hat, die noch eben in seiner Stimme lag. Er hält mir noch immer das Glas hin und ich weiß nicht so recht, was ich machen soll. Einerseits muss ich meinen klaren Verstand behalten, andererseits ist der Reiz zu groß, ihm nackt etwas vorzulesen, aber dafür muss ich etwas lockerer werden. Also nehme ich das Glas und trinke es in einem Atemzug leer. „Fräulein! Ich bitte um etwas mehr Respekt! Die Flasche hat dreihundert Euro gekostet!", herrscht er mich an. „Und jetzt zieh dich aus, aber zackig! Dann setzt du dich auf den Barhocker, die Beine links und rechts davon. Hast du das verstanden? Ich will dich sehen." Seine versteinerte Miene lässt keine Gefühlsregung erkennen. Er macht es sich auf der Couch bequem, und hebt ungeduldig die Brauen. „Bist du bald soweit, oder muss ich nachhelfen? Das wird dann aber nicht angenehm!", setzt er sofort nach, als er mein Zögern bemerkt. Mein Schoß beginnt zu prickeln unter diesem Ton. Ich merke, wie ich längst nicht mehr trocken bin, aber wage doch den Test. „Nein! Ich werde, meine Sachen anbehalten und mich zu dir setzen.", entgegne ich mit Bestimmtheit und riskiere somit eine Einlenkung seinerseits. Das möchte ich aber auf gar keinen Fall. Wenn er jetzt nicht hart bleibt, dann hat es keinen

Sinn. Sofort springt er auf die Beine, und ist mit einem Satz bei mir. Sein Zopfhalter hat sich gelöst und in seiner Rage erinnert er gerade sehr an ein wildes Tier. Die Schöne und das Biest spuken sofort in meinem Kopf herum. Wobei ich gar nicht genau sagen kann, wer welchen Part dabei für sich beansprucht, denn seine wilde Mähne hat durchaus eine sehr verlockende Wirkung auf mich und meine nervige Libido. Meine Arme packend, welche Eric nun mit einer Hand auf meinen Rücken zusammenhält, nesteln unterdes seine Finger der anderen Hand an meiner Bluse herum und öffnen die Knöpfe hektisch, fast ungestüm, wodurch der Letzte abreißt. Den Stoff beiseiteschiebend packt er meine Brüste eine nach der anderen; auf einen BH hab ich verzichtet; denke, das kann ich mir noch leisten; und beißt fest in deren aufgerichtete Spitzen. Mein Unterleib zieht sich augenblicklich krampfhaft zusammen, und ich spüre, wie ich feucht werde. Mit einem Ruck zerrt Eric mir die Bluse von den Schultern und widmet sich meinem Gürtel, den er locker mit einer Hand löst, und anschließend dem Reißverschluss meiner Jeans, den er schließlich herunterzieht. Für einen Augenblick ruht seine Hand still auf meiner Scham. Ich unterdrücke nicht sehr erfolgreich ein Stöhnen, und plötzlich zerrt Eric mich an den Haaren nach hinten. Sein Gesicht ist jetzt ganz dicht vor meinem, ich kann seinen Atem spüren, welcher vor Erregung bebt. „Wie kannst du es wagen, dich meinen Anweisungen zu widersetzen?", flüstert er mit dunkler drohender Stimme jetzt dicht an meinem Ohr, dass sich mir die Härchen im Nacken aufstellen, wie eine Armee kleiner Zinnsoldaten. „Kleid - ohne – Unterwäsche!', lautete der Befehl. Was gibt es an diesen drei Worten, falsch zu verstehen?", wird er nun immer lauter. Ich erschauere. „Da ich kein Kleid anhabe, dachte ich, ich kann auch einen Slip tragen.", erläutere ich meine Entscheidung zögerlich mit gesenktem Blick. In diesem Moment dreht er mich brutal um, presst meinen Körper zwischen seinen und das Bücherregal, reißt meine Arme hoch über den Kopf.

„Bleib so, rühr" dich nicht vom Fleck. Lass die Hände am Regal. Hast du das verstanden?" Ehrfurchtsvoll nicke ich und tue, was er mir befohlen hat. Insgeheim, freue ich mich, dass er nicht nachgibt. In Zeitlupe beginnt er nun meine Hose nach unten zu streifen, aus der ich etwas zu schnell heraussteige. Zwei Finger schieben sich langsam unter den dünnen Stoff meines Tangas. Mein Herz schlägt nun im wilden Stakkato in phantasievoller Erwartung, was nun folgen könnte. Ganz sanft gleitet er an meinen Schamlippen entlang, was ihm tief Luft holen lässt. Während er sachte an meinem Ohrläppchen knabbert, kann ich seinen erregten Atem auf meinem Nacken spüren, und mich durchläuft eine Welle der Sehnsucht nach diesem starken Mann. Er spielt mit meinem Slip, indem er das schmale Band aufreizend in meinem rosa Schlitz vor und zurück reibt. „Ahhhhhh! F...", entgleitet es mir, als er mit einem kurzen Ruck an meinem Tanga zerrt, welcher tief in mein zartes Fleisch schneidet und letztendlich reißt. Ich schaue ihm ungläubig aus weit aufgerissenen Augen an und sehe nur ein schadenfrohes Grinsen. Mein Schritt brennt und leise fluche ich in mich hinein. „Das hättest du dir ersparen können, wenn du gehorsam gewesen wärst und getan hättest, was ich von dir verlangte.", höhnt es nun wieder triumphierend an meiner Halsbeuge, welche er zwischendurch mit kleinen Küssen bedeckt. Ich wage keine Bewegung. Sein Finger gleitet nun ab und zu in mich hinein und reibt mit meiner Feuchtigkeit die wunde Stelle ein, welche der Tanga hinterlassen hat, und mein schmerzliches Wimmern geht in erregtes Stöhnen über. Ich fange an, es zu genießen. Als er jedoch beginnt, fest über meine Perle zu reiben, habe ich große Mühe, noch länger still zu halten, und winde mich schließlich unter seinen Berührungen. „Habe ich dir nicht gesagt, du sollst dich nicht bewegen?" Sein plötzlich lauter Ausruf holt mich sofort aus meiner erotischen Sinnlichkeit. Instinktiv ziehen sich meine Vaginalmuskeln zusammen und ich versteife mich, presse meine Schenkel aneinander und halte somit

Erics Finger gefangen, welche sofort mit meiner heraus laufenden Nässe benetzt werden. „Ach und widerspenstig sind wir auch noch, Fräulein?" Während ich mich vor Erregung, gemischt mit Furcht vor dem, was nun kommt, fest an das Regal klammere, sehe ich aus dem Augenwinkel, wie Eric sich seines Hemdes entledigt, höre, wie er geräuschvoll den Gürtel seiner Jeans herauszieht und einen Schritt zurücktritt. Dann ist es erst einmal still. „Wie viel Zeit ist zwischen meiner Mail und unserem Treffen heute Abend vergangen?", fragt er plötzlich unheilvoll in die Stille hinein. „Ich weiß nicht genau.", antworte ich wahrheitsgemäß, denn ich habe nicht auf die Uhr geschaut, wenn ich ehrlich bin. Er hält nun wieder meine Arme fest über mir zusammen und drückt mich derb gegen das Regal, als ich nichts weiter sage. Sein Oberkörper so dicht an meinen Rücken zu spüren, lässt meine Sinne taumeln. „Zwölf Stunden! Du hattest zwölf Stunden Zeit, dir ein Kleid zu besorgen. Und warum hast du das nicht getan? Antworte!" Als ich noch hektisch hin und her überlege, hat Eric bereits eine Antwort für mich, die er mir gefährlich in mein Haar atmet „Weil du genau wusstest, was passiert, wenn du dich nicht an meine Anweisungen hältst. Denn das ist ganz genau das, was du brauchst, wonach du suchst. Hab ich Recht?" Und ohne eine Antwort abzuwarten, fährt er fort, während er wieder von mir ablässt und den Gürtel ein paar Mal in seiner Hand knallen lässt „Ich weiß, was du willst, und ich kann es dir geben. Denn genau so jemanden wie dich habe ich gesucht. "Jetzt wird mir alles klar. „Dann bist du nur deswegen zur Buchhandlung gekommen? Du hattest gar nicht vor, den Roman zu kaufen? Du lagst sozusagen nur auf der Lauer, eine Dame zu treffen, die dir unreflektiert genug vorkam, deine Gelüste ohne Widerspruch zu erdulden? Das…, das ist jetzt nicht dein Ernst? Da bist du bei mir an der falschen Adresse." Mein Atem geht jetzt noch hektischer, aber diesmal vor Wut. Das war etwas zu viel für mich. Ich war richtig aufgebracht. „Schscht! Nein, das siehst du falsch!", versucht er, mich zu beruhigen, indem er sich mir wieder nähert, seinem Körper nun fest an mich drückt und mir ins Ohr säuselt. „Ich gebe zu, dass ich auf der Suche nach einer Dame war. Nur nicht, wie du denkst, nach einer labilen oder gar einfältigen, sondern nach einer besonders selbstbewussten und intelligenten Frau." Da ich noch immer verständnislos mit dem Kopf schüttle, setzt er seine Rede fort „Um sich zu unterwerfen, meine Liebe, muss man sehr viel Selbstvertrauen haben. Denn wenn man sich selbst nicht vertraut, wie soll man dann erst anderen vertrauen. Dies ist aber nun mal das A und O bei der ganzen Sache. Bedingungsloses Vertrauen. Auf beiden Seiten. Und ich bin der, den du brauchst. Du hast es satt, immer mit Samthandschuhen angefasst zu werden. Daher reizt dich auch das Buch, weil du dich beim Lesen wenigstens für ein paar Augenblicke in diese Welt versetzt fühlst. Hab ich Recht?" Während er sich wieder etwas von mir entfernt, höre ich ihn ganz tief durchatmen. Er hat Recht, und wie, in allem. Und da ich noch immer nichts sage, hebt er jetzt drohend seine Stimme „Dein Schweigen zeigt mir, dass ich den Nagel auf den Kopf getroffen habe, du kleine Schlampe. Hab ich's doch gewusst, dass du's auf die harte Tour brauchst." Er schmiegt sich nun abermals von hinten an meinen Rücken; es ist so prickelnd; dieses Auf und Ab. Einmal zärtlich und dann wieder beherrschend. Mit einem Ruck stützt er sich wieder von mir ab, um mir gleich darauf den Gürtel mit einem heftigen Schlag über den Hintern zu ziehen. „Aaaahhhh.", ein brennender Schmerz bleibt zurück, doch bevor ich mich davon erholen kann, prasseln weitere Hiebe auf mich hinunter. Es brennt wie Feuer, denn es ist jedes Mal die gleiche Stelle, die herhalten muss, aber ich wage nicht, meine Hände vom Regal zu nehmen, sondern seufze leise in mich hinein. „So mein Engel, das war zum Aufwärmen. Die nächsten Schläge, genau zwölf an der Zahl, zählst du laut mit. Für jede Stunde, in der du versäumt hast, ein Kleid zu besorgen, einer. Hinterher, und das wirst du in Zukunft immer nach deiner Züchtigung tun, bedankst du dich, die Strafe erhalten zu haben. Hast du das verstanden?", als ich nur heftig nicke, herrscht er mich an, „Ich höre nichts!" Zitternd hole ich tief Luft „Ja, ich habe es verstanden. Kann ich mir ein Safeword aussuchen, bitte, für den Fall, dass es unerträglich wird?" „Nein, ich erkenne sehr wohl, wann es zu viel für dich wird. Ich habe genug Erfahrung, um einschätzen zu können, wie viel ich dir zumuten kann. Ein solches Wort kann mehr Schaden anrichten, als es nutzen kann. Du musst lernen, mir zu vertrauen!" Fein, insgeheim freue ich mich, denn er scheint wirklich kein Neuling auf diesem Gebiet zu sein. Kurz darauf schlägt der Gürtel auch schon auf meiner anderen Backe ein und da der Schmerz so heftig und unerwartet kommt, beiße ich fest die Zähne aufeinander. Nach einer kurzen Weile fährt er mich an „Hast du nicht etwas vergessen? Immer wenn du aufhörst zu zählen, fange ich von vorne an." Und sofort knallt der Gürtel wieder auf mich nieder. „Eins", presse ich hervor. „Zwei, drei, ahh…" Jetzt kommen die Schläge schneller hintereinander weg. „Sei nicht so verkrampft, sieh den Schmerz als deine Lust an!", säuselt er, indem er erneut ausholt. „Vier, fünf, sechs … ohh, sieben …" Ab dem siebten Schlag spüre ich, wie meine Mitte plötzlich zu kribbeln beginnt, und ich langsam anfange, die Pein zu genießen. Meine Feuchtigkeit rinnt mir mittlerweile an den Schenkeln hinab und ich fange an zu beben. Die nächsten vier Hiebe entzünden ein ganzes Feuerwerk in mir und ich kann mich kaum noch aufrecht halten, sodass ich mich beim Letzten einfach in die Knie sacken lasse. Doch zwei starke Arme hindern mich daran, auf dem Boden aufzuschlagen. Eric hält mich jetzt fest umschlungen und streicht mir liebevoll übers Haar. Ich bin glücklich und flüstere „Danke, für die Bestrafung.". Eric nickt anerkennend. „Na, wie fühlst du dich?" Schmunzelnd horche ich in mich hinein. „Komisch, irgendwie fühle ich mich… befreit. Ich kann es nicht glauben, dass man Schmerz so schnell in Lust umwandeln kann." Ich reibe mich an ihm und atme seinen Duft ganz tief ein, während mein Mund kleine Küsse auf seiner Halsbeuge verteilt. „Hmm, dazu muss man sich aber vollkommen hingeben können.", meint er nachdenklich. Plötzlich schiebt er mich von sich weg, was ich sehr bedaure. „Setz" dich jetzt auf den Barhocker, wie ich es dir vorhin schon gesagt habe, rutsche ganz hinter, mache deine Beine breit und stelle deine Füße links und rechts auf die Querstreben, damit ich deine feuchte Schlucht besser sehen kann." Er hilft mir, da ich noch etwas taumle, und drapiert mich wie gewünscht in die richtige Position, wie man es mit Schaufensterpuppen macht. Ich muss mir auf die Lippe beißen, um einen Schrei zu unterdrücken, da er mein geschundenes Fleisch über die Lederbezüge schiebt. Dann drückt er mir das Buch in die Hand und befiehlt mir „Los jetzt, fange endlich an zu lesen!" Eric selbst macht es sich wieder auf der Couch bequem, indem er aus seiner Hose schlüpft, sodass er nun nur noch die Pants anhat, und legt ein Bein über die Lehne. Wow, wie gebannt starre ich auf sein Geschlecht, an dem meine Züchtigung nicht ganz spurlos vorbeigegangen zu sein scheint. „Lies!!!" Mit flatternden Lidern wandern meine Augen über die erste Seite, da sie sich lieber an dem weiden würden, was sich da auf der Couch abspielt. Eric hat seinen Schwanz herausgeholt und wichst sich in einer herrlichen Langsamkeit, dass ich Mühe habe, meinen Blick abzuwenden und mich auf das Buch zu konzentrieren, dessen erotischer Inhalt nicht zur Verbesserung meines Zustandes beiträgt. Ich würde mich jetzt am liebsten berühren, doch das traue ich mich nicht. Der Hocker wird nass und nässer, aber ich lese tapfer weiter, Seite für Seite, wie mir geheißen. Nach einer ganzen Weile, meine Lust ist kaum noch zu bändigen, erhebt er sich; seinen Schwanz immer noch fest in seiner Faust; kommt er auf mich zu. „Das reicht jetzt!" Eric nimmt mir das Buch aus der Hand, zerrt mich vom Hocker und grinst mich an. „Was haben wir denn hier?", fragt er mit einer zuckersüßen Gefährlichkeit in der Stimme. „Hab ich dir erlaubt, den Hocker zu beschmutzen?" Gespielt beschämt senke ich meinen Blick zu Boden, woraufhin er mit dem Zeigefinger mein Kinn hebt und sanft mit der Zunge über meine Lippen leckt, sodass mein ganzer Körper von einem heftigen Prickeln erfasst wird. „Du kleines Biest, kannst es gar nicht erwarten, dass ich ihn dir rein schiebe, stimmt's?" Und ohne Vorwarnung schießt sein Finger in meine feuchte Öffnung, doch bevor ich vor Schreck aufschreien kann, zieht er ihn auch schon wieder heraus, hält ihn hoch, steckt ihn sich geradewegs in den Mund. „Hmmm, lecker! Willst du auch mal?" Und ohne eine Antwort abzuwarten, dreht er mich herum und drückt meinen Kopf auf den Hocker. „Dann kannst du jetzt deinen Sitz wieder sauber lecken, während ich dich von hinten nehme. Und ich werde kontrollieren, ob du es gründlich machst. Eher erlaube ich dir nicht, zu kommen." Ein Zittern krabbelt von den Zehen bis zu meinen Haarwurzeln. Als es meine Mitte passiert, weiß ich, dass es nicht einfach sein wird, zumal ich jetzt schon kurz davor bin, die Beherrschung zu verlieren. „Stell deine Füße weit auseinander!" Ich gehorche, doch sofort hilft er noch brutal nach, indem er mit seinen Füßen gegen meine Hacken tritt, und seine Schenkel dazwischen schiebt. „So ist's gut!" Und schon ist er in mir. Meine Nässe ließ ihm auch nicht den geringsten Widerstand erfahren. Er nimmt mich hart und seine heftigen Stöße bringen mich beinahe um den Verstand. Ich merke, wie sich in mir alles aufbäumt und beginne zu betteln „Bitte Eric, lass mich kommen. Ich halte das nicht mehr aus.", flehe ich ihn unter Stöhnen an. Er hält kurz inne und beugt sich vor. „Ich denke, du hast deine Arbeit gut gemacht. Ich erlaube dir zu kommen." Eric dringt erneut tief in mich ein und bewegt sich langsam in mir. Ein Finger findet den Weg zu meiner Perle, massiert sie mit festen kreisenden Bewegungen. Sekunden später stürze ich von der Klippe und spüre, wie Eric mir nur einen Augenblick später folgt.

„Ich liebe Vorlesungen!", flüstert mir Eric Minuten später ins Ohr, als wir so langsam wieder von unserem Trip herunterkommen. Er hält mich fest in seinen Armen und steuert die Couch mit mir an, wo wir eng umschlungen liegen bleiben, genießen und schweigen. Jegliches Wort würde jetzt alles zerstören.

Mir ist kalt. Erschrocken schau ich mich um. Wo bin ich hier? Langsam, sehr langsam realisiere ich meine Umwelt und was in den letzten Stunden passiert ist. Der Kamin ist inzwischen ausgegangen, Eric liegt noch immer hinter mir und schläft tief und fest. Es ist schön, seinen warmen Körper an meinem Rücken zu spüren, aber ich löse mich trotzdem vorsichtig aus seiner Umklammerung und schleiche mich zu meinen Klamotten. Wenn ich hier unbemerkt wegkomme, werde ich zu Hause erstmal in Ruhe darüber nachdenken, was alles passiert ist, und ob es wirklich das ist, was ich will. Im Moment bin ich mir nicht so sicher. Als ich mich nach meiner Hose bücken will, spüre ich, wie sich meine lädierte Haut schmerzhaft über meinem Hintern spannt. Meine Hand tastet nach der wunden Stelle, während ich mich wende, und versuche einen Blick auf meine Striemen zu werfen.
„Du wolltest dir doch nicht etwa gerade deine nächste Strafe verdienen?"
Shit, Eric ist wach. In der Bewegung erstarrt, suche ich nach einer Erklärung. „Ich...", stammle ich und verstumme sofort wieder, denn es hat keinen Sinn, ihm irgendetwas erzählen zu wollen, die Absicht meiner Flucht ist zu offensichtlich. Resigniert lasse ich mich wieder zu ihm auf die Couch fallen. „Du wolltest tatsächlich einfach so abhauen?", sinniert er kopfschüttelnd, doch seine Stimme klang nicht wütend, sondern diesmal eher traurig. Ich schaue ihn in seine blauen Augen. „Ich bin vielleicht doch ein wenig über-

fordert mit der ganzen Geschichte und muss das erstmal wirken lassen." Ohne mir zu antworten nimmt er meine Hand und führt mich hinaus in die Empfangshalle vor den riesigen Spiegel. Er dreht mich so, dass ich mich von hinten sehen kann. Mein ganzer Rücken ist von schönen roten Striemen bedeckt. „Stell dich gerade hin, Schultern nach hinten und den Kopf hoch! Was siehst du?" Ruhig betrachtet er mich ebenfalls im Spiegel und als sich unsere Blicke treffen, wird mir bewusst, dass er mir in diesem Moment die Augen geöffnet hat, mein eigenes Ich so zu sehen, wie es ist. Ich will meine Neigung nicht mehr verstecken müssen, nicht mehr genormte Interessen zeigen, die ich nicht teile. Ich will meine Vorlieben ausleben und stolz darauf sein.
Eine Weile betrachte ich noch meine Rückseite, straffe nochmals meine Schultern, recke mein Kinn und sage zu Eric „Danke. Ich freue mich, dass du mir mein wahres Ich gezeigt hast, mir keine Gnade zu teil werden ließest und mich darin bestätigt hast, was ich wirklich will. Ich werde meine Narben mit Stolz tragen." Ich betrachte uns im Spiegel und sehe ihn schmunzelnd den Kopf schütteln. „Es werden keine Narben bleiben, Liebes. Glaub mir, ich versteh mein Handwerk. Vertrau mir einfach." Dann treffen sich beinahe unsere Lippen. „Ja, ich vertraue dir", sage ich erschrocken und mache mich nun doch mit Erics Erlaubnis auf den Heimweg.
Als ich nach Hause komme, mache ich mir erst einmal eine große Tasse Kaffee. Bei Eric wollte ich nicht frühstücken, das hätte sich so ‚normal' angefühlt, aber ich bin noch so berauscht, von dem ‚Besonderen'. Das Gefühl wollte ich mir nicht kaputtmachen. Außerdem muss ich erst einmal für mich das Erlebte und die daraus entstandene Situation auseinandernehmen und bewerten, um dann erst über weitere Schritte nachdenken zu können.
In der Gärtnerei geht es zu dieser Zeit eher ruhig zu. Die Frühblüher sind alle in der Erde, der Boden ist gefroren und Ereignisse, an denen man Blumen verschenkt, stehen im

Moment auch nicht in Größenordnungen an, dass es hektisch wird im Geschäft. Einzig die Weihnachtsbäume haben jetzt Hochkonjunktur. Somit kann ich es mir im Büro etwas gemütlich machen, die letzten Stunden und meine Beziehung zu Eric nochmals überdenken. Moment haben wir überhaupt eine?
Während ich den gestrigen Abend nochmals Revue passieren lasse, erfasst mich allerdings die Sehnsucht nach diesen schönen großen Blonden. Doch. Ich glaube, er ist wirklich genau das, was ich suche. Und wenn ich an seine Art und Weise, mit mir umzugehen denke, spüre ich auf der Stelle, wie es zwischen meinen Schenkeln feucht wird, und ein angenehmes Kribbeln durchläuft meinen Körper. Um mich abzulenken, starte ich nach dem Mittag zu einem Rundgang durch die große Halle, in der Amelie fleißig zu Gange ist. „Hallo Tine, die Weihnachtssterne sind wohl schon wieder alle in den Läden?", empfängt sie mich erstaunt. „Nein, ich wollte nur mal sehen, ob du vielleicht Hilfe brauchst.". Ich zucke mit den Schultern und ungläubig schüttelt sie augenblicklich den Kopf. „Na mit dem bisschen Kram werde ich ja wohl noch alleine zurechtkommen.", sagt sie entschieden und widmet sich wieder ihrer Arbeit. „Gut Amelie, ich glaube, ich werde dann mal heute etwas früher Feierabend machen und noch ein paar Besorgungen erledigen. Du weißt ja, wie du mich erreichst, wenn es brennt.", rufe ich ihr zu, während ich schon hoch in mein Büro eile. „Ja, ja, mach nur und viel Spaß!", lacht sie mir hinterher. Abrupt bleibe ich auf der Treppe stehen, drehe mich um und schaue in Amelies belustigtes Gesicht. „Ach komm, ich hab doch das Glänzen in deinen Augen längst bemerkt und freue mich für dich. Nun hau' schon ab!"
Ich schnappe mir meinen Mantel und meine Tasche und mache mich auf den Weg in die City. Wie durch ein Wunder bekomme ich sogar am frühen Nachmittag einen Parkplatz genau vor meiner Lieblingsboutique. Freudestrahlend kommt mir Melanie, die Besitzerin, welche auch mittlerweile

eine gute Freundin für mich geworden ist, am Eingang entgegen. "Mensch Tine, lange nicht gesehen. Das ist ja eine Überraschung!" Sie strahlt mich an, doch ich habe sofort ein schlechtes Gewissen, denn ich merke in diesem Moment, dass ich mir schon lange nichts Neues mehr zugelegt habe. „Ach Melli weißt du, ich hatte in letzter Zeit einfach keinen Bock auf Shopping. Die Scheidung und der ganze Stress..., außerdem hatte ich auch keinen Grund mich herauszuputzen." Sie schaut mich nun aus großen Augen an. „Und...? Jetzt hast du wieder einen Grund? Toll, erzähl! Ich hol uns inzwischen ein Gläschen Sekt.", während sie aufgeregt weiter plappert, stürzt sie davon. „...und dann werden wir, deiner Situation entsprechend, für dich etwas aussuchen."

In groben Zügen erzähle ich ihr, dass ich tatsächlich jemanden kennengelernt habe und nun auch mal ein Kleid benötige. Gespielt beschämt schaue ich zu Boden, und sie weiß natürlich sofort, damit etwas anzufangen. Begeistert springt sie auf und wuselt in einer Nische der Boutique herum, um mir kurz darauf mindestens ein halbes Dutzend sehr aufreizende Exemplare auf einer Stange hängend zu präsentieren. „Tataa! Die wirst du jetzt alle der Reihe nach anprobieren, und dann entscheiden wir, welches wohl deinen süßen Schweden am besten gefallen könnte..."

Abwartend schaut sie mich an, als ob sie mit einem Einwand gerechnet hätte. Ich gebe zu, sie hat genau den richtigen Riecher und die Kleider sind allesamt traumhaft. Während sie mich immer noch abwartend anblickt, weiß ich, worauf sie hinaus will, und gerade, als ich ansetze, um ihre Bedenken zu zerstreuen, kommt sie mir zuvor und wiegelt ungeduldig den Kopf „Oder ist er eher ein Mann, der klare Vorstellungen hat, was du zu tragen hast und was nicht?" Da sich, leicht erschrocken, meine Wangen röten, setzt sie noch schmunzelnd hinzu „Dachte ich es mir doch, da hab ich ja instinktiv die richtige Auswahl zusammen gestellt. So jetzt ab mit dir in die Umkleide!", und mit gesenkter Stimme fügt sie noch forsch hinzu „Und das ist keine ‚Bitte'!" Hab ich das nicht schon mal gehört?

Belustigt nehme ich das erste Teil von der Stange, trinke mein Glas noch schnell aus und schlüpfe in die hinterste Kabine vom Geschäft, in dem drei Stück davon verteilt sind. Das feuerrote Strickkleid ist aus weichem Kaschmir und betont enorm meine Kurven. Dafür, dass es einen kleinen Rollkragen hat, ist es unten wiederum sehr kurz, was natürlich bei jeder Bewegung einen Blick auf den Rand meiner Strümpfe freigeben würde. Aber gut, das ist wahrscheinlich auch so gewollt. Ich trete hinter dem Vorhang hervor, drehe mich im Kreis, worauf Melanie begeistert durch die Zähne pfeift. „Super siehst du darin aus. Das Rot steht dir gut, aber probiere noch die anderen an! Dann entscheiden wir am Schluss." Die Glocke an der Ladentür läutet und Melanie widmet sich erst einmal der neuen Kundschaft. Ich verschwinde wieder hinterm Vorhang. Das zweite Modell ist ein hauchdünnes, fast hautfarbenes Kleid, was sehr viel durchblicken lässt, und eher für die wärmere Jahreszeit gemacht ist, es sei denn man zieht ein T-Shirt drunter, aber dadurch würde es an Reiz verlieren. Trotzdem trete ich hinaus und betrachte mich wieder von allen Seiten. Vielleicht hole ich es mir später im Frühjahr, wenn es dann noch da ist. Ich höre, wie vorn im Geschäft die Kasse rattert und Melanie die Käufer verabschiedet, also warte ich noch, bis sie zurückkommt. „Sehr schick, aber etwas dünn für jetzt.", gibt sie zu und reicht mir einen Traum aus schwarzem Leder. Ganz schlicht ist es gemacht, kurzärmlig und mit vorderseitigem durchgehenden Reißverschluss, was Frisur schonend und anderweitig nützlich sein kann. An den Ärmeln und den aufgesetzten Taschen sind jeweils kleine Nieten aufgesetzt. „Schau mal, das ist wie für dich gemacht. Auf das bin ich gespannt." Sie drückt mir das Sektglas, welches sie aufgefüllt hat, wieder in die Hand, und wir stoßen erneut an. „Auf ein spannendes Date mit Mr. Sverige!" Wir müssen beide lachen, und ich verziehe mich mit dem ‚Kleinen

Schwarzen' in die Kabine. Das kann ja noch lustig werden, denke ich, denn die Kleiderstange hängt noch voll.
Wieder höre ich, wie die Tür schellt und Melanie davon eilt. Es freut mich, dass ihr Geschäft so gut läuft. Ich nehme mir Zeit und hänge das dünne Seidenkleid vorsichtig auf den Bügel zurück. Es neigt dazu, schnell zu knittern, zudem hat man wirklich Angst, es könne jeden Moment zerreißen. Eigentlich nichts für meinen stürmischen Liebhaber, schmunzle ich und merke, wie es bei den Gedanken an Eric, wild in meiner Mitte zu pochen beginnt.
Das Lederkleid ist ganz weich und ich bin gespannt, wie es sich erst auf der Haut anfühlt. Ganz langsam lege ich es mir um; ja so muss man es bezeichnen, man zieht es an wie einen Mantel; und sofort schmiegt es sich um den Körper, wie eine warme zweite Haut. Nachdem ich den Reißverschluss eingefädelt und bis zur Mitte meiner Brüste hochgezogen habe, straffe ich meine Schultern und fühle mich gleich wie ein anderer Mensch. Selbstbewusst, stark, sexy und ja, auch ein wenig lüstern. Als ich den Zweiwegezipper von unten herauf noch ein Stück öffnen will, höre ich Schritte vor der Kabine.
„Melanie, du glaubst nicht, wie geil das aussieht. Damit mache ich ihn bestimmt heiß", rufe ich freudig hinaus. „Warte, ich zieh nur noch meine Stiefel dazu an, die ihn hoffentlich den Rest an Verstand rauben werden, dann kannst du gucken. Einen Moment Geduld noch!"
Als keine Antwort kommt, fällt mir ein, dass ja noch Kundschaft da ist, denn ich habe die Türglocke noch nicht wieder gehört. Peinlich, aber egal, weiß ja keiner, wer das gerufen hat. Also warte ich in der Kabine. Denn vor fremden Leuten wollte ich mich jetzt nicht präsentieren.
Auf einmal schiebt sich der Vorhang beiseite, und Eric lehnt belustigt an der Kabinenwand „Ja, ich denke, mit dieser Prognose könntest du Recht haben." Erschrocken fahre ich zusammen und starre ihn an. „Was zum Teufel...?" Plötzlich gefriert sein Lächeln, seine Augen werden zu winzigen

Schlitzen und mit klirrender Stimme haucht er „Ich rate dir nur, dass du mich damit meintest!" Mit einem Satz ist er bei mir und klemmt mich fest zwischen sich und die Wand, während er mich stürmisch und fordernd küsst. Seine Drohung hat ihre Wirkung natürlich nicht verfehlt, denn noch bevor ich realisiere, was geschieht, vergehe ich schon wieder vor Lust. Seine Finger öffnen nun das Kleid von unten her noch etwas mehr, und schon spüre ich seine Finger in mir, sodass ich es nicht vermeiden kann, in seinen Mund zu stöhnen. Gekonnt spielt er mit meiner bereits geschwollenen Perle, und ich merke, wie mir so langsam jegliches Denken schwerfällt, doch als ich höre, wie er seinen Gürtel und die Hose öffnet, wird mir bewusst, wo wir sind. „Eric ... bitte! ... Melanie ...", stammle ich, doch daraufhin drängt er mich noch derber gegen die Kabinenwand. „Sei still, das hab ich alles geklärt mit deiner süßen Freundin."

Ah, jetzt dämmert es bei mir. Das war kein Kunde, es war Eric, der vorhin hereinkam. „Aber sie kann doch den Laden nicht einfach zuschließen, nur weil du...", eine Hand hält mir sofort den Mund zu, was mich nur noch mehr erregt. „Schscht! Sie hat nicht zugeschlossen. Und jetzt sei still!" Seine energische Art, verbunden mit dem Drängen seines Körpers an meine empfindlichste Stelle und die Vorstellung, von anderen Kunden bemerkt zu werden, lassen mich es kaum noch aushalten. Ich spüre bereits die Nässe an meinen Schenkeln herunterlaufen, so irre heißmacht er mich damit.

Ruck zuck streift er seine Hose nach unten und öffnet mein Kleid so weit, dass es nur noch durch die beiden Zipper, die sich jetzt direkt gegenüberstehen, gehalten wird. Er hebt mein Bein und dringt ohne zu Zögern in mich ein. Meine heiße feuchte Grotte macht es ihm leicht, da sie ihn schon sehnsüchtig erwartet. Ich umschlinge Eric mit meinen Armen und Beinen, als er mich hochhebt und somit noch tiefer in mich eindringt. Sein hemmungsloses Stöhnen vermischt sich mit meinem, es ist so geil, und als wir gemeinsam in den Rhythmus finden, welcher uns immer höher peitscht, geben wir uns einfach unseren Gefühlen hin, lassen uns fallen und gleiten in eine Welt fernab jeglicher Gedanken an irdische Umkleidekabinen.

Als wir irgendwann wieder im Hier und Jetzt landen, schaut er mich eindringlich an und meint „In diesem Kleid, will ich dich heute Abend ausführen. Wir hatten gerade unseren ersten Quickie. Das muss gefeiert werden." Und nach einer kleinen Pause fügt er noch fast theatralisch hinzu „Denn es wird auch der Letzte gewesen sein."

Völlig perplex starre ich ihn an, hoffend auf einen Hinweis, dass dies ein Scherz war, kann aber an seiner versteinerten Miene nur erkennen, dass er es ernst meint. Wie? War's das jetzt? Was hab ich falsch gemacht? Mein Kopf arbeitet auf Hochtouren. Meine Verwirrung scheint ihm plötzlich in höchstem Maße zu amüsieren, denn von einer Sekunde auf die andere schüttelt er sich vor Lachen „Süße, was du gleich wieder denkst!!! Ich werde mit dir keinen schnellen Sex mehr haben, weil ich mir einfach mehr Zeit für dich nehmen will. Und nach allem, was ich noch mit dir vorhabe, brauche ich davon reichlich. Ich hole dich heute Abend zwanzig Uhr ab. Und es gelten nach wie vor die gleichen Regeln – keine Unterwäsche! Hast du das verstanden?"

Artig schlage ich die Hacken zusammen, senke mein Haupt und flüstere demütig „Ja, Sir!" Schmunzelnd entschwindet er und kurz darauf höre ich die Kasse klappern und dann die Tür. Soso, hat er Melanie also wieder raus gelassen, denke ich und muss kichern.

Diese kommt natürlich im Sturmschritt zu mir geeilt, während sie schon unterwegs loslegt „Wow! Was für ein geiler Typ! Also, wenn er es heute nicht selbst gemacht hätte, wäre ich dir ewig böse gewesen, wenn du ihn mir nicht bald vorgestellt hättest. Wahnsinn! ... und diese Stimme!?", und als sie den Vorhang beiseiteziehst, setzt sie kichernd noch überflüssigerweise hinzu „Ich hoffe, es war schön!"

Stolz drehe ich mich in meinem neuen, nun nicht mehr sehr viel verdeckenden Kleid zu ihr um „Du hast uns doch gehört, warum fragst du dann?" Ich bin noch viel zu benommen, als dass ich Lust hätte, jetzt eine Debatte über guten Sex zu führen. „Ja, hab ich, und ich hatte große Mühe, nicht Hand an mich selbst zu legen, oder euch gar zu unterstützen. Mann, das war echt ein bisschen fies von euch, mich einfach auszugrenzen. Das nächste Mal will ich aber mitspielen.", schmollt sie gekünstelt und ich gebe ihr einen Klaps und funkle sie böse an, obwohl mir der Gedanke gar nicht so missfällt.

Als ich mich wieder umdrehe, um mir das Kleid auszuziehen, entdeckt Melanie die roten Striemen auf meinem Hintern. „Oh mein Gott..." Ich fahre sofort herum, um meine Rückseite, vor ihr zu verstecken, doch sie meint nur anerkennend „Wow, sind die schick! Ihr solltet mich wirklich mal mitspielen lassen." Wortlos schiebe ich sie aus der Kabine und ziehe den Vorhang hinter ihr zu.

Stolz überreiche ich ihr an der Kasse das Kleid. „Das nehme ich." Sie grinst mich an „Musst du ja, Eric hat es schließlich schon bezahlt.", erwidert sie nur trocken, und wir brechen erneut in Gelächter aus. „Gut, dann möchte ich aber noch eins aussuchen, womit ich ihn überraschen kann." Und schon geht die Prozedur wieder von vorn los. Nach einigem Hin und Her, entscheide ich mich noch für ein schwarzes Trägerkleid, bei welchem die Seiten und die Träger aus rotem Lack sind. Dazu rote High Heels – heiß! Das rote Kaschmirkleid muss natürlich auch noch mit. Und als Melanie mir nun davon auch noch das cremefarbene Exemplar zeigt, bin ich hin und weg. Aber beide übersteigen definitiv mein Budget, gebe ich zu. Da grinst Melanie mich an „Pass auf, du hast heute quasi schon drei Kleider gekauft. Das hier überlasse ich dir zum halben Preis. Weil du schon in dem Roten so toll aussahst. Aber ich will meinen Namen hören, wenn dich jemand darin bewundert! Sie sollen wissen, wo es so geile Teile zu kaufen gibt.", fügt sie noch stolz hinzu. Überglücklich falle ich ihr um den Hals, und beteuere, überall die Werbetrommel für sie zu rühren.

Auf dem Weg nach Hause mache ich noch einen Umweg über meinen Frisör. Ich habe zwar keinen Termin, aber für Notfälle haben sie dort alle viel Verständnis, die Mädels. So kommt es, dass ich nur fünf Minuten warten muss, und schon wuselt Nicky um mich herum. Nicht zuletzt, weil Frisörinnen von Natur aus neugierig sind. Es interessiert sie brennend, wer denn mein Notfall ist. Grob erzähle ich ihr die Story mit dem Buchladen, und dass wir heute ein Date haben. Nach einer dreiviertel Stunde entlässt Nicky mich dann mit einer herrlichen, aber strengen Hochsteckfrisur, welche perfekt zu meinem schwarzen Lederkleid passt. Voilà!
Jetzt nix wie heim, frisch machen und mein neues Kleid überwerfen. Schön, dass mir heute die Entscheidung abgenommen wurde, was ich tragen soll. Daran könnt ich mich gewöhnen.
Punkt um acht klingelt es an der Tür. Als Eric heute Nachmittag verkündete, er hole mich ab, habe ich mir nicht die Mühe gemacht, zu fragen, woher er weiß, wo ich wohne. Er kennt mein Auto, weiß wo ich arbeite und meine Klamotten kaufe, hat meine Mailadresse rausgekriegt; also wird die Suche, nach meiner Wohnung für ihn keine allzu große Herausforderung darstellen.
Ganz Gentleman, reicht Eric mir eine rote Rose und pfeift anerkennend durch die Zähne, als er mein Outfit sieht. Sein Blick nach unten auf meine Stiefel, welche aufgrund ihrer durchgängigen Schnürung bis hoch ein klein wenig martialisch aussehen, lässt ihn auch prompt etwas demütig dreinblicken. Hilfe, bloß nicht! Das hatte ich schon.
Zum Glück fängt er sich schnell wieder, setzt seine erhabene Miene auf, als ich ihn ziemlich eilig herein bete,

weil ich ja noch die Rose ins Wasser stellen muss. Eric sieht sich inzwischen um und schmunzelt, als sein Blick auf mein Bücherregal fällt. „Ich lese auch andere Sachen!", hab ich plötzlich das Gefühl, mich verteidigen zu müssen. „Bin fertig, lass uns gehen!", rufe ich ins Wohnzimmer und öffne schon die Tür. Just in diesem Moment springt er herbei, knallt die Tür wieder zu und mich dagegen. „Hör mal Fräulein, ich bestimme, wann wir gehen. Und wenn ich dich so ansehe, würde ich am liebsten hierbleiben und was ganz anderes mit dir machen. Dann kann ich aber nicht mehr für deine schicke Frisur garantieren." Während er mich derb gegen die Tür presst, spüre ich seinen bereits harten Ständer gegen meine empfindliche Stelle drücken und werde schlagartig nass. Und jetzt wo Eric mit seiner Hand auch noch die Abwesenheit meiner Unterwäsche kontrolliert und einen Finger in mich steckt, wird es auf keinen Fall besser. Eric schließt die Augen und stöhnt „Los jetzt, gehen wir! Sonst leg ich dich hier auf der Stelle flach."

Wir fahren mit seinem Wagen einmal quer durch die Stadt. Immer wieder finden seine Finger den Weg unter mein Kleid. Ein Hoch auf die Automatikschaltung. Als wir auf die Autobahn fahren, macht er das Licht im Innenraum an und schiebt den Saum noch etwas höher, sodass er einen besseren Blick auf mein entblößtes Geschlecht hat. Und nicht nur er. Beim Überholen hupen tatsächlich der ein paar LKW-Fahrer, da sie dank des Lichts ebenfalls vollen Einblick haben, und ich würde lügen, wenn ich jetzt behaupten würde, dass es mich nicht anmacht. Denn schon geht wieder meine Phantasie mit mir durch und ich stelle mir vor, wie sie in ihrem Fahrerhäuschen ihre kleinen „Beifahrer" herausholen und kräftig massieren. Na hoffentlich gibt's keinen Unfall!

Irgendwann halten wir vor einer Art Gasthof. Ein Mann mit schwarzem Anzug und Fliege kommt uns mit versteinerter Mimik entgegen, nickt und marschiert schnurstracks zu einer kleinen Nische im hintersten Teil des Lokals, sodass wir Mühe haben, mit ihm Schritthalten zu können. Meine Herren, hier sind ja alle freizügig angezogen! Ein Pärchen kommt gerade aus einem Nebenzimmer und setzt sich an den Nachbartisch. Nein, das ist so nicht richtig, der Mann setzt sich an den Tisch, die Frau hockt daneben und bekommt vom Kellner einen Napf hingestellt. Fragend schaue ich zu Eric, doch dieser studiert ganz gelassen die Speisekarte. Als er meinen Blick spürt, meint er nur schelmisch „Das musst du nicht machen, es sei denn, du willst es unbedingt?"

„Nein, also das geht mir wirklich zu weit." Eric schmunzelt mich von der Seite an „Abwarten!", und zum Kellner gewandt „Wir nehmen einen 92er-Bordeaux und zwei Gläser bitte! Und dazu für jeden ein Glas Wasser." Ich fühle mich leicht überfahren, denn ich hätte schon gerne selbst entschieden, was ich trinke. „Was möchtest du essen?", fragt er mich dann tatsächlich. Eigentlich ist mir der Appetit gerade etwas vergangen. „Danke, ich hab keinen Hunger.", sage ich nur etwas träge, worauf Eric mich mit finsterem Blick mustert „Natürlich isst du was, du brauchst eine gute Verfassung, für das, was ich mit dir vorhabe." Mir fällt vor Schreck gar kein Gegenargument ein „Was hast du denn vor mit mir?", meine weit aufgerissenen Augen scheinen ihn sehr zu belustigen, und lachend raunt er „Das wirst du schon noch früh genug erfahren, lass dich einfach überraschen! Also, nimm wenigstens ein leichtes Carpaccio, damit du was im Magen hast und mir nicht wegklappst!", und schon gibt er die Bestellung auf. Noch während ich mich darüber empöre, bemerke ich, dass es doch genau das ist, was ich gesucht habe. Einen, der mir sagt, was ich zu tun und zu lassen habe.

Nachdem wir gegessen haben, führt Eric mich durch eine Tür in einen der benachbarten Räume. Hier wurden schwere dunkle Samtstoffe an den Wänden angebracht. Anstatt Bilder, findet man hier eine Galerie von Peitschen jeder Art und Größe. Mein Herz beginnt schneller zu schlagen, denn an der gegenüberliegenden Wand steht ein Andreaskreuz. Wow, so was hab ich live noch nie gesehen, nur davon gelesen. „Komm schon, suche dir eine aus!", flüstert mir Eric von hinten ins Ohr und sofort beginnt es wieder herrlich in meiner Mitte zu prickeln. „Ich nehme diese hier.", meine Stimme vibriert in Vorfreude, als ich auf ein Exemplar aus schwarzem Leder mit fünf langen Striemen zeige. Er nickt zufrieden und beginnt meinen Reißverschluss ganz langsam von oben nach unten zu ziehen, schält mich dann sachte aus dem schwarzen Lederkleid und küsst dabei jede freigelegte Stelle meiner Haut, sodass sie sofort mit einer prickelnden Gänsehaut überzogen wird. Als ich nur noch meine Strümpfe und die Stiefel anhabe, schlägt Erics Ton um.

„Stell dich hinter ans Kreuz! Los jetzt!" Schweigend und mit gesenktem Kopf steuere ich das Kreuz an, bei dessen Anblick mich bereits ein wohliger Schauer durchflutet. „Füße und Hände in die Halterungen!", donnert der nächste Befehl auf mich ein. Ich positioniere mich, wie geheißen, und Eric tritt mit stählerner Miene auf mich zu und küsst mich mit einer Intensität, die mich sein Verlangen nicht nur erahnen lässt. Sein Geschlecht droht seine Hose beinahe zu sprengen, womit er sich begierig an meine pochende Mitte drückt, während er meine Handgelenke in den dafür vorgesehenen Schnallen fixiert. „Au, nicht so fest! Das tut doch weh!", entfährt es mir. Erics hämisches Grinsen, mit welchem er mich nun ansieht, hat etwas Bedrohliches „Schweig! Ich habe dich nicht nach deiner Meinung gefragt." Dann bückt er sich und bindet meine Fußgelenke ebenfalls fest. Beim Hochkommen fährt er mit seiner Zungenspitze über meinen Hügel, was mich fast um den Verstand bringt. Und als er noch blitzschnell einen Finger in mich stößt, verliere ich jegliche Kontrolle über meine Atmung und stöhne meine Lust laut hinaus. Eric erhebt sich schlagartig, und während er sein Gesicht ganz dicht vor dem Meinen hält, zischt er „Ich kann mich nicht erinnern, dir die Erlaubnis zum Stöhnen erteilt zu haben. Und erst recht nicht, mir mit solch einer Nässe gegenüberzutreten! Dafür muss ich dich leider bestrafen!"

Das Ganze macht mich so geil, dass es bereits aus mir heraus und auf den Boden tropft. Eric tritt zwei, drei Schritte zurück, nimmt die Peitsche von der Wand und knallt damit ein paar Mal auf den Boden, um mir ihre Kraft zu demonstrieren. Erschrocken zucke ich zusammen und Eric erklärt mit frostiger Stimme „Ich werde dich jetzt züchtigen, damit du in Zukunft gehorsamer bist. Du wirst den Schmerz erhobenen Hauptes hinnehmen und dich am Ende bei mir dafür gebührend bedanken. Ach, und du wirst keinen Orgasmus haben. Den hast du dir nicht verdient."

„Waaas? Das kannst du nicht machen!", panisch suchen meine Augen seine, denn das kann er nicht im Ernst meinen. Oh doch, sein Blick sagt, dass es sein voller Ernst ist. Und schon prasseln die Peitschenenden auf meinem Körper nieder, was sich anfühlt als stechen tausend kleine Nadeln auf mich ein. „Das war nur ein Vorgeschmack. Fünfzehn Schläge wirst du erhalten und vergiss nicht, mitzuzählen! Genieße es, anstatt dich dagegen zu wehren!" Demütig senke ich den Kopf und schon erwischt mich der nächste Schlag „Zwei.", presse ich hervor, doch Eric stürzt wie wild geworden auf mich los, packt mich am Kinn, und mit zusammengekniffenen Augen flüstert er unheilvoll „Fräulein, wenn du nicht augenblicklich den Kopf erhebst und ab jetzt, das heißt, mit ‚Eins' beginnend, laut mitzählst, werde ich dich für den Rest der Woche gar nicht mehr kommen lassen. Ach, und falls du daran zweifelst... das kann ich!"

Oh mein Gott, denke ich, heute ist erst Mittwoch. Obwohl, wenn ich allein bin... „Einssssss!", schrie ich gequält auf. Der erste Schlag erwischte mich noch etwas unvorbereitet und schmerzte entsetzlich. „Zwei, drei, vier." Die nächsten kamen so schnell hintereinander, dass mir kaum Zeit blieb, dazwischen Luft zu holen. Der fünfte Hieb ging hart auf meinen Brüsten nieder und ich bin stark versucht, auf sie hinab zu schauen, um zu kontrollieren, welche Spuren das derbe Leder hinterlassen hat, kann mich aber im letzten Augenblick noch zurückhalten und starre Eric voller Stolz in die Augen. Ein ganz klein wenig Freude kann ich nun hinter seiner versteinerten Miene erkennen. Das macht mir Mut, und die nächsten Schläge ertrage ich nicht nur, sondern beginne sie wirklich zu genießen, indem ich den Schmerz ignoriere und meiner Lust freien Lauf lasse. Als Eric allerdings mit voller Kraft auf mein Geschlecht zielt, kann ich meine Erregung kaum noch beherrschen. Das ist zu viel für mich. Beim dreizehnten Schlag durchfährt mich ein so heftiges Kribbeln, dass ich versuche, meine Schenkel zusammenzuziehen. Aber es ist unmöglich, da sie weit auseinandergespreizt wurden. Ich kann die Welle, die mich in diesem Augenblick erfasst nicht mehr stoppen, presse meine Lippen fest aufeinander, damit mir ja kein Laut entwischt. Mein Körper vibriert, wie nach einem Stromschlag. Erschrocken schaue ich Eric an und krächze eine „Dreizehn", denn meine Kehle ist staubtrocken vom hektischen Atmen. Noch zwei, das schaffst du, rede ich in Gedanken immer wieder auf mich ein. Allerdings folgen nun zwei Hiebe, die ich so nicht erwartet hätte und die alle zuvor verblassen lassen. Das krächzende Zählen geht in ein Schreiendes über und nachdem fünfzehnten Schlag wird mir schwindelig. Wenn ich nicht fixiert wäre, würde ich jetzt zu Boden sacken.

Eric eilt auf mich zu, bindet mich los und hält mich ganz fest. Sachte hebt er mich hoch und trägt mich zu dem Stuhl, welcher mitten im Raum steht. Alleine hätte ich es keinen Zentimeter geschafft, meine Beine hätten mir den Dienst versagt. „Verstehst du nun, warum du vor deiner Züchtigung etwas essen solltest? Dein Kreislauf macht sonst schlapp. Und beim nächsten Mal lasse ich keine Gnade walten." Entsetzt starre ich ihn an „Heißt das, du hast mich extra geschont?", ich fasse es nicht. Mit einem schadenfrohen

Blick mustert mich Eric „Na bei den letzten beiden Schlägen nicht, da sah ich keinen Grund mehr. Du hast ohne meine Erlaubnis einen Orgasmus gehabt. Das kann ich nicht tolerieren. Du wirst erst wieder einen Höhepunkt haben, wenn ich es dir erlaube. Und glaub mir, noch einen Ausrutscher wirst du bitter bezahlen."

Scheiße, das hat er gemerkt? Mein Hirn arbeitet mit Hochdruck an einer Ausrede und schüttle den Kopf „Nein, ich …", weiter komme ich nicht, denn sofort schneidet er mir das Wort ab, während er sich drohend vor mir aufbaut.

„Du hast tatsächlich geglaubt, ich merke das nicht? Ist das so? Und als ob das nicht schon genug ist, versuchst du mich, auch noch anzulügen? Ich glaub, die Bestrafung hast du dir mehr als verdient." Okay, er hat ja Recht, denke ich mir, soll er mich halt bestrafen. Ich finde sowieso immer mehr Gefallen an den Peitschen. Nur für heute hab ich erst einmal genug. Meine Nippel sind aufgeplatzt, meine Möse brennt wie Feuer, und meine Oberschenkel sind mit tiefroten Striemen übersät.

„Komm her und knie dich vor mich hin. Deine Hände auf den Rücken! Sofort!" Sein barscher Ton lässt mich erzittern und gleichzeitig zieht sich in mir alles zusammen. Ich tue brav, was er von mir verlangt und gehe vor ihm zu Boden. Er öffnet seine Hose und als er sie herab streift, springt mir sein strammer Penis befreit entgegen. Während er ihn mit der einen Hand kräftig bearbeitet, was mich extrem geil macht, krallt sich seine andere Hand in meinen Haaren fest.

„Schau nur genau hin, denn der wird dir eine Weile keine Freude mehr machen. Aber du wirst ihm jetzt eine Freude machen, indem du ihn ordentlich bläst! Hörst du, Schlampe?" Bei dem Wort ‚Schlampe' zucke ich unweigerlich zusammen. So hat mich noch niemand genannt und das bin ich auch nicht, und doch hat die Bezeichnung etwas Elektrisierendes für mich, da sie zwangsläufig für heftigen schmutzigen Sex steht. „Antworte!"

„Jawohl Sir.", beeile ich mich, zu sagen. Sein betörender Duft, eine Mischung aus Vanille und Moschus, weht mir in die Nase und benebelt meine Sinne. Mit verschleiertem Blick sehe ich erwartungsvoll zu Eric hoch. Dieser wichst sich noch fünf, sechs Mal genüsslich. Verdammt, er weiß ganz genau, wie heiß mich das macht. Und zur Bestätigung erinnert er mich nochmals an meine Strafe. „Du hast keine Erlaubnis zu kommen, merke es dir gut!" Daraufhin schiebt er mir seinen Schwanz tief in den Mund und ich muss leicht würgen. "Atme langsam durch die Nase Tine, aber atme!" Das sage ich mir in Gedanken immer wieder auf und werde ruhiger. Seine Hand schiebt meinen Kopf immer wieder vor und zurück, sein Glied wird immer fester und ich kann die hervortretenden Adern mit der Zunge spüren. Während mein Mund kräftig saugt, lasse ich ihre Spitze ab und zu in dem winzigen Schlitz verschwinden, oder spiele mit dem kleinen Bändchen an seiner Eichel, woraufhin Eric seinen Kopf in den Nacken wirft und laut stöhnt. „Oh mein Gott, ist das gut. Ja, lutsch! Lutsch meinen Schwanz! Das machst du gut. Oh ja, ich ficke deinen Mund und kann es kaum noch halten!", ruft er und schiebt sich nun immer schneller werdend in mich. Ich habe nun echt Mühe, mich auf seinen Schwanz zu konzentrieren, denn vielmehr kämpfe ich nun gegen meinen nahenden Höhepunkt an. Mit einem lauten Stöhnen kündigt Eric sich an, um sich augenblicklich in mir zu ergießen. „Jaaa! Oh Baby, ich komme, ich spritze alles in deinen heißen Mund. Los schlucke alles, du Schlampe!" Eine Welle warmen Spermas schießt aus ihm heraus, ich hole tief Luft und lasse die süßsaure Flüssigkeit meinen Rachen hinunter laufen. Während ich schlucke, stöhnt Eric erneut auf, der Sog hat ihn nochmals eine Woge der Ekstase beschert. Brav lecke ich seinen Penis sauber, während mir meine Feuchtigkeit die Schenkel herunter läuft und auf den Boden tropft, obwohl ich versuche an irgendwelche Küchengeräte oder Ähnliches zu denken, nur um mich abzulenken. Zum Glück kann ich den Höhepunkt noch abwenden. Noch mehr Schläge hätte ich jetzt nicht ertragen können.

Sanft zieht Eric mich kurze Zeit später wieder nach oben und küsst mich lange und leidenschaftlich, dann meint er „Komm, lass uns noch etwas trinken." Ich schmunzle „Danke, für die Strafe, die ich erhalten durfte!", sage ich wirklich überzeugt.

Wir schlüpfen in unsere Kleider und setzen uns im Gastraum wieder an unseren Tisch. „Und? Hat es dir gefallen? Ist es wirklich das Richtige für dich? Willst du so leben?", fragt mich Eric und schaut mir tief in die Augen. Da ich zögere, zwinkert er mir aufmunternd zu. „Für deine Antwort, egal, wie sie ausfällt, wirst du keine Strafe bekommen." Seine warmen Augen machen es mir leicht, die nächsten Worte über meine Lippen zu bringen. „Ja, das ist genau das, wonach ich mich sehne. Bitte Eric, zeig mir diese Welt!"

„Das setzt natürlich deine Ehrlichkeit mir gegenüber voraus. Es nützt nichts, wenn du mir etwas vorzumachen versuchst. Damit machst du dir nur selbst etwas vor. Ich verspreche dir, dich mit dem nötigen Respekt zu behandeln, dir niemals etwas zuzufügen, was du nicht selbst bereit bist zuzulassen. Ich werde nie zu weit gehen, nie die Grenzen überschreiten. Aber ich verspreche dir auch, dich bis an deine Grenzen zu bringen, und sie gegebenenfalls mit dir zusammen verschieben. Dafür erwarte ich dein bedingungsloses Vertrauen." Eric hält meine Hände in seinen und sieht mich eindringlich an „Meinst du, du kannst das?" Und in diesem Moment bin ich mir meiner Sache so sicher wie noch nie. „Ja, ich kann und will so ein Leben führen." Ein inniger Kuss besiegelt unser ‚Abkommen', und ich bin seit langem wieder einmal sehr glücklich.

Es ist schon sehr spät, als wir in die Straße einbiegen, in der ich wohne. Da es sowieso keine freien Parkplätze gibt, will ich mich gleich im Auto verabschieden. Doch Eric hält direkt vorm Haus, stellt den Motor ab und begleitet mich zur

Tür. Ich schaue ihn fragend an „Möchtest du noch kurz mit reinkommen und etwas trinken?", frage ich höflich, obwohl ich eigentlich gleich ins Bett wollte. Eric grinst mich nur an, schüttelt dann langsam den Kopf und meint „Du packst jetzt ein paar Sachen zusammen und kommst mit zu mir. Erst einmal für ein paar Tage zur Probe. Und beeile dich gefälligst!" Mir bleibt vor Schreck die Luft weg. „Das ist doch nicht dein Ernst. Ich muss morgen früh in die Gärtnerei. Wie stellst du dir das vor?" Verständnislos schüttle ich den Kopf, doch Eric bleibt hart. „Du wirst morgen früh dort anrufen und sagen, dass du dir ein paar Tage frei nimmst. Ganz einfach. Die werden auch mal ohne dich klarkommen. Wie soll ich die Kontrolle über dich haben, wenn du nicht bei mir bist?" Bei diesen Worten nimmt er mich in seine Arme und flüstert mir ins Ohr. „Außerdem habe ich so viel mit dir vor." Bei dieser Ankündigung werde ich gleich wieder feucht. Na danke auch, Mr. Johannson!

Wenn ich es mir so überlege, hat er ja eigentlich Recht, da sowieso gerade nicht viel los ist in der Gärtnerei, kann ich durchaus mal ein, zwei Tage freimachen. Trotzdem fühle ich mich wieder überrumpelt, doch das gehört wahrscheinlich dazu, wenn Eric die volle Kontrolle über mich haben soll. Schließlich gebe ich mich geschlagen und packe mein neues rotes Strickkleid und ein paar Toilettenartikel ein. So, fertig! Na dann. Bin schon ein wenig gespannt, womit die Villa noch so aufwarten kann. Ich werde Amelie eine SMS schicken, dass ich mir die nächsten drei Tage frei nehme. Wenn es brennt, kann sie mich ja anrufen, aber derzeit ist nicht so viel los. Am ersten Advent stürmen alle die Weihnachtsmärkte, nicht die Blumenläden. Die paar Kirschzweige für den Barbara Tag werden leider nicht für Topumsätze sorgen.

Während wir mit Erics Wagen langsam in Richtung Stadtrand fahren, setze ich mein Vorhaben in die Tat um, und Amelie antwortet prompt „Ja, ja, lass es dir nur gutgehen. Wir schuften hier, wie die Ackergäule, und du genießt ein

Schäferstündchen nach dem anderen. * grins. Nee, lass mal gut sein, hier ist tote Hose. Das schaffe ich mit den beiden Herrschaften auch alleine. Kevin und Eddie überstürzen sich bald, um mir helfend zur Hand zu gehen. Also, du siehst – es ist alles gut, vertrau mir und lass mich machen. Ich wünsche dir ein schönes Wochenende und verschwende keinen Gedanken an die Firma. Amelie."

Beruhigt lehne ich mich zurück, und beinahe fallen mir die Augen zu, während ich, umkuschelt von den weichen Sitzen, die Lichter der Stadt an mir vorbeiziehen sehe. Ich werde immer gleich müde, sobald ich bewegt werde. Wenn es dunkel ist, ist es besonders schlimm. Das holprige Kopfsteinpflaster tut sein Übriges.

Nach einer Viertelstunde haben wir unser Ziel erreicht, und der eisige Wind, welcher hier draußen weht und mir erbarmungslos ins Gesicht schlägt, macht mich augenblicklich wieder munter.

Drinnen ist es angenehm warm, was Eric trotzdem nicht davon abhält, den Kamin weiter kräftig einzuheizen. „Schau doch mal, ich glaube, im Kühlschrank müsste schon eine Flasche Wein sehnsüchtig auf uns warten.", meint Eric, ohne von seinem Holzkorb aufzusehen.

Darüber nachgrübelnd, woher er wusste, dass er heute Abend nicht allein nach Hause kommt, oder ob er rein prophylaktisch immer Wein im Kühlschrank hat, mache ich mich auf den Weg zur Küche. Wo soll sonst der Kühlschrank stehen? Aber wo ist denn die Küche? Orientierungslos irre ich durch die große Halle und steuere dann einen Raum an, dessen Tür als Einzige verschlossen ist, während die der anderen offen stehen, und deren Dahinter von weitem schon nicht nach Küche aussehen. Ich hoffe, die richtige Wahl getroffen zu haben, um endlich mit dem Wein zu Eric zurückkehren zu können.

Als ich die Klinke sachte nach unten drücke und einen Spalt breit geöffnet habe, schlägt mir ein angenehmer Duft aus einer Mischung aus Opium und Sandelholz entgegen. Sehr anregend muss ich feststellen. Drinnen ist es ziemlich dunkel, und selbst als meine Finger neben den Türrahmen suchend herumtasten und schließlich einen Schalter finden, wird es nicht wirklich heller. Der Raum wird nur in schummrige Rottöne getaucht, die Wände und Fenster sind mit Vorhängen versehen. Ich glaube, auch eine Terrassentür dahinter zu sehen. Der Raum fasziniert mich, obwohl zu seiner Einrichtung nicht mehr als ein überdimensional großer runder Tisch in der Mitte zählt. Es wäre eigentlich ein ganz normaler, wenn auch furchtbar edler Tisch, aus schwarzem Marmor, wenn er nicht mit vier Schlaufen versehen wäre; wie Gurte, damit man ihn besser wegtragen kann. Ich kenne so was von Oliver, welcher in einem Möbelgeschäft arbeitet und hin und wieder schwere Massivholzschränke in höher gelegene Etagen transportieren muss. Dafür gibt es auch immer solche Gurte, um die Last zu heben, bei Klavieren zum Beispiel auch. Aber diese hier waren natürlich um vieles schicker. Es waren derbe schwarze Ledergurte mit breiten Schließen, wie bei einem Gürtel. Interessant! Meine Finger gleiten sanft über die herrlich glatte und kühle Oberfläche des Tisches, während ich meinen Blick weiter im Raum herum schweifen lasse. Das Licht, welches ich angeschaltet habe, entsprang einer fast genauso riesigen Lampe, die über dem Tisch an der Decke hängt. Sie ähnelt weniger wie einer Lampe, als vielmehr einer Klangschale. Sieht ein bisschen so aus, als wäre sie der Deckel bzw. die Haube, und der Tisch die Servierplatte.

„Chris? Chris, wo bleibst du denn?", ruft es aus der Halle. Ich fahre zusammen. Oh je, vor lauter Neugierde hab ich doch glatt den Wein vergessen. „Ich kann den Kühlschrank nicht finden!", rufe ich genauso laut zurück und schleiche mich leise wieder rückwärts aus dem Raum, als ich plötzlich mit etwas Weichem zusammen stoße. Ich erschrecke und mein Herz bleibt fast stehen. „Hast du dich verirrt, Süße?", säuselt zuckersüß und gefährlich Erics Stimme hinter mir. Langsam drehe ich mich um, und alles Blut meines Körpers, scheint sich in meinem Gesicht zu sammeln. „Ich…, ich hab die Küche gesucht.", stammle ich ertappt, ziehe die Tür ins Schloss, als ob ich damit die Sache ungeschehen machen könnte, und sehe Eric reuevoll an. Dieser schmunzelt aber nur amüsiert und zeigt auf das Kaminzimmer. „Glaubst du, ich habe so eine große Bar, um den Wein in der Küche kaltzustellen?" Herausfordernd grinst er mich an, was mich sofort veranlasst, mich vor ihm aufzubauen. Die Fäuste in die Hüften gestemmt, funkele ich ihn wütend an. „Du hättest ja auch gleich sagen können, wo der Wein ist. Normale Leute wie ich haben nämlich nur einen Kühlschrank, und der steht vorzugsweise in der Küche." Bei dem Wort ‚normal' nehme ich beide Hände hoch und symbolisiere Gänsefüßchen damit. Noch ehe ich mich versehen konnte, wurden meine Arme hochgerissen, gegen die Tür ‚gespaxt' und Erics heißer Atem weht über mein Gesicht. Seine Augen funkeln wild, und ich kann das Feuer darin bereits lodern sehen. Sein Mund kommt näher, und meine Handgelenke immer noch fixierend, scheint Eric mich zu inhalieren. Ganz dicht aneinander sind sich unsere Gesichter jetzt, ohne einander zu berühren. Sofort wird mein ganzer Körper von einer heftigen Welle der Erregung erfasst, welche nahezu an Ohnmacht grenzt, und meine Atmung gerät außer Kontrolle. Anstatt mich zu küssen, wandert Erics Atem an meine Stirn, meine Ohren, meinem Hals, meinem Nacken. Das macht mich so geil, dass ich bereits spüren kann, wie sich die Nässe ihren Weg an meinen Schenkeln nach unten bahnt. Als Eric plötzlich sein Knie sanft gegen meine pochende Mitte drückt, entfährt mir ein ergebenes Stöhnen. Sofort verstärkt sich der Druck auf meine Arme und Eric saugt tief Luft ein. Im ersten Moment denke ich, es sei ein Zeichen seiner Erregung; wohl auch mit, ja; aber als ich merke, wie er langsam aber energisch dabei den Kopf schüttelt, fällt mir mein Orgasmusverbot wieder ein. Shit, das wäre beinahe schief gegangen. Daran habe ich gar nicht mehr gedacht. Verflixt, wie soll ich das

aushalten? Der Typ macht mich einfach nur wahnsinnig. Wahnsinnig geil. Ich quieke, denn bevor ich noch länger drüber nachdenken kann, schultert mich Eric und schleppt mich wieder in Richtung Kaminzimmer. Meinetwegen kann er mich überall hin tragen, solange ich so einen schönen Ausblick auf seinen Arsch habe, soll's mir recht sein.
Auf dem Tisch stehen bereits zwei Gläser und der Wein, welchen ich eigentlich holen wollte, als Eric mich auf der weichen Couch parkt. „Was ist das für ein Raum, in dem ich aus Versehen geraten bin? Außer einem Tisch mit Henkeln steht da nichts drin. Nicht einmal Stühle?" , frage ich unverblümt und wieder mutig, denn wenn ich nun schon mal drin war, kann ich mir auch darüber Gedanken machen dürfen. Aber sobald ich ansetze, sehe ich, wie Eric mich belustigt anschaut und ungläubig den Kopf schief hält. „Das wundert mich aber jetzt, dass du nicht weißt, was das für ein Tisch ist. Aber ich werde dir seinen Zweck zu gegebener Zeit näher bringen.", wieder dieses Grinsen auf seinem Gesicht, und langsam schwant mir, wozu dieses Möbelstück dient, aber mache mir erst einmal keine Gedanken mehr darüber. Eric reicht mir nun ein Glas und hebt seines ebenfalls „Auf ein schönes aufregendes Wochenende. Skal!", auf Schwedisch prostet mir Eric entgegen und ich tue es ihm gleich.
„Du sag mal ...", beginne ich sachte, was mir schon seit dem Nachmittag auf den Nägeln brennt. „Woher wusstest du heute Nachmittag, dass ich in der Boutique bin? Hast du mir vielleicht nach spioniert?" Herausfordernd schaue ich Eric an, froh darüber, erst einmal meine Erregung, wieder halbwegs im Griff zu haben, um ihn solche Fragen stellen zu können. „Nein, ich habe dir doch nicht nach spioniert. Ich fuhr Runden durch die City, weil ich auf der Suche nach einem Parkplatz war. Da sah ich dein Auto vor der Boutique stehen, und wusste, dass du vielleicht dort ein Kleid kaufen wolltest, weil du ja keins hast, wie du selbst behauptest. Und da gerade ein Parkplatz dahinter frei wurde, beschloss ich, mal nachzuschauen, was du dir so aussuchst." Schel-

misch blinzelt er mich an, was dazu führt, dass ich das Gefühl bekomme, mich verteidigen zu müssen, obwohl er natürlich Recht hat.

„Wie kommst du darauf, dass ich mir ein Kleid kaufen wollte? Ich kam bis jetzt ganz gut ohne Kleid zurecht. Wir hatten einen schönen Abend und eine schöne Nacht, aber es war keine Rede davon, dass wir uns wieder sehen.", gehe ich in die Offensive. Erics Augen beginnen sich langsam zu verdunkeln, und er fragt mich scharf „Ach, und wem meintest du dann damit, als du in der Kabine zu Melanie riefst ‚Damit mache ich ihn bestimmt heiß'? Und es war definitiv ein Kleid, was du anprobiert hattest. Wenn du nicht mich damit gemeint hast, wem dann?" Jetzt begannen seine Nasenflügel gefährlich zu vibrieren, während seine Augen nur noch kleine Schlitze waren. Gefahrstufe rot? „Rede mit mir! Gibt es noch einen anderen Typ in deinem Leben? Dann sage es mir jetzt sofort. Ich muss das wissen.", seine Stimme wehte wie ein eisiger Hauch über mein Gesicht, sodass ich augenblicklich fror. „Antworte!", schreit er mich jetzt an, da ich ihn mit offenem Mund anstarre. „Ne…, nein, es gibt keinen anderen.", stottere ich. „Ich …, ich wusste ja nicht, ob du es wiederholen willst, oder ob es für dich eine einmalige Sache war.", meine Stimme wird unsicher, und meine Lider beginnen zu zucken, denn ich merke, wie mir bei diesem Gedanken langsam Feuchtigkeit in die Augen steigen will. Eric nimmt mich jetzt zart in seine Arme. Ich bin froh, dass er meine Tränen nicht sehen kann und beginne zu stammeln „Ich weiß doch überhaupt nichts über dich. Nicht wie lange du noch in Deutschland bleibst, was du magst, was du nicht magst. Das einzige, was ich weiß ist, dass du auf harten Sex stehst und auf Kleider ohne Unterwäsche. Da wollte ich nur einfach besser vorbereitet sein, falls…, ja falls es ein nächstes Mal gibt.", ich kuschele mich ganz nahe an Eric, während er mir tausend kleine Küsse auf meinen Scheitel drückt. „Also hast du doch ein Kleid aussuchen wollen, um mir zu gefallen.", schlussfolgert er nun im Flüsterton an mein Ohr, was mir gleich wieder ein Kribbeln in meinem Schoß beschert. „Ja, aber ich wollte dich nicht drängen, wollte abwarten.", nach einer kleinen Pause und einen tiefen Seufzer fahre ich fort „...und ich wollte mich nicht..., wollte nicht zulassen, nein ich wollte nicht zulassen, dass du siehst, dass ich mich..., dass ich mich, verdammt nochmal, ein bisschen in dich verliebt habe." Jetzt, wo es raus ist, schluchze ich umso mehr, denn diese Erkenntnis trifft mich selbst ziemlich plötzlich, nun als ich es laut ausgesprochen höre. Sanft legt Eric einen Finger unter mein Kinn, hebt meinen Kopf hoch und sieht mich eindringlich an. Oh Gott, jetzt sagt er mir bestimmt gleich, dass ich doch nicht so naiv sein soll. Ich wisse doch, dass er irgendwann nach Schweden zurückkehrt und wir uns hier nur eine schöne Zeit zusammen machen wollen, indem wir uns gegenseitig das geben, was wir brauchen. Ich bekomme einen Einblick in die Welt von BDSM, in die Eric die Türen für mich öffnet, und ich versüße ihm seinen Aufenthalt in Deutschland. Punkt. Nicht mehr und nicht weniger. Erwartungsvoll und gleichzeitig ängstlich schaue ich ihn an. Mein Körper zittert unter der Anspannung und Furcht, vor dem, was nun folgen wird. Eric öffnet den Mund, doch anstatt etwas zu sagen, senkt er seine Lippen auf meine und küsst mich so leidenschaftlich, und ich erwidere diesen Kuss mit voller Hingabe. Seine Begierde raubt mir fast den Verstand und ich habe das Gefühl, vor Lust unter ihm vergehen zu müssen, da er dazu noch sachte meine Brüste streichelt. Gedankenverloren stelle ich mir vor, wie es wäre, morgens neben ihm aufzuwachen. Spinner! Tadele ich mich selbst nach einer gefühlten Ewigkeit und erwache aus diesem Traum. Vorsichtig rücke ich ein Stück von ihm ab. Obwohl Eric immer noch keinen Ton von sich gegeben hat, ist es, als ob alles zwischen uns gesagt wäre. Sachte drückt er mich wieder in die Kissen auf der Couch und seine Hand

gleitet unter meinem Kleid, die Innenseiten meiner Schenkel nach oben, bis zu meiner feuchten Mitte.
Abrupt hält er inne und mehr zu sich selbst, als zu mir, meint er „Warte hier, ich bin gleich wieder da!" Okay, da kann ich erstmal etwas meine Gedanken sortieren, nippe an meinem Wein und halte mir dann noch nachdenklich das kalte Glas an die Wange, wie ich es immer mache, wenn mein Brain zu Höchstleistungen aufläuft und sich heiß denkt. Immer wieder schießen mir Fragen durch den Kopf. Was mache ich hier überhaupt? Ist es nicht besser, zu gehen, bevor es zu spät ist? Wofür zu spät? Und ist es das nicht bereits?... In mir tobt ein heftiger Konflikt. Will ich mich mit ihm einlassen, obwohl ich weiß, dass es nicht von langer Dauer sein wird? Ist es das wert, wenn es mir irgendwann das Herz zerreißt, da er eines Tages in seine Heimat zurückkehren wird? Dann denke ich wieder, warum kann ich nicht einfach das Hier und Jetzt genießen und mal nicht an morgen denken? Sei einfach glücklich und wenn es mal vorbei ist, dann freue dich, dass es eine schöne Zeit war und du sie erleben durftest! Ein Ende bedeutet auch immer einen neuen Anfang. Du kennst das doch nun! Es schmerzt eine Weile, aber bald ist man wieder neugierig auf das, was danach kommt. Ich bin so vertieft in meine Für- und-Wider-Gedanken, dass ich nicht bemerke, dass Eric zurück ist. Erst als er seine Hände unter mich schiebt und mich hochhebt, als wäre ich eine Feder, kehre ich erst wieder in diese Welt zurück und mache mich zunächst steif. „Was hast du vor mit mir? Wo bringst du mich hin?" Doch Eric denkt gar nicht daran, mir seinen Plan zu erläutern. Er trägt mich weiter, aus dem Zimmer hinaus, durch den Flur, die riesige Treppe hinauf; die oberste Etage wirkt fast noch größer, als das Untergeschoss; und stößt dann mit seinem Fuß eine Tür auf, aus der mir feuchte Wärme und ein Duft aus Rosenblüten entgegenschlagen.
Drinnen stellt Eric mich wieder auf meine eigenen Beine, und ich sehe mich staunend im Raum um. Wir befinden uns

in dem größten Badezimmer, das ich in meinem ganzen Leben gesehen habe und bestimmt auch in Zukunft sehen werde. Ein mächtiger Frisiertisch, von vielleicht zwei Metern Länge und gut einem Meter Tiefe, umrandet von einem, mit vielen Spots beleuchteten; ähnlich, wie die Künstlergarderoben am Theater; bodentiefem Spiegel, welcher auch noch bis zur Decke reicht, steht an der Wand links neben der Tür. An der rechten Längsseite befindet sich die Dusche, gesäumt von einer steinernen Wand, die dem Ganzen einen leichten mediterranen Hauch verleiht, da es sich um eine Art rötlichen Bruchstein handelt. Dieser passt hervorragend zu den schwarzen Marmorfliesen am Boden. In der Dusche können locker fünf Personen auf einmal duschen, ohne, dass es Gedränge gibt. In die Wand gegenüber sind neben den zwei großen Doppelwaschbecken mit Messingwasserhähnen mehrere Sprossen eingelassen, denke mal, es handelt sich um Handtuchtrockner. Längs vor der Wand steht eine große Massageliege, und darunter, wenn ich es richtig gesehen habe, hat man einen Bock deponiert, dessen Zweck ich nur erahnen kann. Am Ende des Raums, unter einem großen Fenster, befindet sich eine überdimensional große Eckbadewanne. Für mich, mit meinem gerade mal Eins sechzig, schon fast ein Schwimmbad. Auf dem Rand flackern mehrere Kerzen und sorgen für eine gemütliche Atmosphäre, während die Rosenblätter, mit denen das Badewasser versehen wurde, einen prickelnden erotischen Duft verstreuen. Die Wanne umrunden im Halbkreis zwei kleine Stufen, für einen besseren Einstieg, welche sich auf der anderen Seite fortsetzen, um auf den hohen Diwan zu gelangen, welcher der Wanne gegenüber, in der anderen Ecke steht. Ihn zieren viele weiche Kissen auf einem Bezug aus schwarzem Leder.
Eric steht die ganze Zeit über hinter mir, seine Arme um mich geschlungen. „Wahnsinn, das Bad ist ja der Hammer!", entfährt es mir. „Jaaa!", entgegnet mir Eric langgezogen. „Fast so, wie der in meiner Hose.", witzelt er, wäh-

rend seine Finger langsam den Reißverschluss meines Kleides nach unten ziehen. Ich spüre seine Härte an meinem Hintern, und eine heiße Welle durchflutet mich. In Zeitlupe streift er mir mein Kleid ab, während er zarte Küsse auf meinen Nacken und meine Schultern setzt. Sein bereits entblößter Oberkörper bebt, als er sich fest an meinen Rücken drückt. Ich liebe es, wenn er das tut. Mein Rücken ist sehr sensibel, was die Aufnahme von Empfindungen betrifft, deswegen fühle ich mich sofort unendlich geborgen an seiner Brust, welche sich jetzt hektischer hinter mir hebt und senkt. Nur noch ein kurzer Augenblick und Eric löst sich von mir; was ich sehr bedaure; um sich seiner Jeans zu entledigen. Ich drehe mich zu ihm um und sehe ihm dabei zu. Als Vorbild verzichtet er natürlich ebenfalls auf eine Unterhose, sodass sein Schwanz sofort aus der Hose springt, sobald er sie nur etwas heruntergezogen hatte. Ich kann der Versuchung nicht widerstehen, mich vor ihm auf die Knie sinken zu lassen, um ihn mit meinen Händen zu umfassen und gleich darauf tief in meinen Mund gleiten zu lassen. Die Haut seines prächtigen Ständers ist wunderbar weich und warm, richtig samtig. Ich kann gar nicht genug davon bekommen und spüre, wie er sich mehr und mehr anspannt, bis mich Eric sachte an den Armen nach oben zieht, um mich sachte zu küssen. „Komm, lass uns nun in die Wanne gehen! Sonst wird das Wasser noch kalt!", haucht er mir sanft ins Ohr.
Als ich hinein steige, spüre ich, dass sich in der Wanne auch nochmal Stufen befinden. Ich setze mich hinter in die Ecke. Mein Kopf guckt gerade noch so aus dem Wasser und ich lege ihn auf das weiche Schwammkissen auf dem Rand hinter mir und lausche der leisen Musik, welche soeben einsetzt. Eric setzt sich nun mir gegenüber auf die Stufen und betrachtet mich intensiv. Nach einer Weile werde ich nervös. Es ist mir unangenehm, wenn er mich so anstarrt, da ich mit meinem Körper nicht ganz so zufrieden bin, wie es gerne sein würde. Kleine Pölsterchen auf

meinem Bauch und meinen Hüften machen mir ziemlich zu schaffen. „Warum starrst du mich so an? Stimmt etwas nicht?", frage ich Eric. „Um Himmels willen! Nein, es ist alles perfekt. Du bist perfekt. Weißt du eigentlich, dass du wunderschön bist?" Stöhnend beugt er sich über mich und küsst mich, während seine Finger meinen ganzen Körper zu scannen scheinen. Ich verliere den Halt und wir beide tauchen ab, denn die Arme, die ich fest um Eric geschlungen hatte, ziehen ihn erbarmungslos mit hinunter. Das Wasser schwappt in einer großen Welle über den Rand und flutet das Bad. Prustend kommen wir wieder nach oben und Eric schiebt mich nun auf sich, damit unsere Stabilität gewährleistet ist. Mir wird ganz schwindelig, als ich seinen harten Penis unter mir spüre, und meine geschwollenen Schamlippen sich um ihn schmiegen. Ich glaube, ich werde gerade noch nasser, als ich vom Badewasser ohnehin schon bin und schiebe mich auf ihm hin und her, um ihn noch besser spüren zu können. Eric kommt mir entgegen und mit einer Leichtigkeit dringt er in mich ein. Meine Sinne drohen zu schwinden, als ich mich noch mehr sinken lasse, um ihn noch tiefer in mir zu spüren, doch ich habe zum Glück noch den nötigen Überlebensinstinkt, um meinen Kopf über Wasser zu halten. Wir werden dabei so herrlich umspült, von dem warmen Nass, dass das Plätschern allein schon fast meinen Höhepunkt hervorruft. Aber es ist mir ja noch verboten zu kommen. Daher unterdrücke ich schnell mein Verlangen und knie mich hin. Meine beiden Hände unter Erics knackigem Arsch grabend, hebe ich seine Hüfte mir entgegen, wobei sich sein erigierter Penis, wie ein Leuchtturm aus dem Wasser ragend, mir emporstreckt und lustig hin und her wippt. Hmmm, lecker! Mit dem Mund fange ich ihn ein, schließe meine Lippen fest um ihn und sauge mich an ihm fest, vor lauter Gier. Ich ziehe ihn noch dichter zu mir heran, lege seine Beine um mich und platziere sein Hinterteil auf meinen Schenkeln. Eric ist zum Glück so groß, dass er trotz meiner spontanen Aktion nicht abtaucht. Ich genieße seinen Geschmack und wünsche mir in diesem Moment nichts sehnlicher, als dass er sich in mir ergießt. Ich will ihn schmecken, noch nie habe ich mir so etwas so sehr gewünscht. Okay, ich gebe zu, dass ich nicht ganz uneigennützig handle, denn es ist vielleicht die einzige Möglichkeit, meinen mittlerweile unaufhaltsamen Orgasmus vor Eric zu verheimlichen, wenn ich es geschickt anstelle. Meine Finger spielen sanft mit seinen Hoden, welche geschmeidig vom Wasser gewiegt werden. Im Regal neben der Wanne entdecke ich ein Fläschchen mit Erdbeerduft. Na da wollen wir doch mal. Ich tröpfele etwas davon auf Erics Penis und verteile diese süße Flüssigkeit mit meiner Zunge. Es ist ein Gleitgel, welches essbar ist. Sofort beginnt Eric sich unter mir zu winden wie ein Aal. Er stöhnt, während ich genüsslich seine Eichel einsauge. Ist verdammt lecker, so ein Erdbeergel! Deshalb verteile ich mit dem Finger auch gleich noch etwas auf seinen Brustwarzen und zwirbele sie mit Daumen und Zeigefinger, was Erics Stöhnen in Winseln übergehen lässt. Ich kann nicht widerstehen, seinen Körper unter Wasser leicht anzuheben, mich vorzubeugen und die kleinen harten Spitzen zwischen meinen Lippen zu nehmen und sanft aber fest daran zu saugen. „Oh, mein Gott, was machst du mit mir?", presst Eric zwischen seinen Zähnen hervor. „Wenn du so weitermachst, komme ich gleich." Von diesen Worten erst recht aufgeheizt, lasse ich seinen Oberkörper wieder langsam ins Wasser gleiten und ziehe stattdessen seine verdammt knackigen Arschbacken auseinander, nicht ohne meine Finger leicht an seiner Kimme über den Damm und wieder zurückwandern zu lassen. Sein Ständer gleicht jetzt einem Obelisken, steil und hart zeigt er nach oben. Mit der Zunge zeichne ich die dick hervorgetretenen Adern nach, welche sich wie ein Relief um dieses Prachtstück winden. Während die eine Hand langsam seine Peniswurzel massiert, streichelt meine andere sachte aber immer bestimmter um seine Rosette. Das Badewasser ist mittlerweile so ölig, dass es wie ein Gleitgel wirkt, und mein Finger immer mal kurz in Erics dunkler enger Gasse verschwindet. Seine beinahe schon animalischen Ausrufe und sein zuckender Unterleib kündigen seinen nahenden Höhepunkt an. Ich, davon selbst kurz davorstehend, nehme seinen zum Explodieren geweihten Phallus tief in meinem heißen Mund auf und als ich schlucke; ich weiß, dass ein ‚Deep Throat', ihn den Rest gibt; spüre ich wie er sich in mir aufbäumt und kurz darauf heftig in meinem Schlund detoniert. „Oh, oh, ohhhhhhhhhhhhh, jaa ich komme, ich spritze ab, alles in dich rein. Oh, ist das geil.", stöhnt Eric laut auf und eine feurige Welle glühenden Spermas flutet darauf meinen Rachen. Ich nehme alles gierig in mir auf, obwohl ich selbst nicht mehr Herr meiner Sinne bin und meinen Orgasmus kaum noch zurückhalten kann, wenn ich Eric beim Höhepunkt beobachte und dabei seinen schmutzigen Worten lausche. Es ist so geil. Mittlerweile steigen mir die Tränen in die Augen, weil ich so eine Mühe habe, mich von meiner süßen Qual abzulenken, denn ich habe soeben beschlossen, Eric zu gehorchen. Ich lecke seinen Schaft sorgfältig sauber und drücke einen zarten Kuss auf seine allmählich kleiner werdende Spitze. Ich muss hier raus, denke ich nur noch, ich halte das nicht mehr aus und schaue mich suchend im Raum um. In diesem Moment springt Eric hoch, schnappt sich meinen Körper und trägt mich, so nass wie wir sind heraus aus der Wanne und lässt mich gegenüber auf dem weichen Diwan sinken. Die Kühle des Bezuges überzieht meine Haut mit einer leichten Gänsehaut, welche sich noch intensiviert, als Eric meine Arme nach oben streckt und die Innenflächen sanft mit Küssen bedeckt. Froh während des ‚Transports', meine Erregung etwas unter Kontrolle bekommen zu haben, flammt sie nun, da Eric mit seinen Küssen über meine Ohrläppchen, an meinem Hals, bis zum Jochbein fortfährt, erneut wieder auf. Ein leises Stöhnen entwischt mir, als er mit seiner Zunge über meine prallen Brüste streift und meine harten aufgerichteten

Nippel sanft zwischen seinen Zähnen einsaugt. Heiße Feuchtigkeit sammelt sich zwischen meinen Schenkeln und das ist kein Badewasser! Unermüdlich bestreitet Erics Zunge seinen Weg nach unten. Unterhalb des Bauchnabel steigert sich meine Gier ins Unermessliche, und unbewusst recke ich ihm meine Hüften entgegen. „Der Bauch bleibt unten!", knurrt Eric mich an. „Eric bitte, es ist unerträglich. Warum quälst du mich?", wimmere ich unter ihm, denn sein herrischer Ton macht die Sache nicht besser. Meine Schamlippen sind geschwollen, meine zartes Knöpfchen zu einem beachtlichen Knopf gewachsen, und meine Vaginalmuskeln ziehen sich in Erwartungshaltung in stetigem Rhythmus zusammen. „Ooh Eric, ich halte das nicht mehr aus! Bitte, lass mich kommen!", flehe ich ihn an, als er immer tiefer und somit näher an meine triefende Mitte kommt. „Du kommst, wenn ich es dir erlaube." Sein Ton lässt keinen Widerspruch, geschweige denn, einen orgastischen Ausrutscher zu. Deshalb presse ich meine Schenkel, so fest ich kann aneinander, und bewirke damit komplett das Gegenteil. Das Gefühl, was die Reibung meiner klitschnassen und frisch rasierten Schamlippen aneinander verursachen, wirft mich beinahe von der Klippe. Eric rutscht vom Diwan, spreizt energisch meine Schenkel, kniet sich dazwischen und zieht mein Becken an die Kante, sodass sich meine Öffnung direkt vor ihm präsentiert. Schnell dringt Erics Zunge spitz und hart in meine vibrierende Schlucht ein, rührt meine Nässe um und saugt an meiner Perle. Ich winde mich heftig hin und her, was es noch schlimmer macht, und beiße mir auf die Unterlippe, um mein Stöhnen zu unterdrücken. Plötzlich spüre ich, wie sich ein Finger in mich hineinschiebt und Eric den erlösenden Satz spricht „Du darfst jetzt kommen."
Unter einem lauten unkontrollierten Aufschrei zerberstet mein Innerstes, splittert in Millionen von Teilchen aus schillernden Regenbogenfarben und verteilt sich langsam in der unendlichen Finsternis des Universums, sprich meines

Kopfes. Ich spüre nur schwach, dass Eric meinen Saft gierig in sich aufsaugt, denn meine spastischen Zuckungen schicken mich immer wieder ins Abseits. Immer wieder bäume ich mich unter seiner flinken Zunge auf, bevor ich ganz langsam auf die Erde zurückkehre. Ein schwaches Blinzeln in Erics Gesicht zeigt mir, dass auch er meinen Höhepunkt genossen hat, so wie ich davor den seinen. Sein Mund und seine Nase sind überzogen von meiner Nässe und er leckt sich genüsslich über die Lippen. „Lecker, du schmeckst so gut.", schwärmt er und lässt augenblicklich seinen Finger wieder in mir verschwinden. Als er ihn wieder herausholt und in meinen Mund schiebt, sauge ich gierig an seinem Finger, als wär's Honig. Diese kleine Geste bringt uns beide wieder zum Stöhnen.

Ich strahle ihn an „Danke Eric. Danke, dass du mich hast kommen lassen." Amüsiert schaut mich Eric von unten herauf an. „Du hast mich heute sehr verwöhnt und hast selbst sehr tapfer gegen deinen Höhepunkt gekämpft. Damit hast du dir eine Belohnung verdient …", während er weiter schmunzelt, hält er seinen Kopf schief, als wäre er noch nicht fertig mit seiner Ausführung, „... und, weil du dir selbst einen Gefallen tun wolltest und meinen ganzen Saft aus mir heraus schlecken?", beende ich seinen Satz, dabei betone ich jedes einzelne Wort und lecke mir lasziv über die Lippen. Augenblicklich verhärtet sich sein schon wieder steifer Schwanz zu seiner prallen Form und richtet sich auf. Lustig, denn er zeigt genau auf meinen Eingang. „Kluges Mädchen!", grinst er mich an. „So, und jetzt werde ich dich ficken. Richtig. Hart. Damit du nicht vergisst, mit wem du es zu tun hast." Erics Stimme nimmt sofort wieder die dunkle Farbe an, welche mich so unendlich heiß macht. Mein Gehirn schickt die Drohung sofort weiter an meine Vagina. Eric baut sich vor mir auf, reißt meine Beine hoch und ohne ein weiteres Wort dringt er tief in mich ein und stößt hart zu. Seine Hoden klatschen gegen meine Schamlippen und erzeugen bei jedem Schlag ein sanftes Kribbeln. Meine

Fußgelenke mit einer Hand derb packend und straff nach oben haltend, sodass mein Hintern leicht über dem Diwan schwebt, fickt er mich mit einer Heftigkeit, dass es mir fast den Atem nimmt und ich schon wieder den nächsten Orgasmus herannahen spüre.

Er hat nicht zu viel versprochen. Immer wieder gleitet er aus mir heraus, um sofort wieder mit seiner ganzen Macht in mich zu stoßen. In seiner Heftigkeit berührt er tief in meinem Inneren einen Punkt, der ein …, wie soll ich sagen, seltsames Gefühl in mir auslöst. Ein Gefühl, welches ich bis dahin noch nicht kannte, auch intensiv, doch nicht wie ein herannahender Orgasmus, der sich langsam von den Zehen her über den ganzen Körper ausbreitet und schließlich im Kopf alles auslöscht, sondern eher partiell auf diesen einen Punkt im Körper bezogen. Durchaus ein geiles Gefühl, aber auch eins, was mir im Moment noch etwas Angst macht. Mein Atem geht in aufgeregtem Stakkato, da ich es nicht richtig einordnen kann. Doch plötzlich fährt Eric eine Gangart runter, legt meine Beine auf seinen Schultern ab und bleibt kurz in mir ruhen, bevor er mich vor sich auf den Knien drapiert, und ich mich langsam wieder in Griff bekomme.

„So ein geiler Arsch!", schnalzt er mit der Zunge, und ehe ich mich versehe, prasselt seine große Handfläche auf einer Backe nieder. „Aua, wofür war das denn?" Eric lacht laut und schneidend auf. „Ich brauche doch keinen Grund dafür. Wenn ich dich züchtigen will, dann tue ich es, wann immer ich Lust dazu habe, einfach so." Und zum Nachdruck landen abermals zwei kurze harte Schläge auf meinem Hinterteil. „Du bist jetzt still, wehe ich höre einen Ton von dir! Ertrage die Prozedur! Du wolltest doch heute auch noch etwas lernen, nicht wahr?", knurrt und säuselt er im Wechsel. Als ich nicke und zur wichtigsten Frage anheben will, zieht er meinen Kopf von hinten an meinen Haaren nach oben und macht drohende Gebärden in Richtung meines Hinterns. „Dann lerne gefälligst Gehorsam und Demut!"

Damit lässt er meinen Kopf mit einem Ruck wieder fallen, als wäre er etwas Abscheuliches, dreht sich um und verlässt das Bad.

Hä, was soll das denn jetzt? Ich bleibe vorsichtshalber in meiner Stellung und schaue durch meine Beine hindurch in Richtung Tür.

Nach einer ganzen Weile kommt Eric mit zwei Paddle bewaffnet wieder zurück. „Oh bitte, nicht die …" Scheiße! In Panik vor diesem Folterwerkzeug habe ich glatt mein Redeverbot vergessen, und sofort klatscht der Erste auch schon auf meinen Hintern. Ich sauge scharf die Luft zwischen den Zähnen ein, in der Hoffnung auf Linderung, aber dies erweist sich als Trugschluss. Heißes Brennen bleibt zurück, als er das Holzstück wieder hochhebt, um neu auszuholen. „Eigentlich wollte ich dich langsam an diese Teile heranführen, aber deine Ungezogenheit lässt mir keine andere Wahl, als dir die wunderbare Wirkung der Paddle, unverschont beizubringen." Erics letzte Worte kann ich kaum noch hören, da mein schmerzhaftes Aufstöhnen seine Stimme übertönt. Ich presse fest meine Lippen aufeinander, um bloß keine bösartigen Flüche; und ja, da liegen mir gerade einige der üblen Art auf der Zunge; entweichen zu lassen.

Eric holt wieder aus, und der Schmerz beißt sich in mein Gesäß. Ich kann das Muster des Paddles spüren, denn er schlägt immer wieder auf die gleiche Stelle. Langsam merke ich, wie mir die Tränen über das Gesicht laufen und in diesem Moment lasse ich los, konzentriere mich nicht mehr auf diese brennende Stelle, sondern versuche den Schmerz zu genießen, ihn zu verinnerlichen, was zwangsläufig aber auch bedeutet, dass die Lust damit mehr und mehr entfacht wird. Unbewusst spreize ich meine Beine noch etwas mehr auseinander, und ein kühler Luftzug streift meine feuchte Scham, sodass ich wohlig aufstöhne und mich hin und her winde, Erics Schlaginstrumenten entgegen.

Dieser deutet das sofort als Aufforderung und schlägt mir mit einem kurzen schmalen Teil direkt auf meine ohnehin schon pochende Möse. Ein entsetzter und gleichzeitig hoch erregter Schrei erfüllt den Raum. „Du kannst wohl heute gar nicht genug kriegen, du kleine Schlampe?" Sein Atem geht schnell, klingt heißer und kratzig, ein Zeichen, dass es ihm in höchstem Maße geil macht, mich zu foltern.

Die Paddle neben sich legend, zieht er mich nun an meinen Hüften näher zu sich heran und dringt ohne Vorwarnung in meine tropfende heiße Schlucht. Er stößt tief in mich hinein und dirigiert den Rhythmus dabei mit meinen Arschbacken, welche er fest zupackend vor und wieder zurückschiebt. Ich vergehe fast vor Lust, rufe mir immer wieder mein Verbot wie ein Mantra ins Gedächtnis. ‚Ich darf nicht kommen. Ich darf nicht kommen ...!' Doch wie das bei mir immer ist, bewirkt es gerade das Gegenteil. Es steigert meine Lust ins Unermessliche, jeder Stoß wird zur süßen Qual, zumal Erics Hoden immer wieder an meine empfindlichen und geschwollenen Schamlippen klatschen. Ich höre ihn hinter mir stöhnen, ein Röhren, das einem Hirsch in der Brunft gleicht und mein Innerstes krampft sich zusammen, umschlingt fest Erics Penis in mir, und ich spüre, wie die Welle sich allmählich aber unaufhaltsam in mir aufbaut und zu brechen droht, als Eric sich plötzlich aus mir entfernt. Der Verlust seines Schwanzes in mir, hinterlässt auf der Stelle ein unschönes Gefühl der Leere. Wofür ich ihm allerdings in meiner derzeitigen Situation dankbar bin. Ich hätte es keine Sekunde mehr ausgehalten, genau wie er selbst. Normalerweise würden meine Finger jetzt augenblicklich den Weg zwischen meine Schenkel suchen, aber das Verbot lässt mich zögern, denn ich würde in wenigen Augenblicken kommen.

Neugierig wage ich einen Blick über die Schulter und bin sofort gefesselt von dem Bild, was sich mir bietet. Seine Prachtlatte, nass und glänzend, mit der Faust umfassend, schiebt er in kurzen heftigen Bewegungen die zarte Haut darüber vor und zurück. Seine Augen sind auf meinen Hintern gerichtet und zu kleinen Schlitzen verengt. Wie gebannt schaue ich erwartungsvoll dem heißen Schauspiel zu und spüre, wie meine Erregung erneut unerträglich wird. Plötzlich reißt Eric seinen Kopf in den Nacken und ein lautes Stöhnen dringt aus seinem weit geöffneten Mund. Nur mit allergrößter Mühe kann, muss, ich meinen Blick abwenden, sonst erliege ich sofort den Wogen, die sich erbarmungslos in mir aufbauen. Allein der Gedanke, dass Eric sich auf meinem Hintern ergießt, lässt mich beinahe kommen. Ich spüre die heißen zähflüssigen Tropfen, die darauf landen, und welche sich anfühlen wie Balsam auf meiner geschundenen Haut, und langsam die zarte Rinne entlang sickern.

Eric verteilt den Rest mit seinen Fingern auf meiner Rosette, während er mehr zu sich sinniert „Das wird der nächste Ort sein, den ich erobern werde. Darauf kannst du wetten.", und mit einem Klaps auf meine ohnehin schon wunde Rückseite „Los, ab jetzt mit dir unter die Dusche! Wie siehst du denn aus? Total bekleckert! Also nein!" Belustigt zerrt er mich kopfschüttelnd vom Diwan und treibt mich händeklatschend vor sich her, wie die Gänse im Stall, zum Duschtempel.

„Gesicht zur Wand! Hände in die Schlaufen! Beine breit!" Erst jetzt bemerke ich die von der Decke hängenden Haltegurte, die stark an die eines Busses erinnern, damit man beim Bremsen nicht auf die anderen Passagiere fliegt.

„Ä..." Mist, mein Redeverbot! Wo mir doch gerade jetzt so viele Sprüche auf der Zunge liegen, aber ich fädele stumm, wie mir befohlen, meine Handgelenke durch die beiden Ösen über meinem Kopf und warte voller Erregung auf das, was jetzt kommt. Eric stellt die Brause über mir an, welche in etwa die Größe eines Kuchendeckels hat. Sie benetzt meinen Körper gleichmäßig mit ihren warmen Strahlen und ich beginne es, gerade zu genießen, als ein Geräusch meine Sinne alarmiert. Klack! Das klang wie die Kappe eines Duschgels. Im nächsten Augenblick hört der sanfte Regen auf. Oh Gott, bitte nicht! Wenn Eric mich jetzt einseift, garantiere ich für nichts. Sekunden später spüre ich seine cremigen Hände auf meinen Schultern, meinen Armen, meinen Brüsten. Ich winde mich leise wimmernd hin und her, versuche, mich abzulenken. Keine Chance. Seine Berührungen schüren das Feuer in mir zur Schmelztemperatur. Als seine Finger zwischen meine Schenkel gleiten, entfährt mir ein leises, kaum hörbares „Ohh!", allerdings immer noch laut genug, um in Erics Ohren zu gelangen. „Upps, was war das denn? Sind wir vielleicht etwas geil, kleine Hure?", spöttelt er im zynischen Singsang. „Du musst lernen, dich zu beherrschen!", rät er mir scharf, ohne seine Arbeit zu unterbrechen. Im Gegenteil, seine ganze Handfläche streicht jetzt derb über meine pochende Scham, drückt immer wieder meine Perle und ich stehe kurz vor der Explosion.

Plötzlich lässt er von mir ab und ich atme auf, das heißt, so gut, wie es meine Atemkontrolle zulässt. „Dreh dich um, aber schnell!", befiehlt Eric im barschen Ton, und als ich Anstalten mache, meine Arme aus den Schlaufen zu ziehen, bremst mich ein scharfes „Nein! Die Hände bleiben drin!" aus. Ich stutze, drehe mich dann aber brav um und stelle mir vor, welches Bild sich gerade dem Betrachter bietet. Meine Beine sind zwar nicht mehr ganz so weit gespreizt, da ich auf Zehenspitzen stehen muss, weil die Schlaufen natürlich durchs Eindrehen etwas kürzer geworden sind, aber dafür ist mein Bauch eingezogen, was meine Brüste noch mehr hervorhebt, die Arme sind straff und hilflos über meinem Kopf gekreuzt. Eric steht schmunzelnd vor mir, und sein Penis will sich schon wieder aufrichten. Wie macht er das nur? Woher nimmt er diese Ausdauer? Ich würde ihn so gerne noch länger anschauen, ihn spüren, aber das wäre zu viel für mich.

Mit Daumen und Zeigefinger streicht sich Eric nachdenkend über das Kinn. „Mal sehen, wie wir jetzt den Schaum wieder von dir abbekommen? Vor allem den zwischen deinen Beinen ...", überlegt er mit einem skeptischen Blick nach oben und schaut mich dann belustigt an. „Die Brause kommt nicht überall hin, und du bist leider verhindert ...", jetzt kommt er ganz nah zu mir heran, sodass ich seinen Atem spüren kann, und flüstert mir ins Ohr. „...aber wenn ich meine Hände benutze, rutschen meine Finger mit Sicherheit in dich rein. Und das willst du doch nicht. Nicht wahr?" Ich nicke und schüttle abwechselnd den Kopf, mein Atem geht hektisch. Zufrieden senkt Eric tief Luft holend seine Lider, bevor er fortfährt „Denn dann würdest du kommen, aber das ist dir ja verboten. Und dann müsste ich dich wieder bestrafen." Ich winde mich hin und her, kann Erics Nähe nicht mehr aushalten und seine Drohung bringt mich zum Beben. Warum macht er es mir so schwer? Warum quält er mich so?

Entschlossen tritt er zwei Schritte zurück, seine steinerne Mimik lässt erahnen, dass er nicht unbedingt was Sanftes mit mir vorhat, und mir stockt der Atem, als er zum Schlauch greift, welcher normalerweise für die Reinigung der Füße gedacht ist. Eric stellt das Wasser an und dreht an dem schmalen Strahlregler am Ende vom Schlauch auf volle Power. Ich reiße meine Augen auf und glaube es nicht, was er vorhat. Das Wasser schießt heraus wie bei einem Kärcher zum Autoputzen. Nun grinst er mich an, erfreut über diese Idee und vor allem über die Macht, die er über mich hat. Meine Gedanken überschlagen sich. Sollte ich ihn bitten, es nicht zu tun? Aber da verstoße ich gegen das Redeverbot und werde bestraft. Soll ich es über mich ergehen lassen? Dann habe ich binnen Sekunden einen Orgasmus, der mir nicht erlaubt ist und werde auch bestraft. Denn wie sich so ein harter Strahl auf der Klitoris anfühlt, weiß sicherlich jede, die gerne mal Badezimmerarmaturen missbraucht. Also, egal wie ich es drehe, um eine Strafe werde ich wohl nicht herumkommen.

Eric richtet den Schlauch zuerst auf meine Achseln, um mich daran zu gewöhnen, und schwenkt ihn dann zu meinen Brüsten, deren Nippel sich energisch gegen den Druck zu wehren versuchen, indem sie sich noch härter und stärker emporrecken. Okay, vielleicht ist es auch die Freude darüber.

Als der Strahl tiefer gleitet und meine Scham ansteuert, merke ich schon das Kribbeln in mir. Meine inneren Muskeln ziehen sich zusammen, und ich spüre, wie sich alles in mir nach Erlösung sehnt. Beim Versuch, meinen unvermeidbaren Höhepunkt abzuwenden, laufen mir unaufhaltsam Tränen über die Wangen. Ich kann nicht mehr. Von ganz weit her steuert eine riesige Welle auf mich zu, gegen die ich nicht die Spur einer Chance habe, als der Schlauch meiner empfindlichen Perle immer näher kommt, und schon bricht sie über mir zusammen und reißt mich mit sich. „Aahhh! Aahhh! Ooor! Ooor, mein Gott!", ich schreie meine Lust hinaus, kann es nicht verhindern. Das ist wie beim Niesen, versuchen die Augen offen zu halten. Es geht nicht!!! Meine Vagina krampft, und zuckend winde ich mich unter dem harten Druck des Strahls, da Eric mit dem Schlauch jetzt intensiv meine geschwollene Klit bearbeitet. Meine Blase ist gereizt und ich verspüre mehr und mehr das Gefühl, sie nicht mehr kontrollieren zu können. Kein Wunder, denn der warme Strahl löst auch gleichzeitig die Phantasie aus, Eric würde seine über mir entleeren. Die absolute Erniedrigung in meinen Augen, und gerade deshalb in höchstem Maße erregend. Das ist zu viel, ich explodiere erneut so heftig unter dem Druck, meine Artikulation beschränkt sich auf wilde tierische Laute und ich spüre nicht mehr, wie mich der Schlauch berührt. Die Sinne sind mir abhandengekommen und ich fühle mich, als wäre ich gefangen in einer riesigen Vakuumkugel und schwebe in unbekannten Sphären ohne jemals zurückzukehren. So endlos geil.

Als meine Synapsen allmählich zurückkehren, spüre ich wie meine Knie weich werden und einzuknicken drohen, doch ich hänge ja zum Glück noch, im wahrsten Sinne des Wortes, in den Seilen. Wo ist Eric? Einen Augenblick später, legt sich ein weiches warmes Handtuch um meinen Körper, und Eric befreit mich von den Schlaufen, indem er mich etwas hochhebt. Dann schultert er mich und trägt mich in ein Zimmer nebenan, wovon ich zu meinen wage, es sei sein Schlafzimmer. Sachte legt er mich auf dem Bett ab und beginnt jeden Zentimeter meiner Haut zart abzutrocknen. Es ist so herrlich. Ich lasse einfach meine Augen geschlossen und genieße es. „Eric, ich...", wollte ich mich für meinen unerlaubten Orgasmus entschuldigen, doch ein „Schscht...!"schneidet mir das Wort ab. Ehrlich gesagt, bin ich auch zu schwach, um Diskussionen zu führen. Meine Kraft ist am Boden und ich bin hundemüde. Wie aus der Ferne höre ich Eric noch flüstern „Keine Bange, du bekommst schon noch deine Strafe. Jetzt schlaf' erst einmal." Während er mich weiter unablässig mit dem Handtuch abtupft und die Stellen hinterher mit kleinen Küssen eincremt, sinniert er weiter „Schlaf schön, mein Rebell, und habe süße Träume! Ich werde mir für dich schon, was einfallen lassen, um dir Gehorsam beizubringen! Aber das hat bis morgen Zeit."

Als ich wach werde, ist es noch immer dunkel im Zimmer. Die Vorhänge sind noch zugezogen, aber ein Blick auf die Uhr sagt mir, dass es schon Nachmittag ist. Klar, wir sind ja auch erst in den frühen Morgenstunden eingeschlafen. Moment. Wir? Ich muss kurz sortieren, was geschehen ist. Mit einem kleinen Schmunzeln auf dem Gesicht drehe ich mich um, doch das Bett neben mir ist leer. Unbenutzt. Was bedeutet das? Hat Eric wo anders geschlafen? Warum? Ich bin nackt, zugedeckt und allein. Das macht mich traurig. Deshalb stehe ich auf und suche meine Sachen, doch ich kann sie nicht finden. Also schnappe ich mir Erics Hemd, was er gestern wahrscheinlich noch vor dem Baden hier abgelegt hat, und kuschele mich hinein. Hmmm lecker, es duftet noch nach ihm, nach seinem männlich herben Geruch nach Aftershave, Erregungsschweiß und Sex. Geil!
In etwa weiß ich noch, wo sich das Badezimmer befindet und richtig – gegenüber! Ich finde sogar meine mitgebrachten Kosmetikartikel vor, schlüpfe unter die Dusche und spüre schon wieder das Kribbeln, welches die Erinnerung an gestern Abend hervorruft.
Ich lasse das Wasser eine Weile auf mich prasseln und spute mich dann mit der Körperpflege, damit Eric nicht zu lange auf mich warten muss; er hat bestimmt schon Frühstück gemacht; putze mir die Zähne und wickle mir einen Handtuchturban um mein nasses Haar, nachdem ich es kurz durch gebürstet habe. Dann mache ich mich auf den Weg, um ihn zu suchen, und die Küche, woran ich gestern schon gescheitert bin. Auf der Treppe nach unten weht mir ein köstlicher Duft von frisch gebratenem Speck und Rührei entgegen. Also folge ich einfach dem Duft, welcher mich in einen hochmodernen, an neuester Technik nicht zu Wünschen übriglassenden Raum führt. Im Gegensatz zu dem sonst eher etwas antiken Ambiente des Untergeschosses, würde ich dies eindeutig als Cyberküche bezeichnen, deren Anblick das Herz jeder Köchin sofort höher schlagen lässt.

Eric steht am Herd und rührt im Tiegel herum. Nur mit einer dünnen Jogginghose bekleidet, ein Wischtuch über die Schulter geworfen, sieht er selbst zum Anbeißen aus. Er schaut nicht hoch, als ich eintrete und deshalb gehe ich auf ihn zu und schlinge von hinten meine Arme um ihn. „Guten Morgen, hmm, das riecht gut und sieht sehr lecker aus, was du da machst. Bist du schon lange wach und wo hast du geschlafen?" Als keine Antwort kommt, schiebe ich langsam aber fordernd meine Hände unter den Gummibund seiner Hose und spüre sofort, dass ihm das nicht kalt lässt. „Oh, habe ich etwa immer noch Redeverbot? Aber meine Hände darf ich gerne benutzen, wie mir scheint?", fordere ich ihn heraus. Plötzlich schnellt Eric herum, sich das Tuch von der Schulter reißend und mir um den Hals legend, blafft er mich an „Als ob dich Verbote interessieren! Anstatt dich daran zu halten, versuchst du mich noch, an der Nase herumzuführen. Was hast du dir dabei gedacht? Ich sollte dich auf der Stelle... warum eigentlich nicht?" Er hält den Kopf schief und zieht das Tuch um meinen Hals straffer. Ich halte seinem eisigen Blick stand und spüre, wie sich bereits die Nässe zwischen meinen Schenkeln auszubreiten beginnt. Mein Atem geht flach. Erschreckend, wie es mich antörnt, von Eric beinahe stranguliert zu werden. Die beiden Enden des Tuches noch fester nach oben ziehend, veranlasst er mich, auf Zehenspitzen zu stehen. Jetzt ist mein Gesicht so nahe an seinem, dass ich seinen Atem spüren kann. Zwangsläufig schließe ich meine Augen und fühle, wie sich seine Zunge zwischen meine Lippen schiebt. Man ist das heiß. Ich spüre, wie jegliche Anspannung aus mir entweicht und gebe mich ganz seinem Kuss hin, werde nur noch vom Wischtuch um meiner Kehle gehalten. Mein grenzenloses Vertrauen lässt Eric aufstöhnen und seinen Kuss noch drängender werden. „Verdammt Chris, was machst du mit mir? Ich habe noch nie jemanden so begehrt, wie dich.", haucht er, als er meine Lippen langsam wieder frei gibt und sanft die Stirn küssend, meinen Kopf wieder runter lässt.

Der Turban hat sich aufgelöst und ich sehe ziemlich derangiert aus in dem viel zu großen Hemd und dem Fitz auf dem Kopf, aber Eric scheint es zu gefallen, denn er betrachtet mich wohlwollend und fügt dann fast entschuldigend hinzu „Deshalb bin ich nicht bei dir geblieben. Du warst so fertig und brauchtest einfach Schlaf. Hätte ich die Nacht neben dir verbracht, hätte ich dich permanent ficken müssen." Die Sachlichkeit, mit der mir Eric gerade seine Lage schildert, bringt mich zum Kichern. „Sag mal, lachst du mich etwa aus?" Ich pruste los „Natürlich nicht, du amüsierst mich nur." Kampflustig schaue ich Eric an und er fackelt nicht lange, packt mich mit zwei Fingern im Nacken und zwingt mich auf die Knie. „Aaahh, Eric das Ei. Aaau! Es brennt an, wenn du nicht aaaaufpasst." Einen Fuß auf meinen Rücken stellend, dreht er sich um, deckt den Tiegel zu und stellt den Herd ab. Er schnalzt freudig mit der Zunge, als er seine Kochutensilien begutachtet und den Holzlöffel für würdig erklärt, ihm als Folterinstrument zu dienen. „Das Ei kann warten, deine Bestrafung nicht. Zu viel hast du dir geleistet, Fräulein. Allerdings wird das jetzt hier nur ein Vorgeschmack sein, von dem, was dich später erwartet.".

Ohne seinen Fuß von mir zu nehmen, dreht Eric sich wieder um, und zwar so, dass er in entgegengesetzter Richtung über mir steht. „Hintern hoch, aber zackig jetzt!", sein Fuß schiebt mein, bzw. sein Hemd beiseite, sodass meine prallen Arschbacken freigelegt werden. „Dein Glück, dass du nicht auch noch eine Unterhose von mir angezogen hast. So bekommst du vielleicht mildernde Umstände.", und schon setzt er einen derben Hieb auf meine rechte Backe. „Aaaah, eins!", beginne ich automatisch zu zählen. „Du musst nicht mitzählen. Ich werde spontan entscheiden, wenn es genug ist." Der nächste Schlag ging auf meine andere Backe. Ich muss fest meine Lippen aufeinanderpressen, um nicht aufzuschreien. Mehrere Hiebe folgen in immer steigender Intensität, sodass ich meinen Hintern zusammenkneife und verkrampfe, um dem schmerzhaften

Aufprall des Löffels entgegenzuwirken. „Lass den Schmerz nicht zu, Chris! Genieße deine Demütigung! Ich werde jetzt noch etwas härter zuschlagen. Lass dich einfach fallen!" Noch zwei weitere heftige Schläge, dann entspannt sich mein Körper tatsächlich. Prompt landet der Löffel kurz darauf zwischen meinen Schenkel und ich werfe überrascht von der Wucht des Treffers meinen Kopf in den Nacken. Das nimmt Eric als Signal, mit der linken Hand nach hinten zu greifen, um mich weiter an den Haaren nach oben zu zerren, während er meinen Rücken nach wie vor mit den Fuß nach unten drückt. „Mach deine Beine breiter!", befiehlt er mir und kräftige Schläge unterstreichen seinen Befehl. Vorsichtig schiebe ich meine Knie etwas weiter auseinander, wohl wissend dadurch noch weiter runterzukommen, was den Schmerz meiner Kopfhaut noch verstärkt. Doch lange kann ich mich damit nicht befassen, denn schon prasseln wilde Salven auf meine Möse, welche jetzt eine breite Angriffsfläche bietet. Meine schmerzerfüllten Schreie scheinen Eric nur noch mehr einzuheizen, und schließlich ergebe ich mich meinem Schicksal und stelle mich der süßen Pein. Prickelnde Wärme macht sich in mir breit. Es fühlt sich so geil an, Eric völlig unterworfen zu sein. Bald schon bin ich so nass, dass es bei jedem Schlag mächtig pfatscht und meine Lust aus mir heraus läuft. Eric hält kurz inne, dann meint er mit belegter Stimme „Was erlaubst du dir, meinen Fußboden mit deinen Säften voll zu tropfen? Etwas mehr Beherrschung wäre durchaus angebracht. Man könnte fast meinen, dir gefällt, was ich mit dir mache? Was hältst du davon, wenn ich dich jetzt ficke? In deinen geilen wunden Arsch?" Ein Stöhnen, mehr Antwort ist nicht drin, bedarf es auch nicht. „Jaa, das hättest du wohl gerne?", Eric holt erneut aus. „Den Gefallen werde ich dir aber nicht tun. Das hast du dir nicht verdient." Wieder klatscht der Löffel auf meine ohnehin schon geschwollenen Schamlippen. Ich vergehe fast vor Lust und winde mich unter ihm hin und her.

Mit einem kurzen Ruck nach oben lässt Eric meine Haare los und mein Kopf fällt vornüber, was das Blut in ihm sammeln lässt und meine Empfindungen beinahe zum Überlaufen bringt. Und als ob das noch nicht genug ist, meldet Eric schon den nächsten gefährlichen Befehl. „Nimm deine Hände und zieh mit den Fingern deine Schamlippen auseinander, damit ich deinen empfindlichen Punkt besser treffe!"
Hände? Plural? Ein erneuter Tritt seines Fußes sagt mir, dass ich ihn richtig verstanden habe. Ich lege meinen Kopf auf den Boden, um meine Hände frei zu bekommen, und platziere sie da, wo Eric sie haben möchte. Meine Lust ist zu groß, um der Verlockung zu widerstehen, meine Finger für einen kurzen Augenblick in mich zu tauchen. „Wage es dir nicht!", kommt auch prompt die erwartete Drohung. Alles in mir kämpft gegen die Welle an, die sich in mir aufbaut, und welche durch seine Worte nur noch gestärkt wird. „Ich werde jetzt meinen Schwanz raus holen und mich befriedigen, während ich deine süße Perle klopfe. Und wehe, du kommst!", Scheiße!!! Erics Worte bringen mich fast um den Verstand. Allein die Vorstellung, wie er sich wichst, lässt mich beinahe kommen. Sein Atem geht jetzt heftiger und sein Stöhnen sagt mir, dass er es auch nicht mehr lange aushält. Ich schreie auf, als der erste Schlag mein zartes Knöpfchen trifft, und nur mit Mühe kann ich meine Explosion verhindern. Die folgenden Hiebe werden immer unerträglicher und mein Stöhnen immer lauter, welches sich mit Erics vermischt. Ein animalischer Schrei aus seiner Kehle, gefolgt von einem langen „Ahhhhh, oh ich komme.", bringen mich weit an den Rand der Klippe, aber ich kämpfe unter Tränen tapfer gegen die schönste Sache der Welt an. Wie blöd bin ich eigentlich? Erics Gestöhne lässt ohne Frage Neid in mir aufkommen und beinahe auch etwas Trotz. Als ich spüre, wie sich die warmen Tropfen auf meinem Arsch ergießen und herunterlaufen, kann ich nicht mehr und wimmere. Das Verbot nicht kommen zu dürfen,

bringt mich erst recht kurz davor. Doch ich kämpfe und versuche zu ignorieren, was gerade geschieht. Trotzdem ich vor Erregung zittere, bekomme ich mich ganz langsam in den Griff, denn ich will es Eric beweisen, dass ich mich kontrollieren kann. Erleichtert und auch ein wenig stolz breche ich nur Sekunden später unter Eric zusammen und bleibe liegen. „Danke, für die Bestrafung.", hauche ich nur noch.

„Möchtest du, dass ich dir dein Frühstück jetzt doch unten im Napf serviere, oder stehst du auf und setzt dich zu mir an den Tisch?", ertönt es nach einer Weile. Erics frohes Lachen ist wie Balsam für meine wunden Stellen und besonders für meine psychischen Qualen. Langsam rapple ich mich hoch und spüre das Brennen zwischen meinen Schenkeln und auf meinem Hintern. „Ich bin sofort bei dir, muss mich nur etwas reinigen, dann brauche ich ein deftiges Frühstück."

An meinem Hinterteil und den halben Rücken klebt noch sein Sperma, was langsam einzutrocknen droht. Eric hat natürlich Bedenken, dass dies mein einziger Grund sei, um erneut im Bad verschwinden zu können. „Du wirst doch jetzt nicht... Ich komme mit!", entscheidet er nach kurzem Zögern und weiß genau, was er denkt „Das will ich hoffen, denn meinen Rücken hast du schließlich besudelt, da komme ich auch ganz schlecht ran.". Ihm frech die Zunge raus streckend renne ich die Treppe hinauf und Eric folgt mir mit Leichtigkeit. „Wenn du so weiter machst, kommen wir nie zum Frühstücken.", tadelt mich Eric, nimmt dann allerdings einen weichen warmen Seifenlappen und tupft sanft seine Spuren von mir. Im Spiegel treffen sich unsere Blicke und wir genießen den Anblick, bevor wir uns umdrehen und in einen langen innigen Kuss verfallen. Glücklich schauen wir uns in die Augen und nachdem ich mir meine Haare noch schnell geföhnt habe, etwas Schminke im Gesicht verteilt habe, versuchen wir es dann noch mal mit dem Frühstück.

Ja, Rührei zubereiten kann er gut, das muss man ihn lassen. Köstlich, der Speck knusprig und der Rest schön locker flockig. Genau, wie ich's mag. „Sag mal, du musst wohl nicht arbeiten?", frage ich so nebenbei. „Nein, ich habe mir extra für dich ‚Erziehungsurlaub' genommen. Das heißt doch bei Euch in Deutschland so, oder?" Obwohl ich über diesen Ausdruck leicht verwundert bin, muss ich lachen, denn Eric sagt es mit todernster Miene, und sein gebrochenes schwedisches Deutsch klingt so lustig, dass ich gar nicht anders kann. „Wieso lachst du? Das sagt man doch hier so. Und deine Erziehung ist noch nicht abgeschlossen, das hast du gestern Abend einmal mehr bewiesen. Die Strafe steht sowieso noch aus." Ich starre ihn mit großen Augen an. „Und was war das dann vorhin?" Eric beißt seelenruhig von seinem Brötchen ab und beobachtet mich. Dann schüttelt er den Kopf und sagt „Sag mal hast du etwa nicht zugehört? Ich sagte, das ist nur ein Vorgeschmack, auf die eigentliche Strafe, welche ganz anders aussehen wird." Was? Ich hab mich wohl verhört? „Eric bitte, ich rede nicht von den Schlägen. Du machst mich krank. Das darfst du nicht! Wenn du mich nicht kommen lässt, können das schwere physische und psychische Schäden zur Folge haben. Das ist Körperverletzung! ... Bestimmt!"
Trotz meiner Aufgebrachtheit muss ich nun doch schmunzeln, und Eric ist ebenfalls stark belustigt. „Interessant, zu welchen Mitteln du greifst, um befriedigt zu werden. Willst du mich deswegen anzeigen? Ein Viertel aller Frauen weltweit haben ganz selten, oder hatten gar noch nie einen Orgasmus und machen auch nicht so ein Theater. Also bitte reiß dich zusammen!", kichert Eric und bringt mich damit erst recht in Fahrt. „Das interessiert mich nicht. Ich weiß, wie es sich anfühlt und es ist das schönste Gefühl der Welt, worauf ich nicht verzichten will. Genau weil ich eben zu den anderen fünfundsiebzig Prozent gehöre. Warum soll ich was unterdrücken, was sich so viele andere wünschen?

Das ist wie ein großes Haus zu besitzen, um trotzdem jede Nacht unter der Brücke zu schlafen.", fast schon verzweifelt bringe ich meine Argumente vor, und Eric registriert es mit einem Schmunzeln.

„Aber das ist ja gerade das Wichtigste bei der ganzen Sache. Dass du dich unter Kontrolle hast. Wenn du das nicht kannst, hat der Rest auch keinen Sinn. Du willst jemanden, der dir Regeln auferlegt, Befehle und Verbote erteilt. Wie soll das gehen, wenn du machst, was du willst? Soll ich dir etwas verbieten, was dir eh nicht gefällt? Oder etwas Befehlen, was du sowieso schon immer tust? Das ergibt keinen Sinn! Du musst mir schon zu hundert Prozent gehorchen und zu tausend Prozent vertrauen.", damit nimmt er meinen Kopf zwischen seine Hände und sieht mich eindringlich an „Chris, das ist es doch, was du suchst, hab ich Recht? Und glaub mir, ich werde dir niemals ernsthaft Schaden zufügen." Instinktiv senke ich meine Lider und neige den Kopf. „Na siehst du. Und nun zieh dir deinen Mantel an! Wir wollen einen Ausflug machen. Beeile dich!" Als ich Anstalten mache, nach oben zu laufen, um meine Sachen zu suchen, ruft Eric mir, auf den Garderobenschrank deutend, zu „Ach ja, und nur den Mantel!" Ungläubig halte ich mitten auf der Treppe inne „Was zum …?" Eh, draußen sind Minusgrade! Eric friert ja nicht in seiner kompletten Montur. „Stell keine Fragen, tue einfach, was ich dir sage!", kommt die schroffe Antwort. Resigniert tausche ich das Hemd gegen den Mantel und ziehe meine hohen Stiefel dazu an. Zugegebenermaßen ist es ein geiles Gefühl, nichts drunter zu haben, keiner weiß es, aber die Gefahr besteht, dass es jeder erfährt, wenn es der Zufall will.

Eine Viertelstunde später sitzen wir in Erics Volvo und fahren in Richtung Zentrum und ich frage mich gespannt, wohin er mit mir will. Mittlerweile ist es schon wieder dunkel geworden; ich muss sehr lange geschlafen haben. Eric versucht, einen Parkplatz zu finden, was sich äußerst schwierig gestaltet, denn seit heute hat der Weihnachtsmarkt geöffnet und jeder strömt dahin. Nach einigen Runden aufmerksamen Suchens rangiert Eric das Auto dann letztendlich in eine, für das Geschoss viel zu winzige Lücke, zwischen einem Bauzaun und einer Litfaßsäule. „Da komm ich nie raus, ohne mit der Tür anzuschlagen!", gebe ich zu bedenken. „Ich steige schon mal aus." „Nein, lass!", ruft Eric und schon springt er aus dem Auto, versetzt kurzerhand den Bauzaun um gut einen Meter und fährt in die Lücke. Noch bevor ich aus dem Wagen klettern kann, ist Eric zur Stelle, hebt mich heraus und küsst mich, während er mich langsam absetzt, nicht ohne seine Finger tastend unter meinen Mantel zu schieben, um zu kontrollieren, dass ich auch ja nackt bin darunter.

„So ..., wollen doch mal sehen, was es hier Schönes gibt." Eric schnappt sich meine Hand und zieht mich in Richtung Weihnachtsmarkt. Ein Besonderer allerdings, einer wo überwiegend erotische Sachen angeboten werden. Am Glühweinstand bestellt er zwei Amaretto-Glühwein „zum Aufheizen", meint er, ich gebe zu, den kann ich auch durchaus gebrauchen. Als wir weiterlaufen wollen, merke ich schon, wie der Alkohol sich allmählich in meiner Blutbahn breitmacht und mir in den Kopf steigt. Ich hake mich bei Eric vorsichtshalber unter und beginne auch sofort zu kichern.

„Wir laufen hier herum, als wären wir ein schon lang verheiratetes Ehepaar", erlaube ich mir, zu erwähnen. Eric tätschelt meine Hand und nickt „Genau deswegen tun wir jetzt auch dieses, weil wir eben nicht verheiratet sind. Wie findest du die?" Ich merke gar nicht sofort, dass Eric an einem Stand mit diversen Fetischartikeln stehengeblieben ist und bereits ein paar Handschellen, aus weichem Leder mit kleinen Nieten besetzt, in der Hand hält. „Meinst du, die brauchst du für mich?" Lasziv kaue ich auf meiner Unterlippe herum und greife zu einem schwarzen Lederslip, über dessen Gewicht ich vorerst verwundert bin. „Was würdest

du dazu sagen?". Herausfordernd schaue ich Eric an, wohl wissend, dass er keine Unterwäsche mag, als die Verkäuferin meinte „Eine gute Wahl, dieser ist sogar schon mit Zahlenkombination." Und augenzwinkernd zu Eric gewandt „Aber die sollten sie sich gut merken." Mit hochrotem Kopf lasse ich das Teil sofort wieder fallen. „Das holen wir später.", beruhigt er mich nicht gerade, und greift zu einem feuerroten Schmetterlingsslip, was mich wundert, denn Eric mag gar keine Wäsche, geschweige denn solch kitschige. „Den wirst du jetzt anprobieren!". Als ich ihn fragend ansehe, drückt er mir noch eine rote Maske in die Hand, auch in Form eines Schmetterlings und meint „Okay, dann setz' diese Maske dazu auf, dann kann dich zwar trotzdem jeder sehen, aber du merkst es nicht." Amüsiert aber bestimmt schiebt Eric mich in die Ecke des Verkaufsstandes „Mach jetzt!"
Ich wage nicht, zu widersprechen, sondern drehe ihm und den anderen Marktbesuchern den Rücken zu und suche Schutz unter meinem Mantel. Während ich den Slip anlege, frage ich mich, wieso ich so ein Ding überhaupt anprobieren soll? Der Slip besteht nur aus Gummibändern, mal abgesehen von dem schon etwas starken und gewichtigen Schmetterling auf der Vorderseite. Was soll daran nicht passen? Es gibt ihn sowieso nur in Einheitsgröße. Außerdem probiert man solche pikante Wäsche nicht direkt auf der Haut beziehungsweise auf den Geschlechtsteilen. Wir müssen ihn dann kaufen. – so fertig! Der Vollständigkeit halber setze ich auch noch die Maske auf und rufe hinaus „Du kannst gucken kommen, passt wie angegossen." Ein Räuspern lässt mich stutzen „Eric?" „Dreh dich um und komm raus!" Das kann nicht sein Ernst sein. „Das werde ich nicht tun!", protestiere ich, doch da berührt mich eine Hand sanft an der Schulter. Ich lüpfe kurz die Maske und sehe, dass es die Verkäuferin ist. „Ähm", beginnt sie zögerlich und räuspert sich ebenfalls, „also, ich würde an Ihrer Stelle lieber tun, was er sagt. Er sieht gerade nicht sehr freundlich

aus." Wut steigt in mir hoch. Wie kann er wollen, dass ich mich so präsentiere? Kein Mann will, dass sich seine Partnerin nackt in der Öffentlichkeit zur Schau stellt. Was soll das? „Was ist jetzt, wird's bald?", ruft er ungeduldig, und ich kann bereits Zorn in seiner Stimme hören. Ich platze fast vor Wut, doch wie immer bei mir, folgt auf die Wut der Trotz. Ich setze meine Maske wieder auf und trete vor den Stand. Mit einem Ruck reiße ich meinen Mantel auf und schreie Eric entgegen „Und? Gefällt dir, was du siehst?" Abwiegelnd bewegt er den Kopf hin und her „... na ja, noch nicht ganz." In diesem Moment erstarre ich, und ein lauter Schrei entfährt meiner Kehle, der Millisekunden später in unkontrolliertes Stöhnen übergeht, denn plötzlich fängt es in meinem Schritt an, heftig zu vibrieren. Es ist durchaus ein geiles Gefühl, noch dazu nach den Einschränkungen der letzten Tage. Mein Atem geht hektisch und panisch zerre ich mir die Maske vom Kopf. Ein wütender Blick zu Eric zeigt mir, dass er sehr begeistert ist. Er hält triumphierend etwas nach oben, was wie ein sehr kleines Handy aussieht. Mein Instinkt sagt mir, dass das die Fernbedienung sein muss. Und schon wird das Vibrieren stärker. Erschrocken schaue ich mich um. Von überall her kommen die Leute und gaffen mich an. Scheiße, plötzlich wird mir bewusst, dass ich zur Hauptattraktion des gesamten Weihnachtsmarktes geworden bin. Sofort schließe ich meinen Mantel um mich und renne davon. Im Laufen rufe ich noch der Verkäuferin zu „Dafür wird er bezahlen!", und meine das auch eindeutig zweideutig.

Ich fasse es nicht! Mich so bloß zu stellen! Was hat er sich nur dabei gedacht? Während ich laufe, rinnen mir unaufhaltsam die Tränen über die Wangen. Das hab ich mir nicht so vorgestellt.

Unterwerfung, ja. Aber zu Hause im Schlafzimmer. Nicht auf dem mit Menschen vollgestopften Markt.

Okay, das war's. So gedemütigt hat mich noch niemand. Ich will einfach nur weg. Einfach nur nach Hause. Aber wie?

Außer den Mantel habe ich nichts mit, kein Geld, keinen Wohnungsschlüssel und in diesem Outfit wirke ich auch äußerst unseriös, um nicht zu sagen, leicht zu bekommen. Das wird schnell ausgenutzt. Verzweifelt lasse ich mich irgendwo auf den Stufen eines Hauseingangs fallen. Ich fühle mich so gedemütigt. Die Frage steigt in mir auf, was Eric dabei empfindet. Was bezweckt er mit einer solchen Aktion? Ich bin so entsetzt. Und mir ist so kalt, dass meine Zähne bereits hart aufeinander schlagen. Ich ziehe meine Knie dicht an den Körper, um die Kälte abzuwehren. Froh, dass mein Mantel ziemlich lang ist, schlinge ich die Arme um meine Beine und ziehe den Stoff straff um meine Schenkel. Worauf habe ich mich hier eingelassen? Ich muss völlig übergeschnappt sein. Habe ich so etwas wirklich nötig? Wie tief bin ich gesunken? Doch so beschissen es mir jetzt auch geht, Mitleid lasse ich nicht zu. Ich habe selbst Schuld an dieser Situation. Ich habe es so gewollt. Meine Lust und meine Neugier haben mich hierher gebracht. Das habe ich nun davon. Ich mache mir Vorwürfe, und frage mich wieder einmal, warum kann ich nicht einfach eine nette, liebenswerte Beziehung führen, wo man sich ganz romantisch beim Dinner im Restaurant, im Kino oder auch vorm Fernseher, während einer Daily Soap näher kommt, dann im Bett ein bisschen Blümchensex hat und wieder zur Tagesordnung übergeht? Warum nicht? Weil ich das schon hatte, und es hat mich nicht glücklich gemacht, beantworte ich mir meine Frage gleich selbst.
Bin ich wirklich schon so emanzipiert, dass ich unbedingt von einem Mann unterdrückt werden will?
Auf einmal kommt mir die Aktion gar nicht mehr so schlimm vor, doch ich schwöre, ich werde es Eric trotzdem heimzahlen. Während ich überlege, wie ich dies anstellen könnte, spüre ich plötzlich ein Prickeln in meinem Schoß. Der Schmetterling ist wieder zum Leben erwacht. Das kann nur eins bedeuten, Eric muss in der Nähe sein, denn nur er hat die Fernbedienung. Wieder steigt Wut in mir auf. Den

ganzen Weihnachtsmarktbesuchern hat er mich vorgeführt. Das war so peinlich. Wie konnte er nur...? Ich hasse ihn. Aber nochmals wegrennen kommt für mich nicht in Frage. Wo will ich denn auch hin? Unaufhörlich summt der Schmetterling zwischen meinen Schamlippen. Ich könnte ihn mir runter reißen, doch dafür ist das Gefühl, welches er auslöst, zu schön. Mein nächster Gedanke ist natürlich, ich werde meine Erregung jetzt nicht mehr unterdrücken. Auch wenn hier jemand vorbei laufen sollte. So lange habe ich mich quälen lassen, jetzt ist Schluss! Ich gebe mich einfach meiner Lust hin. Was habe ich denn schon zu verlieren? Außerdem habe ich ja noch die Maske, welche ich auf meiner Flucht in die Manteltasche gestopft habe. Und es ist dunkel. So dunkel, dass ich kaum die Hand vor Augen sehe, geschweige denn, erkennt mich jemand. Plötzlich nimmt die Vibration noch an Intensität zu. Erschrocken springe ich quiekend hoch und beiße mir dann sofort auf die Lippe, um ja nicht noch einen Laut von mir zu geben. Doch zu spät. Jemand muss mich gehört haben, denn eine große schwarze Gestalt springt auf einmal zu mir in den Hauseingang. Noch bevor ich schreien kann, wird mir der Mund zugehalten „Schscht!" Ich wimmere und strample mit den Füßen, denn ich bekomme kaum noch Luft. Doch eine andere Hand reißt mir bereits den Mantel auf und zerrt den Schmetterling herunter. Mein Herz schlägt in hektischer Panik, der Atem wird flacher, und doch spüre ich ein angenehmes Beben in meinem Süden. An den Schenkeln entlang beginnt die Erregung bereits feuchte Spuren zu hinterlassen. Die Hand umfasst nun meine Brust und drückt mich derb gegen die Hauswand, und obwohl ich so sehr dagegen ankämpfe, wird mein Wimmern zum Stöhnen. Ich höre das Geräusch von einem Reißverschluss, und nahezu im gleichen Augenblick dringt jemand in mich ein. Die Hand wird von meinem Mund genommen, doch sofort wird er mit einem anderen Mund wieder verschlossen. ERIC!!! Seine weichen Lippen küssen mich nun so sinnlich, aber doch fordernd, dass ich alles vergesse. Was passiert ist, wo ich bin, was er getan hat... Ich will ihn nur noch in mir spüren. Zu lange musste ich warten. Ich erwidere gierig seinen Kuss, schlinge meine Arme um seinen Hals, und indem er mein Becken etwas anhebt, stößt er noch fester zu, drückt mich wieder gegen die Hauswand. Ich umklammere mit meinen Schenkeln seine Hüften, damit er noch tiefer in mich eindringen kann. Lautes Stöhnen kündigt sein Kommen an, und ich stimme ebenfalls mit ein, während wir beide unseren Höhepunkt entgegen rasen, um letztendlich unsere angestauten Gefühle in einem fremden Hauseingang zur Explosion zu bringen.

Ganz langsam setzt mich Eric wieder auf dem Boden ab und küsst mich zärtlich auf die Stirn. „Warum bist du weggelaufen?", fragt er mich doch dann allen Ernstes. Ich schnappe nach Luft und schreie ihm meine Verständnislosigkeit entgegen. „Ha! Das fragst du mich wirklich? Du hast vor allen Leuten meine Lust zur Schau und mich damit bloß gestellt. Ist es das, was du dir unter dem Begriff ‚Unterwerfung' vorstellst? Dann ist es aber nur deine Definition. Meine sieht anders aus, und du kannst sie in Zukunft an jemand anderem ausprobieren. Ich stehe jedenfalls nicht mehr zur Verfügung." Von irgendwoher höre ich Beifallsrufe und dazwischen ein „Ruhe da unten!", was wohl aus dem Fenster über uns kommt. Wutentbrannt ziehe ich den Mantel wieder fester um mich und will loslaufen, werde jedoch am Ellenbogen gepackt und herumgeschleudert, sodass ich wieder in Erics Armen lande. Verblüfft sieht Eric mich an, sein Mund ist vor Entsetzen offen, und ich kann seinen Atem auf meinem Gesicht spüren. Mist, jetzt bloß nicht schwach werden, warne ich mich vor mir selbst.

„Interessant!", beginnt er betont ruhig, nachdem er sich wieder gefangen hat. „Eben warst du noch voller Verlangen und gabst dich mir hin, aber sobald du bekommen hast, was du wolltest, nämlich deinen Höhepunkt, wirst du sofort wieder zur Raubkatze? Das war soeben kein schlauer Schachzug von dir."

Ertappt wird meine Rage stärker und ich lauter „Ha, was hatte ich denn für eine Chance? Du bist über mich hergefallen, hast mich einfach genommen, mich benutzt." Ich halte inne und lausche meinem Echo. Hmm ... klingt eigentlich ganz gut! Außerdem war es ja doch nicht ganz so einseitig. Egal!

Eric packt mich jetzt mit beiden Händen an den Oberarmen und schüttelt mich leicht. „Hey, ist es nicht genau das, was du willst? Ich habe jedenfalls nicht gemerkt, dass du versucht hast, dich zu wehren. Im Gegenteil, ich habe vielmehr das Gefühl, du machst mich mit Absicht wütend, damit ich dich besonders hart ran nehme. Ist es so? Sag mir, ist es so?" Mein Schweigen reicht ihm als Antwort. Wortlos nimmt er meine Hand und zieht mich zum Auto. Fast lautlos fahren wir wieder hinaus aus der Stadt. Nur ab und zu ist der Blinker zu hören. Selbst das Radio schweigt. Jeder hängt seinen Gedanken nach und wagt nicht das erste Wort zu sprechen.

Vor der Villa angekommen, stellt Eric den Motor ab, steigt aber nicht aus, sondern dreht mit einem Finger meinen Kopf zu sich und schaut mir tief in die Augen. „Christine, es tut mir leid, wenn ich dich verletzt habe. Das wollte ich nicht. Wir hätten vielleicht vorher klären sollen, was deine No-Gos sind. Ich wollte dich nur überraschen, dachte, das wäre ein besonderer Kick, auch für dich. Ging leider in die Hose, sorry. Also, wenn du jetzt lieber nach Hause möchtest, kann ich das verstehen, auch wenn ich's schade fände. Dann bleib im Wagen, ich hole deine Sachen und fahr dich heim.", er macht eine sorgenschwere Pause, bevor er fortfährt. "Ich würde mich aber sehr freuen, wenn du bleiben würdest. Dann steige mit mir aus, und wir diskutieren zusammen nochmal die Regeln." Noch immer halte ich seinem Blick stand und versuche, seine Gefühle zu erforschen. Ich sehe die Traurigkeit in seinen Augen. Er meint es wirklich ernst. Ich hole tief Luft und steige dann aus. „Na dann besorge schon mal einen Stift und einen großen Zettel!", rufe ich ihn zu, doch Eric ist schon um den Wagen herum und wirbelt mich freudig durch die Luft. „Danke, du wirst es nicht bereuen!", haucht er beim Absetzen, drückt mich fest an sich und küsst mich sanft auf die Stirn. „Dann sorge auch dafür!", ich bin immer noch gereizt, so schnell werde ich die Sache nicht vergessen.

Im Haus tausche ich wieder den Mantel gegen Erics Hemd, als uns beide plötzlich ein großes Hungergefühl beschleicht. Bisher ist keinem von uns aufgefallen, dass wir noch gar nichts gegessen haben. Es ist bereits nach zwanzig Uhr.
„Wie sieht's aus, ich könnte uns was kochen?", biete ich mich an. „Hast du etwas da, woraus man was machen kann?" Eric schmunzelt und schaut nachdenklich auf seinen Schritt und dann zu mir. Und dann wieder zurück. „Ich sprach von etwas Essbarem!", gebe ich zu Bedenken. „Aber wenn du mir damit Appetit machst, kann ich dazu ganz schlecht nein sagen.", schnurre ich, während ich auf ihn zu gehe und ihn zwischen den Beinen packe, woraufhin er scharf die Luft einzieht. „Chris, ich möchte dich heute Abend nicht auch noch an die Küche verlieren. Du warst heute schon mal weg. Das hat mir gelangt. Jetzt will ich dich bei mir haben. Lass es uns gemütlich machen!" Jetzt werde ich aber stutzig und protestiere „Hey, was ist denn mit dir los? Kuschelalarm, oder was?" Herausfordernd schaut er mich an und grinst „Naja ich dachte, du stehst auf so was?" Wütend funkele ich ihn an. Meine beiden Zeigefinger bohren sich in seine Brust und schieben ihn ins Kaminzimmer, wo er erst durch das Bücherregal gebremst wird. „Pass mal auf, mein Guter, ich zeig dir jetzt mal, worauf ich stehe!" Mit einer Hand seine Arme über den Kopf

fixierend, ziehe ich ihm mit der anderen seinen Gürtel aus den Schlaufen seiner Hose. Mit der Zungenspitze fahre ich an seinen Lippen entlang, was ihm ein tiefes Röhren entlockt. Auf Zehenspitzen stehend binde ich blitzschnell den Gürtel um seine Handgelenke und befestige sie am Regal. „Hey du kleines Mistvieh, was hast du mit mir vor?", fragt er unter Stöhnen, doch es klingt auch ein wenig ängstlich, denn er weiß, Rache ist bekanntlich süß und gehört zu den Grundbedürfnissen jeder gedemütigten Frau. „Schatz, vertrau mir einfach!", raune ich ihm zu, während ich ihn eingehend betrachte, und lächle ihn dann süßlich an. „Ehrlich gesagt, gefällt mir die Situation, in der du dich gerade befindest." Genervt rollt er mit den Augen. „Oh, sagtest du etwas?", frage ich scheinheilig und halte mein Ohr dicht an seinen Mund, höre ihn aber nur schwer atmen. Nachdenklich schüttle ich den Kopf und knöpfe ganz langsam sein Hemd auf. Mit meinen Lippen umfasse ich ganz sanft seine Brustwarzen und höre ihn aufstöhnen. „Na, gefällt dir das?" Wie er den Kopf hin und her wirft ist Bestätigung genug. Meine Zunge wandert weiter nach unten, umkreist seinen Bauchnabel und taucht schließlich in diesen ein. Mit flinken Händen öffne ich seine Hose und streife sie nach unten, die Socken gleich mitnehmend, und werfe alles weit von mir. Durch den Stoff seiner geilen enganliegenden Pants hauche ich heiß seinen strammen Penis an, der sich dadurch noch mehr strafft und sich mir entgegen recken will, doch die engen Unterhose hindert ihn daran. „Chris, du machst mich so heiß. Befreie ihn und lass mich deine Lippen spüren!" Ich zögere eine Sekunde und frage dann „Aber Eric, warum so eilig? Sollten wir nicht erstmal etwas essen?", sanft tupfe ich zarte Küsse auf den Stoff über seinen Penis und sauge scharf den Duft ein. Herrlich!

„Das Essen hat doch nun wirklich Zeit, Chris!", drängelt Eric nun ungeduldig. Plötzlich kommt mir eine geniale Idee, wie ich alles miteinander verbinden kann. Rache und Abendessen. Ich bin total begeistert von meinem Plan und setze ihn sofort um.

„Moment Schatz, ich weiß eine Lösung.", hinaus stürmend rufe ich ihn noch zu „Bin sofort wieder da." Ich renne die Treppe hinauf. In meiner Tasche muss doch mein Handy sein. Hoffentlich ist der Akku noch nicht leer, bange ich. Ich habe es schon zwei Tage nicht aufgeladen, und es nicht mehr das Neueste. Hektisch sehe ich mich im Schlafzimmer und dann im Bad um. Nix. Scheiße! Hastig eile ich wieder nach unten und finde meine Tasche fein säuberlich im Dielenschrank verstaut. Da habe ich sie aber nicht hingetan!

Ich ziehe mir die Hotpants an, welche ich vorsichtshalber eingepackt hatte, und deren Tragen ich jetzt für angebracht halte, krame nach meinem Handy und finde es letztendlich in der Seitentasche. Wer immer es dahinein getan hat, ich war's nicht. Egal jetzt, ich hole es heraus, streiche darüber. Zum Glück noch 30 Prozent Akkuleistung, aber ich sehe auch drei Anrufe in Abwesenheit. Es waren nur Vertreter, das sagt mir ein Blick auf die holländischen Nummern, doch ich werde langsam skeptisch. Da hat sich Eric doch tatsächlich an meinem Handy vergriffen? Auch wenn er nur den Ton ausgemacht hat. Eh, so was geht gar nicht! Seine Absichten, einen ungestörten Abend zu verbringen in allen Ehren, aber was wäre, wenn es Mia gewesen wäre, oder wenn mit ihr was passiert wäre … Ich wage nicht, weiterzudenken. Na warte, großer Meister, jetzt erst recht!

Ich nehme mein Telefon und drehe mich nochmals um, weil ich meinte, im Dielenschrank Schals gesehen zu haben. Mit einem Woll- und einem Seidenschal bewaffnet kehre ich kurz zurück ins Kaminzimmer und lege die beiden Schals erstmal beiseite. „Sorry, habe mein Handy nicht gleich gefunden." Ungeduldig zappelt Eric inzwischen am Regal herum „Okay, das brauchst du auch nicht. Kannst du dann jetzt mal weitermachen!" Das war keine Frage, doch ich spitze die Lippen und nicke zustimmend „Nur einen Moment noch! Ich kenne den besten Pizzabäcker der Stadt, da werde ich uns jetzt erstmal was bestellen, was möchtest du? Pizza Margherita, Speziale oder Frutti di Mare…?" Langsam hebe ich meine Oberlippe „Oder doch lieber Pasta?"

Erics Ungeduld hat scheinbar deutliche Grenzen, denn er mault „Mir doch egal. Auch gerne Thunfisch mit Ei, aber komm wieder her und bring endlich zu Ende, was du begonnen hast!" Olala! „Wie bitte? Höre ich da richtig? Du verlangst von mir Dinge, welche du selbst nicht einhältst? Gelangweilt mache ich eine abweisende Handbewegung „ich bestelle uns jetzt erst einmal etwas zu Essen. Du sagst doch immer, ich brauche Kraft, für das, was du mit mir vorhast. Da will ich mich mal lieber erst stärken, bevor ich schlapp mache. Und du solltest das auch. Also einmal ‚Speziale' und eine Thunfischpizza, ist das korrekt?" Um mich zu vergewissern schaue ich fragend zu Eric, welcher tief Luft holt und genervt nickt. „Ja, ist gut so. Und nun komm zurück zu mir!" Das klingt ja fast schon wie Betteln. Unter normalen Umständen fände ich das ja sogar irgendwie süß! Ich verschwinde also wieder in der Diele und rufe in der Pizzeria an, ohne einen blassen Schimmer zu haben, wie schwierig sich das gestalten sollte.

Antonio ist gleich am Apparat und freut sich, mich zu hören. „Oh Bella Christina, welch eine Freude! Uno wie immer? ‚Speziale' mit extra Käserand? Si, si, kommt sofort!" Er kann es nicht lassen, immer das ‚A' an meinen Namen zu hängen. Ich habe es irgendwann aufgegeben, ihn zu korrigieren. Die italienische Variante heißt scheinbar so. Heute scheint er wieder einmal voller Tatendrang und guter Laune, doch leider muss ich seine Euphorie etwas bremsen.

„Moment Antonio, für mich bitte einmal wie immer, ja, und heute noch eine Thunfischpizza mit Ei. Ach und…" „Oh, si, si, ich freue mich. Signora Christina haben Besuch? Bueno! Männlich? Ohhh, wie toll! Verstehe. Was darf es noch sein?

Eine Flasche bueno Vino? Vielleicht ein wenig Käse?", fällt er mir begeistert ins Wort.

Seufzend versuche ich, ihm möglichst leise mein Anliegen nahe zu bringen, denn ich weiß nicht, ob Eric mich hören kann. „Nein, Antonio. Diese zwei Pizzen, mehr nicht, aber..." „Oh wie langweilig, Signora Christina, aber wie du willst. Ich habe die Bestellung aufgenommen und schicke dann pronto jemanden los. Viel Spaß und Bella Noche", trällert er, doch das klang ziemlich pikiert und ich meine zu hören, wie Antonio am anderen Ende die Augen verdreht. Okay er ist durch und durch schwul und erfüllt so ziemlich alle Klischees, aber gerade das mag ich so an ihm. Er versucht sich nicht zuverstellen und seine Ticks zu unterdrücken. Er steht zu seiner Homosexualität. Das finde ich gut und mutig. Leider ist er manchmal aber auch etwas zickig. Und mein Gott, warum lässt er mich verdammt noch mal nicht ausreden?

„Antonio!!!", schreie ich jetzt fast in den Hörer, und es tut mir auch sofort leid, denn ich weiß, wie sensibel er ist. „Si, Signora, ich bin noch da. Tzz, aber wenn du mich prego nicht so anschreien würdest! Grazie."

Ich hole tief Luft und beginne erneut „Antonio, es tut mir leid, aber heute ist es etwas kompliziert, und du musst mir helfen. Die Pizzen sollen zur Villa ‚Bluebird' geliefert werden, die kennst du doch? Die Jugendstilvilla mit den beiden Vögeln an der Giebelseite am Rande der Stadt ..."

„Si, si, schon klar. Nobelviertel!" Ich weiß, dass er jetzt seine Hand zu einem Fächer formt und graziös vorm Gesicht hin und her wedelt, während er wieder mit den Augen rollt und die Nase rümpft.

„Antonio!!!", werde ich jetzt energischer und kann förmlich spüren, wie er am anderen Ende zusammenzuckt. „Si, Bella, sonst noch Wünsche?" Pfff...! Hörbar lasse ich die Luft aus meinen Lungen entweichen und flüstere wieder. „Hör zu Antonio, ich möchte, dass du sie höchstpersönlich hier anlieferst. Du wirst es nicht bereuen. Extra Trinkgeld ist garantiert." Kurz herrscht Stille am anderen Ende der Leitung, dann Empörung „Oh, Bella, jetzt beschämt ihr mich. Wenn ihr mich persönlich verlangt, dann soll es so sein." Ich muss unweigerlich über seine Ausdrucksweise schmunzeln. „Schön, das freut mich Antonio, doch eine Frage hätte ich noch…" Nun getrau' ich mich doch nicht mehr so richtig, meine Idee umzusetzen.

„Schieß' los, was willst du wissen?" Zögernd räuspere ich mich erstmal „Ähm, … bist du im Moment mit jemandem zusammen?" Kichern in der Leitung, lässt mich aufhorchen „Na, na, Bella Christina! Ich bin derzeit mit niemandem zusammen, aber ihr wisst doch …", wieder Kichern.

„Oh gut, sehr schön! Ja, ja ich weiß. War auch nur so eine Frage, Antonio. Erkläre ich dir später. Bis dann. Ach und bring bitte etwas Zeit mit! Die …, die Straßen sind glatt."

„Si, si, Signora. Ciao, ciao, bis dann."

Na bitte, läuft doch ganz gut. Ich gehe zurück ins Kaminzimmer, wo Eric immer noch am Bücherregal baumelt. „Oh Schatz, das hat heute etwas länger gedauert. Die haben einen Neuen, der kann nicht so gut Deutsch und ich musste ihm auch erst erklären, wo du wohnst, sorry. Aber jetzt bin ich ja wieder da."

Sofort kümmere ich mich wieder um seinen Schwanz, welcher etwas an Fülle eingebüßt hat. Ich ziehe ihm seine Pants aus und fahre mit den Lippen an seinem Schaft auf und ab, wodurch er wieder zu seiner vollen Statur heranwächst, versenke kurz meine Zungenspitze in dem kleinen Schlitz, spiele mit dem kleinen Bändchen und male die Adern nach, welche sich inzwischen wieder deutlich abzeichnen und mir das Gefühl vermitteln, sie würden jeden Moment platzen. Dann nehme ich seinen Penis tief in den Mund und schlucke, was ihn laut aufstöhnen lässt. Meine warmen Hände kneten sanft seine Hoden und ich merke, wie er sich mehr und mehr anspannt. Jetzt muss ich erstmal einen Gang zurückfahren, sonst geht mein Plan nicht auf. Ich greife nach den Wollschal, binde ihn um Erics Fußgelenk und dann ans Regal. „Was soll das werden?", fragt Eric nun schon etwas panisch. „Keine Angst Liebling, ich möchte dich nur verwöhnen.", beruhige ich ihn und bekräftige meine Aussage noch mit einen verschämten Augenaufschlag, bevor ich seinen anderen Fuß mit dem Seidenschal am Regal fixiere. Seine Beine sind jetzt schön gespreizt und ich widme mich wieder seiner Erektion. Als ich mit der Zunge über seinen Damm streiche, wird seine Atmung auf einmal schwer. Aha, das magst du also! Sehr gut, denke ich mir, feixe in mich hinein, und setze meine Arbeit fort, immer darauf bedacht, rechtzeitig Pause zu machen.

„Wir wollten uns doch mal über die Regeln unterhalten!", erinnere ich ihn, während meine Finger sanft seine Kronjuwelen massieren, und meine Lippen, zart an seinen Brustwarzen saugen, was ihn zwar wohlig stöhnen lässt, aber nicht näher an den Höhepunkt treibt. „Ja, aber doch nicht jetzt.", seufzt er gequält. „Bist du immer noch sauer wegen der Sache auf dem Weihnachtsmarkt? Ich sagte, doch schon, dass es mir leidtut, und nun stell dich nicht so an! So was macht doch Spaß." Mir bleibt vor Schreck der Mund offen stehen, „Spaß? Fragt sich nur für wem?"

Jetzt erst recht von meinem Vorhaben überzeugt, spiele ich weiter an seinen Eiern, lecke hin und wieder zart über seine pralle Eichel, um seinen Status aufrechtzuerhalten. „Hmmm, das machst du schon ganz gut. Und jetzt blas' mir ordentlich einen!" Seine Ahnungslosigkeit lässt mich schmunzeln. „Ich glaub nicht, dass du gerade in der Situation bist, um Anweisungen zu erteilen!", bemerke ich mit einem Blick auf seine festgebundenen Gliedmaßen. „Aber du liebst doch Anweisungen!? Oder nicht?" Jetzt klingt er schon fast etwas verzweifelt, aber ich lasse mich nicht beirren.

Es klingelt.

„Ah, der Pizzabote!", erfreut springe ich auf „jetzt werde ich dir mal zeigen, was mir Spaß macht." Daraufhin eile ich hinaus in die Diele, und als ich die Tür öffne, rufe ich laut

„Oh, Antonio! Schön, dass du da bist. Komm rein, ich hole nur das Geld!"und flüsternd füge ich hinzu „geh schon mal da rein ins Kaminzimmer, wundere dich bitte über nichts und spiel' einfach mit. Ach und... kannst du für einen Augenblick das ‚Tü-tü' lassen." Ich hebe beide Hände und schüttle tuntisch meine Finger. „Bitte, Antonio!" bettle ich beschwichtigend. Nicht verärgert aber dennoch verdutzt schaut er mich an, als ich ihn aber aufmunternd zuzwinkere, schlendert er gemütlich hinein. „Oh, aber hallo! Was haben wir denn da? Komme ich ungelegen? Bin hier wohl gerade in eine verzwickte Situation geraten?" Wahnsinn, er kann ja sogar eine richtig tiefe Stimme haben, wenn er will. Wow, nicht schlecht, aber ich steh nun mal nicht auf Italiener. Und Antonio nicht auf Frauen. Aber das weiß ja Eric nicht.

Mit einem „Stimmt so!", drücke ich Antonio, so, dass es Eric nicht sieht, einen großen Schein in die Hand, worauf er, nach einem kurzen Blick auf das Geld, trotz seines dunklen Teints, leicht blass zu werden droht, während Eric am Regal seinen Befreiungsversuchen unterliegt und in heftiges Fluchen verfällt.

„Verdammt was soll das? Ich bin hier fast nackt. Warum lässt du da diese Nudelfresse hier in mein Haus? Binde mich sofort los, Chris, hörst du? Sofort! Den will ich eigenhändig raus werfen." Doch je aggressiver Eric wird, umso ruhiger werde ich. „Ach komm, wenn ich mich nackt mitten auf dem Weihnachtsmarkt präsentieren soll, stört es dich doch auch nicht." Während mich Antonio noch fragend anschaut, wettert Eric weiter. „Zum Teufel Chris, du hattest nun deinen Spaß, jetzt ist gut. Mach mich los!" Ich beachte ihn gar nicht, sondern nehme Antonios Gesicht in beide Hände und küsse ihn leidenschaftlich auf den Mund. In seiner Rage bemerkt Eric gar nicht, wie angewidert Antonio plötzlich dreinschaut, sich wahrscheinlich wieder den Schein ins Gedächtnis ruft, um nun zwar etwas unbeholfen, aber dennoch versucht, den Kuss zu erwidern. Eric ist außer sich. „Das reicht jetzt! Wie kannst du es wagen …, vor meinen Augen…?" Ich halte kurz inne und entferne das schicke Tuch mit dem Logo der Pizzeria von Antonios Hals, um damit Sekunden später mit einem überzeugten „Hast ja Recht!", Eric die Augen zu verbinden, was ihm natürlich noch mehr ausrasten lässt. Insgeheim bete ich, das Regal und die Hilfsschnüre mögen seinem Ziehen und Zerren standhalten. „Was fällt dir ein? Bist du jetzt total übergeschnappt? Warte, wenn ich dich in die Finger krieg', Fräulein!" Gelassen streichle ich über seine Brust. „Oh ich freue mich jetzt schon. Aber nun bist du erst einmal still, sonst muss ich dich auch noch knebeln. Das willst du doch nicht oder?" Eric schnappt nach Luft, sagt aber nichts mehr.

Seine Erektion schwächelt mittlerweile etwas, sodass ich sofort meine Lippen darum lege und kräftig sauge, zwischendurch immer wieder aufgeregt meine Zunge um seine Spitze zappeln lasse. Ein Blick zu Antonio zeigt mir, dass er sich bemüht, seine Erregung unter Kontrolle zu bringen, aber gleichzeitig auch wie gebannt meine Tätigkeit beobachtet. Als Erics Ständer wieder stramm genug ist, lasse ich von ihm ab und widme mich wieder Antonio. „Na mein kleiner süßer Italiener, was mach ich denn jetzt bloß mit dir? Ich hätte ja große Lust auch mal von dir zu kosten." Den Finger auf die Lippen legend bedeute ich Antonio, still zu sein, woraufhin er nur zaghaft nickt. „Oder sollte ich mich vielleicht von dir verwöhnen lassen? Verdient hätte ich es eigentlich mal wieder. Weißt du, Eric hat manchmal Probleme damit…" Erics Gesicht hat mittlerweile vor Wut eine feuerrote Farbe angenommen.

„Das wirst du nicht wagen, du kleine Schlampe, oder du wirst es bitter bereuen!", donnert er los und ich kann nicht genau sagen, ob es Eifersucht oder gekränkte Eitelkeit ist, was in seiner Stimme mitschwingt. „Okay, wenn du ein Problem damit hast, dass Antonio mich …?"

Das Satzende lasse ich bewusst für verschiedene Interpretierungen offen und spreche erst nach einer Kunstpause weiter „...hast du? Schade, ich hätte gern dein Gesicht gesehen, wenn er ihn mir rein schiebt. Ach stimmt, du siehst ja nix."

„Dem kleinen Wichser werde ich höchstpersönlich einen rein schieben, darauf kannst du wetten!" Antonios Augen werden in diesem Moment plötzlich riesengroß. „Das ist ja sehr interessant! Nicht wahr Antonio?" Ich küsse Antonio andeutungsweise auf den Mund und beginne, zu stöhnen. Nachdem ich ihm vermittelt habe, mitzumachen, stimmt er mit ein, was Eric bald wahnsinnig werden lässt. „Du bindest mich auf der Stelle los und nimmst mir den Scheiß von den Augen! Chris!!!" Ich tue genervt und schmatzend verspreche ich Antonio „Ich bin gleich wieder bei dir Süßer, lauf nicht weg!"

Dann wende ich mich an Eric, packe ohne Vorwarnung seinen Schwanz und knete mit der anderen Hand seine Eier, sodass ihn ein spontanes „Fuck!" entfährt. Mein Gesicht ist jetzt ganz nah vor Erics, und ich kann seinen heißen Atem auf meinen Wangen spüren. Vorerst kann ich nicht klar denken, denn ihn fast zu küssen ist noch heißer, als jede lange Knutscherei, und es macht meine Waffen für einen kurzen Moment unschädlich. „Nun", beginne ich zaghaft, „wirst du mir noch einmal den Orgasmus verbieten, und mich wieder vor allen Augen bloßstellen? Sprich!" Unter dem Druck meiner Hände fängt Eric plötzlich an, zu zittern. Ob aus Furcht, ich könnte ihm Schmerz zufügen oder vor Erregung kann ich nicht genau definieren, doch es fühlt sich gut an. „Ja. Ich ...ich meine nein. Verdammt!"

Während er noch vor sich her flucht, seile ich mich Kuss für Kuss nach unten ab, bis ich leicht unterhalb seines Bauchnabels angekommen bin. Meine Zunge wirbelt um seine Peniswurzel und schon streckt sich mir sein Glied erwartungsvoll entgegen. Als ich meine Lippen darüber stülpe, wird Eric plötzlich ganz still. „Keine Angst, ich werde ihn dir nicht abbeißen!", versuche ich ihn zu beruhigen und es scheint zu wirken, denn ich spüre, wie seine Anspannung sich löst und sein wohliges „Hmmmm.", unterstreicht meine Vermutung, was ich als Ansporn sehe, mit meiner Tätigkeit fortzufahren. Mein Zungenspiel lässt seinen Schwanz wieder prall werden und ich spüre, wie die Feuchtigkeit meine Hotpants tränkt, so heiß macht es mich. Nicht zuletzt, weil Eric mir völlig ausgeliefert ist und Antonio zuschaut. Dieser Gedanke gepaart mit Erics hemmungslosem Stöhnen entfacht meine Leidenschaft für ihn aufs Neue.

Das Räuspern Antonios bringt mich in die Realität zurück. Ich habe eine Mission zu erfüllen. Als ich mich umdrehe, sehe ich, dass er sich kräftig den Schritt massiert. Ich sollte ihn vielleicht langsam mal mitspielen lassen, denke ich, und zitiere ihm mit einer lockenden Bewegung mit dem Zeigefinger her zu mir.

Ganz zart küsse ich mich an Erics Körper wieder nach oben, bis ich bereits auf Zehenspitzen stehe, denn Eric ist ein gutes Stück größer als ich. An seinem Mund angekommen, ziehe ich mit der gespitzten Zunge die Konturen seiner Lippen nach, was ihm tief die Luft einsaugen lässt. Während ich einen Schritt zurücktrete, umfasse ich mit einer Hand Erics Schwanz, wichse ihn zwei, drei Mal und biete ihn schließlich Antonio an, welcher mich zwar eine Sekunde lang fassungslos anschaut, sich dann aber erfreut über sein Geschenk hermacht. „Mmm Chris! Das ist gut.", Eric windet sich hin und her und leckt sich lasziv über die Lippen, während Antonio erst ihn dann mich wie benebelt anschaut, ohne Erics Penis aus seinem Mund zu lassen. „Oh bitte, hör nicht auf, mach weiter! Das ist so gut."

Langsam ziehe ich mich zurück und bringe den Sessel in Position, wo ich es mir, nachdem ich mich meiner durchtränkten Pants entledigt habe, die Beine rechts und links über die Lehnen gelegt, gemütlich mache. Meine Hände wandern zwischen meine feuchten Schenkel, und sobald ich zwei Finger in die heiße Grotte gleiten lasse, kommt mir ein ganzer Schwall meines schleimigen Saftes entgegen.

Ich ertappe mich, wie ich den Anblick der beiden Männer genieße. Eric, den Kopf nach oben gerichtet, zeigt eine verkrampfte Mimik, während ab und zu ein „Ohhh, jaa!", beziehungsweise ein „Ahh" seine Lippen verlässt. Antonio hat mittlerweile seine Hose geöffnet und bearbeitet jetzt sein Geschlecht kräftig mit der Faust, und dieses Bild fasziniert mich ohne Ende, sodass ich kaum den Blick abwenden kann. Es macht mich total an und veranlasst mich stärker an meiner Perle zu reiben. Seufzend tue ich dann schließlich doch, was ich tun muss, auch auf die Gefahr hin, dass dann alles schlagartig vorbei sein könnte. Und das wird es mit Sicherheit. Also unterbreche ich mein Fingerspiel und gehe langsam auf die beiden Männer zu. Es quält mich der Gedanke, das Schauspiel beenden zu müssen. Allerdings wenn Eric erstmal sieht... Unbezahlbar!

Nach kurzem Zögern stelle ich mich neben Eric und flüstere ihn ins Ohr „Jetzt bitte nicht ausrasten!" Noch bevor ich ihm das Tuch von den Augen nehmen konnte; die Nähe meiner Stimme hat es ihm schließlich schon verraten; ringt er nach Atem und stößt ein gequältes „Nein!" aus. Ich zerre ihm das Tuch herunter und mache instinktiv einen Satz zurück. Japsend starrt er auf Antonio hinunter, der sich von dem Aufschrei Erics nicht abhalten lässt, ihn weiter zu blasen, obwohl Erics Schwanz merklich an Stabilität eingebüßt hat. Gespielt überrascht frage ich „Was hast du Eric? Es hat dir doch die ganze Zeit gefallen." Ein Knurren ist seine Antwort. „Na warte. Du kannst was erleben, und diese Schwuchtel hier gleich mit!", donnert Eric, was Antonio aufhorchen lässt und dazu inspiriert, sich noch mehr ins Zeug zu legen.

„Verdammt! Hör auf, du kleiner Wichser!" Die Art und Weise, wie Eric sich nun auf die Lippen beißt, zeigt, dass er verzweifelt dagegen ankämpft, es schön zu finden, was mit ihm gerade passiert. Aufmunternd nicke ich Antonio zu und fläze mich wieder in den Sessel. Sofort suchen meine Finger wieder den Eingang zu meiner heißen Schlucht. „Oh mein Gott!", ruft Eric aus, als sein Blick auf meinen weit

geöffneten Schoß fällt und wie gebannt dortbleibt. Sein Ausruf lässt Antonio wiederum aufstöhnen. Eine Hand fest um Erics Schwanz, lässt er ihn kurz aus seinem Mund, um ihn dann erneut wieder tief in seinem Schlund zu versenken, während er zu Eric aufblickt und sich selbst immer schneller mit der anderen Faust wichst.
Plötzlich hält er inne und widmet seine volle Aufmerksamkeit der Erektion vor ihm. Seine Hand, feucht von den eigenen Lusttropfen, umfasst nun Erics Hoden, als wolle sie sie einreiben. Immer wieder gleiten Antonios Finger über Erics Damm und stoßen dabei an seine Rosette. Eric, mittlerweile kapituliert und sich nun völlig der Situation unterworfen, höre ich nur noch röhren wie ein Hirsch in der Brunft. Er starrt mich schwer atmend an, und ich halte seinem Blick stand, während ich meine Finger weiter in mir bewege. Immer noch fasziniert vom Anblick der beiden, lecke ich lasziv über meine Lippen und massiere immer stärker meine Klitoris. Plötzlich spüre ich, wie die Welle unaufhaltsam näher kommt und schließlich über mir zusammenbricht. Ich stöhne meinen Höhepunkt ungeniert hinaus und flute fast den Sessel. Plötzlich ein lauter erlösender Schrei und Eric ergießt sich auf Antonios Gesicht, welcher sofort gierig mit der Zunge alles aufzufangen versucht, während seine Hand wieder kräftig sein Glied massiert. Sekunden später ergießt sich Antonio in seiner Faust. Das ist zu viel für mich, ich komme erneut. Ein Höhepunkt nach dem anderen erfasst meinen Körper. Wahnsinn! Irgendwann sinke ich erschöpft in die weichen Polster des Sessels. Nachdem wir uns allmählich wieder etwas entspannt haben, zeige ich Antonio, wo er sich reinigen kann, gebe ihm dann sein Halstuch zurück und geleite ihm schließlich noch zur Tür. Erst wenn er weg ist, binde ich Eric los. Ist mir sicherer, obwohl ich gar nicht mal glaube, dass Eric noch großartig sauer auf Antonio ist, wenn dann eher auf mich. Ich laufe also zurück ins Kaminzimmer und finde einen veränderten Eric vor. Zwar noch immer zornig, doch auch nachdenklich.

Schweigend löse ich die Schals von seinen Fußgelenken und befreie seine Arme. „So, ich denke, jetzt sind wir quitt!", sage ich bestimmt, recke mich empor und will Eric einen Kuss geben, worauf sich dieser abwendet und vor sich her murmelnd in Richtung Bar stapft, wo er sich einen großen Scotch einschenkt. „Wir sind noch lange nicht quitt, Fräulein." Daraufhin lasse ich ihn erst einmal seinen Gedanken nachhängen, gehe mich frischmachen und die Pizza wieder aufwärmen. Als ich mit den Pizzen wieder zurück ins Kaminzimmer komme, finde ich einen in sich gekehrten, leicht berauschten Eric vor und stelle die Teller vorsichtig auf den Couchtisch ab, da ich das Gefühl nicht loswerde, dass jedes noch so kleine Geräusch eine gewaltige Explosion auslösen könnte. Ich nehme in sicherem Abstand neben Eric auf dem Sofa Platz und greife mir ein Stück von der bereits gerädelten Pizza und warte darauf, dass Eric das Schweigen bricht, und lange dauert es auch nicht, da bricht es aus ihm heraus. Leise und drohend mit flatternden Nüstern. „Sag mal, hast du annähernd eine Ahnung, was du dir heute erlaubt hast?" Ich halte mitten im Kauen inne. „Ich weiß nicht, was du jetzt genau meinst?", und ja, ich weiß wirklich nicht, meint er jetzt das Anbinden, das Weglaufen, die Sache mit Antonio ...?

"Du hast mich zu etwas gezwungen, wofür es keine Entschuldigung gibt.", jetzt werden seine Augen zu kleinen Schlitzen, er springt auf und fährt sich verzweifelt durchs Haar, was ihm noch immer postkoital in wilden Strähnen ins Gesicht hängt, und ich habe plötzlich das blöde Gefühl, mich verteidigen zu müssen. „Aber du hast doch selbst mal gesagt, man muss alles mal ausprobieren. Ich wollte dich halt auch mal überraschen. Das war der Dank für die Überraschung auf dem Weihnachtsmarkt. Und ehrlich, ein bisschen hat es dir schon gefallen, sonst hättest du nicht abgespritzt... nicht auf Antonio!" Oh, damit habe ich erst recht Salz in die Wunde gestreut.

„Halt die Klappe! Verdammt nochmal! Ich bin keine elende Schwuchtel!", schreit er mich jetzt an. Jetzt bin ich verblüfft. „Ach ja? Bin ich vielleicht gleich ein Exhibitionist, weil ich auf einen Markt vor dir meine vibrierende Möse gezeigt habe, was gleichzeitig ein Dutzend Menschen sehen konnten, worauf sich mancher bestimmt zu Hause noch einen runter geholt hat. Du hast mich zur Wichsvorlage gemacht, findest das hier aber nicht in Ordnung? Mach dich nicht lächerlich! Ich denke, du bist so cool und stehst über den Dingen? Von mir hast du es doch auch verlangt. Da wird dich doch so ein kleiner Schwanzlutscher nicht aus der Bahn werfen." Ich benutze mit Absicht diese Vulgärsprache, damit er merkt, dass seine Aktion nicht minder deprimierend war. Und es zeigt tatsächlich Wirkung. Eric setzt sich wieder und erklärt nun mit gefährlicher Ruhe „Und genau das ist es, was mich so wütend macht. Ich verstehe nicht, dass es mir ein Typ besorgt hat und ich noch nicht einmal Ekel verspürt habe. Das gibt mir schon zu denken." Ich halte ihm ein Stück Pizza unter die Nase und schüttle den Kopf. „Nun iss und mach dir keine Gedanken mehr darüber. Was ist denn daran so schlimm gewesen? Du hattest Lust und hast dich ihr hingegeben. Punkt. Wer sie dir bereitet hat, ist doch letzten Endes egal. Davon wird man doch nicht gleich schwul. Selbst wenn du wieder einmal das Bedürfnis verspürst, na und? Hör auf dein Verlangen, nicht auf das, was die Moral als richtig definiert. Richtig ist, was dich glücklich macht." Voller Überzeugung nehme ich mir ein Stück von der Pizza; denn für mich ist das Thema durch; und merke gar nicht, wie Eric mich mit offenem Mund anstarrt. Erst als es still bleibt, werde ich aufmerksam und drehe mich zu ihm. „Danke Chris!" Ich schüttle erneut ungläubig den Kopf. „Wieso danke? Ich habe dir nur meine Ansichten erklärt und finde, so sollte jeder handeln. Hat dir noch niemand zu diesem Thema seine Meinung deutlich gemacht? Sicher, jeder hat da eine andere Meinung. Und das ist meine." Wieder Stille, bis Eric sich irgendwann räus-

pert „Ehrlich gesagt, habe ich mit noch niemanden über solche Dinge sprechen können. Immer wenn ich begann, das Thema, zum Beispiel auf meine Vorlieben zu bringen, erntete ich nicht viel mehr, als ein angewidertes „Du bist doch pervers! Ich lasse mich nicht fesseln, geschweige denn schlagen!" Ich kam nie dazu, es zu erklären." Fassungslos sehe ich ihn an. Naja, zugegeben, so sehr viel anders war es ja bei mir bisher auch nicht. „Gut, dann lass uns aufessen und darüber diskutieren, was deine bzw. meine Vorlieben sind. Aber auch darüber, was gar nicht geht. Vielleicht finden wir ja Gemeinsamkeiten oder probieren einfach mal was aus, brechen Tabus. Was meinst du?" Glücklich strahlt mich Eric an. „So eine Art Wahrheit oder Pflicht?" Sanft küss ich ihn auf die Nase „Genau, so in etwa. Ich fange an, und wenn du die Vorliebe nicht teilst, dann musst du eine Aufgabe erfüllen, die ich mir für dich ausdenke." „Okay bin dabei. Erinnert mich an meine Schulzeit ‚Flaschendrehen', wie lustig! Schieß los!"
Ich freue mich, sind doch alle auf der Welt gleich. „Also, pass' auf! Ich mag zum Beispiel, die Vorstellung, beim Sex beobachtet zu werden." Erics Miene zeigt deutliche Begeisterung. „Fein, das mag ich auch." Ich lächle ihn an „Gut, dann musst du mir das mit einem Kuss quittieren!" Freudestrahlend fällt Eric über mich her. „Hey, hey, hey. Es war nur von einem Kuss die Rede!", ermahne ich ihn. „Weiter geht's, du bist dran!" Gespielt eingeschnappt zieht Eric einen Flunsch. „Na gut. Also ich mag es, zum Beispiel, wenn es zwei Mädels miteinander treiben." Sofort horche ich auf. „Ach ja? Ist ja interessant! Das müssen aber auch nicht zwangsläufig Lesben sein?" Eric lacht „Der Punkt geht an dich!" Ich muss auch nicht lange überlegen bis ich antworte „Ich weiß, diese Phantasie haben viele Männer, aber die Sache reizt mich eigentlich überhaupt nicht. Was aber wiederum nicht heißen soll, dass ich nicht bereitbin, es mal auszuprobieren." Eric schmunzelt gehässig, und ich weiß genau, was er jetzt denkt, aber er meint nur „Okay, ich

werte das trotzdem mit einem ‚Nein' und befehle dir, dich so hinzusetzen, dass ich einen tiefen Einblick in dich habe. Also zieh deine Schamlippen auseinander, aber halte deine Finger still!" Na toll, als wenn das so einfach wäre, also die Sache mit dem Stillhalten. Eric scheint meine Gedanken wieder einmal lesen zu können „Die Regel besagt nicht, dass es eine leichte Aufgabe sein soll!" Prima, da frag ich mich doch, wer das Spiel vorgeschlagen hat, vor allem wer die Regeln macht. Na warte. „So, also ich mag es, einem Mann die Brust zu enthaaren, und zwar mit Wachs." Das ist zwar so nicht ganz korrekt, aber wie erwartet folgt lauter Protest. „Eh weißt du, wie weh das tut? Das lass ich nur von echten Profis machen. Nicht mit mir!" Mit einem zufriedenen Augenaufschlag nicke ich Eric aufmunternd zu und formuliere mit Begeisterung seine Aufgabe „Das war ein eindeutiges ‚Nein', und du wirst mir jetzt sofort die Erlaubnis erteilen, mich berühren zu dürfen!" Triumphierend grinse ich ihn an und arrogant auf mich herabschauend bemerkt er nur „Und wie lange, glaubst du, soll das Spiel dann noch andauern?" Genervt verdrehe ich die Augen „Die Mitspieler haben die Anweisungen bedingungslos zu akzeptieren und auszuführen und nicht infrage zu stellen. Also mach schon!" Eric holt tief Luft „Meinetwegen, du darfst dich jetzt berühren. Aber erwarte dann keine hundertprozentige Konzentration mehr von mir!" Lasziv lecke ich mir über die Lippen, wobei meine Finger ganz langsam über meine Scham streichen, hin und wieder in mich eintauchen und dann ein schnelles Spiel mit meiner Knospe beginnen. Eric versucht angestrengt, wegzugucken, was ihm allerdings nicht gelingt. Unter seinen Pants, die er sich wieder angezogen hat, zeichnet sich bereits wieder deutlich eine Beule ab und sein Atem ist schwerfällig geworden. „Was ich sehr gerne mache, ist, dir deine Frechheit austreiben. Und da ich weiß, dass du, da nichts dagegen hast, würde ich vorschlagen...", seine Stimme vibriert „...dass wir nach oben gehen und sofort mit deiner Züchtigung beginnen. Die

Anklage lautet ‚Unerlaubtes Kommen und dessen Vertuschungsversuch'. Für die Aktion mit Antonio lasse ich mir zur gegebenen Zeit etwas einfallen." Lautstark protestiere ich „Nee mein Freund, das war die Revanche für den Weihnachtsmarkt, das sagte ich bereits. Was das betrifft, sind wir quitt." Knurrender Weise zerrt er mich vom Sofa hoch, wirft mich einfach über die Schulter und schleppt mich die Treppe hinauf.

Oben öffnet er eine Tür, und was ich sich dahinter verbirgt fasziniert mich. Mitten im Raum steht ein riesengroßer Vogelkäfig, inmitten welchen eine Schaukel hängt. Das Ganze ist allerdings nicht für gefiederte Lebewesen gedacht. Links an der Wand ist ein Andreaskreuz befestigt, und etwas weiter hinten im Raum steht noch so ein Bock, wie ich ihn schon im Badezimmer gesehen habe nur viel größer und höher. Und genau vor diesem lässt mich Eric jetzt herunter. „Zieh dich aus!!", befiehlt er und seine Stimme klingt hart. Keine Widerrede duldend weist er auf den Strafbock „Beuge dich hier drüber und warte, bis ich zurück bin!" Dann eilt er hinaus und ich tue wie mir geheißen, insgeheim hoffend, dass er es nicht zu sehr übertreibt, tut mir doch die eine Hinterbacke von heute Vormittag noch weh. Als Eric zurückkommt, schwingt er freudestrahlend eine geflochtene Lederpeitsche in der Hand, die in mehreren dünneren Lederriemen endet und deren Griff die Form eines Penis hat. „Eric bitte, a ...", weiter komme ich nicht, denn sowie ich den Mund öffne, füllt er sich augenblicklich mit einer Art Gummiball. „Da du dich nie an das Redeverbot hältst, muss ich eben zu solchen Mitteln greifen. Tut mir leid." Im nächsten Moment knallt auch schon die Peitsche laut durch die Luft und schlägt dann auf meinem Hintern ein, natürlich genau auf die Stelle, die schon gerötet und geschwollen ist. Ich winde mich, doch je mehr ich mich wehre, umso schneller prasseln die Schläge auf mich ein. Das Atmen fällt mir schwer, zumal ich durch den Knebel nur die Nase zur Verfügung habe. Ich zwinge

mich zur Ruhe, schließe meine Augen und atme ganz tief durch die Nase ein, so wie Eric es mir gelernt hat. In meiner Vorstellung habe ich wieder die Szene von vorhin mit Antonio vor mir und plötzlich ziehen sich meine inneren Muskeln zusammen, was mich hinter meinen Knebel aufstöhnen lässt. Umso derber werden die Hiebe, doch mit jedem Zucken intensiviert sich die Kontraktion, und ich ein angenehmes Prickeln erfasst meinen Schoß und ich spüre, dass der Hocker bereits mit meiner Feuchtigkeit überzogen ist. Als ich unaufhaltsam dem Gipfel entgegen klettere, hält Eric plötzlich inne, wie schon so oft „Na mein Fräulein, du scheinst ja langsam Gefallen dran zu finden?" Er tritt um den Bock herum, hebt mein Kinn hoch und entfernt den Knebel zwischen meinen Zähnen. Nun schaut er mich mit voller Genugtuung an „Ich sag ja, lass den Schmerz nicht zu, wandle ihn in Lust um und du wirst deine Erfüllung finden!" Das sagt der Richtige, denke ich. „Du lässt mich doch nicht kommen, wieso erzählst du mir dann was von Erfüllung?" Es macht mich regelrecht wütend, doch Eric blinzelt nur erhaben „Aber Erfüllung zeigt sich doch nicht nur im Orgasmus. Sie ist etwas viel Größeres. Der Höhepunkt ist nur ein Nebenprodukt!", tadelt er mich nun sogar. Ich koche. „Aha, wenn du also das nächste Mal kurz davor bist, dann unterbinde ein Abspritzen doch auch mal einfach so! Wenn es für dich sowieso nur ein Kollateralschaden ist, Mr. Klugscheißer!"
Eric grinst mich breit an und meint nur „Daraufhin müsste ich dich jetzt vögeln, bis dir Hören und Sehen vergehen.", und nach einer kurzen Pause „Ähm, warum eigentlich nicht, wo ich hier schon so einen schönen Käfig habe." Meine Erregung wieder etwas unter Kontrolle richte ich mich auf. Meine Backe schmerzt noch heftig und reflexartig reibe ich darüber, was Eric natürlich nicht verborgen bleibt. „Was ist mit deinem Hintern? Wund?", dieses scheinheilige Grinsen in Erics Gesicht und der Ton, der in seiner Stimme mitschwingt, lässt mich aufhorchen und nichts Gutes erahnen,

stattdessen gibt er mir nur einen Klaps darauf und dirigiert mich zum Eingang des Käfigs. „Gehe hinein und positioniere dich auf der Schaukel. Ich bin gleich zurück.", und schon verschwindet er wieder.

Ich öffne die Tür und trete hinein. Die Schaukel ist wie ein Trapez gemacht und erinnert mich ein wenig an einen Zirkus. Zwei breitere Riemen sollen scheinbar die Sitzfläche sein. An den Seiten hängen zwei Ketten herunter, welche in einer Lederschlaufe enden. Haltegurte, mutmaße ich und setze mich langsam, da mein Hintern wie Feuer brennt, auf die beiden Riemen und fädle meine Hände durch die Ösen, als Eric wieder hereingestürmt kommt. „Ich sagte ‚Positioniere dich!', und nicht ‚Mach es dir bequem!'. Also umdrehen und die Hände wieder in die Schlaufen! Los jetzt!" Brav lege ich meinen Bauch auf die Riemen, erleichtert, den Druck von meiner demolierten Haut abzuwenden, allerdings bangend, diese erneut massakriert zu bekommen. Plötzlich tritt Eric zwischen meine Schenkel und legt mir ein schwarzes Tuch auf die Augen, welches am Hinterkopf von einem weichen Gummiband gehalten wird. Ein heftiges Prickeln erfasst meinen Körper, da auf der Stelle alle meine anderen Sinne geschärft werden. Eric korrigiert meine Haltung noch etwas, indem er die Riemen unter mir weiter auseinanderzieht. Der eine befindet sich nun kurz vor meiner Brust, der andere unter meinen Oberschenkeln. Durch diese Position kommt mein Hintern besonders hoch. Immer noch zwischen meinen Beinen stehend höre ich, wie Eric mit etwas hantiert, kann es aber nicht einordnen, was es ist, bis ich ein Klicken höre. Aha, das Öffnen des Plastikverschlusses einer Flasche. Kurz darauf rieseln kühle Tropfen auf meinen Rücken herunter, einige landen auf meiner geschundenen Haut und fühlen sich angenehm an. Instinktiv spanne ich meine Muskeln an und drücke den Rücken durch, wodurch ein Rinnsal den Weg in meine Kimme findet. Erics Hände sind sofort zur Stelle und massieren die ölige Flüssigkeit in meine Haut.

Ich winde mich unter seinen Berührungen und spüre, wie mir immer heißer wird. Das Öl riecht angenehm nach Himbeere und Vanille. Erics Hände wandern nun nach vorn zu meinen Brüsten, deren kecke Spitzen sich ihm bereits gierig entgegenstrecken. Mich durchfährt ein wohliges Gefühl, denn Erics Oberkörper so auf meinen Rücken gepresst, ist einfach nur herrlich. Zart aber gründlich verteilt Eric das Öl auf meinen Körper und ich kann seine Erektion deutlich spüren. Während er mit seinen Händen von meinen Brüsten abwärts fährt, zieht seine Zunge ihre Kreise über meinen Rücken um schließlich am Steiß in meine Rinne einzutauchen. Als seine Finger in meine feuchte Möse flutschen, entfährt mir ein lautes Stöhnen. Seine Zunge massiert unterdessen intensiv meine Rosette, dass ich fast wahnsinnig werde, so erregend ist das Spiel, was er mit mir spielt. Er spritzt noch mehr Öl aus der Flasche in meine Ritze und verreibt es mit der Zunge. Ich kann mich kaum noch beherrschen, als Eric nun erst mit einem, dann mit zwei Fingern meinen engen Eingang dehnt und bei jeder Bewegung wohliges Stöhnen von sich gibt. „Ich werde dich jetzt in den Arsch ficken und du wirst dich mir hingeben. Hast du mich verstanden?", mein heftiges Nicken lässt ihn kurz auflachen. „Du hast wohl nie genug?", daraufhin konnte ich nur den Kopf schütteln, zugleich überlege ich, ob es mir erlaubt ist zu sprechen, aber ich habe nichts Gegenteiliges gehört, also wage ich es „Eric bitte darf ich ...?", weiter komme ich nicht, denn schon spüre ich seine weiche Kuppe am Eingang zu meiner Pforte, und der erste Vorstoß bringt einen reißenden Schmerz mit sich, der mich ein kurzes lautes „Ahh!" kostet, und woraufhin Eric erst einmal in mir stillhält. Während ich noch den Schmerz weg hechle, raunt Eric ein genießerisches „Uuhhh, ist das eng. Geil!", bevor er sich an meine Frage erinnert. „Ja Baby, du darfst..., was auch immer. Aber ja, du darfst reden, du darfst kommen, alles, was du willst, nur nicht hier weg-

gehen. Ohh, Wahnsinn!" Also wenn ich alles vorgehabt hätte, nur abhauen bestimmt nicht.
Langsam hat sich mein Muskel an die ungewohnte Dehnung gewöhnt, und mittlerweile vibriert alles in mir. Stück für Stück dringt Eric sachte tiefer in mich ein. Meine Backen mit beiden Händen packend und langsam vor und zurück dirigierend, wird sein Stöhnen immer lauter. Am liebsten würde ich jetzt meine, vor Nässe tropfende Möse berühren und meine Perle massieren, doch meine Hände hängen in den Schlaufen und ich getraue mir nicht, sie herauszunehmen. Eric muss meine Gedanken erraten haben, denn plötzlich entfernt er sich aus mir, was sofort ein Verlustgefühl in mir auslöst, und wendet sich zur Seite, um nach etwas zu greifen. Ich kann leider nicht sehen, was es ist. Gleich darauf puzzelt er seinen Körper wieder zwischen meine schwebenden Beine und dringt wieder, diesmal ohne großen Widerstand, in mein enges Loch. Meine Erregung flammt erneut auf, sodass es sich anfühlt, als wäre mein Hirn voller Nebelschwaden. Meine Atmung habe ich kaum noch unter Kontrolle, als etwas in meine heiße nasse Schlucht eindringt. Ich japse und stöhne im Wechsel, während sich meine inneren Muskeln immer wieder um den Dildo zusammenziehen, mit welchem Eric nun meine pochende Möse penetriert, und welcher bei jedem Stoß gefährlich derb an meiner Klitoris reibt. Wahnsinn! Ich schwebe und falle und schwebe und falle und spüre, wie ganz langsam der Höhepunkt in mir aufsteigt, an den Zehen aufwärts durch den ganzen Körper, um dann, als Erics Penis und der Dildo in mir zusammenstoßen; nur eine dünne Wand dazwischen; explodiert er in meinem Kopf und schickt Strahlen eines riesigen Feuerwerks an jede Faser meines Inneren. Laut schreie ich meine Lust hinaus, und Eric folgt mir Sekunden später in die weiten Sphären der Erlösung.
Nachdem wir wieder auf der Erde gelandet sind, bricht Eric über mir zusammen. Es ist schön, seinen Rücken auf meinen zu spüren, auch wenn sich das Öl mittlerweile mit

Schweiß gemischt hat und noch wärmer geworden ist. Jetzt hält die Schaukel uns beide und wir wiegen in sanften Rhythmus hin und her.

Der nächste Morgen kommt plötzlich und unerwartet. Von draußen dringt die tiefe Wintersonne brutal ins Zimmer, als Eric voller Elan die Vorhänge am Fenster beiseiteziiht und die Terrassentür sperrangelweit aufreißt. Beißende Kälte weht mir ins Gesicht und ich verkrieche mich instinktiv wieder unter der Bettdecke. „Aufwachen! Raus aus den Federn, wir haben heute viel vor!", ruft Eric voller Elan durchs Zimmer. Mein Gott ist er denn gar nicht totzukriegen? Es war weit nach Mitternacht, als wir schließlich einschliefen. Ich stecke den Kopf etwas heraus und gähne. „Ein Küsschen, mit dem Zusatz ‚Guten Morgen Schatz, wach auf, die Sonne scheint!' hätte es auch getan!", knurre ich und ziehe mir die Decke wieder über den Kopf. Erfolglos! Mit einem heftigen Ruck zieht Eric mir diese vom Körper, wirft mich einfach über seine Schulter und steuert schnurstracks die Dusche an, worin er mich wieder auf die Beine stellt. „In genau fünf Minuten erwarte ich dich am Frühstückstisch!", sprach's und verschwand. Also gebe ich Gas, dusche in Windeseile, fege mir über die Zähne und schlüpfe in ein Hemd, was rumhängt. Wahrscheinlich soll es die Knitter loswerden. Mir egal. Die nassen Haare in einen Handtuchturban gewickelt, denn zum Föhnen ist nun wirklich keine Zeit gewesen, erscheine ich pünktlich in der Küche. „Setz' dich hin und iss etwas! Dann ziehst du dich an, denn wir werden heute shoppen gehen!" Na toll, denke ich. Einkaufen, wie prickelnd. Manch andere Frau hätte vor Freude vielleicht Luftsprünge gemacht. Eric bemerkt meinen unmutigen Blick und fügt hinzu „Wir beginnen heute, nach meinen Regeln zu spielen, du hast nun meine Geduld lang genug auf die Probe gestellt. Das bin ich nicht gewohnt. Also werde ich dich heute entsprechend ausstatten." Das zeigt Wirkung bei mir. Ohne ein Wort zu sagen, senke ich den Blick und esse brav mein Toast auf. Jetzt bin ich doch neugierig geworden.

Mit meinem neuen roten Strickkleid, halterlosen Strümpfen und hohen Stiefeln stehe ich wenig später unten in der Halle. Eric nickt anerkennend und erniedrigt sich dann, mir in den Mantel zu helfen. „My Lady ...", flüstert er, und als ich ihn erstaunt ansehe, lächelt er und meint mit einer kräftigen Portion Arroganz in der Stimme. „Nur, weil ich in Zukunft über dich und deine Handlungen verfüge, heißt das nicht, dass ich nicht auch ein charmanter Gentleman sein kann." Sachte aber bestimmt schiebt er mich nach draußen, öffnet den Wagen und hält mir die Tür auf. Es ist schon etwas schwieriger, in Kleidern hinauf auf den hohen Sitz zu klettern, stelle ich zum wiederholten Male fest. Mit meiner Jeans wäre das kein Problem. Aber ich sage nichts. Seit heut Morgen bin ich überhaupt recht still, bzw. diszipliniert geworden, finde ich. Das fällt mir in diesem Moment auf. War es der Käfig? Oder war es das unsanfte Wecken? Oder war es die Sache gestern mit Antonio? Nein, ich sehne mich schon seit einer ganzen Weile danach, von einer straffen Hand geführt zu werden, obwohl sich mein Stolz manchmal noch dagegen sträubt. Im Job muss ich schon immer über alles und jedem die Kontrolle haben. Privat gebe ich sie dann gerne einmal ab. Sexuell ist der dominierende Part nun wirklich nicht mein Ding und hat mir nicht im Geringsten gefallen. Zuzugucken wie Antonio Eric einen bläst allerdings schon eher. Eric hat vollkommen Recht, indem er meint, ich habe lang genug nach meinen Regeln gespielt. Das will ich nicht mehr. Ich muss lernen, meinen Trotz abzulegen, und Erics Anweisungen zu befolgen. Sonst wird das nichts. Gerade sein beherrschendes Wesen hat mich doch an ihm so fasziniert, als wir uns vor dem Buchladen das erste Mal trafen. Vorhin unter der Dusche ist mir eins klargeworden, mein rebellisches Ich hat das Feld geräumt für ein Devotes.

Wir fahren stadteinwärts und Erics Hand tastet langsam unter mein Kleid. Als er bemerkt, dass ich keinen Slip anhabe lächelt er zufrieden. „Sehr schön! Wird schon noch mit deiner Disziplin!", grinst er aufmunternd zu mir herüber, und ich sehe ihn kurz an, lächle und senke dann wieder brav meinen Blick. Zufrieden widmet Eric dann wieder seine Aufmerksamkeit der Straße.

Irgendwann lenkt er den Wagen in eine Seitenstraße und parkt schließlich vor einem etwas in die Jahre gekommenen Backsteingebäude. Die Leuchtreklame an der Fassade kämpft auch mittlerweile um jeden Buchstaben, zwei fehlen schon. Als wir das Haus betreten, schlägt uns ein angenehmer Duft entgegen. Rosenholz mit einer Note Opium. Sehr interessant, vor allem erregend. Das hätte ich jetzt in den alten Gemäuern nicht erwartet. Meine Nase schickt sofort entsprechende Signale an das Lustzentrum meines Hirns. Umgeben von gedämpftem Licht schauen wir uns um. Überall stehen Schränke aus auf Alt getrimmtem Holz, worin die verschiedensten Spielsachen für Erwachsene dargeboten werden. Der eine hängt voller gut sortierter Peitschen. Ein anderer mit Schubkästen, die offen stehen, zeigt eine Auswahl an Geschirren wie Knebel, Näpfe oder Halfter für Ponyspiele, während wieder ein anderer eine beachtliche Kollektion an Vibratoren, Dildos und Analplugs präsentiert. Etwas weiter hinten stehen eine Nähmaschine und eine Bank mit Werkzeugen, welches die Sattler benutzen. Eine Dame mit pechschwarzem Haar und einem hübschen Lederkorsett kommt uns entgegen und begrüßt Eric für meine Begriffe etwas zu stürmisch, aber gut, sie kennen sich sicherlich schon länger. Interessiert schaut sie dann zu mir und streckt mir ihre feingliedrige Hand entgegen, während Eric uns miteinander bekannt macht. Sie strahlt mich an und ich weiß nun, dass sie Lucy heißt. Wahrscheinlich von Lucifer abgeleitet, denn eine gewisse Ähnlichkeit, zumindest das Outfit betreffend, kann man nicht abstreiten. Sie ist mir auf Anhieb sympathisch. Zu ihrem Korsett, was super eng geschnürt ist, trägt sie knallenge Hotpants und geile schwindelerregend hohe schwarze Overkneestiefel mit Nieten besetzt. Sonst nichts. Allerdings sind die freien Hautstellen mit jeder Menge Tattoos bestückt, sodass sie doch nichts Nacktes an sich hat. „Legt eure Mäntel ab und macht es euch inzwischen bequem! Ich bin sofort wieder da, hole uns nur etwas zu trinken." Sagt sie im freundlichen Befehlston, während ihr dünner Finger streng zu einer Ledercouch im Used-Look zeigt, und mit einem Augenzwinkern setzt sie noch hinzu „damit wir die Sache etwas lockerer angehen können..." Was meint sie damit? Mein Kopf fliegt sofort zu Eric herum. „Was hast du vor? Und was meint sie mit ‚die Sache'? Und wer muss hier wofür lockerer werden?" Wütend funkle ich Eric an. Dieser neigt nur den Kopf etwas beiseite und schaut mir eindringlich, aber doch leicht amüsiert in die Augen. Ja klar, ich habe nix zu fragen, keine Kommentare abzugeben und schon gar nicht Gesagtes, infrage zu stellen. Sofort erinnere ich mich an meine Rolle; Stellung würde ich zu diesem Zeitpunkt noch nicht dazu sagen; setze mich, die Hände im Schoß gefaltet auf die Couch und senke brav mein Haupt.

Kurze Zeit später ist Lucy auch schon wieder zurück. Drei Gläser Sekt in der Hand wirft sie für einen Bruchteil einer Sekunde Eric einen fragenden Blick zu. Dieser nickt in demselben Tempo zurück, und Lucy reicht daraufhin jedem ein Glas. Sekt mit einem Spritzer Aperol, der Farbe nach zu urteilen. Fröhlich schaut sie uns in die Augen, während sie ihren Toast verkündet. „Auf dass ihr euch in meinen Räumen wohlfühlt, und wir genau das Richtige für dich finden.", nickt sie mir zu, als sie mit mir anstößt. Ich schaue sie fragend an, nicke aber ebenfalls nur. „Mein Gott Eric, das hättest du mir aber auch sagen können, dass es eine

Überraschung werden soll!", herrscht sie ihn an, und tatsächlich zuckt er kurz zusammen, wie ein gescholtenes Kind, hat sich aber schnell wieder im Griff. „Tja, das habe ich wohl versäumt. Wie auch immer, du kannst jetzt anfangen, Lucy!" Diese glättet ihre in Falten gelegte Stirn und nippt noch schnell an ihrem Glas, bevor sie sich umdreht und zielgerichtet zur Nähmaschine läuft, aus deren Schublade sie ein Bandmaß hervorzaubert. Langsam schwant mir, was die Überraschung sein soll und nehme erst einmal einen großen Hieb aus meinem Glas, was Eric ein spontanes, Unmut bezeugendes Räuspern entlockt.

Als Lucy wieder vor mich tritt hat ihre Mimik überhaupt nichts Freundliches mehr. „Steh auf und stell dich hier vorn hin!", herrscht sie mich an. Was soll das denn? Erst einen auf supernett machen und dann herumkommandieren? Aus den Augenwinkeln versuche ich, Erics Reaktion über diese plötzliche Schroffheit zu erkunden, doch dieser zeigt sich in keiner Weise beeindruckt. Als hätte er gar nicht gehört, in welchem Ton Lucy mit mir spricht. Okay, denke ich mir, vielleicht ist sie immer so zu den Freundinnen ihrer Kunden. Nein, ich gehe sogar so weit, zu behaupten, dass es wahrscheinlich so sein muss. Eine Sub muss sich beim Maßnehmen, bzw. beim Anprobieren genauso verhalten wie im Hause ihres Doms oder während einer Session. Sonst kann nicht das passende Outfit für sie gefunden werden. Denn dabei spielen so viele Faktoren eine Rolle, wie zum Beispiel ihre Körperhaltung oder ihre Hautfarbe, während sie erregt ist. Doch, doch, diese verändert sich. Ebenso wie ihre Augen. Die Pupillen werden größer, wie bei einer Katze, welche gestreichelt wird. Diese Reaktionen kann man nur erzeugen, wenn man die Person in jene Situation bringt, in der sie später auch das mühevoll angefertigte Teil tragen soll. Meine Gedanken waren noch nicht zu Ende gedacht, als Lucy die nächsten Befehle erteilt „Zieh dich aus! Stell dich gerade hin! Kopf hoch!" Hilflos suche ich Erics Blick, doch dieser ist mittlerweile in ein herumliegendes Prospekt

vertieft. „Stell dich nicht so an, wir sind alleine hier!",
herrscht sie mich erneut an. Also tu ich, was mir gesagt
wurde und postiere mich dann erhobenen Hauptes mitten
auf dem Stück Teppich, dem einzigen in diesem Raum, und
er passt auch ehrlich gesagt nicht hier rein. Die anderen
Einrichtungsgegenstände sind rustikal und der Teppich eher
modern. Scheinbar dient er nur zum Maßnehmen und der
Anprobe, damit man nicht auf dem blanken kalten Fußboden stehen muss, denn dieser ist auch, ich sag mal vorsichtig ‚naturbelassen', wenn man kahle Betonböden als
Natur bezeichnen dürfte. Lucy tritt hinter mich und nimmt
mein Haar im Nacken zusammen, während sie die frei
gewordene Stelle mit sanften Küssen bedeckt. Ich kann
nicht anders und sauge laut vernehmbar die Luft ein. „Du
sollst hier keinen Orgasmus kriegen, sondern stillhalten!
Hast du mich verstanden?" Ihre Stimme ist leise, aber tiefer,
drohender als zuvor, und ich hauche nur ein leises „Ja, entschuldige!" Ein verächtliches Schnaufen ist ihre Antwort,
und mit einem Ruck zerrt sie mich fest an den noch gepack-
ten Haaren und brüllt „Wie bitte? Ich habe dich nicht verstanden." Resigniert erhebe ich meine Stimme. „Ja Ma'am,
ich werde stillhalten." Ein kurzes Ausatmen zeigt mir ihre
Zufriedenheit.

Sorgfältig legt Lucy nun das Maßband um meinen Hals,
notiert etwas auf ihrem Zettel und wiederholt die Prozedur
an verschiedenen Körperstellen. Sie misst meine Hüften,
meine Oberschenkel und zwischen meinen Beinen aufwärts
bis eine Hand breit unter dem Bauchnabel, wozu auch
immer. Dann wendet sie sich wieder an Eric „Welche Farbe
soll ich verwenden?" Dieser mustert mich von oben bis
unten, bevor er sich entscheidet. „Ich denke, ein klassi-
sches Schwarz wäre das Beste." Mir wird langsam kalt, und
ich bekomme eine Gänsehaut. Eric scheint es zu
bemerken, denn er erhebt sich und wirft mir mein Kleid zu.
„Zieh dich wieder an und warte im Wagen auf mich!" Hastig
streife ich mir das noch warme Kaschmirkleid über, als Eric

zu Lucy an den Tresen tritt. Schnell stürze ich den restlichen Inhalt meines Sektglases hinunter, nehme meinen Mantel und die Autoschlüssel vom Tisch und eile hinaus. Irgendwie war das schon etwas unheimlich da drin, aber ich werde mich schon noch daran gewöhnen, da bin ich mir sicher. Noch ist das alles Neuland für mich. Nicht für meine Phantasie. Aber die Realität ist doch etwas, naja fast schon makaber.

Als Eric in den Wagen steigt, macht er ein zufriedenes Gesicht. „Na, alles erledigt?", frage ich ihn und ein breites Grinsen ist seine Antwort. An der Route, die er fährt, ahne ich, dass wir Melanies Boutique ansteuern, vor welcher er auch nach wenigen Minuten den Wagen stoppt.

Melanie begrüßt uns freudestrahlend aber auch etwas überrascht. Hat sie etwa gedacht, es ist schon wieder vorbei mit uns, bevor überhaupt etwas begonnen hat? Sie schließt mich in die Arme und freut sich, das rote Kaschmirkleid an mir zu sehen, während sie Eric nur flüchtig zunickt, da dieser schon an ihr vorbeigerauscht ist und die Ware inspiziert. Melanie ist ganz aufgeregt „ Tine, ich freue mich so. Sehen uns wohl jetzt öfter? Was kann ich für dich tun?", schelmisch in Richtung Eric grinsend setzt sie noch flüsternd hinzu „…oder für ihn?" „Melanie!", ermahne ich sie leise, doch sie lacht nur wissend. „Sie braucht Kleider. Elegant, verspielt und devot.", ruft Eric dazwischen, als hätte sie ihn gefragt. Melanie schaut mich belustigt an, hat sich doch ihre Ahnung bestätigt. Ich rolle mit den Augen und zucke mit den Schultern. „Und was willst du?", fragt sie mich laut und provozierend in Erics Richtung. „Das - will - sie!", ertönt Erics schrille ungeduldige Stimme von hinten. Ich nicke Melanie zwinkernd zu, um sie zu beruhigen und zu demonstrieren, dass das in Ordnung geht. Sofort springt sie auf und reicht mir dann auch gleich einen Traum aus mehreren Lagen mitternachtsblauer weich fallender Seide. Vorn ist es kürzer als hinten, sodass es vorn gerade so meinen Schoß bedeckt, während es hinten fast bis zu den

Waden reicht. Das Bandeau ist gesmokt, um die Brust noch stärker hervorzuheben. Darunter verläuft ein gleichfarbiges Seidenband, was hinten zu einer Schleife gebunden wird. Ich trete aus der Umkleide und Eric pfeift durch die Zähne „Oh, sehr edel und sexy!". Er wirkt sogar ein wenig verträumt, doch bald hat er sich wieder unter Kontrolle. „Das nächste bitte, Melanie!" Kurz darauf finde ich mich in einem engen bodenlangen schwarzen Hauch von Nichts wieder. Ebenfalls aus edler Seide ist es links komplett bis hoch geschlitzt, wodurch man(n) bei jedem noch so kleinen Schritt tiefe Einsicht erhält. Von einem schmalen Streifen in der Taille, der alles zusammenzuhalten versucht, gehen zwei Träger ab, welche in ihrer Breite gerade das Nötigste des Busens verdecken. Allerdings gewährt das zarte Material einen guten Durchblick auf ebendiesen. Eric sieht sehr zufrieden aus, als er mich in diesem Schmuckstück sieht, und Melanie klatscht aufgeregt in die Hände. „Oh mein, Gott. Herrlich!" Strafend schaut Eric Melanie an „Jetzt krieg' dich wieder ein und hol das nächste!" Sie trollt sich tatsächlich, und mir kommt es fast so vor, als hätten sie schon im Vorfeld die Kleider gemeinsam ausgesucht, zumal Eric mich besänftigt „Und nun noch eins. Dann hast du's geschafft." Ich verdrehe die Augen und ergebe mich. Es hat sowieso keinen Sinn, mit Eric zu diskutieren. Melanie erscheint auch sofort mit einem grauen Trägerkleid im Fischgräten Design und zwei Taschen auf der Vorderseite. Ich finde es zwar etwas bieder, doch Melanie ist da ganz anderer Meinung. „Das ist heiß!", untermauert sie die Wahl mit großen begeisterten Augen, da ich sehr skeptisch dreinblicke. „Pass auf, ich hole dir eine weiße Bluse dazu. Die ziehst du drunter, wenn du seriös bzw. unscheinbar wirken möchtest, oder musst. Du kannst es auch mit einem Rolli kombinieren, dann ist es eher sportlich. Oder ohne etwas drunter…?" Sie schaut zu Eric und dieser nickt sofort begeistert. Also verschwinde ich in der Kabine. Sobald ich mich in diesem Aufzug, natürlich mit Bluse, im Spiegel betrachte, komme ich mir schon erstmal komisch vor. Auf der einen Seite sehe ich aus wie eine strenge Lehrerin, auf der anderen wie ein kleines Schulmädchen. Fehlen nur noch die Zöpfe. Melanie ist hin und weg. „Wow! Du siehst so geil darin aus, ich wünschte, ich wäre dabei, wenn du das trägst." Eric unterzieht mich einer langen Inspektion, als würde er das Für und Wider des Tragens dieses Kleides abwägen und meint plötzlich breit grinsend „Warum eigentlich nicht?", und zu Melanie gewandt „Komm doch heute Abend einfach zum ‚Schwarzen Engel' wenn du Lust hast. Du weißt doch, wo das ist, oder?" Ich merke, wie Melanie zusammenzuckt und erschrocken, ja fast ängstlich in meine Richtung blickt, aber auch fast unmerklich Eric zunickt. Dieser erkennt dies als Bestätigung „Okay, dann pack' das alles ein. Wir sehen uns ja dann." Ich mache zwar große Augen, da ich scheinbar der Außenseiter hier bin, aber beide ignorieren das. Eric bezahlt und zwinkert Melanie noch einmal zu, was ihr nun auch etwas unangenehm mir gegenüber ist, deshalb zieht sie mich schnell in ihre Arme. „Wir sehen uns ja dann heute Abend, Süße." Ich zeige mich deutlich reserviert „Ja, aber ich glaube, da gibt es definitiv noch Erklärungsbedarf.", meine Augen zu Schlitzen geformt sehe ich sie strafend an, weiß aber auch, dass der eigentliche Übeltäter Eric ist. Schon verzieht sie eine schräge entschuldigende Miene. Warten wir's ab!

Wir fahren weiter und halten ein wenig später vor einem, ich würde fast sagen ‚stinknormalen' Erotikshop, im Gegensatz zu dem von Lucy. Bei ihr gibt es nichts von der ‚Stange', was Bekleidung betrifft, alles wird maßgefertigt. Hier in diesem Geschäft findet man die verschiedensten Outfits zum Beispiel für Rollenspiele, eine große Auswahl an Lack- und Latexdessous, Strümpfe und Schuhe, reichlich Schuhe und für alle braucht man wahrscheinlich einen Waffenschein. Ich könnte nie in solchen Teilen gehen, ohne mir die Ohren zu brechen. Während ich noch die Gefahren und dessen Folgen analysiere, die das Tragen solcher Stelzen mit sich bringen könnten, wedelt Eric mit einem riesigen Paar Stiefel vor meiner Nase herum, dessen schwindelerregende Höhe mir schon beim Anschauen Angst macht. „Nicht träumen, anziehen!", holt er mich aus meinen Gedanken, und ich schüttle erschrocken den Kopf. „Eric ich kann nicht…", versuche ich zu erklären. Ich bin es gar nicht gewöhnt, hohe Schuhe zu tragen, allerhöchstens mal im Büro einen 3-Zentimeter-Pumps. Bin sowieso die meiste Zeit auf Arbeit, da trage ich eher wasserdichte Trekkingschuh oder gar Gummistiefel. Macht Sinn in der Gärtnerei. Doch Eric lässt mich gar nicht ausreden. „Dann wirst du es lernen müssen." Ich gebe mich geschlagen und quäle mich in die Mörderteile. „Gut, gleich wirst du sehen, wie ich verunglücke. Ich hoffe, du hast einen Erste-Hilfe-Kurs absolviert. Den wirst du jetzt brauchen." Fluchend hüpfe ich durch den Laden, und Eric ist sichtlich amüsiert. Dabei ist der erste Schuh noch nicht einmal das Problem, da kann ich mit dem anderen noch ausbalancieren. Beim zweiten Schuh muss ich mich tatsächlich hinsetzen, um nicht zu stürzen. Irgendwann habe ich es geschafft und versuche aufzustehen. Ganz vorsichtig taste ich mich am Regal entlang, nachdem ich durchaus freihändig stehend, erst den einen dann den anderen Schaft über meine Knie gezogen habe. Vor einem Spiegel lasse ich vorsichtig los, und als ich mich so stehen sehe, in meinem roten enganliegenden Strickkleid und den schwarzen Overknee-High Heels aus weichem Leder komme ich mir durchaus ziemlich heiß vor. Ich straffe meine Haltung und versuche ein paar Schritte zu gehen. Und siehe da, es funktioniert, wenn auch etwas wackelig, aber immerhin. Anerkennend nickt Eric, hält den Daumen hoch und formt mit den Lippen ein laszives „HOT!" Stolz und vor Begierde bald platzend, schreite ich auf ihn zu und lasse mich kurz vor ihm nach vorn sinken, als würde ich stürzen. Erschrocken hält mich Eric im Fallen auf und nimmt mich fest in den Arm. Als ich kichere, muckert er und stellt mich wieder auf die Beine. „Und wenn ich dich nun

nicht aufgefangen hätte?" Ich sehe ihn fest in die Augen und tue empört „Hast du nicht einmal gesagt, ich soll dir tausend prozentig vertrauen?" Jetzt lacht auch Eric und meint „Komm du geiles Miststück, zieh die Dinger wieder aus, sonst muss ich dich gleich hier nehmen!" Seufzend schäle ich mich wieder aus den Schmuckstücken und eile mit den Stiefeln in der Hand Eric zwischen den Regalen hinterher. Vor einer Vitrine mit allerlei Metallgegenständen bleibt er stehen und zeigt auf zwei Klammern, an denen jeweils eine schwarze Lederquaste hängt. Die Verkäuferin holt sie heraus und hebt sie hoch. Die Quasten scheinen ein ordentliches Gewicht zu haben, sie baumeln schwerfällig hin und her. Eric nickt zufrieden und lässt dann alles einpacken. Das waren allerhand Sachen, wovon ich gar nicht mitgekriegt habe, wie er sie aussuchte. Naja, lass ich mich mal überraschen. Meine Stiefel jedenfalls werde ich selbst bezahlen, das mache ich ihm unmissverständlich klar, doch Eric weist meinen Einspruch energisch zurück. „Wage es nicht, dich in meine Angelegenheiten einzumischen!" Erschrocken starre ich ihn an „Hallo? Es sind meine Schuhe! Ich will nicht, dass du mir irgendwas bezahlst!" Eric holt tief Luft. „Stimmt so!" Er wirft der Verkäuferin, welche mich jetzt böse anschaut, das Geld auf den Ladentisch. Er kocht. „Dein Wille ist aber hier nicht gefragt!", raunzt er mich an, indem er mich am Arm zum Ausgang zerrt.
Schweigend lassen wir die Stadt hinter uns.

Wieder in der Villa spähe ich neugierig in die Einkaufstüte, doch Eric hält mich davon ab. „Was soll das jetzt werden?" Sein Ton zeigt mir, dass er mir die Sache im Geschäft noch nicht verziehen hat. „Ich dachte, ich schau mal, was du noch so Schönes ergattert hast, aber wenn du immer noch sauer bist …" Erics Blick durchdringt mich „Ich bin nicht sauer, ich mag es nur nicht, wenn man meine Autorität infrage stellt. Außerdem ist es hier nicht deine Aufgabe, zu denken. Höchstens an deine Disziplin!" Das war deutlich. Sofort senke ich ehrfurchtsvoll meinen Kopf, während ich in Gedanken hinzufüge „Na bitte, hier haben wir doch endlich wieder den strengen Herren."

„Wir werden heute Abend ausgehen und ich will, dass du das neue schwarz-weiße Kleid anziehst, hörst du?" Also doch. „Na klar, was sonst. Du hast es ja schon angedeutet", wage ich, zynisch zu behaupten. Eric antwortet nicht, er grinst nur. „Ach ja, und ziehe darunter nur die dünne weiße Bluse!"

Ich nicke und verschwinde daraufhin im Bad, um mich zurechtzumachen. Kurz darauf höre ich, wie Eric mit jemandem am Telefon spricht. Ich kann nicht genau verstehen, worum es geht, nur dass seine Stimme ziemlich kühl und nüchtern klingt, wie wenn er Anweisungen erteilt. Wer weiß. Ich kümmere mich nicht weiter darum und drehe die Brause auf. Die prickelnden Wasserstrahlen der Dusche lassen meinen Körper bereits wieder zittern, deshalb beeile ich mich, um nicht doch noch schwach zu werden und der Versuchung nachzugeben, mir Erlösung zu verschaffen. Als ob ich es geahnt hätte. Ich wische mir die Wassertropfen aus den Augen und sehe, dass Eric bereits neben der Dusche auf mich wartet. „Was machst du hier?", frage ich trotzdem. „Ich wollte auf Nummer sicher gehen, dass du keine Dummheiten begehst", gibt er sogar grinsend zu und wickelt mich anschließend in ein weiches großes Handtuch, in welches ich mich in erregter Vorfreude kuschle und die Augen schließe. Eine Weile stehen wir so da, und ich presse meinen Körper regelrecht fordernd gegen Eric. Dieser macht sich eilig von mir los und murmelt etwas von „wir sollten uns das aufsparen…" oder so. Was hat er denn vor?

Nun gut. Ich ziehe mich an, lege etwas Make-up auf; Rouge brauche ich nicht, denn meine Wangen röten sich von alleine, wenn ich erregt bin, und das bin ich immer in Erics

Nähe; und betrachte mich im Spiegel. In dem Trägerkleid mit dem biederen Fischgrätenmuster sehe ich aus wie ein Schulmädchen und mich beschleicht der Verdacht, dass dies auch Erics Absicht ist, deshalb föhne ich meine Haare so, dass sie nur an den Enden leicht gelockt sind, und mache mir zwei Zöpfe. Nach einem weiteren Blick in den Spiegel überlege ich, was noch fehlt, und plötzlich fällt es mir ein. Ich gehe nach nebenan in Erics Schlafzimmer. In der großen Kommode werde ich auch sofort fündig. Ich binde mir die graue Krawatte, etwas kürzer als Männer sie tragen, um und bin nun endlich zufrieden mit meinem Outfit. Ich hoffe, Eric ist es auch. Wenn schon Schulmädchen, dann richtig! Als ich die Treppe herunterkomme, schmunzelt Eric, der schon fix und fertig in der Halle steht. Zum Anbeißen sieht er aus, in seinen engen schwarzen Jeans und dem schwarzen Hemd, was seine blonden langen Haare richtig zur Geltung bringt. „Sehr schön, ich sehe, du kannst doch aufmerksam sein!", empfängt er mich. Ich schüttle nur den Kopf „Wenn ich sonst ausgehe, pflege ich eigentlich etwas anderes zu tragen." Eric lacht nur „Eigentlich."

Wir fahren hinaus aus der Stadt zu dem kleinen Gasthof, wo wir am Mittwoch schon waren, dessen Namen mir nur nicht bekannt war. Jetzt sehe ich ihn in großen Lettern auf dem Dach leuchten. „Zum Schwarzen Engel" und überlege, ob damit eine bestimmte Person gemeint ist, oder ob es der pauschale Name für alle ist, die hier ein und ausgehen. Denn diese sind mit Sicherheit keine Engel oder zumindest keine mit einer unbefleckten weißen Weste. Sie brechen Gebote und vergnügen sich hier um ihre Lust zu stillen und um ihre Fetische auszuleben, nicht nur mit dem eigenen Partner.
Der Mann im schwarzen Anzug und Fliege begrüßt uns wieder freundlich aber kühl. Ohne sich zu einer Mimik hinreißen zu lassen, führt er uns an einen reservierten Tisch.

Während er mir aus dem Mantel hilft, höre ich, wie Eric ihm im Flüsterton etwas fragt, kann aber leider nicht verstehen, worum es geht. Der Mann nickt „Aber selbstverständlich. Ich werde die nötigen Vorbereitungen veranlassen." Der kleine Tisch, zu dem er uns führt, ist der gleiche wie beim letzten Mal. Ich bin froh, nicht gleich am Eingang zu sitzen, denn dann müssten wir durch das gesamte Lokal um in eins der Spielzimmer zu gelangen. Eric bestellt eine Flasche Wein und eine Flasche Wasser, und diesmal protestiere ich nicht. Ich habe mich bereits schon daran gewöhnt, dass Eric für mich mit auswählt. Da er jeweils zwei Gläser dazu verlangt hat, gehe ich mal davon aus, dass ich auch einen Wein trinken darf. Darüber freue ich mich, da er mich doch etwas lockerer werden lässt. Nachdem der Kellner Eric probieren lies, schenkt er uns beiden ein, und als er sich wieder entfernt, erhebt Eric sein Glas. Ich warte, doch als er nickt, ergreife ich meines und Eric flüstert „Auf einen schönen und interessanten Abend!" Ich schmunzle ihn an und beiße mir dann lasziv auf die Unterlippe „Was auch immer du mit mir vorhast." Eric hält den Kopf schief, als überlege er, ob er mir schon so viel sagen kann „Versprich mir, alles zuzulassen und zu tun, was man von dir verlangt! Es soll dein Schaden nicht sein." Nanu, seit wann fragt mich Eric, bevor er etwas mit mir macht? Moment... 'was man(!) von dir verlangt', sagte er. Also wird es nicht nur er sein, mit dem ich es zu tun kriege. Als ich protestieren will, ist er wieder ganz der Dom „Hast du schon wieder vergessen? Tausend prozentiges Vertrauen? Keiner wird dich ernsthaft quälen. Es wird dir gefallen, du musst dich nur darauf einlassen. Wirst du das tun? Antworte!" Ich kann nicht sagen, dass mich seine Worte beruhigt haben, aber ich nicke trotzdem brav. „Ja Herr, ich werde es versuchen." Für mehr Zugeständnis reicht es dann doch nicht, aber Eric scheint zufrieden.

Wir naschen gemeinsam von der Platte ‚Nach Art des Hauses'. Sie ist zwar für zwei Personen, doch eine Dritte und bestimmt auch eine Vierte würde davon noch mit satt werden. Leckerer Schinken im Kräutermantel, Pfefferkäse, schwarze Oliven, Tomaten mit Mozzarella und viel Basilikum, dazu Schwarzbierbrot und dunkle Weintrauben geben dem Gericht ‚Schwarzer Engel' seinen Namen. Plötzlich fällt mir wieder das Gespräch von heute Nachmittag ein. „Du sag mal, hattest du nicht Melanie eingeladen? Sie scheint wohl doch nicht zu kommen.", schlussfolgere ich, denn sie ist immer sehr pünktlich. Allerdings bin ich nicht böse darüber, denn ich weiß nicht, was Eric mit mir vorhat. Es wäre mir sicherlich unangenehm, wenn sie zusieht. „Sie wird heut schon noch kommen. Da bin ich mir ziemlich sicher.", dieses Grinsen schreit regelrecht nach Zweideutigkeit. Hat er vorhin etwa mit ihr am Telefon gesprochen?

Nachdem wir ziemlich alles aufgegessen hatten, führt mich Eric in einen Nebenraum, der wie ein Klassenzimmer eingerichtet ist. „Setz' dich da vorn in die erste Bank und warte, bis es klingelt!", befiehlt er mir und verlässt das Zimmer. Cool, denke ich, gleich wird er als Lehrer hereinkommen. Vor mir auf der Bank liegen Hefte und Bleistifte etwas wirr durcheinander und ich bin gespannt auf den Unterricht. Natürlich wird Eric ein strenger Lehrer sein.

Es klingelt. Und tatsächlich ist es der gleiche Ton, der mir noch aus früheren Zeiten in den Ohren liegt. Die Tür öffnet sich, und ich springe von meinem Platz hoch, wie ich es in der Schule gelernt habe. Als ich sehe, wer hereinkommt, traue ich meinen Augen kaum und schwanke, sodass ich auf den Stuhl zurückfalle. Melanie in einem grauen Kostüm mit weißer Bluse und die roten Haare straff zu einem Dutt hochgesteckt, schaut mich streng über ihre schwarzen dicken Brillengläser hinweg an. „Haben wir ein Problem, Fräulein Schneider? Ist dir etwa nicht gut?" Die Drohung, die in ihrer Stimme mitschwingt, ist wirklich beängstigend, vor allem, da ich sie so überhaupt nicht kenne. „Nein, nein ich... bin okay." Melanie steht mit verschränkten Armen vor mir und hält den Kopf schief, als warte sie noch auf etwas, und ich halt ihren Blick stand, bis sie plötzlich losdonnert „Und warum stehst du dann nicht wieder auf?" Ich senke den Blick und stelle mich wieder hin. Sie spielt ihre Rolle so ernst, dass es mir in keiner Weise komisch vorkommt, was wir hier tun. Sie geht langsam um den Tisch herum und postiert sich neben mich, greift sich ein Heft und blättert hektisch darin herum, bevor sie es aufgeschlagen wieder auf den Tisch klatscht. „In dem Heft ist gar kein Rand gezogen. Hast du etwa zu Hause keine Zeit gehabt?" Ich nicke nur leicht, denn schon wettert sie weiter „Dann wirst du das jetzt nachholen, und die Zeit, die du dafür brauchst, hängst du dann hinten dran. Nun setz' dich hin und mach schon!" Eine Hand auf meiner Stuhllehne, die andere auf dem Tisch abstützend, schaut sie mir über die Schulter. Ich nehme also einen von den herum liegenden Bleistiften und will loslegen, doch dann fällt mir auf, dass ich gar kein Lineal habe. Autsch, denke ich, das gibt Ärger und ich muss bestimmt zum Direktor, der mich dann bestraft. Jipiee! Oder…, nein bloß das nicht!

Ungeduldig trommelt Melanie mit ihren langen Nägeln auf dem Tisch herum. „Wird's bald? Worauf wartest du denn noch?" Kleinlaut flüstere ich, ohne den Blick zu heben „Ich habe kein Lineal." An ihrem Atem erkenne ich, wie sie spöttisch und schadenfroh aber tonlos in sich hinein lacht, bevor sie sich tief luftholend aufrichtet. „Soso, du hast nicht nur keine ordentlichen Hefte, sondern auch kein Lineal und deine Bleistifte sehen aus, als hätten sie noch nie einen Spitzer zu spüren bekommen. Was bildest du dir eigentlich ein, so unvorbereitet hier zu erscheinen…?" Es klopft, und ohne ein ‚Herein' abzuwarten, betritt Eric das Klassenzimmer und beschwichtigt Melanie mit dem Zeigefinger auf den Lippen, mit dem Unterricht fortzufahren, was diese, ohne ihn weiter zu beachten, auch tut. „Meinst du wirklich, deine Leistungen sind so gut, dass du dir derartige Schlamperei erlauben kannst?" Ich zucke nur leicht mit den Schul-

tern, während Melanie sich an Eric wendet, der sich in die hinterste Bank gesetzt hat. „Was meinen Sie, Herr Direktor..." Na da lag ich doch gar nicht so falsch. „...das sollte man doch nicht ungestraft durchgehen lassen?"
„Nein, auf gar keinen Fall." Erschrocken drehe ich mich um. Eric steht auf und scheint ernsthaft zu überlegen, was er mit mir anstellt. „Ich wäre dafür, zuerst die Bestrafung vorzunehmen. Anschließend sollte die Schülerin allerdings in einer Leistungskontrolle ihr Können unter Beweis stellen dürfen." Melanie fühlt sich bestätigt und nickt nur „Jawohl Herr Direktor. Wollen sie ...?" „Sehr gerne danke." Ich bekomme mit, wie Melanie ihm etwas in die Hand drückt. Mann o Mann, die machen Ihre Sache wirklich gut. Ob sie das schon öfter gespielt haben? Plötzlich bekommt die Vorfreude, von Eric bestraft zu werden, einen bitteren Beigeschmack. Alle, außer ich scheinen auf diesem Gebiet schon Erfahrungen gesammelt zu haben. Ich komme mir plötzlich wirklich vor wie ein kleines Schulkind.
„Steh auf und geh zum Lehrerpult, aber flott!", donnert er los. „Ja Herr Direktor.", antworte ich gehorsam. „Bück dich nach vorn und mach die Beine breit!" Melanie hat es sich derweil auf dem Lehrerstuhl so bequem gemacht, wie dieser es zulässt. Oh Gott, will er mich hier vor Melanie...? Ich tue jedenfalls, was mir befohlen wurde, und Eric tritt hinter mich und ich vernehme ein lautes Klatschen. Mein Lineal. Er demonstriert es ein paar Mal an seinen Händen und ich kann mir die Striemen bereits auf meinen Hintern vorstellen. Und schon hat er mein Kleid hochgeschoben und die ersten Schläge prasseln auf meiner Haut nieder. Ich beiße mir auf die Lippen, um nicht aufzuschreien. Zwischen den Hieben legt er immer wieder seine Hand beruhigend auf die massakrierte Stelle, um erneut auszuholen und das Lineal an einer anderen Stelle herab schnellen zu lassen. Dieses Auf und Ab erregt mich so sehr, dass ich bereits die Feuchtigkeit zwischen meinen Schenkeln spüre. Unbewusst versuche ich, meine Beine zu schließen, doch sofort ist Eric

mit seinem Knie dazwischen „Du lässt die Beine breit!" Als er mit einer Hand zwischen meine Schenkel fährt, stöhne ich unweigerlich auf und werfe den Kopf in den Nacken. Ein Finger spielt mit meiner Perle und lässt mich erzittern. Ich wimmere vor Lust. „Das gefällt dir doch nicht etwa?" Wieder knallt das Lineal auf meine Backen. „Antworte!" Ich kreische auf, als die Plastik auf meine nassen geschwollenen Schamlippen trifft. „Nein Herr Direktor, das tut mir weh und macht mich nass." „Schön, so sollte es auch sein." Ohne Ankündigung schießt sein Finger in meine Vagina und raubt mir den Atem. „Du sollst nicht lügen. Ich weiß, dass dir das gefällt. Ich werde dir meinen Schwanz zur Strafe rein schieben." Er bringt mich fast um den Verstand mit diesen Worten. Während ich nach Luft schnappe, zieht er seinen Finger aus mir heraus, steckt ihn mir geradewegs in den Mund und meint „Aber das wird dir wahrscheinlich auch noch gefallen, so nass wie du jetzt schon bist. Deswegen denke ich, du solltest erst einmal zeigen, was du kannst." Auch Eric saugt tief die Luft ein, als ich kräftig an seinem Finger lutsche. Ich riskiere einen Blick in Melanies Richtung und sehe, dass sie bereits ihren Kostümrock hochgeschoben hat und an ihrer Perle reibt. Ich muss schlucken. Im Film hab ich das ja schon öfters gesehen, und es hat mich nicht angemacht. Im Gegenteil, es hat mich eher angeekelt. Mit einem finalen Hieb auf den Hintern beendet Eric meine Bestrafung und ich bin durchaus enttäuscht, dass es ihm schon reicht. Er streicht mir das Kleid wieder glatt und zieht mich an den Zöpfen vom Tisch hoch, dreht mich um, um mich gleich darauf wieder nieder zu drücken. Ich mache mich dran, seine Hose zu öffnen, doch sofort werden meine Handgelenke brutal von ihm gepackt und weggerissen. „Was soll das denn werden?", donnert seine Stimme auf mich ein. Ich dachte, ich solle ihm einen blasen. „Aber Herr Direktor", beginne ich wirklich gekränkt, aber meine Rolle nicht vergessend „Sie sagten doch, ich solle Ihnen zeigen, was ich kann?" Er lacht hart auf und zitiert Melanie heran.

„Das kannst du auch gleich." Er holt den Stuhl, auf welchen Melanie bis eben noch saß und weist sie an, das Kostüm und die Bluse auszuziehen und sich dann wieder zu setzen. „Du", wendet er sich wieder an mich und mir wird ganz flau im Magen, denn ich ahne, was nun kommt. „Spiele mit ihren Brüsten, bearbeite sie gut und mach ihre Nippel hart! Ich will das Weib stöhnen hören." Als ich ihn fragend anschaue und mit den Kopf schüttle, fährt er mich an „Oder hast du damit ein Problem?" Ich hole tief Luft und stelle mich schließlich der Aufgabe, wenn auch widerwillig. Zaghaft knete ich die Brüste zuerst mit den Händen, dann fahre ich sanft mit der Zunge um die Höfe und spiele dann mit den Nippeln indem ich meine Zunge daran herum flattern lasse. Sofort recken sie sich mir steif entgegen. Ich muss sagen, so schlimm finde ich es plötzlich gar nicht mehr. Wenn es dabei bleibt, bin ich zufrieden. Melanies Atem ist bereits schwer und ihr Herz klopft unter meinen Händen im Stakkato, was mich schließlich sogar noch anfeuert. Heftig sauge ich an den harten Spitzen, bis Melanie genüsslich stöhnt und ich muss zugeben, dass es mich anmacht. Am liebsten würde ich mich selbst berühren, doch ich glaube, da flippt Eric aus. Sie hat aber auch schöne pralle Brüste. Ich knete sie noch etwas derber, und Melanie reckt sich mir entgegen. Ist das geil, hätte nie gedacht, dass mir so etwas gefallen könnte.

„Stopp, stopp, stopp!" Eric springt auf, und ich sehe wie sich sein Schwanz dick unter der Jeans abzeichnet. „Ich kann euch gar nicht richtig sehen. Du…", sein Zeigefinger deutet kerzengerade auf Melanie. „…du legst dich jetzt auf das Lehrerpult und machst deine Beine breit! Und du …", Scheiße, jetzt bin ich an der Reihe und mir schwant Schlimmes. „… steh auf und stell dich vor sie!" Während ich ihn noch ungläubig ansehe, und mich nur langsam erhebe, denn meine Beine wollen mir plötzlich den Dienst versagen, zieht sich Eric den Stuhl dicht heran und brüllt mich an „Was ist jetzt? Wie lange willst du sie noch warten lassen? Los, stell dich zwischen ihre Beine und lecke sie bis sie den Verstand verliert.", dann senkt er gefährlich seine Stimme und fügt drohend hinzu „Ich will, dass sie schreit vor Lust. Und du wirst es ihr besorgen!" Sein Blick durchbohrt mich und das Grinsen, was sich dann auf sein Gesicht legt, könnte breiter nicht sein. Ich will protestieren. „Aber ich ...", plötzlich begreife ich, dass das die Strafe für die Session mit Antonio ist. Eric reckt sein Kinn, als würde er gespannt zuhören, was ich dagegen vorbringen wolle, doch ich schlucke nur hart und sage leise „Ja Herr Direktor." Zufrieden setzt sich Eric breitbeinig auf dem Stuhl, öffnet seine Hose und holt seinen gewaltigen Ständer heraus. Auf ihn hätte ich jetzt mehr Appetit. Plötzlich durchschaue ich Erics Spiel, er macht mich heiß, indem er seinen Schwanz bearbeitet, aber ich soll Melanie befriedigen. Das ist fies, aber auch schlau. Keine Frage, sie ist sauber und riecht gut, aber sie ist nun mal eine Frau. Tief seufzend sauge ich die Luft ein, um meinen aufkommenden Ekel abzuschwächen, beuge mich dann aber brav nach vorn und küsse zuerst vorsichtig ihren Bauchnabel, mein Blick wird jedoch immer wieder von dem faszinierenden Bild angezogen, welches Erics Masturbation mir bietet. Ich merke, wie er sich strafft, um mich zu maßregeln, da ich der mir gestellten Aufgabe nicht die nötige Aufmerksamkeit entgegenbringe und wende mich sofort wieder Melanie zu. Meine Hände an ihre Hüften gelegt, beginnen sachte die weichen Polster zu kneten, und ihr Fleisch fühlt sich überaus zart an. Meine Lippen wandern nach wie vor mit Scheu, jedoch nicht mehr mit derartiger Abneigung wie anfangs, nach unten. Auf ihrem glattrasierten Hügel halten sie nochmals inne; nur diesmal nicht, um Luft zu holen, damit es halbwegs erträglich wird; sondern eher um den herrlichen Duft von Lust und Gier in mir aufzunehmen, den ihr Schoß freigibt. Ich schließe die Augen und meine inneren Muskeln ziehen sich zusammen bei dem Gedanken, dass Melanie vielleicht bald auf meiner Zunge kommt. Als ich damit ihre geschwollene Perle berühre, stöhnt sie laut und ungeniert auf. Davon ermutigt, drücke ich kurz noch etwas fester dagegen, was ihr kleine spitze Schreie entlockt, dann lasse ich meine Zunge kurz und hektisch daran herum flattern, da ich weiß, wie geil mich das immer macht. Frauen wissen ja was Frauen wollen.

Um für sie das Gefühl zu erhalten, ziehe ich mit beiden Händen ihre Schamlippen auseinander, wobei ein Finger weiter ihre Klitoris massiert, während meine Zunge nun tief in ihre nasse heiße Schlucht eindringt. So lautet die Aufgabe. Welche mir aber mittlerweile völlig egal ist, denn ich habe so eine Lust auf diese geile Muschi entwickelt, dass es mich so heiß macht, sie zu lecken. Meine eigene Feuchtigkeit rinnt mir bereits die Schenkel hinunter, und Melanies Möse tropft ebenfalls unaufhörlich, was ich sofort gierig mit meiner Zunge aufnehme. Es versteht sich natürlich von selbst, den Lehrerpult unbefleckt zu lassen. Melanie windet sich unter meinen Liebkosungen und ihr Stöhnen wird immer lauter. Ich bin so in meine Arbeit vertieft; im wahrsten Sinne des Wortes; dass ich gar nicht mitbekomme, wie Eric sich seinen Schwanz jetzt kräftiger massiert. Erst als ich den Kopf hebe um einen Blick auf Melanies lustverzerrte Mimik zu werfen, sehe ich im Augenwinkel, wie Eric sich intensiv mit seiner Erektion befasst. Beinahe wäre ich gekommen, so herrlich ist es, ihm zuzusehen.

Einen Wimpernschlag später steht er auf, tritt hinter mich und legt mein immer noch geschundenes Fleisch frei, indem er mir mein Kleid einfach über den Kopf hinweg auszieht, bevor er meine Bluse quälend langsam von hinten aufknöpft und auszieht, ohne die Krawatte zu entfernen, im Gegenteil, er dreht sie nach hinten und zieht sie noch fester, was mir das Atmen schwer macht, und meine Erregung in die Höhe peitscht. Ich will, ich darf nicht vor Melanie kommen, deshalb versuche ich, mich wieder auf sie zu konzentrieren. Als Eric die harten Spitzen meiner Brüste berührt, steigert er damit meine Lust ins Unermessliche, welche ich instinktiv auf Melanie übertrage. Ihr Stöhnen klingt nun schon fast animalisch. Ich lecke und sauge an ihr, als wäre es das Letzte, was ich auf Erden genießen dürfte. Ihr Verlangen spornt mich an, es ihr richtig zu besorgen, so wie es ihr noch nie jemand zuvor besorgt hat. Eric erkennt meine Absicht und er tut das einzig Richtige, wonach ich mich trotz Melanies leckerer Möse unentwegt gesehnt habe. Er dringt derb und fordernd von hinten mit seinem harten Schwanz in mich ein, stößt ein paarmal kräftig zu; was ich mit meiner Zunge an Melanies nasse Grotte weitergebe; und lässt wilde Brunftschreie ertönen. Je härter er stößt, umso gieriger lecke ich Melanie, bis sie schließlich unter dem Spiel meiner Zunge explodiert. Ihr Zittern überträgt sich auf mich und als Eric hart in mich stoßend mit seinem Finger meinen Kitzler massiert, kann ich mich nicht mehr zurückhalten. Ein heftiger Höhepunkt erfasst mich, dessen Welle meinen Körper erbeben lässt und mich in einen regelrechten Trancezustand versetzt, wovon ich mich nur ganz, ganz langsam wieder erhole. Melanies Blick ist ebenfalls noch der Welt entrückt, als ich zu ihr aufschaue. Erics Augen abwechselnd auf uns beide gerichtet, schauen eher fragend, beinahe verzweifelt in die Welt. Ein kurzer Blickwechsel mit Melanie und sie erhebt sich. Vier Hände drücken Eric nun zurück auf den Stuhl. Wir beide gehen vor ihm in die Knie; so, wie er es am liebsten sieht; und ich mache den Anfang, nehme Erics Schwanz tief in meinen Mund, wo er noch straffer zu werden scheint, denn ich kann mit meiner Zunge die dicken hervorquellenden Adern spüren. Kurz darauf gebe ich ihn wieder frei, um ihn sofort Melanie zu überreichen. Diese saugt genüsslich an ihm, während ich seine Eier lecke. Eine Weile wechseln wir uns damit ab. Eric stöhnt und wimmert immer mehr, bis er schließlich begleitet von lautem Knurren, sein heißes Sperma auf unseren Gesichtern verteilt. Es schießt wie eine gewaltige Fontäne aus ihm heraus. Brav lecken wir ihn noch sauber, bevor wir uns erheben und einem inneren Drang nachgebend innig küssen. Wow, ist das heiß!

Als wir wieder voneinander ablassen, zwinkern wir uns zu, was so viel bedeutet wie, das nächste Mal...! Wir bemerken gar nicht, dass Eric uns verblüfft anschaut. Erst als er sich räuspert, merken wir, dass wir mehr ineinander vertieft waren, als es das Spiel ursprünglich vorgesehen hatte.

Wir gehen nach nebenan um uns zu säubern und kehren dann in den Gastraum zurück, wo sogleich frische Getränke für uns serviert werden. Es kommt mir fast so vor, als war das eben ein pauschal gebuchtes Angebot. ‚Unterrichtssession für drei, inklusive ein Getränk gratis'. Ein bitterer Geschmack tummelt sich spontan auf meiner Zunge. „Sagt mal, kann es sein, dass ihr euch doch schon länger kennt?", bricht es spontan aus mir heraus. Eric und Melanie schauen sich nun verblüfft an, bevor sie als erste das Wort ergreift. „Pass auf Süße, ich bin nicht das erste Mal hier. Eric und ich haben schon öfter zusammen gespielt, doch das wurde mir erst klar, als ich, nachdem ihr am Mittwoch bei mir gewesen seid, lange darüber nach grübelte, woher ich diese Stimme kenne. Dann fiel mir ein, dass er der Mann mit der Maske ist, dem ich bereits ein paarmal gedient hatte." Ich reiße meine Augen auf und schaue erst Eric und dann Melanie entsetzt an. „Bist du...? Ist das hier...?" Mein Blick gleitet ängstlich durch den Raum und ich finde keine Worte, so absurd erscheint mir meine Vermutung. Jetzt brechen beide auch noch in Gelächter aus und ich werde wütend. „Kann mir das hier bitte mal jemand erklären?" Eric legt beruhigend seine Hand auf meine und hält sie fest. Als ich sie ihm entziehen will. Ich spüre ein Stechen in der Herzgegend und weigere mich, dies zuzulassen. Was will ich eigentlich? Wir sind nicht zusammen, wir schlafen nur miteinander und eigentlich noch nicht mal das. Eric führt mich lediglich in die Genüsse der BDSM-Szene ein. Er kann doch tun und lassen, was er will. Er liebt mich ja noch nicht einmal. Ein Kloß bahnt sich den engen

Weg durch meine Kehle, kommt aber nicht durch und drückt stattdessen das Wasser in meine Augen, sodass ich heftig zwinkern muss. „Nein Chris, beides nicht. Das hier ist ein Klub, wo Pärchen sich mit einander vergnügen können, welchen es zu Hause für ihre Vorlieben an der nötigen Einrichtung mangelt. Manche möchten auch bloß mal etwas anderes ausprobieren. Andere kommen mit ihren Geliebten hierher, denn in diesem Haus wird Diskretion großgeschrieben. Wieder andere sind auf einen Partnertausch aus. Es gibt allerdings auch welche, die ohne Partner hierherkommen und sich trotzdem vergnügen möchten. Diese tragen dann Masken, um ihre Absichten zu zeigen, beziehungsweise, um anonym zu bleiben. Das hat auch seinen Reiz, wenn man nicht weiß, mit wem man es zu tun hat." Schelmisch grinst er Melanie an. „Auch hat das Tragen einer Maske den Vorteil, dass der devote Part dadurch regelrecht objektiviert wird. Quasi zum Gegenstand herabgestuft wird, den man nach Belieben benutzen kann.", fügt er noch schnell hinzu. Ich verarbeite langsam das Gesagte und fasse zusammen „Eine Art Fetisch-Club also. Wie kommt es, dass ihr euch mehrmals getroffen habt, wenn man sich nicht erkennt?" Eric scheint zu überlegen, wie er es am besten erklären könnte, während Melanie für ihn einspringt. „Manche Leute teilen nun mal die gleichen Vorlieben, weshalb man am Empfang fragen kann, ob jemand Interesse für einen ganz bestimmten Raum angemeldet hat. Der schwarze Engel schaut dann im Kasten für diesen jeweiligen Raum nach, ob da bereits eine Botschaft bereitliegt. Wenn ja, wird der oder die Interessierte zu der wartenden Person geführt, welche sich inzwischen mit Voyeurismus die Zeit vertreibt, oder bereits in andere Spiele integriert wurde. Dann liegt die Entscheidung bei ihr, sich von da zu entfernen,
um mit der anderen Person in den davor von ihr gewünschten Raum zu gehen." Gierig höre ich Melanies Ausführungen zu. „Heißt das, es kann jeder jederzeit die Räume

betreten, indem sich gerade eine Session abspielt?" Ein Prickeln durchläuft meinen Körper, und zwischen meinen Beinen wird es heiß und feucht. Eric ergreift nun das Wort „Die Räume sind nie abgeschlossen, schon aus Sicherheitsgründen nicht und das ist auch gut so. Jeder akzeptiert es. Aber die Türen sind geschlossen, es sei denn, es ist ausdrücklich gewünscht, weitere Personen teilnehmen zu lassen, da stehen sie einen Spalt breit offen. Wenn jemand einen Raum betritt, in dem gerade gespielt wird, Vorgenanntes vorausgesetzt, so geschieht das äußerst leise. Man hält Abstand und wartet, bis man eingeladen wird mitzumachen. Erfolgt dies nicht nach einer gewissen Zeit, darf man entweder dem Geschehen weiter als stummer Zuschauer beiwohnen oder wird durch Blicke beziehungsweise Handzeichen zum Gehen aufgefordert, falls es sich die Spielenden, während der Session anders überlegt haben." Wow, ich bin total fasziniert. „Ähm, man bezahlt hier also nicht für die Dienste, ich meine, es gibt hier keine Prostituierten?" Erschrocken schaut mich Melanie an. „Du dachtest doch nicht...? Nein, um Himmels Willen. Man bezahlt schon, wenn man mitmachen will. Entweder hat man ein sogenanntes VIP-Ticket, welches das ganze Jahr gilt. Da kannst du kommen und gehen, wann immer du willst. Oder du möchtest dir das Ganze erst einmal anschauen und bist nur hin und wieder mal da, dann bezahlst du nur das Tagesticket. Ach, und weil du so erstaunt warst ..., das Getränk gibt es immer hinterher." Ein wenig erleichtert nehme ich auch gleich einen großen Schluck davon, denn ich hatte bis jetzt gar nicht gemerkt, wie trocken meine Kehle geworden ist, während ich gespannt Melanies Ausführungen gelauscht habe. Irgendwann weit nach Mitternacht machen wir uns auf den Heimweg. Melanie verabschiedet sich und bedankt sich bei uns für den schönen Abend und flüstert mir noch ins Ohr „Du warst echt gut. Ich freu' mich schon aufs nächste Mal." Ich grinse nur schief, denn als Kompliment habe ich das eher nicht verstanden, und weiß auch gar nicht, ob ich es ein zweites Mal mit ihr tun würde. Bei Eric zu Hause falle ich wie ein nasser Sack aufs Bett und bleibe an Ort und Stelle liegen. Bin viel zu kaputt, um noch irgendwas zu tun. Noch nicht einmal reden will ich mehr. Der Tag war ein bisschen zu viel für mich, und obwohl ich noch so viel hätte fragen wollen, schließ ich lieber meine Augen und halt meine Klappe. Eric weiß, dass ich das alles, was heute geschehen ist, erstmal verarbeiten muss und lässt mich in Ruhe. Er legt sich lediglich neben mich, schlingt seine Arme um mich und küsst sanft meinen Nacken bevor wir beide in einen tiefen Schlaf fallen.

Als ich wach werde, ist es schon hell draußen. Vorsichtig dreh ich mich um und sehe, dass Eric noch immer tief und fest schläft. Ich rolle mich zu ihm und kuschle meinen Körper an seinen warmen Rücken, allerdings weiß ich mit meinem rechten Arm nicht wohin. Ich schlinge ihn schließlich vorsichtig um Erics Hüften, denn ich will ihn ja nicht aufwecken. Ein leises Schnurren, ähnlich wie bei einem tiefenentspannten Kater, ertönt. Eric streckt sich nun auch wie ein solcher, sodass ich unter meiner Hand seine Erektion spüren kann. Ich will wirklich stillhalten, doch ich schaffe es nicht. Einem übernatürlichen Drang nachgebend umfasse ich seinen Schwanz und er klopft in meiner Hand, als würde er mich auffordern, ihn weiter zu massieren. Und genau das tue ich auch, während sich mein Körper drängend und fordernd an Erics Rücken schmiegt. Mein Becken bebt bereits und meine inneren Muskeln ziehen sich vor Verlangen immer schneller zusammen, was mich immer wieder leise aufstöhnen lässt. Es ist wie eine Qual, eine wunderschöne Qual. Ich spüre, wie Erics Schwanz unter meiner Hand noch mehr anschwillt und plötzlich dreht er sich um, ohne die Augen zu öffnen. Ich kann nicht anders und ziehe die Decke weg, die den muntersten Körperteil von ihm bedeckt hielt. Gebannt betrachte ich seinen enormen Ständer, und die Lust auf ihn wird immer stärker. Ich folge meinem Verlangen und setze mich einfach rittlings auf sein Geschlecht und führe es ohne Mühe in mich ein. Dank meiner Nässe flutscht sein Penis regelrecht in mich hinein, doch ich halte vorerst still, da ich Erics Reaktion abwarten will. Allerdings regt dieser sich keinen Millimeter. Würde ihn sein kurzer erregter Atem nicht verraten, könnte man denken, er merkt gar nicht, was mit ihm geschieht. Ganz langsam bewege ich mich auf ihm, jedoch sehr darauf bedacht, seinen Schwanz so intensiv wie möglich an den richtigen Stellen zu reiben, dass jeder etwas davon hat. Schon nach kurzer Zeit halte ich es nicht mehr aus, ein gewaltiger Höhepunkt erfasst mich und lässt meine Muskeln um Erics Penis krampfen, was ihn Sekunden später ebenfalls in eine Welt, weit weg von diesem Planeten treibt. Sein heißer Samen, welcher unentwegt tief in meinen Körper schießt, hat eine unendlich beruhigende und zufriedene Wirkung auf mich. Melanie und all die Kuriositäten des letzten Tages rücken in weite Ferne. Ich will einfach nur Eric, ohne Wenn und Aber, genieße seine Nachbeben und schlafe schließlich wieder auf ihm ein.

Jahre später, so kommt es mir zumindest vor, schiebt Eric mich sanft von sich. Ich öffne meine Augen und sehe in zwei herrliche Himmelblaue. Eric beugt sich grinsend über mich, küsst mich zart und flüstert „Ich werde uns dann mal Frühstück machen, Schatz. Ich denke, du kannst etwas Kräftiges gebrauchen, so fleißig, wie du heute schon gewesen bist." Wohlig kuschle ich mich nochmals in die Kissen, bevor ich alarmiert hochschieße. Schatz? Hat mich Eric tatsächlich Schatz genannt? Wow, so sehr ich es mir gewünscht habe, weiß ich nun gar nicht damit umzugehen. Bedeutet es, dass er mich liebt? Warum sagt er es dann nicht? Will ich überhaupt, dass er mich liebt? Steve sagte damals auch, er könne mir nicht das geben, was ich brauche, weil er mich liebt. Ich weiß nicht, was ich denken soll. Vielleicht bin ich auch etwas in ihn verliebt, aber ich weiß noch nicht, ob ich ihn liebe. Das sind zwei verschiedene Dinge. Auf der einen Seite freut es mich, was Eric für mich empfindet, auf der anderen Seite macht es mir aber Angst, wieder zu verlieren, was ich gerade gefunden habe. Endlich traut sich mal jemand, mir die nötige Strenge entgegenzubringen, mir die Kontrolle zu entziehen. Aber Liebe und Macht? Passt das überhaupt zusammen? Vielleicht will ich auch einfach zu viel? Aber was will ich eigentlich?

Ich weiß zumindest schon mal, was ich nicht will. Nämlich Liebe ohne Leidenschaft. Ich will aber auch keine Gier ohne jegliches Gefühl. Nein, was ich brauche, ist tiefste Zuneigung, gepaart mit unersättlichem Verlangen und die nötige Härte, dieses auch von mir einzufordern, wann immer er will. Er sollte meine Lust kontrollieren und er sollte mir deutlich machen können, dass ich ihm gehöre. Und nur ihm! Das ist das größte Kompliment, was ein Mann einer Frau machen kann. Wir lieben es; ich denke, ich spreche da im Namen aller Frauen; wir holen das Beste aus uns heraus, jeden Tag, für ihn, um ihn zu gefallen, aber auch; und ich meine, das ist der Hauptgrund; um seine Verlustängste zu wecken. Wir wollen, dass er uns unmissverständlich klar macht, dass die anderen Kerle für uns tabu sind. Dafür putzen wir uns, teilweise unbewusst, auch für diese anderen heraus. Wir lieben es, wenn er einem vermeintlichen Konkurrenten droht. Es imponiert uns, wenn er stolz auf uns ist. Andersherum ist es aber genauso. Ein Mann sollte auch mal anderen hübschen Frauen hinterher gucken, und gucken dürfen, gerne auch mal flirten. Auch wenn uns das nicht immer so passt. Es ist das gleiche Prinzip. Zum einen will er unser Maß an Eifersucht testen, zum anderen will er uns damit auf eine raffinierte Art zwingen, ihm wild und zügellos zu beweisen, dass er gar keine andere braucht, weil wir ihn all seine Wünsche erfüllen. Und wir sind doch auch stolz, zu einem Mann zu gehören, nachdem sich die Damen umdrehen, ihn auf den Arsch gucken und uns dann neidische Blicke zuwerfen. Wenn er dann auch noch darauf eingeht, merken wir wenigstens, dass sein Sexualtrieb noch aktiv ist und nicht nur aus Gewohnheit im heimischen Schlafzimmer funktioniert. Es gibt nichts, was einen Mann auf Dauer so unattraktiv macht, wie die Vorstellung, er wäre unfähig zur Untreue. Klingt erstmal blöd, ist aber so. Menschen können ganz schön kompliziert sein.

Herrlicher Kaffeeduft erfüllt nun auch die oberen Räume und lockt mich aus dem Bett. Ich hüpfe schnell unter die Dusche, bevor ich dem verführerischen Duft folge und in der Küche lande. Eric ist schwer beschäftigt. Er scheint den kompletten überdimensionalen Kühlschrank umbauen zu wollen. Auf meine Frage, ob ich ihm vielleicht helfen könnte, meinte er nur, ohne den Kopf aus dem Eisfach zu nehmen „Ja, du könntest eine Liste für den Catering-Service erstellen." Erstaunt schaue ich nun auch in die Kühlkombi, denn es fehlt an nichts. Es sei denn, Eric hat vor, die ganze örtliche Fußballmannschaft einzuladen, dann wird es allerdings knapp, aber für uns beide...? „Wieso, wir haben doch alles? Und wieso Cateringservice?", rufe ich deshalb ins Eisfach, wo Eric immer noch sortiert. Ich wollte unseren letzten Tag mit ihm allein verbringen. Er krabbelt rückwärts heraus und grinst mich an. „Wir werden heute Abend Gäste haben. Da hatte ich vor, einen kleinen Snack zu servieren." Ich bin entsetzt. Nicht nur, weil Besuch kommt, nein, weil er einen Cateringservice beauftragen will, Snacks zu liefern? Vielleicht auch weil ich mich fälschlicherweise bereits als die Hausherrin betrachte, und da kommt es überhaupt nicht in Frage, jemand anderen zu beauftragen, für das leibliche Wohl der Gäste zu sorgen. „Okay, aber warum wollen wir für unsere Gäste nicht selbst etwas kreieren? Ich hätte da so einige Ideen." Eric mustert mich verblüfft, bevor er, für meine Begriffe etwas zu zaghaft fragt „Das würdest du tun?" Also ich weiß ja nicht, an welchen Typ Frau er vor mir geraten ist, aber es ist doch für jede Frau ein Vergnügen und gleichzeitig eine Herausforderung, ihre Gäste mit hausgemachten Leckerlis zu beeindrucken. Oder täusche ich mich da? Gilt die Regel, je weniger man im Haushalt tut, umso attraktiver die Frau? Kann sein. Ohne Wischwasser keine ausgetrockneten Hände. Ohne schnell mal etwas zu reparieren, keine abgebrochenen Nägel. Fragt sich nur, worauf ‚Mann' wirklich Wert legt. Wie auch immer. Ich widme mich wieder dem Kühlschrank. „Na klar, lass mal sehen, was wir haben." Ein kurzer Blick genügt, um mir einen Einblick zu verschaffen, was wir noch brauchen. „Okay, einiges müssen wir noch besorgen. Wie viele Leute kommen denn? Und was trinken deine Gäste gerne?" Eric ist sichtlich erfreut über meine Euphorie, doch nun zögert er. „Was ist?", frage ich ihn. „Du musst doch wissen, was sie gerne trinken!", hake ich deshalb nach. „Naja, es sind überwiegend Männer ...", druckst er herum. „Um genau zu sein, acht, und sie trinken am liebsten Bier... und Whisky." Wahrscheinlich hat er damit gerechnet, dass ich nun angewidert das Gesicht verziehe. Doch warum? Ich trinke ja auch gerne Bier. Mit Whisky habe ich es nicht so. Aber es ist okay, ich habe damit gerechnet, vielleicht auch ein wenig gehofft, dass seine Gäste überwiegend harte Jungs sind. Auf Damengespräche habe ich nun wirklich keinen Bock. Ich versuche, mir meine Freude nicht anmerken zu lassen, sondern seufze, da ich mir den Tag wirklich anders vorgestellt hatte. „Gut, machen wir das, was alle am Sonnabend tun. Wir gehen einkaufen." Eric fragt auf einmal besorgt „Willst du das wirklich? Es klingt so ironisch, wenn du das sagst. Wir können auch wirklich etwas bestellen. Ich weiß, du hattest vielleicht andere Pläne für heute.", er grinst mich schelmisch an, bevor er weiterspricht. „Ich möchte dich nicht langweilen. Aber glaub mir, meine Freunde sind alles andere als langweilig. Es wird mit Sicherheit ein interessanter Abend." Hmm, ich tue pikiert „Wieso beruhigt mich das gerade gar nicht? Ich wollte zwar den Abend mit dir allein verbringen, aber vielleicht wird es ja ganz lustig." Ich schaue Eric tief in die Augen, um einen Hinweis auf sein Vorhaben zu erhaschen, aber just in diesem Moment setzt er sein Pokerface auf. Es bringt nichts, ich werde mich wohl überraschen lassen müssen. Aber eins steht fest, er hat etwas vor. Nur, um mit seinen Freunden einen Plausch zu machen, würde er sie nicht einladen, wenn ich da bin. Dazu hätte er die ganze nächste Woche Zeit. „Keine Angst Süße, die sind ganz harmlos. Lass uns erst einmal frühstücken und überlegen, was wir ihnen kredenzen könnten."

Schweigend setze ich mich an den Tisch und belege abwesend das aufgeschnittene Brötchen vor mir. Harmlose Jungs also. Schade. Verdammt, ich hasse mich dafür, ständig solche Gedanken zu haben. Warum kann ich mich nicht einfach nur darauf freuen, dass sie vielleicht ganz nett und unterhaltsam sein könnten. Ich schüttle den Kopf, als könnte ich so den Film, der bereits darin abläuft, stoppen. Eric rettet mich „Und was meinst du, könnten wir zubereiten für die Jungs" Nach kurzem Überlegen, unterbreite ich Eric meinen Vorschlag „Also ich denke, etwas Deftiges sollte es schon sein. Ich kenne zwar deine Jungs nicht, aber ich glaube, ein Auflauf wäre wohl unpassend zu Bier und Whisky." Eric grinst „Damit hast du vollkommen Recht." Ich nun in meinem Element gehe gedanklich das ganze Repertoire meines Kochbuches durch. „Was hältst du von Chickenwings oder Spareribs? Oder beides? Vielleicht auch Lammspieße mit Speckbohnen? Dazu Westernpotatos und würzig gegrillte Maiskolben. Fingerfood, was für harte Jungs eben, es sei denn, die Typen kommen in Anzug und Krawatte? Später servieren wir Nachos mit Salsadip. Was meinst du?" Eric hebt erstaunt die Brauen. „Was hast du mit denen vor? Willst du sie scharf machen?" Ertappt senke ich den Blick und verteidige mich „Naja so was essen doch Männer gerne, oder?" Eric lacht nur „Na du musst's ja wissen! Aber das kommt meiner Vorstellung schon sehr nahe. Machen wir von jedem etwas. Los, lass uns eine

Liste erstellen, mit dem, was wir brauchen und dann auf in den Kampf!" Nachdem wir alles notiert haben und fertig sind mit Frühstücken, fahren wir ins Zentrum, um die nötigen Zutaten einen guten Whisky, Bier und auch etwas Wein zu besorgen. Wir meiden absichtlich die riesigen Supermärkte. Die Maiskolben, die Bohnen und die Kartoffeln holen wir frisch vom Markt, die Spirituosen beim Weinhändler, der uns auch gleich noch ein paar Salzstangen gratis obendrauf gibt. Beim Fleischer kommt noch etwas mehr dazu, als auf der Liste steht, denn auch ein paar Hackfleischbällchen passen super zum Rezept. Für den Bierkasten müssen wir dann doch noch zum Getränkemarkt, aber da ich vorsorglich noch Cola und Wasser mit aufgeschrieben habe, lohnt es sich, den Umweg zu fahren. Alles, was sonst noch zur Zubereitung gebraucht wird, weist die gut bestückte Vorratskammer auf.

Endlich haben wir alles zusammen und können nach Hause fahren, wo wir auch sofort mit der Vorbereitung beginnen. Als Erstes steht Saucen anrühren auf dem Programm, denn die marinierten Fleischstücke müssen noch ein paar Stunden ziehen, dann die Maiskolben vorkochen und einpinseln, die Bohnen in den Schinkenspeck wickeln und abwechselnd mit dem Lamm aufspießen und, und, und. Als ich gerade den Teig für die Nachos knete, klingelt es an der Tür. Wer kann denn das sein? Doch nicht etwa schon die Gäste? Ich rufe nach Eric, da meine Hände voller Schmand sind, doch dieser sprintet bereits zur Tür, als hänge sein Leben davon ab. Als er nach einer ganzen Weile in der Küche erscheint, kann ich mir die Frage nicht verkneifen, wer denn geklingelt, und warum er denjenigen nicht hereingebeten hat. „Ach es war doch nur der Postbote mit einem Paket.", nach einer wegwerfenden Handbewegung zerrt er am Teig, um zu naschen. Ich haue ihm auf die Finger und schaue ich ihn enttäuscht an. „Hast du etwas übers Internet bestellt? Kann man nicht alles auch bei den hiesigen Händlern kaufen?" Ich merke, wie ich wütend werde. „Es müssen

immer mehr kleine Geschäfte schließen, die auf Grund des Versandhandels keine Überlebenschancen haben. Selbst bei uns im Blumenhandel wird es immer kritischer." „Beruhige dich. Ich würde nie etwas im Netz bestellen, was es nicht auch draußen gibt, aber auch der kleine Händler liefert Ware an, wenn es nötig ist. Schon mal darüber nachgedacht? Zum Beispiel Fleurop? Na? Und um deiner nächsten und übernächsten Frage vorzugreifen: Ja, es war nötig, denn wir hätten es nicht gleich mitnehmen können, und nein, ich verrate dir noch nicht, was es ist." Okay, damit musste ich mich wohl oder übel vorerst zufriedengeben.
Während ich in der Küche voll und ganz zu Hochtouren auflaufe, höre ich Eric Möbel hin und herschieben und mache mir meine Gedanken darüber, in welchem Raum er seine Gäste zu bewirten gedenkt. Die Küche ist zwar groß, aber nicht gemütlich genug. Das Kaminzimmer ist gemütlich, hat eine Bar und weiche Sofas, worin man zwar schön herumlungern kann, aber um Fingerfood zu sich zunehmen, doch etwas unpraktisch. Als Eric in der Küche erscheint, mal wieder um zu naschen, frage ich nach „Wo wollen wir denn das Essen zu uns nehmen? Zehn Personen brauchen Platz. Da fällt mir ein, du hast doch den großen runden Tisch ..." Bei Eric setzt augenblicklich die Schnappatmung ein, und ich verstehe gar nicht warum. Als er sich wieder erholt hat, meint er nur „Wir werden schon einen geeigneten Platz finden." und verschwindet wieder.

Es ist mittlerweile später Nachmittag, als wir endlich mit den Vorbereitungen fertig sind. Die Weihnachtsbeleuchtung im ganzen Haus ist bereits via Zeitschaltuhr angegangen und setzt alles in ein warmes gemütliches Licht. Ich lümmele mich in das große Sofa im Kaminzimmer. Eric setzt sich zu mir und drückt mir ein Glas Wein in die Hand. „Mach mal Pause. Es riecht übrigens schon sehr lecker." Tadelnd wedele ich mit dem Zeigefinger „Du solltest allerdings nichts mehr davon abbekommen, so viel, wie du schon raus genascht hast! Aber ehrlich gesagt, ich auch nicht. Ich musste ja alles abschmecken und bin jetzt schon satt." Eric lacht nur „Das freut mich außerordentlich. Auf einen gelungenen Abend!" Ich proste ihm zu, habe allerdings das ungute Gefühl, dass er nicht nur das Essen meint. Schweigend und in Gedanken versunken liegen wir eine Weile aneinander gekuschelt, was beides ungewöhnlich ist. Ich lege meine Hand auf seinen Schritt, worauf sein Schwanz auch sofort unter der Jeans anschwillt. Meine Atmung wird schwer und ich bin bereits feucht. Wenn wir schon den ganzen Abend nicht viel voneinander haben, könnten wir doch jetzt noch ein bisschen ...? Doch plötzlich springt Eric hoch und ist wieder ganz der Dom. „Schluss jetzt! Die Jungs werden in einer Stunde da sein, wir sollten uns noch etwas frisch machen und uns umziehen. So kann ich dich doch nicht meinen Freunden vorstellen. Also los, worauf wartest du?" Enttäuscht, jedoch ohne zu zögern, begebe ich mich in die Dusche und lasse das prickelnde Nass über meinen Körper laufen, wieder einmal gegen das Verlangen ankämpfend, es mir noch schnell zu besorgen, denn die kleine Szene hat mich schon wieder heiß gemacht, und wer weiß, wann wir wieder alleine sind. Allerdings könnte ich mir vorstellen, Eric kontrolliert mich, wie er es gestern getan hat.

Als ich nach ein paar Minuten wieder aus der Dusche heraustrete, finde ich ein schwarzes Lacklederkorsett mit roten Ziernähten und metallenen Schließen, schwarze Netzstrümpfe und die neuen Stiefel vor. Nach anfänglicher Freude über dieses heiße Outfit macht sich Entsetzen in mir breit. „Moment mal", murmle ich halblaut, um mir das scheinbar Unvermeidliche zu verinnerlichen. „Sagte er nicht, er wolle mich seinen Freunden vorstellen? So?" Mir wird etwas flau im Magen bei dem Gedanken in diesem Aufzug vor sie zu treten. Ich halte das Korsett an mich und schaue in den Spiegel. Wow, es ist wunderschön. Im Spiegel sehe ich, wie Eric das Badezimmer betritt und hinter mir stehen bleibt. Seine Augen haben sich verdunkelt und versprechen unheilvolles auf mich zukommen. „Was ist, gefällt's dir nicht, oder warum bist du noch nicht angezogen?" Mit gesenktem Kopf schaue ich ihn im Spiegel von unten herauf an „Eric, es ist wunderschön. Hat Lucy es gemacht? Ich will es gern für dich tragen, aber doch heute nicht. Du hast gesagt, du willst mich deinen Freunden vorstellen. Da kann ich doch nicht so aufkreuzen, die werden denken, ich sei eine Hure." Ein lautes Schnaufen, lässt erahnen, wie wütend Eric ist, und schon packen mich seine zwei kräftigen Hände an den Armen und schieben mich zu dem Handtuchtrockner an der Wand. „Wagst du es, erneut meine Entscheidungen, infrage zu stellen? Sklavin?" Bei dieser Bezeichnung zucke ich spontan zusammen, spüre aber gleichzeitig, wie sich eine prickelnde Woge in meinem Süden ausbreitet. „Nein ich …" Mir fehlen die Worte, denn er hat ja Recht. Bevor ich realisieren kann, was geschieht, klicken Handschellen und sehe mich fest mit den Sprossen des Handtuchtrockners verbunden. „Du wirst in Zukunft nicht mehr den Sinn meiner Befehle anzweifeln, und dich schon gar nicht mit Widerworten dazu äußern, sondern einfach tun, was ich dir auftrage! Hast du mich verstanden?" Zögerlich flüstere ich ein „Ja." „Wie bitte?" „Ja", rufe ich nun lauter. „Ja, was?", plärrt Eric hinter mir, greift zwischen meine Beine und kneift mir heftig in die Schamlippen. „Ahhh! Ich meine, „ja, ich habe verstanden!" Mit seiner anderen Hand zieht er mich nun fest an den noch nassen Haaren. „Damit es dir leichter fällt, Demut zu zeigen, sprichst du mich während einer Session in Zukunft mit „Mein Herr!" an, ist das klar?" Ich schlucke hart, damit habe ich nicht gerechnet. Seine Autorität in allen Ehren, aber ich finde diese Bezeichnung arg überzogen. „Antworte, Sklavin!" Ich zögere mit der Antwort und wieder kneift er mir fest ins Fleisch, was einen heftigen aber süßen Schmerz verursacht. Dann, denke ich, muss es wohl so sein, dass man in der Szene derartige Anreden benutzt, also straffe ich meinen Körper und hebe mein Kinn „Aber natürlich mein Herr, ich werde von nun an gehorsam sein." Eric tritt einen Schritt zurück und schmunzelt zufrieden, doch sofort setzt er wieder seine strenge Miene auf, greift in seine Gesäßtasche und befördert einen Flogger zu Tage. „Trotzdem bekommst du eine Strafe. Dafür, dass du zu lange gezögert hast." Und schon erreichen die Lederriemen meine Schultern. Links, rechts, links, rechts und jedes Mal etwas derber. Meine Haut brennt und fühlt sich heiß an. Die Striemen müssen deutlich zu sehen sein. Als Eric sein Kunstwerk betrachtet, atme ich auf in der Annahme, es überstanden zu haben. Doch er holt erneut aus und diesmal prasseln die Hiebe auf meinem Hintern nieder, was trotz der Härte eindeutige Signale an mein Geschlecht sendet. Ich spanne die Backen an, um die Wucht der Schläge zu dämpfen, doch dadurch ziehen sich auch meine inneren Muskeln zusammen, was mein Lustzentrum noch zusätzlich anheizt. Ich stöhne unter den herrlichen Qualen und meine Feuchtigkeit bahnt sich bereits einen Weg an meinen Schenkeln hinunter. Ich presse meine Beine zusammen, was Eric ganz und gar nicht milde stimmt. „Was fällt dir ein? Du sollst mir jederzeit Zugang gewähren, mach die Beine wieder auseinander!" Ein Gurgeln kommt mir lediglich über die Lippen, weil meine Atmung keine deutlichen Worte mehr zulässt. „Verzeihung, mein Herr." Ich tue, was er sagt und schon knallt der Flogger auf meine Schamlippen. Das Pfatschen verrät meine Erregung. Scheiße Eric, nimm mich jetzt! Fick mich! Bitte, bettle ich stumm. Aber stattdessen schiebt Eric die kurze Peitsche durch meine Beine, umfasst sie von vorn und zieht sie ein paar Mal an meinen inneren Schamlippen entlang und hebt mich fast hoch dabei. Ich halte das kaum noch aus und wimmere, aber ich verbiete mir, um Erlösung zu betteln. Doch ich spüre seinen harten Schwanz durch seine Jeans an meinen Lenden und wünsche mir nichts sehnlicher, als dass er mich jetzt schön hart durchvögelt. Er schlägt noch einige Male auf meine Perle, was mich fast um den Verstand bringt, dann hält er den Ledergriff unter seine Nase und stöhnt. „Mein Gott, du bist so heiß. Ich sollte dich jetzt gleich von hinten nehmen." „Dann mach's doch. Fick mich endlich!", presse ich spontan hervor und bereue es sofort. Abrupt hält Eric inne. Da ich meine Augen geschlossen habe, sehe ich nicht seinen fragenden Blick auf mir ruhen. „Du hast immer noch nichts gelernt." Gerade noch erregtes Stöhnen, höre ich in Erics Worten nun klirrende Kälte und will schon zu meiner Verteidigung ansetzen, als er mir das Wort abschneidet. „Schweig! Seit wann gibt eine Sklavin Befehle? Ich war tatsächlich kurz davor, dich zu ficken, doch dein Benehmen berät mich eines Besseren." Erschrocken über die Tatsache, es mir selbst versaut zu haben, versuche ich es nun doch mit lauterem Betteln. „Oh, mein Herr, bitte nehmt mich! Jetzt!" Kopfschüttelnd, aber lüstern schaut Eric mich an. „Zu spät. Überdenke deine Worte in Zukunft, bevor du sie ausspricht. Dreh dich zu mir um!" Zum Glück ist der Abstand zwischen den Ringen groß genug, dass ich trotz kurzem Gerangel, meine Handgelenke kreuzen und mich umdrehen kann, auch wenn es einschneidet. „Mach die Beine wieder breit und schau mich an, hörst du?" Oh ja, sehr gern tue ich ihm den Gefallen. Er sieht so scharf aus in seiner gutsitzenden eingerissenen Jeans und den freien Oberkörper. „Ja mein Herr." Zufrieden nickt Eric. „So gefällst du mir. Ich weiß, wie erregt du bist. Ich möchte aber, dass du in diesem Zustand nachher auf meine Freunde triffst. Also wirst du dich zurückhalten. Wenn du doch kommen solltest, werden meine Jungs um dich kümmern. Und das willst du doch nicht, oder Sklavin?" Schnell beeile ich mich, zu antworten „Nein mein Herr, das will ich nicht.", obwohl mir für den Bruchteil einer Sekunde der Gedanke gefällt. „Dann ist es ja gut. Ich will dich auch nur ein wenig heiß machen." Erics Gesicht ist nun ganz dicht vor meinem, und ich dachte, er will mich küssen, doch er öffnet nur leicht seinen Mund, nimmt meine Lippe zwi-

schen die Zähne und beginnt daran zu saugen und zu knabbern. Ein Schauer durchläuft meinen Körper und lässt meine Mitte zittern. Erics Mund arbeitet sich weiter nach unten, an meiner Halsbeuge vorbei, über meine Brüste, welche er jede einzelne mit seiner Zunge umfährt, um dann heftig an den beiden harten Nippeln zu saugen. Ein starkes Ziehen in meinem Inneren, lässt mich aufstöhnen. Hilfe, was macht er nur mit mir? Auf seiner Wanderung nach unten spüre ich Erics heißen Atem auf meiner Haut, was mir eine Gänsehaut bereitet. Oh Mann, wenn er jetzt weiter unten fortfährt, mich mit seiner Zunge zu liebkosen, kann ich nichts mehr garantieren. Doch kurz vor meinem Hügel bricht Eric ab, worüber ich zuerst erleichtert bin, doch als er mit Daumen und Zeigefinger an meine Perle schnippt, stockt mir der Atem. Es ist ein kurzer aber sehr intensiver Schmerz und zugleich löst es eine Welle in mir aus, die mich um ein Haar kommen lässt. Plötzlich wendet sich Eric um und geht. „Mein Herr, was soll das jetzt?", frage ich panisch, mich jedoch an die korrekte Anrede erinnernd. „Keine Angst Sklavin, ich gehe nicht weg.
Allerdings sollte ich nicht so übereizt auf die anderen treffen. Vergiss nicht, mich anzuschauen!" „Nein Herr, wie könnte ich." Ich wende doch nicht freiwillig meinen Blick von diesem wunderschönen Körper. Das muss er mir nicht extra sagen. Er bleibt vor dem Diwan stehen, entledigt sich seiner Hose und seiner Pants und macht es sich auf dem weichen Polstern bequem. Ich japse, mein Atem geht schwer, als ich ahne, was er vorhat. Nein, das wird er nicht tun. Doch. Mist. Oh Gott, er umfasst seinen prallen Ständer und bewegt seine Faust um ihn auf und ab. Scheiße ist das geil. Ich liebe es, ihm zuzusehen, wenn er sich berührt, aber wenn er das jetzt zu Ende bringt, glaube ich nicht, dass ich meinen Höhepunkt verhindern kann. Er reckt genüsslich seinen Kopf nach oben, aber immer kontrollierend, ob ich ihn auch noch beobachte. Ich spüre es bereits aus meiner Spalte tropfen und würde gerne meine Beine schließen,

doch das würde mich nur noch mehr stimulieren. Verzweifelt lecke ich mir über die Lippen, kaue darauf herum. Sein Schwanz macht mir solchen Appetit auf ihn. Ich fühle mich in diesem Augenblick hin und her gerissen. Zum einen kann ich es kaum erwarten, seinen heißen Saft aus ihm heraussprudeln zu sehen, auf der anderen Seite fühle ich mich ausgeschlossen und hätte lieber mit meinen Lippen die Aufgabe seiner Faust übernommen. Als Erics Stöhnen lauter wird, stehe ich selbst kurz vor dem Höhepunkt, ich wage es aber nicht, meinen Blick, von ihm zu lösen. Seine Bewegungen werden schneller, genauso wie sein Atem und er windet sein Becken auf dem Diwan auf und ab. „Oh ja, ich glaub, ich komme gleich.", stöhnt er und aus der seiner Penisspitze treten immer mehr Lusttropfen, die er mit seinen Bewegungen gründlich verteilt, sodass sein Schwanz bereits vor Nässe glänzt. Eric bitte, hör auf, schreit es verzweifelt in mir, doch zu spät. Mit einem lauten „Ja jetzt, ich komme, oh Gott, ich komme." Ergießt er sich in hohem Bogen auf dem Diwan. Ich versuche, noch wegzuschauen, als Eric vor lauter Ekstase seine Augen schließt, doch ich kann nicht. Mein Blick beobachtet gespannt die Szene, die sich mir bietet und ich schaffe es nicht, trotz aller Mühen, meinen Orgasmus zurückzuhalten. Ich beiße mir auf die Lippen, um ja keinen verdächtigen Laut von mir zu geben, doch es hat keinen Sinn. Eric wird es merken, also gebe ich mich einfach meiner Lust hin. Ein heftiges Zittern erfasst meinen Körper und ich merke nicht, wie Eric sich aufrichtet und meine Erlösung beobachtet. Als ich wieder zurückkomme und meine Sinne sortiere, sehe ich Erics belustigtes Lächeln und werde wütend. „Du Schuft. Du machst mich heiß und weißt genau, wie sehr es mich erregt, dir zuzusehen, wie du's dir besorgst." Eric steht auf und kommt auf mich zu „Wenn du deinen Körper nicht im Griff hast, ist es nicht mein Problem. Allerdings hast du schon wieder die korrekte Anrede missachtet!" Himmel! Heißt das, ich muss ihn jetzt immer so ansprechen? Er blickt auf meine klebrige Vagina und grinst verheißungsvoll in sich hinein. Mich erschleicht aber plötzlich das Gefühl, dass dieser Blick für mich eher etwas Unheilvolles bedeutet, und um Schlimmeres zu verhindern, senke ich mein Haupt. „Entschuldige bitte, mein Herr! Das war dumm von mir." Voller Verachtung wendet Eric sich ab und betritt die Dusche, lässt mich einfach stehen. „Was ist mit mir, Herr? Bindet ihr mich nicht los, damit ich auch duschen kann?" Eric steckt nur kurz seinen Kopf heraus und schaut mich gespielt verwundert an „Wie jetzt, du warst doch schon? Jetzt bin ich dran." Das ist jetzt nicht sein Ernst. „Eric bitte, ich muss mich auch noch mal kurz unter die Brause." Nichts, keine Reaktion. „Mach mich jetzt los, komm! Was soll das?", werde ich langsam ungeduldig. Die Lektion ist vorbei, also sehe ich keinen Grund, ihn weiter so förmlich anzusprechen. Erst nach zehn Minuten verlässt Eric die Dusche wieder, bindet sich ein Badetuch um die Lenden, bindet sein nasses Haar zu einem Zopf und tritt vor den großen Waschtisch, um sich zu rasieren. Er sieht zum Anbeißen aus und doch habe ich gerade ein anderes Problem. „Eric!", rufe ich nun ungeduldig. „Mach mich jetzt bitte los!" Genervt dreht er sich um. „Siehst du nicht, dass ich mich gerade rasiere? Wegen dir schneide ich mich womöglich noch. Sei still jetzt!" Nun übertreibt er aber. Ich lasse nicht locker. „Eric, wenn du mich jetzt nicht losmachst, sind wir vielleicht nicht fertig, wenn die Gäste eintreffen. Ich muss wirklich nochmal duschen, meine Haare föhnen, und angezogen bin ich auch noch nicht. So willst du mich doch nicht deinen Freunden vorstellen.", kratze ich an seiner Ehre, doch dann sehe im Spiegel sein hämisches Grinsen und mein Gesicht erblassen. Oh nein. Nein, nein, nein. „Eric ..., das ..., das kannst du nicht machen!", stottere ich, doch er dreht sich langsam um und versucht mich zu besänftigen, was aber nicht funktioniert. „Du darfst dich natürlich anziehen und deine Haare föhnen, aber mehr nicht." Ich bleibe hartnäckig „Was ist mit waschen? Darf ich mich

wenigstens waschen, Eric bitte!" Zuerst weilt sein Blick auf meinem Schritt, dann sieht er mir streng in die Augen „Du hörst mir nicht zu, oder zweifelst an meiner Glaubwürdigkeit. Ich sagte, wenn du kommst, werden sich meine Freunde um dich kümmern. Hättest du nur im entscheidenden Moment an die Folgen deines Höhepunktes gedacht, hättest du ihn vielleicht verhindern können. Das zeigt mir, dass du mir gegenüber immer noch nicht aufmerksam genug bist. Ich gebe dir schon Tipps, deinen Ungehorsam zu steuern und zu unterdrücken, doch du erkennst sie nicht, weil du nur mit deiner Lust beschäftigt bist." Ich verfalle in Schnappatmung, will was erwidern, doch es kommt kein laut über meine Lippen. Eric streicht sich nachdenklich mit der Hand übers Kinn und fährt fort. „Bei längerer Überlegung beschleicht mich allerdings der Verdacht, dass dies Absicht war, und du heiß auf meine Freunde bist. In diesem Fall allerdings ... Ach und versuche nicht wieder, es abzustreiten, ich habe es bemerkt, dass du gekommen bist." Jetzt beugt er sich runter, verdammt, und schnuppert an meiner Spalte „Man kann es riechen. Alle werden es riechen. Mmhh..., lecker! Das verspricht ein sehr interessanter Abend zu werden ..." Ich hatte nicht die geringste Chance. Das war alles bis ins Detail von Eric geplant. Als Eric mich von den Handschellen befreit und das Badezimmer verlässt, schleiche ich mich zur Toilette, um meine Möse wenigstens mit dem Papier von den Überresten meines Höhepunktes zu befreien, denn den Wasserhahn aufzudrehen wage ich nicht. „Das kannst du gleich bleiben lassen!", ruft es von draußen her. „Zieh dich jetzt an und warte auf mich!" Mit einem Schlenker mach ich wieder kehrt und füge mich meinem Schicksal. Ich stinke ja nicht. Sollen sie doch merken, wie mich Eric behandelt.
Ich bitte Eric, mir das Korsett am Rücken zu schnüren, und dieser bindet es so fest, dass mir fast die Luft wegbleibt, dafür werden allerdings meine Brüste noch mehr betont und ich bin hocherfreut über meine schlanke Taille. Es steht mir

wirklich sehr gut. Klar, Lucy hat ja auch jeden Millimeter meiner Haut gemessen. Die Strümpfe und die Stiefel betonen das Ganze noch, und lassen mich etwas größer wirken. Was mir jetzt noch Kopfzerbrechen macht, ist, dass Eric mir keinen passenden Slip dazugelegt hat. Ich kann doch nicht unten ohne vor seine Freunde treten. Meine Gedanken wieder einmal erratend wedelt Eric mit etwas vor meiner Nase herum und sofort erkenne ich die Art Schmetterlingsslip mit dem integrierten Vibrator vom Weihnachtsmarkt wieder. Eric scheint ihn auch noch in Schwarz gekauft zu haben, nachdem ich davonlief. Die Erinnerung an die Szene lässt mich erschauern. „Eric, was soll das werden? Was hast du vor?" Seine Augen verdunkeln sich erneut, doch er sagt nur „Zieh ihn an und stell keine Fragen!" Nachdem ich den Schmetterling gerade aufgelegt habe, beginnt er auch schon zu vibrieren, was mir einen spitzen Schrei entlockt. „Beruhige dich! Das war nur ein Test. Du wirst dich doch hoffentlich, zu beherrschen wissen!" Mein Atem geht immer noch schwer, als Eric das Teil bereits wieder ausgeschaltet hat. Na das kann ja heiter werden.
Ein Blick auf die Badezimmeruhr versetzt mich in Panik. „Eric, der Backofen muss angeschaltet werden, sonst wird das Essen nicht rechtzeitig fertig." Hektisch krame ich in meinem Schminktäschchen herum, doch Eric bleibt sichtlich unberührt von meinem Zeitdruck. „Wir müssen ja nicht gleich essen, wenn die Gäste kommen. Wir können es uns auch erst einmal gemütlich und miteinander bekannt machen. Etwas trinken, ein bisschen plaudern..." Stimmt, trotzdem beeile ich mich. Ich föhne mir schnell das Haar, welches ich heute offenlassen werde. Sollen mir ruhig etwas wild ins Gesicht hängen. Das unterstreicht mein Outfit und nicht zuletzt auch meinen Zustand. Eric hat inzwischen eine helle Jeans angezogen. Das dunkelblaue Hemd, was hervorragend zu seinen blonden Haaren passt und seine blauen Augen betont, trägt er halboffen. Er sieht megageil aus. Und er weiß es auch. „Warte, ich hab noch

was für dich!" Er kramt nun in seiner Hosentasche herum und ich werde neugierig, aber auch leicht panisch. Was hat er jetzt schon wieder? „Dreh dich um!", befiehlt er, und ich tue, wie mir geheißen und drehe ihm den Rücken zu. Im Spiegel sehe ich, wie er an etwas herum nestelt, kurz darauf meine Haare zu einem Bund zusammennimmt und über die linke Schulter legt. Sekunden später schmiegt sich ein weiches ledernes Band um meinen Hals. Es ist wunderschön. Ich könnte schreien vor Freude. Ein Halsband! Jetzt gehöre ich offiziell Eric. Es ist wirklich traumhaft, schwarz mit roten Nähten, in der Mitte ein kleiner metallener Ring. Rechts und links zieren zusätzlich noch Spitznieten das feine Leder. Ich recke und strecke mich, um es besser im Spiegel zu sehen, während Eric es verschließt und mir zarte Küsse, auf meinen Nacken haucht. Mich durchläuft sofort wieder ein herrliches Kribbeln. „Damit du weißt, wo du hingehörst!" Ich freue mich so riesig. „Danke Eric. Ich werde es nicht vergessen. Ich bin stolz darauf." Zufrieden lächelt er. „Na dann komm! Unsere Gäste werden gleich da sein." Als wir die Treppe nach unten gehen, klingelt es auch schon und ich werde schlagartig nervös. Beruhigend legt Eric seine Hand auf meinen Arm und feixt „Keine Angst, die tun nix. Die wollen nur spielen." Na toll. Eric öffnet die Tür, während ich auf der Mitte der Treppe stehengeblieben bin. Zum einen, weil ich mir erst einmal von Weiten ein Bild von dieser Bande machen möchte, und zum anderen, weil ich mich nicht gleich aufdrängeln will. Ich bin ja eigentlich selbst nur Gast in diesem Haus beziehungsweise gehöre ich zum Inventar, denn momentan fühle ich mich mit dem Halsband noch wie der Hofhund. Doch als nach und nach alle eingetreten sind, Eric begrüßt und ihre Jacken abgelegt haben; neugierige Blicke wurden mir bereits über Erics Schultern zugeworfen; werde ich langsam ruhiger. Obwohl ich brav den Blick gesenkt halte; erfreut über meine Entscheidung, auf der Treppe geblieben zu sein; bemerke ich, dass einer wie der andere auf seine Art und Weise umwerfend aussieht. Die meisten stecken in knappsitzenden Jeans. Wow!!! Obenrum tragen einige sportliche Hemden der gerade angesagtesten Marken. Andere präsentieren ihre Muskeln in engen T-Shirts. Unbewusst mache ich mir von jedem einzelnen ein Bild, wie er denn wohl unter dem Stoff aussehen wird. Ohne Frage sind alle gewachst oder zumindest rasiert. Das versteht sich in der heutigen Zeit von selbst. Ganz zum Schluss betritt noch ein eher unscheinbares Mädchen mit einem kurzen karierten Rock und einem weißen Lackbandeau, welches vorn gehakt wird, die Diele. Sie ist hübsch. Ihre blonden langen Haare hat sie zu einem Pferdeschwanz gebunden und ihre langen weiß bestrumpften Beine stecken in schwarzen flachen Lackschnürschuhen. Ich schätze sie auf Ende zwanzig, während die Männer im Durchschnitt bestimmt Mitte vierzig sind. Auf den ersten Blick ist nicht genau zu erkennen, zu wem die junge Dame gehört, doch dass sie zu einem der Männer gehört, kann man an ihrem roten Lackhalsband unschwer erkennen. Eric kommt nun auf mich zu und flüstert mir ins Ohr „Du wirst dich gehorsam zeigen! Den ganzen Abend. Enttäusche mich nicht!" Sachte aber bestimmt führt er mich die letzten Stufen hinunter und stellt mich nun den anderen vor - als seine ‚Herausforderung'. Ich weiß nicht, ob ich darüber lachen oder sauer sein sollte. Ich entscheide mich, darauf stolz zu sein, denn einfach wollte ich es ihm nie machen. Einfach ist gleich langweilig. Und ich möchte auf keinen Fall, dass Eric sich mit mir langweilt. Umgedreht sehe ich es übrigens genauso.

Eric nennt mir zu jedem, der mir die Hand gibt, den Namen, doch ich bin keine, die sich so etwas gut merken kann, dafür bin ich viel zu abgelenkt vom eindrucksvollen Erscheinen jedes Einzelnen. Ich schaue jedem wenigstens kurz in die Augen, aus reiner Höflichkeit, und um erste Eindrücke zu erhaschen, mit wem ich es heute zu tun habe. Außerdem ist Eric mein Herr! Und nur er! Deswegen gebe ich mich den Besuchern gegenüber zwar vorerst zurückhaltend, aber nicht zu devot. Mir schwirrt der Kopf und meine Hände sind feucht. Ich fürchte allerdings nicht nur meine Hände, denn die Komplimente, welche mir gelten sollen, richten sie ohne Ausnahme und natürlich ohne den Jargon zu überdenken an Eric, welcher dazu stets nur schmunzelnd nickt. Ich verstehe zwar nur Fetzen von dem, was sie sagen, doch Worte wie „heiß", „richtig scharf", „lecker" und „mal borgen" sind noch die harmlosesten Ausdrücke, die deutlich herauszuhören sind. Ich habe damit kein Problem, doch als der Satz fällt „...und sie riecht nach Sex, deine kleine Schlampe.", werde ich augenblicklich feuerrot und räuspere mich empört, woraufhin Eric mich angrinst und schadenfrohe Blicke zuwirft. Ich funkele wütend zurück, was ich auf der Stelle bereue, als ich sehe, wie Eric seine Hand in die Hosentasche schiebt und sich wieder seinem Gesprächspartner zuwendet. Nein!!! Eric bitte nicht!!! Doch zu spät. Ein spitzer Schrei verlässt meine Lippen, die ich daraufhin sofort fest zusammenpresse, genau wie meine Schenkel. Alle Köpfe fliegen natürlich sofort zu mir herum und ich wünsche mir ein Loch, das sich auftut, um darin versinken zu können. In meinem Schoß wird das Vibrieren immer stärker und mein Wimmern immer lauter. „Was hat sie denn?", fragen einige besorgt. „Sehr undiszipliniert!", echauffieren sich wieder andere. Flehend versuche ich, Erics Blick zu erhaschen, doch dieser ignoriert mich komplett. Fragend schaue ich in die Runde, zucke mit den Schultern, als wüsste ich gar nicht, was los ist. Nach einer Weile hat sich meine Möse langsam an das Klopfen gewöhnt und ich versuche, wieder etwas kontrollierter zu atmen, mich zu entspannen. Plötzlich hört das Vibrieren auf. Als sich unsere Blicke treffen, signalisiere ich Eric meine Dankbarkeit.

Das Mädchen; trotz ihres Alters ist die Bezeichnung ‚Frau' bei ihr unpassend und bestimmt auch nicht gewollt; steht nach wie vor, die Hände auf den Rücken verschränkt, mit links- rechtsdrehenden Bewegungen schüchtern in der

Diele und schaut sich scheu um. Mir fällt sofort auf, dass das gespielt ist, denn ihre Augen zeugen von Intelligenz und Selbstbewusstsein. Plötzlich tritt einer der Männer, ein riesiger Kerl ohne Haare, hinter sie und schiebt sie, für meine Begriffe, etwas zu unsanft in meine Richtung. „Das ist Tatjana.", stellt er sie mir vor, und zu ihr gebeugt, wie zu einer ungezogenen Siebenjährigen „Los, begrüße Chris höflich!" Ich bin zwar der Meinung, sie wäre von selbst darauf gekommen, doch dann fällt mir ein, dass er ihr vielleicht Redeverbot auferlegt hat. Sie gibt mir mit gesenktem Kopf die Hand und flüstert ein kaum hörbares „Guten Abend", bevor sie doch tatsächlich vor mir einen Knicks macht. Ehe ich mich von meinem Entsetzen erholt habe und etwas zu ihr sagen kann, schiebt sie der Hüne schon wieder beiseite.

„Okay Jungs, ich merke, eure Erwartungen an den heutigen Abend sind ziemlich hoch. Ich werde mal sehen, was sich machen lässt", erhebt Eric nun die Stimme, um die debattierende Schar zu übertönen. „Ich schlage vor, wir gehen erst einmal in das Kaminzimmer, ja ich habe schon angeheizt und nicht nur den Kamin." Ein kurzes Zwinkern und gefolgt von acht durstigen Kehlen steuert Eric die Bar an. Ich schleiche mich mehr oder weniger in die Küche, um das Essen in den Backofen zu schieben, den Eric zum Glück mit bedacht hat, als es ums Anheizen ging. Die Lammspieße und die Hackfleischbällchen sind schon gebraten, sodass sie dann am Ende nur noch mal kurz erwärmt werden müssen. Da ich immer noch nicht weiß, wo das Ganze serviert werden soll, begebe ich mich ebenfalls zu den anderen ins Kaminzimmer, wo schon reichlich Bier fließt. Die Kleine; ich nenn' sie jetzt einfach mal so, obwohl sie gut einen Kopf größer ist als ich; haben sich die Jungs auf den Tresen gepackt, so hat jeder einen optimalen Blick auf ihren unbeslipten Schoß, denn der Rock ist zu kurz, als dass er ihn hätte verdecken können. Das will auch keiner, nicht einmal sie selbst. Ab und zu berührt sie der Hüne, indem er einen Finger in ihre nasse Spalte schiebt, ihn wieder herauszieht und damit seinen Whisky umrührt, bevor er seinen Finger genüsslich ableckt. „Mmmh, so mag ich den guten, alten ‚Black art' am liebsten! Cremig und nach dem Saft einer Frau schmeckend." Sofort hat er den Neid auf seiner Seite „Eh du Genießer, wir wollen auch mal kosten!" Aber die Geste wiederholend schmatzt er nur „Dann bringt euch ein Weib mit. Bei meiner gilt ‚Gucken, aber nicht anfassen'! Merkt es euch gut!" Ich denke, das Risiko geht keiner ein, sich mit einem muskelbepackten Eins-Neunzig-Mann anzulegen. Ich geselle mich zu der lüsternen Runde, erkläre Eric kurz, dass wir in einer halben Stunde ungefähr essen können und nehme mir ein Bier. Alle trinken Bier, sogar Tatjana, wenn sie auch kein eigenes hat, sondern hin und wieder aus Kojaks Flasche ein wenig eingeflößt bekommt, woraufhin er sie jedes Mal abschleckt und ihr die Zunge tief in den Hals steckt. Der Rest unterhält sich angeregt über den neuen Club in der Stadt, lacht über erlebte Sexpannen oder diskutiert die gesunde Häufigkeit des Onanierens bzw. das Für und Wider von Penisringen. Da stellt sich mir doch die Frage, ob sie auch noch andere Interessen haben. Aber mir gefällt ihre Art, sich offen über solche Dinge zu unterhalten, als ginge es um die Wochenendangebote eines Discounters. Plötzlich wendet sich ein großer Blonder mitten im Gespräch an mich „Na Süße, wie hältst du das mit dem Masturbieren?", fragt er so laut, dass sich augenblicklich die Aufmerksamkeit aller Anwesenden auf mich konzentriert und obwohl die Frage mir galt, ist sein Blick eindeutig forschend auf Eric gerichtet. Dieser fängt den Blick auf, zieht die Schultern hoch und verdreht die Augen, bevor er kopfschüttelnderweise Stoßgebete zum Himmel schickt. Ich werde feuerrot und um Zeit zu schinden, trinke ich schnell noch einen Schluck von dem Bier, woraufhin ich mich mächtig daran verschlucke. Hustend und prustend eile ich hinaus. Eric folgt mir besorgt „Was hast du denn?", und klopft mir zwischen die Schulterblätter, woraufhin der Husten nachlässt. „Warum fragt er mich so etwas und schaut noch dazu permanent zu dir anstatt zu mir? Was hast du ihm erzählt?", fahre ich ihn an. Kurz legt er seine Hand beruhigend auf meinen Arm „Er kennt eben meine Vorlieben und Erziehungsmethoden. Ein Masturbations- bzw. Orgasmusverbot ist nun einmal das einzige Mittel, um Gehorsamkeit zu lehren. Ich denke, er vermutet, dass du es schlecht einhalten kannst und in dieser Sache noch Nachhilfe brauchst. Sein Interesse gilt nur dem Erfolg." Sein Griff wird fester und mit dunkler Stimme droht er nun „Sei einfach ehrlich zu ihm. Du hast nichts zu verheimlichen vor meinen Freunden. Ist das klar? Und ich will, dass du heute Abend gehorsam bist und ohne Widerworte alles machst, was ich dir sage. Es wäre doch schade, wenn du als Einzige nicht kommen darfst." Was hat er geplant? Erschrocken schaue ich Eric an „Ja mein Herr." Dieser scheint zufrieden, haucht mir zart einen Kuss unters Ohr, wo ich besonders sensibel bin und grinst mich an „Keine Angst, du kriegst das hin. Da bin ich mir sicher." Und verdammt, er hat Recht. Für meine Lust tue ich alles, das lässt sich nicht leugnen. Wieder zurück im Kaminzimmer schauen mich acht Augenpaare erwartungsvoll an. Am liebsten würde ich jetzt davon rennen. Doch Eric hat sich vorausschauend dicht hinter mir postiert. „Nun, was ist? Bekomme ich jetzt endlich meine Antwort? Lange genug Zeit dafür hattest du ja. Wir sind alle gespannt, wie oft du es dir selbst besorgst.", um Zustimmung zu erhalten, schaut er in die Runde, und ein kollegiales eifriges Nicken ist die Antwort. Ich rufe mir in Erinnerung, wie sie vorhin miteinander sprachen, und versuche, die Frage nicht mehr als Einschüchterung zu sehen, sondern als echtes Interesse. Übertrieben cool schlendere ich also zum Tresen, setze mich auf einen Barhocker, sodass jeder eine gute Sicht zwischen meine Schenkel hat und trinke noch einen Schluck, bevor ich zum Reden ansetze. „Also Leute, ich sag's euch ganz ehrlich, ich brauche es täglich, manchmal sogar mehrmals am Tag. Allerdings verweigert mir Eric gerne mal das Finale." Raunen und anerkennendes Murmeln wird laut, bei dem ich nicht einordnen kann, wem dies gilt. Mir oder Eric. Dieser strafft die Schultern und streicht sich zufrieden übers Kinn. Für mich ein Anlass, um fortzufahren. „Naja..., also er versucht es zumindest." Erics akute Schnappatmung macht deutlich, dass er sich in seiner Ehre ein wenig verletzt fühlt, deshalb füge ich schnell noch hinzu „Wir kennen uns aber auch noch nicht einmal eine Woche. Ich werde wohl auch noch etwas an mir arbeiten müssen." Lautes Gelächter erfüllt den Raum, nur Eric wirft mir böse Blicke zu, während ich ihm zuzwinkere. „Ich meine natürlich, um mehr Disziplin zu erlangen." Damit scheint jeder zufrieden, und Phil, der Fragesteller, von dem mir jetzt auch wieder der Name einfällt, ist schon wieder in ein neues Gespräch verwickelt. Duke, so rufen sie den Glatzkopf (ich nenne ihn weiter Kojak), beschäftigt sich wieder intensiv mit Tatjanas rosiger Mitte, bevor beide verschwinden. Ein kleinerer mit längeren graumelierten Haaren aber durchaus, oder gerade deswegen, interessanter Typ, gesellt sich zu mir, hält seine Bierflasche gegen meine und prostet mir kumpelhaft zu. „Hi. Ben.", stellt er sich nochmals vor. „Chris. Hi.", antworte ich überflüssigerweise, da er ja längst weiß, wie ich heiße. Wissend nickt er, kneift die Augen und kommt so nahe, dass ich seinen erregten Atem an meiner Wange spüre. Er zittert regelrecht. „Soso, du brauchst es also öfters? Vielleicht könnte ich dir helfen?", kommt er ohne Umschweife zur Sache. Tief sauge ich die Luft ein. Was soll das denn werden? Ich denke, er ist ein Freund von Eric? Toller Freund. Empört schaue ich ihn an und suche den Raum nach Eric ab. Dieser steht immer noch im Türrahmen, den Blick auf mich gerichtet. Plötzlich dreht er sich um und verlässt das Kaminzimmer. Ich will ihm hinterhergehen, doch der andere bleibt hartnäckig und hält mich plötzlich derb am Arm fest. „Es ist nicht höflich, mitten im Gespräch davonzulaufen!" Abrupt halte ich inne „Aber es ist höflich, dem

Freund die Frau auszuspannen? Ich glaub es ja wohl nicht!" Nun sieht er mich eindringlich an. „Ich will doch nur ab und zu Sex mit dir. Du kannst doch bei ihm bleiben. Stell dich nicht so an. Du willst es doch auch." Ha! Also jetzt werde ich richtig sauer und laut. „Sag mal, was denkst du eigentlich? Eric ist mein Herr und dein Freund, und nur weil ich gerne Sex habe, aber Eric mir manchmal den Höhepunkt verweigert, scheiß' ich mich doch nicht gleich den nächstbesten an den Hals?" Ich schaue mich erschrocken um, doch keiner scheint Notiz von meinem Zorn zu nehmen, noch nicht einmal Eric, denn er ist noch nicht wieder zurück. Der Typ scheint die Gunst der Stunde genutzt zu haben, um mich so plump anzumachen. Ich reiße mich los und eile in die Küche, wo ich Eric vermute. Und genau da finde ich ihn auch im Gespräch mit Kojak. Beide verstummen augenblicklich, als ich eintrete, und Kojak meint „Gut, ich werde mich darum kümmern." Ich versuche, meine Aufregung zu verbergen, denn ich will dann doch nicht die Freundschaft von beiden auf dem Gewissen haben, indem ich Eric von den Absichten Bens erzähle. Und ich meine, so schlimm war es ja nun auch nicht. Ich mag es, wenn Männer nicht um den heißen Brei herumreden. „Alles gut?", fragt Eric aber prompt. „Ja, na klar, ich habe alles im Griff. Komm, lass uns das Essen servieren, die Jungs sind hungrig.", sage ich stattdessen. „Aha?", seine Frage klingt irgendwie wissend. War die Anmache von Ben nur ein Test? Eric hat das Kaminzimmer verlassen, als Ben begann mich anzumachen. Vielleicht, um meine Antwort nicht zu verfälschen. Irre. Doch noch bevor ich mir weiter Gedanken darüber machen kann, kommt Tatjana in die Küche und ich bin erleichtert, meine Bemerkung nicht weiter erläutern zu müssen. „Wo wollen wir denn nun Essen? Da kann ich doch schon mal den Tisch eindecken." Eric scheint kurz zu überlegen, während er Tatjana einen intensiven Blick zuwirft und sich dann an mich wendet „Weißt du, schau doch erst einmal, ob alle ein Getränk haben. Nichts ist schlimmer als

durstige Gäste. Ich habe einen Ruf zu verlieren.", lacht er laut, doch ich spüre, dass er mich nur loswerden will. Was hat er vor? Was ist mit dieser Tatjana?
Okay, denke ich, einen Drink könnte ich jetzt auf jeden Fall auch gebrauchen und gehe wieder nach nebenan. Natürlich hatten sich inzwischen alle selbst bedient, wie zuvor auch schon. Umso merkwürdiger, dass Eric mich gerade mit dieser Bitte aus der Küche geschickt hat. Ich finde, dies ist der perfekte Zeitpunkt, mir auch einen Whisky zu gönnen. Mit meinem Glas in der Hand steuere ich die auf die kleine Gruppe zu, welche sich auf den weichen Polstern der beiden Sofas bequem gemacht hat und angeregt über die nötig, oder nicht nötig gewesenen Brustvergrößerungen einiger Topmodels debattiert. Ich setze mich wieder neben Ben und höre aufmerksam zu. Zu meinem Erstaunen muss ich feststellen, dass, entgegen der weitverbreiteten Meinung, die meisten Männer gar keine übertrieben üppige Oberweite bevorzugen. Wenn man die Gesten beobachtet, womit ihre Hände die optimale Größe eines imaginären Busens formen, wundert man sich, dass diese maximal das Ausmaß eines Handballs darstellt. Das beruhigt mich, denn auch ich bin von Mutter Natur nicht übermäßig bestückt worden. Aber ich finde auch nicht, dass es zu wenig ist. Wie nennt man es landläufig bei uns? ‚ne Hand voll'. Ben beugt sich zu mir herüber und guckt mir ungeniert in den Ausschnitt. „Na das sieht doch ganz ordentlich aus." Er hält beide Hände an mein Korsett, und ich weiß nicht so richtig, wie ich reagieren soll. Auf der einen Seite präsentiert mich Eric vor seinen ganzen Kumpels so freizügig, dass kaum etwas von meiner Scham bedeckt wird. Auf der anderen Seite, darf mir keiner zu nahe kommen. Wobei... das hat er nicht ausdrücklich gesagt. Im Gegenteil hat er nicht sogar gemeint, seine Freunde würden sich um mich kümmern, wenn ich komme. In dem Moment wird mir bewusst, dass die Sache noch nicht ausgestanden ist. Was soll's? Ich will mich auch amüsieren und lasse zu, dass Ben meine Brüste

heraushebt und sie wie eine Trophäe hochhält. „Hört auf, zu diskutieren! So müssen sie aussehen!", ruft er in die Runde, und von allen Seiten erhält er Bestätigungsbekundungen. Sofort richten sich meine Nippel auf, es ist mir doch etwas unangenehm, obwohl es mich wiederum auch sehr erregt. Sssss ... Wie ein geölter Blitz schieße ich nach oben, die Lippen fest aufeinandergepresst, um nicht aufzuschreien. Eric. Er hat den Vibrator an meinem Hügel wieder angemacht. Erschrocken schaue ich mich um, denn das Summen ist laut und deutlich zu hören. Wo ist Eric? Hat er gesehen, was Ben mit meinen Brüsten getan hat? Sicherlich. „Setz' dich wieder hin! Du gewöhnst dich dran.", Ben weiß natürlich, wovon er redet, und auch sonst scheint es keinem im Raum sonderlich zu verwundern, dass meine Möse summt. Einige schauen zwar sehr lechzend auf meinen Schoß, aber keiner wagt, mich anzufassen. Außer Ben natürlich. „Eric, du kannst den Vibrator wieder ausschalten. Ich kann Chris auch zum Vibrieren bringen.", grölt er durch den Raum. Der Alkohol hat ihn noch mutiger gemacht, und ich muss sagen, seine verdammt dreiste Art imponiert mir. Meine Augen scannen den Raum, doch ich kann Eric weit und breit nicht sehen. Also setze ich mich wieder auf die Couch, schließlich hat er mich vorhin aus der Küche verwiesen. Wenn er meint, er kann allein das Essen servieren, bitteschön! Kann sich ja von Tatjana helfen lassen. Ich grinse Ben an, o ja, auch bei mir wirkt der Whisky langsam. „Hast du dir's noch mal überlegt? Könntest du dir vorstellen, Sex mit mir zu haben?", fragt dieser, als wolle er wissen, ob er mir was von der Tanke mitbringen soll. „Hmmm, ich glaub, ich denke mal drüber nach.", entgegne ich in genau dem gleichgültigen Tonfall, wie er. Nicht, dass ich ernsthaft darüber nachdenken will, aber ich würde ihn gerne etwas zappeln lassen und außerdem verspüre ich plötzlich große Lust, ein wenig mit dem Feuer zu spielen. Das Vibrieren hört auf und ich kann mich wieder auf meine Umgebung konzentrieren. Ab und zu spüre ich heiße Blicke auf meiner Mitte. Einige Typen haben die Hand am Schritt und massieren sich schamlos. Ich bin davon so gefesselt, dass ich nicht merke, wie ich mich selbst berühre. Erst als ich derb am Arm von meinem Sitz gezerrt werde, wird mir bewusst, dass ich bereits sehr feucht bin und der Saft auf meinen Fingern glänzt. „Du kannst es einfach nicht lassen, oder?" Eric packt mich am Arm. „Komm mit!" Einen Finger in den Ring an meinem Halsband steckend, zieht er mich mit sich. „Wozu hast du das um?" Ich zögere nicht mit der Antwort „Damit jeder sieht, zu wem ich gehöre?" „Ganz richtig. Und da du mir gehörst, lässt du dir nicht von anderen an den Brüsten herumspielen, geschweige denn masturbierst du, ohne, dass ich es ausdrücklich verlangt habe, vor meinen Freunden!" Ich merke an seiner Stimme, dass Eric nicht wirklich wütend ist, und ich bekomme immer mehr den Eindruck, dass dies alles bis ins Detail geplant ist, deswegen sage ich nur gehorsam „Mein Herr, das war falsch von mir. Es wird nicht wieder vorkommen. Ich bitte um eine angemessene Bestrafung." Klick. Im nächsten Moment sehe ich mich an einer Leine hinter Eric herlaufen. Er zerrt mich unsanft durch die Halle. Scheinbar will er mich doch für mein kleines unbedeutendes Geplänkel mit Ben bestrafen. Eric öffnet eine Tür und schiebt mich hinein in einen Raum, den ich als den wiedererkenne, wohin ich geraten bin, als ich vor kurzem auf der Suche nach Wein war. Eric schließt hinter uns die Tür und beginnt sofort mein Korsett aufzuhaken, welches er dann achtlos zu Boden fallen lässt. Plötzlich ganz nackt, bis auf den Vibro-String, stellen sich meine Brustwarzen erneut gierig auf und werden hart. Eric nimmt beide abwechselnd zwischen die Zähne und beißt hinein, sodass ich die Luft scharf einsaugen muss. Mein Stöhnen erfüllt den Raum und die Feuchtigkeit rinnt bereits an meinen Schenkeln hinab. „Gefällt dir das? Du kannst gleich mehr davon haben." Eric dreht sich um und befördert aus einer Schublade das hübsche Set Klemmen hervor, welches er am Tag zuvor gekauft hatte. Bei der Vorahnung, wie diese sich anfühlen mögen, krampft sich mein Innerstes vor Erregung zusammen. Ein kurzes Quieken und schon hängen an meinen Nippeln zwei schwarze Quasten. Es ist als würden meine Warzen von tausend kleinen Nadeln perforiert und das Gewicht zieht sie nach unten. Ein Schmerz, der sofort in mein Lustzentrum eindringt. Eric entfernt die Leine und zieht mich nun an den Klemmen zu dem großen runden Tisch, was den Schmerz noch intensiviert. Ich presse meine Lippen fest aufeinander, um nicht los zuschreien. „Drauflegen!" Brav gehorche ich und Eric fixiert meine Arme und meine Beine in den Schlaufen. Jetzt wird mir klar, wofür der Tisch ist. „Aber Eric, das Essen ist doch fertig." Er wird doch die Gäste nicht warten lassen. „Ab jetzt sagst du kein Wort mehr, es sei denn, ich befehle es dir." Nach diesen Worten verlässt Eric wieder den Raum. Was soll das denn? Ich liege hier auf einem riesigen Tisch, kann mich nicht bewegen und die anderen haben ihren Spaß. Ahhh, huuuu... es zuckt in meiner Mitte. Eric hat den Schmetterling wieder angemacht. Oh Gott, das muss die höchste Stufe sein. Starkes Klopfen auf meiner Perle lässt mich stöhnen, und ich habe große Mühe, dass ja kein Wort meine Lippen verlässt. Kurze Zeit später geht die Tür wieder auf und Eric betritt zusammen mit Tatjana und jeder Menge Tabletts den Raum. Sie stellen alles auf den Boden, denn sie müssen mich ja erst einmal befreien, damit sie die Sachen auf dem Tisch platzieren können. Doch Moment, was wird das denn jetzt? Eric entfernt mir nur den Slip, indem er ihn einfach mit einer Schere durchschneidet, während Tatjana beginnt, meinen Körper mit Salatblättern, zu dekorieren. Ich winde mich hin und her, und plötzlich entweicht mir beinahe ein Fluch, was Eric natürlich sofort bemerkt und mir auf der Stelle einen Knebel in den Mund schiebt. „Besser ist besser", meint er nur, als er meinen Kopf etwas anhebt und den kleinen Verschluss in meinem Nacken klicken lässt. „Nur zu deinem Schutz.", säuselt er noch, bevor seine donnernde Stimme über mich hereinbricht „Und halt jetzt gefälligst still, verdammt noch mal! Wehe, es fällt auch nur ein Stück herunter. Dann gnade dir Gott, Schlampe!" Sein barscher Ton lässt meine Mitte erzittern, und ich spüre meine Feuchtigkeit zwischen den Schenkeln unaufhörlich mehr werden. Da Eric das Wort ‚Sklavin' benutzt, höre ich auch sofort auf, zu protestieren, da ich weiß, dass es zur Session gehört. Eric würde mich außerhalb eines Spiels niemals Schlampe nennen.

Nach und nach drapieren Eric und Tatjana die leckeren gebratenen Sachen auf den Salatblättern. Auf meinen Brüsten tummeln sich zwischen den Quasten die Chicken-Wings, meinen Bauch zieren die leckeren Lammspieße, und zwischen meinen Schenkeln findet man eine Auswahl Maiskolben in verschiedenen Größen mit Kräuterbutter überzogen, und nicht nur damit. Die Hackfleischbällchen stehen Spalier an meinen Beininnenseiten hinunter bis hin zu den Knöcheln. Die Spareribs, entlang meiner Lenden aufgeschichtet, sehen aus wie Zäune. Der restliche freie Platz auf dem Tisch bzw. um meinen Körper herum wird mit Kartoffelspalten ausgefüllt. Alles fühlt sich sehr angenehm an. Die kalten Salatblätter werden allmählich mit der Wärme des Gebratenen durchtränkt. Der herzhafte Geruch mischt sich mit dem süßlichen Duft meiner Lust. Zum Glück habe ich reichlich heraus genascht, deshalb fällt es mir jetzt nicht so schwer, zusehen zu müssen, wenn alle anderen sich an den Speisen laben, denn danach sieht es aus, wenn ich das alles richtig interpretiere.

Als alles schön auf mir dekoriert ist verschwinden Eric und Tatjana wieder. Beim Hinausgehen lässt Eric es sich jedoch nicht nehmen, nochmals erhobenen Zeigefingers eine Warnung auszusprechen "Wehe du bewegst dich! Dann fällt die Strafe schlimmer aus, als du dir in deinen schlimmsten Träumen vorstellen kannst. Und ich meine das ernst! Nur für den Fall, dass du dich schon freuen wolltest", zwinkert mir zu und ist weg.

Minuten vergehen, als plötzlich die Tür wieder aufgeht und Eric, gefolgt von den anderen den Raum betritt. Sie stellen sich alle im Kreis um den Tisch herum auf. Erics Kumpels größtenteils von ihrer Kleidung befreit, tragen fast nur noch Pants aus Latex, Leder oder anderen glänzenden Materialien. Auch Strings mit Verzierungen oder raffiniert gearbeitete Boxershorts sind am Start. Zum Glück ist der Tisch niedrig genug, dass ich sie, selbst aus meiner starren Lage heraus, aus den Augenwinkeln sehen kann. Ich finde sofort, dass die Jungs entschieden leckerer sind, als das Essen auf mir. Tatjana kann ich nirgendwo entdecken, aber wenn ich ehrlich sein soll, vermisse ich sie keineswegs.

„Jungs, schön, dass ihr alle gekommen seid und unsere Gastfreundschaft genießt. Chris muss es damit natürlich wie immer übertreiben.", mit gespielter Empörung deutet Eric auf mich, woraufhin die Meute in lautes Gelächter ausbricht und vor Gier strotzend nickend zu mir herunter applaudiert. Dann spricht er den Toast aus. „Ich hoffe, ihr lasst es euch nun schmecken. Und denkt bitte daran – nur den Belag! Das Tablett …", dieses Wort setzt er eindringlich mit seinen beiden Zeige- und Mittelfingern zum besseren Verständnis nochmals in Anführungsstrichen. „…wird nicht berührt, auch wenn es noch so lecker ist und verführerisch duftet." Ein Raunen und Unmut bekennendes Murren geht reihum, und mir ist klar, dass Eric auf meine, von meinem Lustsaft besudelte, Möse anspielt. Während Erleichterung und Enttäuschung über soeben Gesagtes in mir noch einen erbitterten Kampf ausfechten, höre ich Erics grinsende Fortführung seiner Worte „Allerdings ist es euch gestattet, die Speisen in die würzige Marinade zu tunken. Für diejenigen, denen es noch nicht scharf genug ist.", jetzt grinst er schelmisch und jeder weiß, was er damit meint. Ja, auch ich. Waaas? Scheiße, hab ich das gerade richtig verstanden? Die dürfen mit den extrem gewürzten Spareribs und Chicken-Wings in meine zarte Möse eintauchen??? Toll, ich hab das Menü auch noch selbst zusammengestellt. Mit

Mühe und Not kann ich gerade noch so verhindern, dass ich mich rebellierend hin und her winde. Der Knebel macht einen verbalen Protest ebenso unmöglich, also reiße ich nur erschrocken meine Augen auf und tue meinen Unwillen mit erstickten Lauten kund, in der Hoffnung, Eric überdenkt die Sache nochmals. Doch sein Grinsen wird nur noch breiter. „Du wolltest es doch extra scharf. Also heize den Jungs mal richtig ein, und du wirst sehen, das Gleiche machen sie mit dir!", und nur zu ihnen gewandt „Guten Appetit meine Herren!" Kurz beugt er sich noch zu mir herunter und meint dann leise „So schlimm wird es nicht, glaub mir. Dir wird es gefallen, da bin ich mir sicher.", was mir allerdings noch schwerer fällt, zu glauben, als er den Jungs jedem eine Serviette in die Hand drückt mit den Worten „Nehmt die lieber, es kann ziemlich unangenehm brennen, wenn ihr euch danach anfasst!" Die Meute tobt, bekundet laut lachend ihr Verständnis. „Eric weiß, wovon er spricht, also Jungs, lasst uns anfangen! Ich habe einen Bärenhunger!" ruft einer mit halblangen dunkelblonden Haaren, den sie Jay nennen, und der seine Sonnenbrille als Haarreifen benutzt. Auch er erntet Gelächter und Beifallsrufe. Angespornt legt dieser dann auch gleich los und nimmt sich einen von den Hühnerflügeln, betrachtet ihn intensiv, bevor er feststellt „Naja, sieht ja lecker aus und auch schön scharf, allerdings etwas trocken. Was meint ihr?", sein Blick in die Runde giert nach Zustimmung, welche er auch sofort von allen Seiten erhält. War ja klar. „Na da wollen wir das doch mal ändern.", ruft er laut und tunkt auch schon das scharfe Geflügelteil in meine Spalte, welche mittlerweile natürlich zum blanken Saucentopf mutiert ist. Meine Mitte ist bereits so nass, allein durch die Vorstellung, was mit mir hier passiert. Auch, oder gerade weil die Angst vor dem brennenden Chili eine nicht unerhebliche Rolle dabei spielt. Das warme Fleisch zwischen meinen Beinen und das Gefühl, völlig entblößt und machtlos gegenüber dem zu sein, was die Männer hier mit mir tun werden, lässt mich sanft vibrieren und meinen Atem schneller werden. Noch ist es zwar erträglich, doch langsam spüre ich, wie die Temperatur meiner Schamlippen und der Feuchtigkeit, die sie umgibt, immer mehr ansteigt. Durch die scharfe Sauce wird die empfindliche Haut mehr durchblutet und macht sie dadurch noch sensibler. Ein heißes Brennen breitet sich überall in meinem Schoß aus. Als ein zweiter Typ sein knuspriges Hackfleischbällchen über meinen Hügel schiebt, würde ich am liebsten los schreien, doch ich besinne mich des Knebels, spare mir die Mühe und ruf mir ins Gedächtnis, was Eric immer predigt. Gib dich dem Schmerz hin, verwandle ihn in Lust! Mach ihn dir zum Nutzen!

Beim Nächsten, ich nehme an, er hat sich für Spareribs entschieden; die extreme Schärfe lässt es vermuten; hole ich tief Luft und stelle mir vor, welch interessantes Bild sich den Besuchern bietet. Meine Möse, triefend vor Geilheit, meine Nässe rot-orange gefärbt von der Chilisauce. Ich schließe die Augen und genieße meine Situation, denn auch für diese Herren ist es eine Herausforderung. Nur gucken, nicht anfassen! Gar nicht so leicht für diese Doms, die sich immer alles erlauben dürfen. Die kühlen Salatblätter wurden gleich zu anfangs gekonnt entfernt, um die Sicht auf meinen, vor Erregung zitternden Schoß freizulegen. Ein Grund mehr für den ein oder anderen, sich zwischenzeitlich kräftig über seine Erektion zu streichen. Immer wieder fährt jemand mit seinem Essen; die Finger selbst sind ja tabu; über meinen leuchtenden Hügel. Ab und zu wandern auch Lammspieße über meinen Körper, umrunden meine Brüste, während die spitzen Enden manchmal in meine ohnehin schon gereizte Haut piksen. Ich vergehe beinahe vor Lust und wimmere hinter meinem Knebel. Ich hätte Eric vorher vielleicht fragen sollen, ob ich kommen darf. Er hat es mir zwar nicht direkt verboten, doch in Anbetracht der fremden Typen, welche sich bis jetzt an mir erfreuen, wäre es sicher nicht in seinem Sinne, wenn ich mir, noch bevor er zum Zuge kommt, die Frechheit raus nehmen würde, einen

Orgasmus zu haben. Vielmehr denke ich, lässt Eric absichtlich zuerst die anderen vor, um meine Lust in die Höhe und mich somit an den Rand des Wahnsinns zu treiben. Wieder ein Test, wie weit ich mich unter Kontrolle habe. Und tatsächlich schaffe ich es, bis fast alles Essbare um mich herum den Weg um und in meine glühende Möse gefunden hat und schließlich aufgegessen wurde. Eine süße scharfe Qual, die es mir nicht leicht macht, darauf zu verzichten, mich den Genuss hinzugeben und mich einfach fallen zu lassen. Aber das Letzte, was ich will, ist, Eric zu blamieren. Ein Blick in seine Richtung ist Lohn genug für diese Pein, denn aus seinen Augen strahlt der blanke Stolz.

„Meine Herren, ich finde, wir haben Chris nun lange genug auf die Folter gespannt. Deshalb, denke ich, hat sie eine Belohnung verdient." Begeisterung macht die Runde, denn alle ahnen bereits, dass es auch ihr Schaden nicht sein soll. Eric nimmt sich noch einen Maiskolben und dreht sich weg. „Tatjana, wir wären dann soweit. Du kannst abräumen!" Diese macht sich eifrig daran, die Reste von meinem Körper zu pflücken und wegzubringen. Nachdem sie gegangen ist, tritt Eric wieder an den Tisch. Okay, jetzt macht er mich los und vögelt mich ordentlich im Nebenzimmer, während für die anderen die Vorstellung vorbei ist, mutmaße ich nun sogar ein wenig enttäuscht. Doch weit gefehlt.

„So meine Herren, ich gehe davon aus, dass alle satt sind." Ein Murmeln kommt auf, welches nicht nach Bestätigung klingt. Einige maulen sogar herum. „Eh', was soll das? Du hast uns erst Appetit gemacht. Soll das etwa schon alles gewesen sein?", oder ein anderer ruft: „Genau, wo bleibt der Nachtisch?" An ihren Mienen ist zu erkennen, dass auch sie jeden Satz einstudiert haben. Aber gut, ich freue mich ja über Erics gründliche Organisation. Dieser beschwichtigt nun auch sofort die Menge. „Jetzt seid doch mal ganz entspannt und geduldig, ihr Egoisten! Habt ihr vergessen, dass Chris noch gar nichts bekommen hat?"

Eric schnalzt mit der Zunge und fragt mich wie nebenbei „Du möchtest doch etwas, oder?" Als ich nur hilflos nicke, lacht Eric auf. „Natürlich, der Knebel!", und leise an mein Ohr flüstert er „Ich werde ihn dir jetzt abnehmen. Das Redeverbot gilt nach wie vor. Sei gehorsam!" Mit eisigen Augen sieht er mich eindringlich an, und ein heißer Schwall durchfährt mein Innerstes. „Ich finde, du solltest mit dem Mais beginnen." Die Runde schaut gespannt auf mich herab, als Eric den Knebel löst und meinen Mund auf der Stelle wieder mit den Maiskolben verschließt, ihn tief in meinen Mund steckt und wieder herauszieht und das Ganze einige Male wiederholt. „Na, findet ihr nicht auch, dass sie das hervorragend macht?" Wie von mir erwartet, saug' ich an den gelben Knubbeln entlang und es fühlt sich verdammt gut an. Ein Stöhnen erfüllt den Raum, denn jeder von den geilen Säcken stellt sich vor, der Mais wäre sein Kolben. Aus den Augenwinkeln heraus sehe ich, wie sie sich ihre Schwänze reiben, teilweise haben sie sich schon ihrer restlichen Kleidung entledigt, und ihre Ständer stehen im rechten Winkel von ihren Körpern steif in meine Richtung. Ein traumhafter Anblick, welcher mir ein tiefes Stöhnen entlockt, während ich genüsslich die Augen schließe und versuche, meine Atmung, in Griff zu kriegen. „Das ist doch das, was du immer wolltest. Nicht wahr, du kleine miese Schlampe?" Bei diesen Worten zuckt es gefährlich in meinem Schoß, und ich spüre, wie die Geilheit bereits aus mir heraustropft. Ich zerbeiße beinahe den Maiskolben, als Eric beginnt an meinen Quasten zu ziehen. Der Schmerz wird direkt an meine Scheidenmuskeln weitergegeben, welche sich auf der Stelle lustvoll zusammenziehen. Ich kann ein Aufbäumen meines Körpers nicht verhindern. „Kann es sein, dass du unverschämt geil bist und noch dazu die Dreistigkeit besitzt, dies hier vor allen zu zeigen?" Obwohl Eric es nur geflüstert hat, konnte jeder im Raum seine Worte verstehen. „Ja los, fick sie endlich, oder soll ich es tun? Mein Schwanz wäre mehr als bereit." So oder so ähnlich klingt es jetzt von jeder Seite, nachdem es kurz vorher noch mucksmäuschenstill war im Raum. Eric lässt sich von den gierigen Jungs nicht beirren und zieht seine Show weiter durch, indem er etwas lauter fragt „Du kannst nur hoffen, dass du bereits ordentlich nass bist, wenn du dich hier schon so aufbäumst, sonst muss ich ihn in deine trockene Fotze stecken." Daraufhin nimmt er den Mais aus meinen Mund und steckt ihn mir geradewegs in meine heiße Schlucht, um ihn sofort wieder herauszuziehen, das mir nach einem schreierstickten „ Ahh!", gleich darauf ein bedauerndes „Ooor!" entweicht. Obwohl das Pfatschen nicht zu überhören ist, hält Eric den Kolben in die Luft und betrachtet ihn intensiv, wie einen Ölmessstab beim Auto, ohne jegliche Leidenschaft. Diese wäre hier allerdings auch fehl am Platz, bei so viel Zuschauern. Leidenschaft bedarf Intimität.

„Hmm, ich glaube, du bist bereit.", murmelt Eric, nachdem er selbst von dem klitschigen Maiskolben probiert und ihn mir daraufhin erneut eingeführt hat. Jetzt knöpft er langsam und aufreizend die letzten Knöpfe seines Hemdes auf, welches er als einziger noch anhat und wirft es dann über mein Gesicht. Heftig protestierend winde ich den Kopf hin und her. „Schluss damit!", herrscht er mich sofort an. Ich höre ein Klicken und weiß, dass er sich nun auch seiner Jeans entledigt hat. Der Kolben steckt immer noch in mir, als Eric plötzlich hinter meinen Kopf tritt, das Hemd herunterzieht und mit seinem Schwanz auf die Stirn klopft. „Mach den Mund auf, du Hure!" Brav tue ich, was mir befohlen und schon versenkt Eric seinen harten Ständer tief in meinem Mund. Kurz muss ich würgen, doch sofort besinne ich mich darauf, durch die Nase zu atmen, und genieße diese pralle Fülle, die in mir rein und raus gleitet. „Ja, schluck' ihn tief, du Schlampe!", ruft Eric aus, doch bereits nach kurzer Zeit spüre ich, wie sein Teil fast zu platzen droht. Seine Eier, die eben noch an meine Stirn klatschten, sind nicht mehr so voll, wie zuvor und ich schmecke bereits die ersten Tropfen seiner Lust auf meiner Zunge. Eric entfernt sich aus mir und platziert sich wieder zu meinen Füßen. Nachdem er den Maiskolben aus mir herausgezogen hat, hält er ihn theatralisch an seine Nase und stöhnt. „Hmm, wer möchte dieses köstliche Gemüse haben?", fragt er in die Rund und natürlich ist jeder gierig danach. „Hier Phil, so sieht's aus, wenn sie sich selbst Dinge hineinsteckt." Lachend überreicht Eric ihm den triefenden Kolben. Phil ist megastolz auf seine Errungenschaft, und beginnt sofort lasziv daran herum zu lecken. Wow! Glühend heiß durchfährt es mich und meine Mitte pulsiert. Ein Blick auf die schwanzschwingende Meute macht es nur noch schlimmer. Das Wimmern und Stöhnen wird lauter, und begleitet mit Anfeuerungsrufen setzen sie Eric nun mächtig unter Druck. Dieser schaut in die Runde, während er seine Finger in mich eintaucht. „Ben, stell dich hinter ihren Kopf!", weist Eric den Benannten an. Dieser kann sein Glück kaum fassen und eilt auf mich zu, seinen harten Schwanz nicht aus der Hand lassend. Eric krabbelt unterdessen mit zu mir auf den Tisch und die Zuschauer klatschen und grölen, als er sich in die Liegestützposition bringt und mit Leichtigkeit in mich hinein gleitet. Ich vergehe fast vor Lust und bekomme kaum mit, wie Eric alle einlädt, näher an den Tisch zu kommen. „Wir wollen doch nicht, dass hinterher jemand ausrutscht!", presst er lachend und schwer atmend hervor, während er mich mit quälend langsamen Stößen penetriert. Mein Versuch, die Augen offen zu halten gelingt mir nur schwer und auch nur ganz kurz, doch es reicht, um einen Blick auf die Schwänze zu erhaschen, welche jetzt ganz dicht über meinem Körper heftig massiert werden. Eine meiner schönsten Masturbationsphantasien ist wahr geworden. Nie im Leben hätte ich gedacht, dass mir irgendwann dieser Traum erfüllt wird. Ich versinke in meiner Erregung und spüre wie sich ein heftiger Höhepunkt langsam und kribbelnd, den Weg von meinen Zehen über meinen ganzen Körper hinweg ausbreiten will. Kurz bevor er im Hirn ankommt entfernt sich Eric aus mir, und ich reiße fragend die Augen auf. „Die anderen sehen doch gar nichts.", keucht er entschuldigend, doch ich weiß, auch das war geplant. Mir den Höhepunkt im letzten Moment zu verweigern, tut Eric gerne und öfters. Jetzt kniet er sich zwischen meine Beine und lockert etwas die Fixierung an meinen Knöcheln, damit ich etwas mehr Spielraum habe. Indem er meine Pobacken anhebt, schiebt er sich nun unter mich, sodass sein steifer Schwanz, dessen Adern bereits dick hervorquellen, genau vor meiner pochenden Möse platziert ist. Diese zuckt heftig bei der Erkenntnis, dass nun, durch die erhöhte Position, sechzehn Augen den besten Blick in meine glühende Schlucht haben, und nicht zuletzt vor gieriger Erwartung, Erics Ständer bald wieder in sich aufzunehmen. Doch dieser hält sein Teil fest in seiner Hand und massiert ihn erst einmal lässig, mit Zielrichtung auf meinen bettelnden Eingang. Ich könnte ihm stundenlang dabei zusehen. Die anderen haben ebenfalls ihre Schwänze auf mich gerichtet und wichsen um die Wette. Ein Anblick, bei dem ich schon fast gekommen wäre. Seufzend und stöhnend schaue ich zu Eric, welcher den Kopf in den Nacken gelegt hat und sein Handspiel sichtlich genießt. Ich beschließe, ihm nicht nach der Erlaubnis zu fragen, einen Orgasmus bekommen zu dürfen, denn keine Strafe kann schlimmer sein, als sich diesem Treiben hier nicht restlos hingeben zu dürfen. Zwei Hände an meinen Schläfen drücken meinen Kopf nach hinten, sodass er überstreckt ist. Ben hat weder Anweisungen noch Verbote von Eric erhalten, also geht er aufs Ganze. Die Jungs kennen sich, also sind sie auch mit ihren Grenzen vertraut. Ben platziert die Kuppe seines Schwanzes an meinen Lippen und streicht mit ihr sanft darüber. Als er merkt, dass ich nicht freiwillig meinen Mund öffne, verstärkt er wortlos den Druck, und ich gewähre ihn Einlass, denn meine Lust ist kaum noch zu bremsen. Sein Glied schmeckt etwas süßlich, aber sauber. Ben stöhnt, was das Zeug hält und macht meine Situation nicht besser. Zum Glück erinnert sich Eric wieder an meine gierige Möse, die sich ihm verzweifelt ver-

sucht entgegenzu beugen. Endlich gibt er meinem Verlangen nach und lässt seinen Schwanz ganz langsam in mich gleiten. Ich halte es kaum noch aus. Allmählich steigert er sein Tempo und parallel dazu beschleunigt auch Ben seinen Rhythmus. Ich komme mir so unwahrscheinlich ausgeliefert und benutzt vor, dass nur wenige Sekunden später ein heftiges Beben meinen Körper erfasst, ich schreie meine Lust heraus, mein Innerstes glüht und meine Muskeln krampfen sich gierig pulsierend um Erics Schwanz. Eric stöhnt ebenfalls auf, und mit einem lauten Schrei entzieht er sich mir und ergießt sich in einer unsagbaren Fontäne auf meinen Schoß. Keinen Augenblick später verlässt Bens Stängel meinen Mund und verteilt seinen heißen Samen auf meinem Gesicht und meinen Brüsten. Die anderen folgen in kurzen Abständen. Alle kommen unter lautem Stöhnen auf meinem Körper. Ich zwinge mich, die Augen, trotz der mich erfassenden Nachbeben, zu öffnen, um den Anblick ihrer ekstatischen Minen und vor allem ihrer abspritzenden Schwänze nicht zu verpassen. Plötzlich werde ich erneut ins Abseits katapultiert, diesmal noch heftiger, und das ohne Penetration. Wahnsinn! So geil! Wie in meinen Masturbationsphantasien, nur um vieles besser. Das Beste, was ich je erlebt habe.
Später versammeln sich Erics Freunde wieder im Kaminzimmer. Ich jedoch bin nach dem Duschen so erschöpft, dass ich mich erst einmal aufs Bett fallen lasse.

Als ich die Augen wieder öffnen will, ist es bereits hell im Zimmer. Ich muss blinzeln, um mich an das Licht zu gewöhnen. Wie spät wird es wohl sein? Ein himmlischer Kaffeeduft zieht durch das ganze Haus, und als ich zur Seite blicke, fahre ich erschrocken hoch, denn Eric liegt, den Kopf auf die Hand gestützt, neben mir und schaut mich eindringlich an. „Es war sehr ungezogen von dir, dich nicht von unseren Gästen zu verabschieden und einfach zu verschwinden!" Was wird das denn jetzt? Maßregelung vor dem Frühstück? Ich lasse mich zurück in das Kissen plumpsen und verdrehe die Augen. „Dir auch einen guten Morgen." Ich muss mir erst einmal die richtigen Sätze zurechtlegen. Früh gleich nach dem Aufwachen bin ich noch nicht so spontan in meiner Wortwahl. „Eric, ich hatte wirklich vor, wieder herunterzukommen zu euch. Musste mich nur kurz hinlegen, weil mein Kreislauf etwas durch den Wind war. Da muss ich eingeschlafen sein." Um dem mehr Nachdruck zu verleihen, gähne ich betont herzhaft, richte mich dann jedoch wieder auf, sodass wir auf Augenhöhe sind, da kontert sich's besser. Wer weiß, was er mir noch alles zur Last legt. „So, so. Trotzdem würde ich vorschlagen, dass du erstmal etwas zu dir nimmst. Dann werden wir sehen, wie ich mit dir weiter verfahre." Schelmisch grinst Eric mich an, und ehe ich mich versehe, habe ich ein großes Tablett auf dem Schoß. Einen Moment lang will ich protestieren, denn Eric weiß mittlerweile, dass Frühstück im Bett hasse. Nicht nur wegen der Krümel. Das Geschirr steht wackelig und man traut sich, kaum zu bewegen. Das Allerschlimmste ist jedoch, dass, ohne Zähne geputzt zu haben, alles irgendwie ekelhaft schmeckt. Es widert mich an, aber ich traue mir nicht, zu fragen, ob ich es schnell erledigen darf, denn Erics Miene sieht mir gerade nicht nach Zugeständnissen aus. „Komm, du musst essen, sonst bekommst du wieder Kreislaufprobleme!" Er selbst nimmt sich ein großes Brötchen und belegt es mit Wurst. Ich taste mich langsam heran und versuche es zunächst einmal mit einem kräftigen Schluck Kaffee. So kräftig, dass ich mich daran verschlucke, denn der sonst so leckere dunkle Saft, will mir einfach nicht hinunter fließen. Davon abgesehen scheint er zu glühen. Wut kommt auf. Während ich husten muss, versuche ich, die Tasse in Balance zu halten, damit nichts auf der Decke landet. Wodurch mein Hass auf Bettfrühstück bestätigt, ja noch verstärkt wird. Nachdem ich mich wieder zurecht geräuspert habe, stelle ich seufzend die Tasse wieder ab, wobei ich Eric böse aber hilflos anschaue. „Iss!", lautet lediglich sein knapper Befehl, welcher keine Widerworte duldet, geschweige denn Kompromissbereitschaft darstellt. Also muss ich mir eine andere Strategie einfallen lassen. Na warte, mein Freund! Ich nehme mir ein Croissant vom Tablett und streiche mit der Spitze über die Butter. Krümelt natürlich das gelbe Viereck mächtig voll. Sehr schön! Dann tunke ich es in die Erdbeermarmelade, was Eric tief Luft holen lässt, aber er sagt keinen Ton, sondern lässt mich gewähren. Das rote triefende Hörnchen langsam wieder aus dem Glas holend, schaue ich Eric herausfordernd an, lecke aufreizend um die Spitze und versenke es dann lasziv in meinem Mund. Beim Herausholen sauge ich die Marmelade ab und merke, wie Eric langsam unruhig wird. Als ich bedeutungsschwanger das Ende sehr unsanft abbeiße, zuckt Eric zusammen, doch ich verkneife mir ein Grinsen. Er wendet den Kopf ab, will ja, dass ich esse. Das tue ich ja auch, indem ich das Croissant drehe und die gleiche Prozedur mit der anderen Seite veranstalte. Ich wusste, dass Eric es nicht schafft, mir nicht dabei zuzusehen. Gerade als ich mir wieder die Spitze des Hörnchens; mein Mund ist bereits rot verschmiert; zwischen die Lippen schiebe, rastet er aus. „Schluss jetzt! Weg damit und dreh dich um!" Ich kann gerade noch zugreifen, sonst wäre alles umgekippt. Vorsichtig stelle ich das Tablett neben dem Bett auf den Boden, und bevor ich mich aufrichten kann, ist Eric über mir und zerrt mich auf alle Viere. „Gut, du willst es also nicht anders. Wenn du meinst, du musst mich provozieren, werde ich jetzt dafür sorgen, dass dein Hintern genauso rot wird wie deine Lippen. Und glaub mir, es wird mir eine große Freude sein, dich betteln zu hören, denn du wirst nicht kommen." Scheiße, das ist doch nicht sein Ernst, so schlimm war es ja nun auch wieder nicht. „Herr, bitte lass mich zuerst auf die Toilette gehen, ich muss ganz dringend." Sein derbes Auflachen zeigt, dass er nicht gewillt ist, mir dies zu gestatten. „Na umso besser, da wird es wenigstens richtig schwer für dich." Mit einem Finger hebt er mein Kinn hoch und flüstert „Weißt du, ein wenig tut es mir schon leid für dich, denn mit voller Blase ist ein Orgasmus noch viel intensiver. Schade, dass du darauf jetzt verzichten musst, aber du hast es nicht anders verdient." Beim letzten Wort dringt er brutal in mich ein. Zum Glück war ich schon von seinen Worten nass. Ich schreie auf, nicht vor Schmerz, nein, plötzlich von seinem prallen Ständer ausgefüllt zu sein, hätte mich fast kommen lassen. Doch noch bevor ich mich an das Gefühl gewöhnen kann, entzieht er sich mir wieder und ich spüre glühend heiß seine Handinnenfläche auf meine Pobacke niederprasseln. Und darauf gleich nochmal, und wieder und wieder. Es brennt wie Feuer, da hilft es nichts, dass er sich nun der anderen Backe widmet und ihr die gleiche Pein zu Teil werden lässt. „Was macht man nicht, wenn man Gäste hat?", brüllt er hinter mir. „Einfach verschwinden, Herr?", frage ich zögerlich. „Korrekt." Jetzt streicht er sanft mit der Hand über die wunden Stellen, doch es fühlt sich an wie Sandpapier und schickt erneut eine Woge der Erregung durch meine glucksende Mitte. Unbewusst winde ich mich in der Hoffnung, daraufhin erneut von Eric penetriert zu werden. Doch diese erfüllt sich leider nicht. Im Gegenteil, er lässt wieder seine Hand auf meine Backen klatschen. Ich wimmere, denn ich spüre anstelle von Schmerz nur die Lust, welche immer schwieriger zu kontrollieren ist, und es mir beinahe unmöglich ist, meinen Höhepunkt zurückzuhalten, zumal Eric nun in einen quälenden Rhythmus zwischen Schlagen und Streicheln verfällt. „Und womit streicht man Butter und Marmelade auf sein Croissant?" Mein Atem geht kurz und heftig, ich weiß nicht, wie lange ich das noch aushalte. „Mit einem Messer, mein Herr, oder einem Löffel?", krächze ich. „Hmm, auch richtig. Du scheinst es ja doch zu wissen und hast es nur anders gemacht, weil du mich aus der Reserve locken wolltest. So etwas nennt man Vorsatz und das wird noch schlimmer bestraft, vor allem bei so einem dreckigen geilen Luder, wie dir." Scheiße, warum quält er mich so? Jedes einzelne Wort bringt mich näher an den Höhepunkt. Mein Stolz ist längst gebrochen und ich beginne zu betteln. „Oh mein Herr, bitte! Ich halte es nicht mehr aus. Du kannst alles von mir verlangen, doch bitte erlaube mir, zu kommen!" Seine Hände krallen sich tief in mein wundes Fleisch. „Du kannst so schön betteln, wenn es darum geht, deine Lust zu befriedigen." Er nimmt die Hände von meinem Arsch und streicht mit seinem Schwanz über die beiden roten Hügel und dazwischen, aber auch das fühlt sich an wie brennendes Eisen. „Du willst es also so sehr?", fragt er nochmals überflüssigerweise. Ich nicke heftig und beiße mir dabei auf die Lippen. „Bitte Herr, fick mich endlich und lass mich kommen!" Plötzlich drückt Eric fest mit seinem Finger gegen meine Perle. „Dann komm! Jetzt!" Auf der Stelle werde ich von einem Megahöhepunkt zerrissen, und spüre gerade noch, wie Eric sich in mich schiebt und schreie, während mein Körper sich aufbäumt und davon schwebt in eine andere Dimension, eine Dimension der Lust, weit weg von jeglicher Materie. Wie aus der Ferne höre ich Eric laut aufstöhnen und weiß, dass er mir dahin folgt, wo alles Denken ausgelöscht wird, in Sphären, wo unsere verschmolzenen Körper wie Wolken schwerelos dahingleiten.

Wahnsinn! Was war das denn? Das war der heftigste Orgasmus, den ich je erlebt habe. So intensiv und lang, als wolle er nie enden. Selbst jetzt, viele Minuten später, obwohl sich Erics Körper fest an meinen Rücken schmiegt, und seine Fingerkuppen, die langsam meine Arme auf und ab fahren, eine sehr entspannende, ja sogar liebevolle Nachbehandlung für mich sind, zittere ich noch vor Erregung. „Hey, weißt du, dass du gerade im Subspace warst? Das Verrückte daran ist, dass ich dir dahin gefolgt bin. Das hab ich noch nie erlebt.", schnurrt Eric an meiner

Schulter. Ich weiß zwar nicht genau, was das ist, aber auf alle Fälle ein Wahnsinnserlebnis, und da ich gerade wenig Lust auf Erörterung jedweder Fremdwörter habe, selbst, wenn sie in der BDSM-Szene beheimatet sind, rekele ich mich nur wohlig in Erics Armen und gebe wenigstens ein stolzes und zufriedenes „Hmmm!" von mir.

Plötzlich wird mir schlagartig bewusst, dass das vorerst unser letzter Tag ist. Ab morgen muss ich mich wieder in die Arbeit stürzen. Seufzend drehe ich mich zu Eric um und schaue ihn fest in die Augen. „Unser vorerst letzter, gemeinsamer Morgen. Bist du halbwegs zufrieden mit dem Fortschritt meiner Erziehung?", frage ich ganz geschäftig, damit Eric nicht merkt, dass er mir schon jetzt sehr fehlt, nicht nur als Dom. Doch ich will nicht so viele Gefühle ihm gegenüber zulassen, aus Angst, er behandelt mich dann, wie eine Geliebte. Ich suche Dominanz, nach wie vor. Auch wenn ich mir eingestehen muss, dass ich mich ein klein wenig in ihn verliebt habe. Sollte sich später mal etwas Innigeres daraus entwickeln, soll es mir recht sein, aber zuvor möchte ich, dass er mich führt, mir Gehorsam lehrt und mich beherrscht. Ich wollte die totale Unterwerfung und lasse mich jetzt nicht von meinem Ziel abbringen, auch wenn es mir in manchen Situationen sehr schwerfällt, devot zu sein, denn dafür bin ich viel zu sehr Rebell, bestehe auf meiner Meinung und liebe noch dazu das Risiko. Eric setzt sich auf und betrachtet mich eindringlich. „Naja, da muss ich wohl noch eine Menge Arbeit investieren, um dich gezähmt zu kriegen. Aber bist du dir auch absolut sicher, dass du das überhaupt willst?" Ich starre ihn an. „Natürlich, darin besteht gar kein Zweifel. Ich wollte noch nie etwas mehr gewollt. Und bitte, sei nicht mehr so nachsichtig mit mir!", flehe ich ihn regelrecht an. Ich habe Angst, er könne das Projekt; blöder Ausdruck, ist aber mehr oder weniger eins; abbrechen, weil er der Meinung ist, es lohnt sich nicht die Mühe zu machen, da ich ihn nie die absolute Macht über mich erlauben würde. Oder noch schlimmer, er stellt plötzlich fest, dass er mich gar nicht mehr dominieren will, weil er mich einfach liebt und sich das nicht miteinander verbinden lässt. Danke, das hatte ich schon. Aber ich denke, Eric hat genug Erfahrung, um das trennen zu können, obwohl man das gar nicht muss. Jedenfalls meint er nur schmunzelnd „So, so.", und ich weiß, er spielt auf mein Betteln von vorhin an. „Warum hast du eigentlich meinem Flehen nachgegeben?" Jetzt tut er echt empört „Aus genau dem Grund, den ich dir genannt habe. Das war nicht nur ein Gefallen, den ich dir erwiesen habe. Es war auch eine Bestätigung für mich, dass auch du unter Blasendruck noch extrem empfindsamer und heftiger reagierst. Dazu der Schmerz der Schläge. Ich wollte es einfach spüren. Deine Ekstase. Ich liebe es, wenn du so heftig kommst." Er grinst und in diesem Moment wird mir erst bewusst, dass ich noch immer nicht auf Toilette war. „Keine Panik, wenn du erregt bist, schaltet die Blase quasi sowieso ab. Nur das Gefühl bleibt." Ich werfe Eric einen vorwurfsvollen Blick zu und winde mich aus dem Bett. „Na vielen Dank, Herr Lehrer für das Vermitteln dieser durchaus interessanten Weisheit." Eric lacht nur. „Zumindest weiß ich jetzt, dass ich dir in Zukunft verbieten werde, vor dem Sex aufs Klo zu gehen." Im Hinausgehen hebe ich nur kurz meinen Mittelfinger und verschwinde schnell im Bad. Nachdem ich mich erleichtert habe, springe ich noch unter die Dusche, putze meine Zähne und begebe mich dann in die Küche, wo Eric bereits mit einem 'richtigen' Frühstück wartet. Die erste Kerze vom Adventskranz brennt, aus einem Räuchermann entweicht angenehmer Tannenduft und leise Weihnachtsmusik erklingt aus den Lautsprechern in der Wand. Das hat sogar etwas Romantisches, was mich nun doch leicht verwirrt. „So besser?", fragt er auch prompt. „Du hast's ja richtig drauf!", bewundere ich ihn und greife mir ein großes Brötchen, welches ich herzhaft belege. Auch der Kaffee schmeckt jetzt endlich nach Kaffee, und ich genieße ihn, als hätte es wochenlang nur Kamillentee gegeben.

In Gedanken an den gestrigen Abend, komme ich nicht umhin, Eric die Frage zu stellen, die mir schon seit dem Morgen auf den Nägeln brennt. „Sag mal, machst du so etwas wie gestern eigentlich öfters? Ich meine, du und alle anderen Typen wirkten auf mich so routiniert. Sogar Tatjana." Eric räuspert sich, bevor er zu einer ausführlichen Erklärung ansetzt. „Die meisten Jungs kenne ich aus diversen Clubs. Dahin verschlägt es einen Mann, der neu ist in der Stadt und noch niemanden kennt. Hinzu kommt, dass man mit Vorlieben, wie ich sie habe und auch auslebe, im normalen Alltag oft auf Kritik stößt. Es ist schwer, jemanden kennenzulernen, der diese Neigungen akzeptiert, geschweige denn teilt. Ich lege allerdings meine Karten immer gleich zu anfangs offen auf den Tisch und mache keinen Hehl daraus, woran die Damen bei mir sind." Wissend nicke ich ihm schmunzelnd zu. „Oh ja, und fange sie vor der Buchhandlung weg...", vervollständige ich Erics Satz. Dieser lacht nur und fährt fort. „Zum Beispiel. Aber die meisten nennen mich dann ‚krank' und ‚pervers' oder betiteln mich noch als ‚Machoschwein' bevor sie davon rennen. Dabei habe ich sie keineswegs angegriffen, lediglich verbal ausgetestet, wie sie auf Befehle und Verbote reagieren. Tja, und so blieb mir nichts anderes übrig, als mich in einschlägigen Clubs herumzutreiben. Die Mädchen, die man dort trifft, sind neugierig und offener. Manchmal verabredeten wir uns zu einer Session außerhalb des Clubs. Oder wir spielten mal bei einen von den Jungs, dann mal wieder bei mir. Zwei Damen haben sich sogar mal getraut, bei mir einzuziehen, aber nach spätestens vierzehn Tagen, strichen sie die Segel. Etwas Dauerhaftes ist nie daraus geworden.", beendet Eric seine Erläuterung mit einem Seufzen. „Das klingt aber jetzt ein klein wenig sentimental. Woran lag es, dass es keine länger aushielt?", frage ich ernsthaft interessiert. Eric zuckt mit den Schultern. „Für kurze Zeit, in die Rolle einer Sub zu schlüpfen ist das eine, sein Leben danach auszurichten das andere. Letzten

Endes scheiterte es meistens daran, dass sie es nicht ertragen konnten, wenn ich, während einer Session auch mal mit einer anderen spielte. Nie außerhalb, das verbietet sich von selbst. Ehrlichkeit ist in dieser Sache mehr als von Nöten. Auch ein Dom hat Regeln einzuhalten. Es gab aber auch welche, die dann irgendwann merkten, dass sie doch nicht so devot sind, wie sie zu sein dachten oder mir nicht vertrauten. Einige bestanden auf ihr Safeword und davon setzten es manche entweder zu früh ein, aus purer Angst und Unerfahrenheit, wieder andere nahmen es mir übel, wenn ich die Session abbrach, weil sie sich etwas beweisen wollten und es gar nicht benutzten. Das ist sehr riskant, denn ein unerfahrener Dom übersieht leicht die Signale seiner Sub, und es kommt zum Desaster."
Ich lasse Erics Worte erst einmal auf mich wirken. Es erging mir bisher ja ähnlich wie ihm, nur, dass ich nie darüber hinaus gekommen bin, als bis zur Offenlegung meiner Wünsche, und die wurden meist im Keim erstickt. Vielleicht hätte ich auch nie herausgefunden, dass ich diese Art der Befriedigung brauche, wenn mich Steve in seiner Rage damals nicht so derb behandelt hätte, und ich prompt dadurch erregt wurde. Ein Kribbeln durchläuft plötzlich wieder meinen Körper, als ich an diese Situation mit Steve denke. Das verwirrt mich etwas, habe ich doch mit Eric ganz extremere Dinge getan. Gedankenverloren nippe ich an meinem Kaffee und stiere über den Rand der Tasse. „Was denkst du gerade?" Erschrocken hätte ich beinahe wieder fast alles verschüttet. „Och, nichts Bestimmtes.", entgegne ich salopp, nachdem ich mich beruhigt hatte, und unterstreiche das mit einer abwertenden Handbewegung. Eric springt auf, hechtet um den Tisch herum und krallt seine Finger um meine Kehle. „Du sollst mich nicht anlügen! Das ist schon das zweite Mal, dass du versuchst, mich an der Nase herumzuführen! Rede, verdammt nochmal!", brüllt er nun und verstärkt den Druck seiner Finger. Ich atme hektisch, doch nicht, weil er mir die Kehle

zudrückt. Meine Vaginalmuskeln ziehen sich auf angenehme Weise zusammen und ich spüre, wie ich feucht werde. Mit großen Augen schaue ich Eric an, doch dieser lässt nicht locker. „An-was-hast-du- gedacht?" Ich sehe ein, dass es keinen Sinn macht, ihn was vorzuspielen. „An früher. Ich habe an früher gedacht.", versuche ich vorsichtig, ihn mit einem Stückchen Wahrheit zu besänftigen, in der Hoffnung, er würde es dabei belassen und keine weiteren Fragen stellen. Tatsächlich nimmt Eric seine Hand von meinem Hals, streicht sich verlegen seine Haare hinters Ohr, welche sich aus dem Zopf gelöst hatten und sieht mich mit traurigen Augen an. „Dir fehlt Oliver sehr.", stellt er nun resigniert fest, „Entschuldige, bitte!" Ohne darüber nachzudenken, fahre ich etwas zu schnell hoch. „Was?" Die quiekende Höhe meiner Stimme überschlägt sich und tut sogar in meinen Ohren weh. Völlig verblüfft ob meiner spontanen Reaktion setzt sich Eric vor mir auf den Tisch und erforscht kopfschüttelnderweise meine Mimik. „Nicht?". Zu mehr scheint es nicht zu reichen, so verwirrt scheint er. Ich sehe, wie es hinter seiner Stirn arbeitet. „Nein, wie kommst du darauf?" Doch noch bevor er es ausspricht, weiß ich warum. „Dein Ring. Du trägst ihn immer noch.", damit deutet er auf meine Hand. Erst jetzt wundere ich mich, dass mich keiner seiner Freunde bisher je darauf angesprochen hat. „Warum...?" Auch ohne Worte weiß er, was ich fragen wollte. „Ich habe allen gesagt, dass du gerade eine Trennung durchgemacht hast, womit du erst einmal klarkommen musst, und deshalb den Ring noch trägst, woran sie dich auf keinen Fall erinnern sollten.", gibt Eric nun kleinlaut zu, sodass ich lachen muss. Doch gleich darauf erstickt mir das Lachen, wenn ich mir vorstelle, wie Eric wohl reagieren wird, wenn ich ihm noch den Rest der Wahrheit sage. Eine Weile sitzen wir uns schweigend gegenüber. Eric realisiert die Situation als erster und zieht nun erwartungsvoll eine Augenbraue nach oben. Er war ehrlich zu mir, nun muss ich auch ehrlich zu ihm sein, obwohl ich ihn so einschätze, dass er längst weiß, was er von mir nur noch einmal bestätigt haben will.

Ich sehe ihn fest in seine blauen Augen, während ich meinen Ehering vom Finger ziehe. „Das hätte ich schon längst tun sollen." Beinahe mitleidig aber auch stolz beobachtet er, wie ich ohne jeden Zweifel und mit vollster Überzeugung bedeutungsvoll den Ring vor ihm auf den Tisch lege, bevor er trocken meint „Zumindest nach der Scheidung." Ich schüttle langsam aber bestimmt den Kopf und halte seinem Blick stand. „Nein, schon vor zweieinhalb Jahren, als ich Steve kennenlernte." Jetzt, wo es raus ist, muss ich hart schlucken, denn es will mir ein Kloß die Kehle hinaufkriechen. Ich sehe es Eric an, dass er genau weiß, was ich ihm damit sagen will, und bilde mir ein, ein kurzes trauriges Zucken um seine Mundwinkel gesehen zu haben. Zum Glück lässt er es vorerst damit bewenden und will jetzt nicht Dinge von mir erklärt bekommen, über die ich mir selbst noch nicht so richtig im Klaren bin. Ich wollte unseren vorerst letzten gemeinsamen Tag nicht mit Diskussionen über meine Verflossenen vergeuden. Heute zählt für mich nur das Hier und Jetzt. Und mein Gott, wir sind ja noch nicht einmal richtig zusammen. Wir waren beide lediglich auf der Suche nach Erfüllung unserer sexuellen Phantasien und Bedürfnisse. Nicht mehr und nicht weniger. Punkt.

Ich stehe auf, räume das Geschirr weg und lege dann von hinten meine Arme um Erics Schultern. „Was hältst du davon, noch etwas an meiner Erziehung zu arbeiten, bevor du mich nach Hause bringst. Du wolltest doch deine Autorität vertiefen." Sanft beiße ich ihm ins Ohr, und sofort beginnt mein Schoß, zu kribbeln. Kurz scheint er darüber nachzudenken, oder es zu genießen, genau kann ich es von hinten nicht deuten, doch dann springt er hoch, packt mich an den Armen und schüttelt mich. Jetzt ist er wieder ganz der Dom, seine Augen sprühen Funken. „Was bildest du dir eigentlich ein? Ich bestimme, wenn es Zeit für deine Erziehung ist. Hast du das verstanden?", zischt er zwischen den Zähnen hervor. Ich senke den Blick und murmel „Ja…, mein Herr?", antworte ich unsicher, da ich in diesem Moment nicht genau einschätzen kann, ob ich mich bereits im ‚Sklavenmodus' befinde. „Geh hoch ins Spielzimmer! Im Käfig hängen zwei Schlaufen herunter. Darin fixierst du deine Handgelenke und wartest dort in demütiger Haltung auf mich!" „Jawohl mein Herr!" Mit gesenktem Blick trolle ich mich und tue, was Eric mir aufgetragen hat.

Nach einer Viertelstunde stehe ich immer noch mit gespreizten Beinen, den Rücken zur Tür gewandt mit den Händen in den Schlaufen im Käfig. Wo bleibt Eric bloß? Ich habe die Tür zum Spielzimmer offengelassen. Es ist still im Haus. In meiner Phantasie stelle ich mir bereits vor, was er gleich mit mir machen wird. Wird es die Peitsche sein, die er wählt, um mir seine Macht zu demonstrieren? Oder wird er mich mit dem Flogger oder den Paddle züchtigen? Der Gedanke an die roten Male, die in der nächsten Woche noch an das schöne Wochenende erinnern werden, lässt mich aufstöhnen. Mann, wann kommt Eric denn endlich zu mir? Ich bin heiß. Will seine Macht, seine Demütigungen und vor allem seine verbale Dominanz spüren. Zwischen meinen Schenkeln hat sich die Feuchtigkeit bereits kleine Rinnsale nach unten gebahnt, und ich kann der Versuchung nicht widerstehen, meine Hand kurz aus der Lasche zu nehmen um mit meinem Finger, wenn auch nur für den Bruchteil einer Sekunde in die verlockende Nässe einzutauchen. Mehr erlaube ich mir nicht, könnte doch jeden Augenblick Eric die Treppe hochkommen. Ahh, Wahnsinn! Noch schnell ablecken und wieder in die Schlaufen. Das Ganze hatte weiß Gott keinen befriedigenden Effekt. Im Gegenteil, mein Verlangen ist nun schier unerträglich geworden. Doch da höre ich auch schon ein Räuspern und Schritte, was mich sofort veranlasst, den Kopf zu senken und die Beine zu spreizen. Im Sturmschritt betritt Eric das Zimmer, ohne einen Ton zu sagen. Ich höre, wie er einige Dinge aus der Kommode nimmt und zu mir in den Käfig eilt. Noch immer stumm, holt er meine Hände aus den Ösen und legt mir jeweils eine braune Ledermanschette ums Handgelenk, nicht ohne den Mittelfinger meiner rechten Hand in den Mund zu nehmen, genüsslich daran zu saugen und anschließend zu knurren, wie ein böses Tier. Shit, er hat es mitbekommen. Die Strafe wird heftig, mutmaße ich und weiß nicht genau, ob ich mich tatsächlich freuen soll. Klick! Zwei Karabiner sorgen nun für die Unbeweglichkeit meiner Arme. Sanft leckt Eric mit seiner Zunge über meine leicht geöffneten Lippen, was sofort ein heftiges Ziehen in meinem Süden verursacht. Ich atme tief ein und mein Mund will Erics Zunge Einlass gewähren, als dieser sich abrupt entfernt. „Du schmeckst nach dir, ungezogenes Weib!". Dann nähert er sich wieder und küsst mich erneut sachte auf den Mund. „Wage es nicht, deine Augen zu schließen!", ich habe große Mühe, mich nicht dem Genuss hinzugeben und starre krampfhaft in die Luft. Zufrieden wendet sich Eric ab und tritt hinter mich. Klick! Diesmal sind es die Manschetten an meinen Fußgelenken, die er angebracht hat. Mit seinen Füßen treibt er meine Beine nun noch weiter auseinander und zieht dann die Ketten straff, welche er rechts und links in den Gitterstäben einhakt. Ich fühle mich auf eine interessante Art gestreckt. Die Arme hilflos nach oben, die Beine weit zur Seite gegrätscht, und somit jede Öffnung leicht zugänglich, bin ich jeglicher Bewegung beraubt und Angriffen ungeschützt ausgesetzt. Sofort jagen heiße Blitze durch meine pochende Mitte. Die Innenseiten meiner gezerrten Schenkel beginnen bereits zu stechen. Es ist ein angenehmer Schmerz, der weit bis hoch in die Lenden zieht. Eric tritt einen Schritt weg von mir, um sein Werk eingehend zu betrachten. Er mustert mich von allen Seiten, bevor er mit einer gefährlichen Ruhe in der Stimme feststellt. „Du kannst keine Minute allein sein, ohne dass du deiner Lust nachgibst, wie eine läufige Hündin." Ich habe zwar kein Redeverbot, doch erscheint mir jegliche Verteidigung zwecklos. „Was wirst du tun, wenn ich dich die nächste Woche wieder ganz dir und deinen Trieb überlasse?", schnaubt er nun verächtlich. Hmm. „Ich weiß es nicht, mein Herr." Und das ist die Wahrheit.

Scheinbar zufrieden mit meiner ehrlichen Antwort, dreht Eric sich um und nimmt eine lange derbe Peitsche von der Wand, baut sich vor mir auf und zieht bedeutungsvoll das Leder durch die leicht geöffnete Hand. „Du bekommst für deine Ungeduld zunächst fünfzehn Schläge. Für jede Minute, in der du nicht an dir halten konntest bis ich komme, einen. Zähle jeden laut mit. Und wenn du zu lange zögerst, beginne ich von vorn. Merk dir das, Hure!" Ich zucke zusammen, und meine Stimme bebt bereits vor Erwartung, als ich brav antworte. „Ja mein Herr, ich zähle mit." Eric geht um mich herum und schon höre ich das Pfeifen der Peitsche in der Luft, gefolgt von einem heftigen Schlag auf meinen Rücken. „Eins.", presse ich hervor. Es folgen zügig hintereinander die Nächsten. Ich muss mich unwahrscheinlich konzentrieren, damit ich mich nicht verzähle, denn der Schmerz bohrt sich wie ein Nadelkissen in meine Schultern und in meine Lenden. Mein Hintern, den Eric von der Pein verschont, will sich ihn fordernd entgegen recken, doch die Ketten lassen es nicht zu. Je größer der Schmerz am Rücken wird, desto mehr steigert sich meine Lust in den verschmähten Gegenden. Nach jeder Zahl, die ich mühsam hervorbringe, folgt ein Stöhnen. Beim letzten, den heftigsten Schlag, reiße ich meinen Kopf in den Nacken und presse die Zahl zwischen meinen Zähnen durch, da ich mir auf die Lippen beißen muss. Anerkennend nickt Eric, legt das Foltergerät beiseite, tritt erneut vor mich und greift nach dem Flogger. „Wie ich sehe, hast du gelernt, dich zu beherrschen. Woll'n doch mal sehen, wie weit du dich damit unter Kontrolle hast. Du wirst nicht kommen, wenn doch, wirst du es bitter bereuen. Hast du das verstanden?" Seine Stimme ist nun laut und drohend, was nicht unbedingt dazu beiträgt, meine Erregung, zu dämpfen. Noch schwer atmend antworte ich „Natürlich, mein Herr. Ich werde keinen

Höhepunkt haben.", in mir tobt ein unerbittlicher Kampf der Lustgefühle gegen den Ehrgeiz, zu beweisen, dass ich etwas gelernt habe, dass seine Zeit und Mühen nicht umsonst waren. Die kurze Peitsche mit den weichen Lederriemen lässt er vorerst sanft über meine Haut gleiten, streichelt damit meine Brüste, meinen Bauch, meinen Venushügel, und kommt dabei ganz dicht mit seinen Lippen an meine. Er öffnet den Mund und ich stöhne hinein. Ich spüre sein Zittern und seine Erektion drückt gegen meinen Bauch. Erschrocken macht Eric einen Satz zurück. Reiner Selbstschutz, denke ich. Er hätte mich jetzt lieber auf der Stelle genommen, doch er hat ja noch eine Mission zu erfüllen. Mich intensiv betrachtend steht Eric nun vor mir und hält den Kopf schief, als ist er sich noch nicht ganz sicher, was er als Nächstes mit mir anstellt. Sein Blick brennt sich in meine geöffnete Spalte und mir wird auf der Stelle klar, dass das ebenso zu meiner Züchtigung zählt, wie das Auspeitschen. Mein Schoß prickelt indes immer stärker, zuckt verlangend und meine Nässe bahnt sich unaufhaltsam den Weg an meinen Beinen hinunter, bevor sie tropfenweise den Boden benetzt. Ich versuche, ruhig zu atmen, doch es gelingt mir nicht. Plötzlich holt Eric mit dem Flogger aus und lässt das Leder auf meiner linken Brust niedersausen. Die ohnehin schon gierig aufgerichteten Warzen versteifen sich noch mehr. Als der zweite Schlag die andere Brust trifft, schreie ich auf, denn nicht nur die Striemen brennen wie Feuer, sondern auch das Verlangen zwischen meinen Beinen. Eric interpretiert meinen Aufschrei natürlich auch genauso und erinnert mich prompt an seine Anweisung. „Du wirst nicht kommen! Denke daran, du wirst es bitter bereuen!" Wieder holt er aus, doch dieses Mal von unten, wie mit einem Tennisschläger. Das Leder trifft mit voller Wucht auf meine Schamlippen, sodass mir kurz die Luft wegbleibt. Beim nächsten Hieb, der sofort folgt, habe ich das Gefühl, jeder einzelne Riemen krallt sich in das Fleisch meiner Backen, welche ich reflexartig zusammenkneife, was wiederum bewirkt, dass mein hinterer Eingang stark gereizt wird, als Eric den Flogger schnell wieder durch meinen Schamlippen ziehend zurückzieht. Mittlerweile kann ich nur noch wimmern, um Erlösung bitten hat keinen Zweck, fürchte ich. Heute will es Eric wissen, und ich will es ihm beweisen, dass ich meine Lust unter Kontrolle habe. Aber eigentlich habe nicht ich, sondern er mich unter Kontrolle. Schon lange. Er wiederholt das Martyrium noch einige Male, und ich versuche mich mit anderen Gedanken vom Höhepunkt abzulenken, doch Eric wäre nicht so ein guter Dom, wenn er dies nicht merken würde und beginnt sofort mit verbalen, noch viel schlimmeren Qualen „Kann es sein, dass du geil bist, und willst, dass ich dir deine gierige Fotze lecke? Dass ich meine Zunge ganz tief in deiner nassen Spalte versenke?" Scheiße, das halte ich nicht aus, verdammt! Mein heftiges Kopfschütteln sollte bedeuten, dass er aufhören soll, mich mit seinen Worten zu quälen, und obwohl Eric das genau weiß, nimmt er es zum Anlass, weiter zu fragen, um mich an den Rand der Klippe zu befördern. „Du willst also gefickt werden? Du willst, dass ich dir meinen Schwanz reinstecke, bis du schreist? Du willst, dass ich meinen heißen Samen in dir abspritze?" In meiner Verzweiflung rinnen mir die Tränen über die Wangen. „Ja Herr, bitte. Ich bin am Ende.", jammere ich und da hören die Schläge plötzlich auf und Eric nimmt mich sanft in den Arm. „Ich bin stolz auf dich. Du hast dir deine Belohnung verdient." Zart küsst er meine Schultern, meinen Hals, meine Ohren. Dann löst er die Manschetten an den Füßen, während sein Atem sanft über meinen feuchten Hügel weht. Beim Befreien meiner Handgelenke hält er mich zum Glück fest, sonst wäre ich zusammengesunken, wie ein nasser Sack, schultert mich dann, trägt mich ins Bad und legt mich sanft in der Badewanne ab. Während er das Wasser aufdreht, und einen herrlich riechenden Zusatz einträufelt, wage ich nun die Frage. „Kommst du mit rein?" Er schaut mich fassungslos an. „Nein, du musst dich erst einmal aus-

ruhen und wieder zu Kräften kommen. Wenn ich mit reinkäme, könnte ich für nichts garantieren, und von Erholung kann dann keine Rede mehr sein." Schmollend knurre ich ihn an. „Ich denke, ich bekomme eine Belohnung?" Jetzt lacht er hell auf. „Du bist schon wieder ungeduldig! Ich habe nicht gesagt, dass du sie gleich anschließend erhältst." Mit einem weichen Naturschwamm seift Eric jede Stelle meiner Haut sanft ein. Ich genieße es und kann mich tatsächlich ein wenig entspannen. „Eric, ich danke dir für diese wunderbaren Tage. Es waren die Schönsten seit langem für mich. Ich habe so viel erlebt und so viel Neues erfahren. Vor allem über mich selbst. Die Session gestern war einzigartig. Woher kennst du meine tiefsten Phantasien?" Eric schmunzelt „Ich kannte sie nicht, ich habe gehofft, dass es dir gefällt, dass du es zulässt. Hätte auch schief gehen können, da hätte ich sofort abgebrochen, glaub mir." Ich schließe meine Augen und lasse alles noch einmal Revue passieren. „Du bist wirklich ein wunderbarer Dom. Du kennst mich besser, als ich mich selbst." Eric küsst mich sanft auf die Stirn „Das muss ich, um dich richtig führen zu können." „Ja Eric, führe mich wohin du willst!"
Am späten Nachmittag, als wir in Erics Wagen durch die Straßen gleiten, überfällt mich plötzlich die Traurigkeit. Die Tage waren so schnell vorüber, dass ich es gar nicht wahrhaben will, nun die ganze Woche wieder allein zu sein. Aber ich habe Eric selbst darum gebeten, mich nach dem Wochenende erstmal wieder mir selbst zu überlassen, und deshalb mache ich jetzt auch keinen Rückzieher. Auch wenn ich vor Sehnsucht sterben werde. Okay, es hat sich mit Sicherheit viel Arbeit angehäuft, welche mich ablenken wird, doch werde ich mich konzentrieren können? Und was mach ich am Abend? Da erinnere ich mich sofort wieder an mein Buch. Ich schmunzle in mich hinein. Wie konnte ich das vergessen, war es doch der Grundstein für unsere …, ja, was eigentlich? Haben wir nun eine Beziehung? Doch eigentlich schon, wenn auch keine Liebesbeziehung.

Obwohl... die Vorstellung, Eric eine Zeit lang nicht zu sehen versetzt mir so einen heftigen Stich ins Herz. Sollte es doch Liebe sein? Aber Eric sprach nie über Gefühle. Nein, ich finde, wir sollten wirklich erst einmal das Erlebte verdauen. Wir wollten nur das verlängerte Wochenende miteinander verbringen und so soll es auch sein. Bis zum Ende der nächsten Woche wird sich ja wohl herausgestellt haben, ob wir einander vermissen beziehungsweise doch intensivere Gefühle für den anderen entwickelt haben.

Während der ganzen Fahrt herrscht Schweigen zwischen Eric und mir, aber kein peinliches oder erdrückendes Schweigen. Jeder hängt seinen Gedanken nach. Insgeheim hoffe ich, dass in der Nähe meiner Wohnung ein Parkplatz frei ist, damit wir uns noch in aller Ruhe verabschieden können. Jetzt fällt mir auch auf, dass ich genau diesen Abschied unbedingt hinauszögern will. Wäre es nicht kurz und schmerzlos besser? Stelle ich mir selbst die Frage und weiß darauf keine Antwort. Als ich die Lücke vor dem Haus sehe, atme ich erleichtert auf. Soll ich, oder lieber nicht? Ich bleib erst einmal im Wagen sitzen, dann schaue ich Eric an. Dieser Typ! Wahnsinn! Scheiß drauf „Möchtest du noch mit hochkommen?", wage ich es dann doch. Eric saugt tief die Luft ein und verdreht die Augen „Und ich dachte schon, du würdest nie fragen!" Gespielt empört trommle ich mit den Fäusten auf seinen Schenkeln herum, was ihn arg belustigt. „Mach nur weiter so, dann ist dir die nächste Strafe schon sicher." Ich zucke zurück „Willst du mir etwa androhen, dich wiederzusehen?" Schnell steige ich mit meiner Tasche in der Hand aus dem Auto und renne die paar Stufen zum Eingang, doch Eric hat mich längst eingeholt, als ich dort ankomme. Er entreißt mir die Tasche und mit wild funkelndem Blick packt er meine Arme und fixiert sie über meinem Kopf. Quälend langsam kommt nun sein Mund den meinen immer näher und wie elektrisiert beben meine Lippen, und mein ganzer Körper beginnt zu zittern. Ein langer leidenschaftlicher Kuss lässt meine Knie weich werden, doch zum

Glück hält Eric mich immer noch an die Wand gedrückt nach oben. Ich komme mir plötzlich vor wie ein Teenager, der seinen ersten Freund im Hauseingang küssen muss, da die Eltern es verboten haben, ihn mit nach Hause zu bringen. Ich muss zwangsläufig kichern, woraufhin Eric natürlich sofort eine Erklärung fordert. Kichernd und kopfschüttelnd hole ich den Schlüssel aus meiner Tasche und schließe die Tür auf. Drinnen fällt Eric gleich wieder über mich her. Seine Hand gleitet unter meinen Mantel und ich stöhne leise. Neben meinem Stöhnen ist noch das Schmatzen meiner feuchten Schamlippen zu hören und natürlich unser schwerer Atem. Sonst ist es still im Treppenhaus. „Hmm, du bist so was von bereit. Am liebsten würde ich dich gleich hier und jetzt nehmen.", flüstert Eric in mein Haar und öffnet auch schon seine Hose. „Eric bitte, es könnte jeden Augenblick jemand kommen!" Als ich meine Worte ausgesprochen höre, merke ich, wie sehr mich gerade das reizen würde. Sekunden später stößt Eric auch schon seinen harten Ständer in meine heiße glucksende Öffnung, sodass ich einen Aufschrei nicht verhindern kann. Zum Glück scheint es, keiner gehört zu haben.

Plötzlich entfernt sich Eric wieder aus mir. „Das ist nicht das, was ich heute mit dir vorhatte." Wir stehen auf, und ehrlich gesagt, komme ich mir nun doch ein wenig blöd vor. Nicht einmal Eric vögelt wie ein Teenager im Treppenhaus. „Entschuldige, ich bin albern, ich weiß." Eric lacht „Nein, das gefällt mir, wenn du so schamlos bist. Komm, schließ' jetzt endlich die Tür auf!" Ich bin so erregt, mein Zittern überträgt sich auf den Schlüssel und lässt mich nicht sofort den dafür vorgesehenen Schlitz finden.

Irgendwann haben wir es geschafft, in die Wohnung zu gelangen. Eric nimmt mir sofort meine Tasche aus der Hand und wirft sie in die Ecke, bevor er mit einer unglaublichen Dringlichkeit über mich herfällt. Mit seinem kräftigen Körper drückt er mich derb an die Wand im Wohnzimmer, und ich kann seine Erektion durch den festen Stoff seiner Jeans zwischen meinen Schenkeln spüren.

Eric sinkt an mir herab auf die Knie, und sein Atem, heiß durch die Maschen meines Kleides auf meiner erwartungsvollen feuchten Spalte wehend, lässt mich ein lautes Stöhnen nicht mehr unterdrücken. „Ich möchte dich jetzt lieben, mit dir schlafen ...", flüstert Eric auf meinen Hügel, und trotz meiner Erregung kann ich ein Kichern nicht verhindern. Diese Worte, von Erics Lippen zu hören, fühlt sich irgendwie seltsam an und verwirren mich etwas. Doch plötzlich packt er mich, streift mir den Mantel ab, der ohnehin nur noch an meinen Handgelenken Halt fand, und wirft mich über seine Schulter, trägt mich ins Schlafzimmer, wo er mich sanft auf das Bett gleiten lässt. Er bedeckt meinen Körper über und über mit Küssen, bevor er sich endlich seiner zum Zerreißen gespannten Hose entledigt. Sein Schwanz springt vor lauter Freude über die soeben erlangte Freiheit aus den Pants und wippt ungeduldig auf und ab. Als ich meine Finger um seine ganze Pracht schlingen will, wehrt Eric mich ab. „Langsam! Zuerst möchte ich dich verwöhnen. Du sollst ja noch deine Belohnung bekommen."

Was ist denn mit Eric plötzlich los, denke ich, füge mich durchaus gern und gebe mich seinen Liebkosungen hin. Sanft haucht er zarte Küsse hinter mein Ohr, meiner Halsbeuge entlang, die Furche zwischen meinen Brüsten passierend, von welcher aus er jeweils meine Rundungen mit der Zunge umfährt, bevor er fest an meinen steif hervorstehenden Nippeln saugt. Ein hoch elektrisiertes Ziehen durchströmt jede Zelle meines bebenden Körpers. Als seine Zunge ihre Reise in meinen Süden fortsetzt, bäumt sich mein Körper auf und mein Becken reckt sich Eric gierig fordernd entgegen. „Das Becken bleibt unten!", befiehlt er. Ganz kann er seine Dominanz doch nicht ablegen, und das ist auch gut so. Mit sanftem Druck auf meinen Hügel schickt mich seine Hand wieder auf die Matratze, was meine Lust umso mehr schürt, denn ein Finger liegt dabei gefährlich schwer auf meinem empfindsamen Punkt. Langsam erobert seine Zunge meine nasse Spalte, dringt in mich ein und flattert dann wieder hektisch um meine Perle herum, sodass ich auf Grund der lange aufgeschobenen Erlösung, ihrem aufreizenden Spiel schon ziemlich schnell erliegen muss. Ich bebe und zittere noch, als Erics Zunge plötzlich Kurs gen Norden nimmt. Er kommt über mich, hält mich ganz fest in seinen Armen und küsst mich voller Leidenschaft und Begierde. Dann dringt er langsam aber kraftvoll in mich ein. Er bewegt sich tief in mir, sodass ich sein drängendes Becken hart auf meinem Hügel spüre, und werde augenblicklich erneut von einem so heftigen Orgasmus erfasst, dass ich meine Lust nur noch zügellos hinausschreien kann. Eric folgt auf der Stelle. Seine Ankündigung „Ich komme. Ich komme in dir, spritze alles in dich hinein. Oh ja ...", lässt mich sofort ein drittes Mal von der Klippe stürzen.

Kurz darauf bricht Eric über mir zusammen und bleibt, so wie er ist, liegen. Mein anhaltender Adrenalinschub lässt ihn auf mir weniger schwer erscheinen. Doch als er von einem Lachen geschüttelt auf mir herum zappelt, protestiere ich. „Sag mal, findest du es vielleicht lustig, was du hier mit mir tust, oder lachst du mich aus?", frage ich unverblümt. Daraufhin schaut er mich entsetzt an. „Nein, niemals lache ich über dich. Ich dachte nur gerade, wie lange es doch her ist, als ich das letzte Mal Blümchensex hatte, und noch dazu in der Missionarsstellung. Und wie geil es doch eigentlich ist." Ja, das wird mir jetzt auch bewusst und ich falle in das Lachen ein.

Nach kurzer Zeit wird Eric wieder ernst. „Ich wollte dir heute nur beweisen, dass ich auch zärtlich sein kann. Nichtsdestotrotz wirst du für die nächste Woche einige Anweisungen von mir, erhalten, welche du unbedingt zu befolgen hast." Da war er wieder, mein Dom.

Gegen Mitternacht macht Eric sich dann auf den Heimweg, und ich bin allein mit den Eindrücken der letzten Tage.

Als der Wecker mich brutal aus den Träumen reißt, weiß ich zuerst gar nicht, wo ich bin. Aha, mal wieder in meinem eigenen Bett. Ich bleibe noch ein paar Minuten liegen und lasse alles noch einmal Revue passieren.
War das ein langes und aufregendes Wochenende! Eric hat es mit meiner Erziehung sehr genau genommen und wirklich keine Lektion ausgelassen. Es war die aufregendste und erregendste Zeit, die ich bis jetzt je erlebt habe. Meine endlose Lust wurde gestillt und wieder geschürt und wieder gestillt und wieder geschürt usw., wie ein Dschungelfeuer. Es darf nicht ausgehen, aber auch nicht zu hell und zu lange lodern, sonst lockt es Feinde an. Wahnsinn!
Jetzt bin ich erst einmal wieder zurück im Alltag und kann das Erlebte eine Woche lang in Ruhe setzen lassen. Dachte ich.
Der Montag gestaltet sich schon mal ganz hektisch, da ich die Tage meiner Abwesenheit aufarbeiten muss. Amelie hatte zwar alles im Griff, was die Lagerbestände betrifft, doch das Schlimmste, nämlich der Bürokram, wartet ungeduldig und mit gestapelter Aggressivität, meinen ganzen Schreibtisch einnehmend, auf meine Rückkehr. Also, auf in den Kampf!
Am Abend falle ich erschöpft in mein Bett. Der ganze Tag vor dem PC hat meinen Augen Schwerstarbeit abverlangt, was sich nun bemerkbar macht. Ich habe noch nicht einmal Lust, mein Buch weiterzulesen.
Der Dienstag bringt einen ganzen Schwung neuer Ware, welche schnellstens sortiert und in die einzelnen Filialen gekarrt werden muss. Ich rufe nach dem Azubi und verdonnere ihn dazu, Harry in den nächsten Tagen beim Ausliefern der Tannenbäume, unter die Arme zu greifen. Dann kümmere ich mich um die neuen Bestellungen. Nachdem ich alles erledigt habe, mache ich Feierabend, denn ich habe

noch einiges zu besorgen. Eric hat mir eine Liste erstellt, was ich ‚darunter' tragen darf und was nicht. Ich solle ihm jeden Tag ein Foto meines Strings, was anderes lässt er nicht zu, schicken. Also ziehe ich los und klappere die Dessous-Shops ab, in der Hoffnung, etwas nach seinem Geschmack zu finden. Es ist ja nicht so, dass ich keine Strings habe, aber eine gute Gelegenheit, den Inhalt meines Wäscheschrankes etwas aufzuhübschen. Hinterher habe ich vor, mir für Freitag im Kosmetikstudio einen Termin zum Brazilian-Waxing zu holen. Ich weiß, es ist etwas schmerzhaft, aber es hält eben auch eine ganze Weile an. Das tägliche Rasieren geht mir mächtig auf den Zeiger. Dann bekommt man Pickel und es juckt ohne Ende. Eric ist auch gewachst und es ist angenehm, über seine weichen Genitalien und deren Umgebung zu fahren. Er verlangt es zwar nicht von mir, aber ich weiß, dass er es sehr begrüßen würde, wenn ich ebenfalls solch eine seidige Haut hätte. Wer möchte das nicht? Also ist das mein Nikolausgeschenk für ihn.

Der Einkauf gestaltet sich als echte Herausforderung. Entweder gibt es das, was ich mir aussuche nicht in meiner Größe, oder nur in Weiß; und Weiß hat mir Eric strikt verboten; oder aber die Materialien sind nicht die, die es sein sollen. Oder zu viel Stoff für den Geschmack des Herrn. Irgendwann habe ich es geschafft, und zumindest drei Teile gefunden, von welchen ich denke, dass sie wohl ganz gut ankommen werden. Den Termin hab ich auch. Na also.

Abends spät ruft noch Mia an, und teilt mir mit, dass sie schon ein paar Tage vor Weihnachten nach Hause kommt. Ich freue mich riesig. Wir quasseln noch eine gute Stunde lang und dann geh ich unter die Dusche. Es fällt mir sehr schwer, dem Verlangen, mich zu berühren, zu widerstehen. Doch Eric hat mir keine Erlaubnis erteilt, und ich habe mir geschworen, enthaltsam zu sein in dieser Woche. Also gehe ich schnell schlafen, bevor ich der Versuchung erliege, meine guten Vorsätze wieder einmal über den Haufen zu schmeißen.

Mittwochs, so auch heute, ist es immer etwas ruhiger in der Gärtnerei, sodass ich mal eine ausführliche Stippvisite durch die Gewächshäuser machen kann. Herrlich diese Wärme, angesichts der draußen herrschenden Minusgrade. Ich gehe langsam durch die Reihen der Beete, welche nach frischer Erde riechen. Ich liebe den Duft. Einen kurzen Moment halte ich inne und genieße es, als plötzlich das Knallen der Tür mich aufschreckt. „Amelie?", rufe ich, doch es kommt keine Antwort. Ich rufe nochmal. Wieder nichts. Langsam wird mir ängstlich und ich will nach meinem Handy greifen, doch das liegt blöderweise noch auf meinem Schreibtisch. Leise schlüpfe ich in eine Ecke, in der ich mich hinter einem Haufen aus Rindenmulch verstecke.

„Hier drückst du dich also rum! Ich hab dich gesucht, und Amelie sagte mir schließlich, dass du einen Rundgang machen wolltest." Mir steht vor Schreck der Mund offen und ich kann nur stottern. „Steve, was machst du denn hier?" Dieser grinst nur frech. „Ich freue mich auch, dich zu sehen!" Es ist ja nicht so, dass er noch nie hier war; wir mussten uns früher öfters hier treffen, damit mein Mann uns nicht aus Versehen mal in flagranti erwischt; doch seit es zwischen Steve und mir aus ist, haben wir nur einmal kurz miteinander telefoniert, mehr nicht. „Steve, was soll das?", frage ich streng, nachdem ich mich wieder im Griff habe. „Du hast hier nichts mehr zu suchen." Doch dieser scheint völlig unbeeindruckt. Im Gegenteil seine Arroganz und seine enorme Entschlossenheit lassen meine Nackenhaare aufstellen, wie eine Armee Zinnsoldaten. So kenne ich ihn gar nicht, doch ich muss gestehen, dass mir der ‚neue Steve' außerordentlich gut gefällt.

„Ich wollte dir nur persönlich schon mal ein schönes Weihnachtsfest wünschen, und sichergehen, dass du auch ordentlich die Rute zu spüren bekommst!" Er macht einen Schritt auf mich zu, packt meine Arme nach oben und drückt mich in den Haufen. Ich versuche, mich ihm zu entziehen, doch dadurch rutscht der Haufen nur auseinander und Steve kommt auf mir zum Liegen, und bedeckt meinen Mund mit Küssen. Da ist es wieder, das Kribbeln. Doch ich wehre mich trotzdem weiter und Steve wird immer derber. Mit einer Hand hält er meine beiden Handgelenke fest über mir zusammen, während er mit der anderen hektisch meine Hose öffnet und sich danach den Weg zu meiner bereits feuchten Mitte bahnt. Ein Stöhnen entfährt ihn, als er am Ziel ist, doch kurz darauf entfernt er sich wieder aus mir und hält mir seinen triefenden Finger unter die Nase. „Aha, und du bist der Meinung, ich errege dich nicht mehr?" Sein lautes gehässiges Lachen versetzt mir einen Stoß ins Herz. Er hat Recht. Verdammt, warum hat Steve noch immer eine solche Wirkung auf mich? Als er versucht, seine Hose öffnen, weiß ich, wenn ich ihm jetzt nicht Einhalt gebiete, bin ich verloren. Dann kann ich nicht mehr widerstehen. Das will ich jedoch nicht zulassen und beginne, laut zu protestieren, woraufhin seine Hand sofort meinen Mund verschließt. „Das ist es doch, was du immer wolltest, oder nicht? Ich werde dich jetzt ficken, auch ohne dein Einverständnis. Werde meinen Schwanz in dich rammen, bis du um Gnade bettelst." Allein seine Worte setzen mich fast in Ekstase. Mein Atem geht schwer unter dem Druck seiner Hand, und mein Körper bebt bereits. „Schschscht!" Um seine Hose weiter zu öffnen, nimmt er die Hand von meinem Mund, worauf ich erst einmal tief durchatme. Ich würde ja gar nicht schreien, und das weiß er. Zum einen, weil ich auf die Aufmerksamkeit meiner Mitarbeiter gut und gerne verzichten kann, und zum anderen, weil meine Abwehr mittlerweile sehr angeschlagen ist, und meine Vernunft nahezu gen Null tendiert, nicht zuletzt auf Grund seiner forschen Art. Verflixt, wie erkläre ich dies Eric, denn er hat mir vor seinem Weggang am Sonntagabend noch einmal unmissverständlich klar gemacht, welche Regeln ich in dieser Woche zu befolgen habe. Und Sex mit dem

Exlover gehört definitiv nicht zu meinen Aufgaben. Jeden Fehltritt muss ich in eine Art Strafbuch notieren, und Eric entscheidet dann, welche Strafe er für angemessen hält. Klar könnte ich ihn meine Ausrutscher verschweigen, aber da würde ich mich ja selbst belügen.

Oh Gott, Steves Ständer lässt mich ehrfurchtsvoll erzittern, und ja, ich will ihn in mir spüren, doch ich halte mir sämtliche damit verbundenen Strafen vor Augen. Wenig überzeugend flehe ich ihn an „Nein, bitte nicht, Steve! Hör auf! Ich...", stammle ich, doch Steve lässt sich nicht beeindrucken, denkt, es gehört zur Show, wie wir sie hin und wieder gespielt haben, mit ‚Rape me' von Nirvana im Hintergrund. „Halt endlich still, du Hure!", geht er auf das vermeintliche Spiel ein, und bevor er in mich eindringt, schnellt seine Hand an meine Kehle.

Nicht einmal einen Bruchteil einer Sekunde braucht Steve, um zu wissen, was er dort gerade durch den Rollkragen ertastet hat. Er wirft sofort ergeben seine Arme nach oben, als hätte er sich verbrannt. Sein Schwanz erschlafft auf der Stelle, ohne so recht zu wissen, warum. Dann Stille. Unerträgliche Stille.

Ich wage nicht, mich zu bewegen, erklären brauche ich auch nichts. Irgendwann steigt Steve, abwechselnd schwer nickend und kopfschüttelnd, von mir herunter. „Hast du endlich gefunden, was du immer gesucht hast?!", schnaubt er verächtlich. „Und ich dachte, ich hätte noch eine Chance", sagt er mit Bitterkeit in der Stimme. Doch noch bevor ich etwas darauf erwidern kann, schlägt die Tür auf und jemand kommt in unsere Richtung. Hektisch ziehen wir uns stumm wieder an, doch zu spät. Eric hat sich bereits vor uns aufgebaut. Mit nahezu tödlichem Blick mustert er abwechselnd mich, dann Steve, während vor Wut seine Nasenflügel flattern! Erics eisiger Blick lähmt mich. Doch meine Gedanken überschlagen sich, in Anbetracht, meiner, mich zu erwartenden Strafe, und vor allem Steves entsetzlich traurigen Blickes. Er hat inzwischen sein Gegenüber identifiziert, was nicht sehr schwer war, und legt nun sogar seine Hand, welche kurz vorher noch in mir war, auf Erics Schulter. „Herzlichen Glückwunsch!", nuschelt er nur noch und verschwindet mit schweren Schritten.

Mir ist übel. Ich habe das Gefühl, ich müsste mich übergeben. Dann laufen mir die Tränen unaufhaltsam übers Gesicht. Trotz meiner verschwommenen Sicht sehe ich an Erics emotionslosem Blick, dass ich richtig Mist gebaut habe. Er ist nun nicht einmal mehr wütend, was noch viel schlimmer ist. Er erklärt mit drohender Gebärde und klirrender Kälte in der Stimme „Du hast genau zwei Tage Zeit, um dir klar zu werden, was du wirklich willst." Er sieht mich eindringlich an, und ich wage nicht, zu sprechen. Nach einer erdrückenden Pause fährt er tief Luft holend fort „Schicke am Freitag einen Boten mit einem Umschlag in dem sich dein Halsband befindet zur ‚Villa Blue Bird', wenn du in dein altes Leben zurückkehren willst, und du wirst mich nie wieder sehen." Was? Panik erfasst mich augenblicklich, wie immer, wenn ich die Worte ‚nie wieder' höre. Ich will etwas erwidern, doch Eric schneidet mir mit einer unmissverständlichen Geste das Wort ab. „Wenn du dich allerdings für die Fortführung unserer Beziehung entscheiden solltest; und die Chance gebe ich dir gewiss kein zweites Mal; dann erwarte ich ebenfalls einen Umschlag mit dem Inhalt deines Strafbuchs, worin detailliert die Szene, in der ich dich soeben vorgefunden habe, niedergeschrieben steht. Und zwar von Anfang an. Wie es dazu kam, was passiert war, bevor ich die kleine Idylle gestört habe! Und du wirst nichts unerwähnt lassen, hörst du?" Erics Finger heben mein Kinn empor, und ich nicke heftig. „Ja, mein Herr.", antworte ich mit zittriger Stimme. „Lass das! Wir befinden uns gerade nicht im Spiel!", herrscht Eric mich daraufhin an, bevor er sachlich weiterspricht. „Wählst du die zweite Variante, werde ich entscheiden, wie mit dir weiter zu verfahren ist, bzw. auf welche Art und Weise ich dich für dein Verhalten abstrafen werde. Ich werde dich zu gegebener Zeit wissen lassen, wofür ich mich entschieden habe. Deshalb lass es dir nicht einfallen, die Umschläge selbst abgeben zu wollen. Ich brauche Zeit." Mit diesen Worten lässt er meinen Kopf wieder fallen, als wäre er etwas Verdorbenes aus dem Müllcontainer, dreht sich um und verlässt das Gewächshaus. Ich bleibe zurück wie eine Siebenjährige, welche zwar weiß, dass sie unartig war, ihr aber die Konsequenzen noch nicht ganz klar sind, weshalb sie auch nicht wissen kann, ob sie es wieder tun würde.

Nach Feierabend hole ich mir im Supermarkt noch eine Flasche Wein für den Abend, in der Hoffnung, sie würde meine Entscheidung etwas leichter machen können, doch ich verstehe schnell, dass es dabei nicht vordergründig darum geht, was mir die Zukunft bereiten würde, sondern eher darum, was ich für immer hinter mir lasse, worauf ich für immer verzichten müsste, wenn ich mich für das Halsband entscheide. Aber wiegt es das auf...? Liebe vs. Unterwerfung? Hätte mich das jemand noch vor drei Jahren gefragt, ich hätte ihn verständnislos angeschaut und mich natürlich für die Liebe entschieden. Aber habe ich mich nicht auch mittlerweile ein klein wenig in Eric verliebt?

Es ist mittlerweile zwei Uhr nachts, als ich das Strafbuch zu klappe ...

Zwei Tage nach besagtem Termin, an welchem ich den Boten mit dem Strafbuch zur Villa , geschickt habe, habe ich immer noch nichts von Eric gehört. Mein Finger zuckt rastlos über die Tastatur meines Handys. Als ich fertig geschrieben habe, lösche ich die Mail wieder. Diesen Vorgang wiederhole ich so fünf, sechs Mal, bis ich es nicht mehr aushalte und Erics Telefonnummer wähle. Freizeichen! Mist, was will ich denn sagen? Ich lege schnell wieder auf. Verdammt, er wird es sehen, dass ich angerufen habe! Was soll's? Mir bleibt nur abzuwarten.

Als Eric sich in der darauffolgenden Woche noch immer nicht meldet, gebe ich die Hoffnung fast auf. Sicher hat er meinen ehrlichen Bericht gelesen und nun entschieden, dass es schade, um jede Minute ist, in welcher er seine Zeit mit mir verschwendet. Das macht mich sehr traurig. Das hab ich nun von meiner Ehrlichkeit.

Plötzlich am Freitagabend klingelt es an der Tür. Ich nehme den Hörer der Wechselsprechanlage ab, denn ich will erst einmal hören, wer unten steht, bevor ich den späten Besucher herein bete. „Hallo?"

„Guten Abend. Frau Schneider ...?" Die tiefe fremde Stimme am anderen Ende der Leitung erweckt sofort in mir die Angst, es könnte etwas Schlimmes passiert sein. „Ja, ja das bin ich. Aber was ...?", stottere ich. „Ich soll sie abholen. Seien sie in fünf Minuten bereit, sie brauchen nichts. Ich warte." Noch überrascht von dessen forschen Ton, wird mir klar, dass nur Eric ihn geschickt haben kann.

Ohne zu zögern, lege ich meine Kleider ab und schlüpfe lediglich in den Mantel und die Stiefel. Geduscht bin ich schon und seit einer Woche auch gewachst. Es war schmerzhaft, aber es hat sich gelohnt, und es ist noch kein einziges Haar wieder zu sehen.

Unten vor der Tür steht ein hochgewachsener Mann, den ich vorher noch nie gesehen habe. „Kommen Sie, Master Eric mag es nicht, wenn man ihn warten lässt!", drängt er mich die Stufen hinab. Also doch! Wir steigen in die große Limousine, ein Volvo, was sonst, und verbringen die Fahrt aus der Stadt schweigend.

Auf dem Parkplatz der Villa kommt der Fahrer um den Wagen herum, um mir beim Aussteigen zu helfen und bietet mir seinen Arm zum Geleit. Bevor wir auf die große Eichentür zugehen, bleibt er jedoch plötzlich stehen, und befördert aus seiner Manteltasche eine schwarze Maske, wo noch nicht einmal Löcher für die Augen ausgespart sind.

„Ziehen Sie sie über, schnell!" Mich wundernd, aber schließlich keinen Gedanken an meine Frisur verschwendend, tue ich, was mir aufgetragen wurde, und kurz darauf höre ich auch schon, wie sich die Tür öffnet. Wortlos werde ich übergeben und bekomme den Mantel abgestreift. Klick, schon schnappt die Leine an meinem Halsband ein, und der Weg, den ich bereits kenne, führt geradewegs ins Spielzimmer. Dort höre ich das Geklapper hoher, sehr hoher Absätze. Eine Frau?
Noch bevor ich zu Ende denken kann, werde ich über dem Strafbock drapiert, Hände und Füße jeweils an den Beinen des Bockes fixiert. Nun vernehme ich, wie Leder pfeifend die Luft zerteilt. Das kenne ich ja schon, doch diesmal klingt es schärfer. Wieder Absätze, deren Klicken um mich herum zu wandern scheint. Melanie würde sie so etwas tun? Wobei im ‚Schwarzen Engel'...? Oder Tatjana, das kleine Luder von der Party? Nein, die war zu schüchtern, um selbst die Peitsche zu schwingen.
Aauuu! Plötzlich ohne Vorwarnung trifft ein Peitschenschlag genau zwischen meine Schenkel. Ich schreie auf, doch es hilft nichts. Wieder und wieder prasseln die Hiebe auf meine zarte Haut, welche mittlerweile feucht geworden war. Kleine Rinnsale bilden bereits ihren geschlängelten Weg an meinen Schenkeln hinab. Mit intensiver Härte folgt ein Schlag dem anderen. Dann hören die Schläge plötzlich auf und ich atme erleichtert aus. Ich bemerke erst jetzt, dass ich die ganze Zeit die Luft angehalten habe. Irgendwas ist heut' anders, die Schläge sind anders, mein Gefühl ist anders. Ich kann mich doch sonst bei Eric fallen lassen. Noch bevor ich weiter darüber nachdenken kann, treffen mich zwei kurze Hiebe genau auf mein Geschlecht, was ohnehin mittlerweile schon geschwollen und hochsensibel ist. Die Schmerzen sind schier unerträglich, da meine Nässe die Härte des Aufpralls noch verstärkt. Ich wimmere und bettle, bin schweißgebadet vor Erregung und Tränen laufen mir über das Gesicht, fallen tröpfchenweise auf den

Marmorboden. In allerletzter Not könnte ich das internationale Safeword verwenden , MAYDAY'. Dies käme mir aber wie ein Verrat an mir selbst vor. Ich habe mich dafür entschieden und nun muss ich es auch ertragen.
Ich weiß nicht, wie lange ich dieser Folter unterzogen wurde. Irgendwann heben mich lange zarte, höchstwahrscheinlich die gleichen Hände, welche mich gerade derb das Leder spüren ließen, vom Strafbock und ich denke, man sei fertig mit mir. Doch weit gefehlt. Man schiebt mich so lange rückwärts, bis mich zwei gekreuzte Balken bremsen. Dann ‚spaxt' man mich an das Andreaskreuz und versieht meine Warzen mit eisernen Klemmen, die wie Nadeln in meine Nippel stechen. Dann gleiche Los hat auch mein Kitzler zu erwarten, allerdings wird er durch ein Gewicht noch zusätzlich nach unten gezogen. Ich wimmere leise vor mich hin. Vor Schmerz und vor Verlangen. Ich hoffe immer noch, Eric würde sich jetzt meiner erbarmen, und, von mir aus auch nach einer weiteren Bestrafung durch seine Hände, mich endlich ordentlich nehmen, wie ich es mir schon die letzten zwei Wochen ersehnt habe. Ich will ihn spüren, in jeder meiner Öffnungen. Schwer atmend male ich mir hinter meiner schwarzen Wand die nächste Aktion, welche ich zu erwarten habe, schön. Doch dann wird mir plötzlich die Maske vom Kopf gerissen und Eric steht dicht vor mir. „Ich sehe, es hat dich erregt, von ihr gezüchtigt zu werden?" Hinter ihm steht; ich hätte es wissen müssen; Lucy, die Domme aus dem Fetischladen. „Dann wirst du jetzt mal schön deine Augen aufhalten!"
Eric zitiert Lucy zum Käfig, dreht ihn so, dass ich ihn auch gut einsehen kann, und lässt sie dann auf der Schaukel Platz nehmen. So wie sie sich nun nach hinten beugt, bietet sich mir ein großzügiger Blick auf ihre nasse gerötete Spalte. Eric tritt vor sie und bearbeitet sie zunächst mit dem Wicked-Wand. Sie bäumt sich auf und stöhnt laut unter den Vibrationen des Gerätes. Ich werde nun fast wahnsinnig. Ich wünscht' mir so sehr, Eric würde mir an ihrer Stelle

diese Lust verschaffen. Doch im Gegenteil, er massiert seinen prallen Ständer noch zwei, drei Mal, und dringt dann in ihre heiße bebende Schlucht. Ihr Stöhnen wird lauter und unkontrollierter. Ich vergehe unterdessen vor Lust und vor Neid. Dann entfernt sich Eric wieder aus ihr, und ich atme auf. Jetzt bin ich an der Reihe, freue ich mich schon, doch Eric nimmt sich stattdessen Lucys einladenden Hintereingang vor. Er schmiert mit ihrem Saft das zarte Loch, was sich in diesem Moment so zartrosa und zerbrechlich darstellt, führt seinen Schwanz ganz langsam in ihre Pforte, und ich muss meine Augen schließen, so sehr erregt und demütigt es mich zugleich. „Du sollst die Augen offenlassen, Sklavin!", fährt mich Eric unvermittelt an und sofort schickt er mit seinem strengen Ton unzählige Wellen der Lust durch meinen Körper. Mühsam hebe ich meine Lider und sehe, wie er ihre Klitoris zusätzlich mit dem Massagestab bearbeitet, während er im schnellen Rhythmus mit seinem Schwanz in ihren Anus stößt. Sie schreit und stöhnt, als sie kommt, und ich wünsche mir einmal mehr, an ihrer Stelle zu sein. Es ist so unerträglich, dem zuzuschauen. Das tut so weh, mehr als all die Schläge zuvor. Die Tränen laufen mir unaufhaltsam übers Gesicht, doch ich gehorche und sehe hin. Mein Blick haftet voller Neid auf Lucys nasser zuckender Spalte. Irgendwann lässt Eric von ihr ab, ohne selbst gekommen zu sein. Warum verwehrt er sich selbst die Erlösung?

Er schließt seine Hose und kommt auf mich zu. Mit Genugtuung sieht er mich an, und wischt eine Träne von meiner Wange. „Ich hoffe, du weißt jetzt, wie sich das anfühlt!" Das war also die Strafe, welche er sich für meinen Fehltritt mit Steve im Gewächshaus ausgedacht hat? Die zeigt ohne Frage Wirkung. Ich wurde noch nie so gedemütigt. Und ich senke den Kopf, während mir die Worte ganz leicht über die Lippen kommen „Danke mein Herr, dass ich die Strafe für mein Fehlverhalten spüren durfte." Lucy verschwindet ohne ein Wort und ohne mich eines Blickes zu würdigen. Von mir aus. Ich war sowieso nicht so gut auf sie sprechen, und jetzt erst recht nicht mehr. Moment ..., ich bin jetzt nicht etwa eifersüchtig, ne? Nein, sie war für Eric nur Mittel zum Zweck, beruhige ich mich. Er hat ja noch nicht einmal abgespritzt.

„Ich erwarte dich in einer Minute im Kaminzimmer. Nackt und in der Haltung, wie es sich für eine gehorsame Sklavin gebührt!", befiehlt er mir, während er die Manschetten öffnet, womit ich am Kreuz befestigt war. „Jawohl, mein Herr." Ich wende mich ab und reibe mir erst einmal stoisch meine Handgelenke. Wie unter Hypnose begebe ich mich dann in besagtes Zimmer. Meine Gedanken bei dem quälenden Film, welcher gerade real vor meinen Augen ablief. Ich knie nackt, die Hände im Rücken gekreuzt und den Kopf gesenkt im Kaminzimmer vor der Couch, auf welcher es sich Eric gemütlich gemacht hat. Eine Zeit lang passiert gar nichts. Unerträgliche Stille erfüllt den Raum. Ich wage nicht, den Blick zu heben.

Nach einer gefühlten Ewigkeit erhebt sich Eric und geht in grauenvoller Langsamkeit um mich herum. Er scheint mich von allen Seiten zu betrachten, um sicher zu gehen, dass ich unbeschadet geblieben bin, während der letzten Tage. Ich komme mir vor, wie eine Kuh auf dem Markt, welche erst gründlich begutachtet wird, bevor der Bauer sie kauft. „Nun, ich freue mich über deine Entscheidung, in Zukunft ein Leben am Halsband führen zu wollen.", beginnt er; wie es scheint, sich jedes Wort sorgfältig überlegt zu haben; mit einer Zusammenfassung meines Berichtes. „...wobei ich zwischen den Zeilen in deinem Strafbuch durchaus etwas Wehmut lesen konnte. Kann das sein, Sklavin?" In seiner ruhigen Stimme liegt nichts Bösartiges, nichts Drohendes, nur ein wenig Unglaube oder sogar die Hoffnung, sich zu irren. „Ja, mein Herr, vielleicht ein klein wenig", antworte ich ehrlich. Erics geräuschvolles Luftholen lässt mich erschauern. Wieder Stille. Dann beugt er sich etwas zu mir herunter „Hör mir jetzt ganz genau zu!", etwas zu schnell kommen die fast geflüsterten Worte nun über Erics Lippen, als fürchte er, sie nie zu sagen, wenn er sich jetzt nicht beeilt, woraufhin eine unendliche Pause folgt, als ob er abwägt, seine Ausführung an dieser Stelle doch zu beenden. Er richtet sich wieder auf und fährt fort „Ich will, dass du zu diesem Steve gehst ..." „Waaas? Ich soll ...", meine Position vergessend, fahre ich erschrocken hoch und Erics Blick scheint von weit herzukommen, bevor er mich mit zusammengekniffenen Augen anherrscht „Auf die Knie! Was fällt dir ein?" Sein fester Griff in meinen Nacken schickt mich wieder in die Ausgangsstellung zurück. Demütig senke ich mein Haupt und schließe die Augen. Ich habe genug gesehen. Erics Blick war voller Schmerz. Deshalb sollte ich ihn nicht ansehen, und deshalb schicke ich schnell ein „Ich bitte um Verzeihung, mein Herr.", hinterher.

„Du wirst zu diesem Steve gehen und ihn alles, und hörst du alles erzählen. Bring ihn dazu, mit dir in den „Schwarzen Engel" zu gehen. Ich möchte, dass er weiß, was wir tun. Ich möchte nicht, dass er dich wegen deiner Neigung verachtet. Ich möchte, dass er es versteht ... und ich möchte nicht, dass du deine Vergangenheit für mich aufgibst." Hartes Schlucken war zu vernehmen. Was bezweckt Eric nur damit. Will er ihn zusehen lassen? Ihn noch mehr quälen? Als ob er meine Gedanken lesen könnte, setzt er hinzu „Vielleicht habt ihr ja noch eine Chance." In seiner Stimme lag so viel Bitterkeit. Er dreht sich um und geht zur Bar, um sich ein Glas Whisky einzuschenken, welches er in einem Zug leert, um es gleich darauf neu zu füllen. Ich wage nicht, aufzustehen. Er setzt sich wieder auf die Couch und seufzt gequält. „Komm her, Chris! Komm her zu mir! Bitte!" Ich tue, was er verlangt und setze mich auf seinen Schoß, wie ein kleines Kind. „Deinen Zeilen war nicht schwer zu entnehmen, dass du ihn immer noch liebst. Ich möchte dich nicht verlieren, aber ich möchte auch nicht zwischen euch stehen. Wenn er erst einmal sieht, was wir tun, kann er es vielleicht verstehen, oder findet am Ende sogar selbst

Gefallen daran. Dann ...", er bricht ab und schluckt hart. Ich horche seinen Worten und weiß, was er mir sagen will. „Das glaube ich eher nicht.", flüstere ich. „...obwohl ich weiß, dass es nicht unmöglich ist", setze ich in Gedanken hinzu. Ich hab plötzlich das Gefühl, Eric trösten zu müssen. „Ich werde es aber versuchen, mein Herr. Und ich bitte nochmals um Verzeihung für mein Fehlverhalten.", meine klägliche Entschuldigung unterstreiche ich mit einem Augenaufschlag, setze aber sofort nach. „Bitte bestrafe mich. Jetzt!" Das letzte Wort war nur geflüstert, aber verfehlte seine Wirkung nicht. Er stößt mich weg. „Seit wann entscheidest du, wann ich dich bestrafe?" Seine Stimme klingt mit einem Mal wieder herrisch und dominant, damit kann ich besser umgehen, und Eric erhält seine Dominanz wieder. „Natürlich entscheidet das nicht die Sklavin, mein Herr!", antworte ich gehorsam und beziehe wieder Position auf dem Boden.

„Aber gut, komm mit!", knurrt er wie erwartet. Doch dieser Befehl erweist sich als überflüssig, da Eric mit einem lauten Klick die Leine an meinem Halsband befestigt, und mich mit sich zerrt, sodass ich fast ins Stolpern gerate.

Kurze Zeit später finde ich mich im großen Badezimmer wieder, wo Eric mich in die riesige Dusche schubst. Ich denke, er will mich wieder an den Schlaufen fixieren und stelle mich breitbeinig, die Hände über dem Kopf auf. Doch scheinbar steht ihm heut' nach etwas anderem der Sinn. „Setz' dich hin!", befiehlt er und ich platziere daraufhin meinen Hintern auf die, dank der Fußbodenheizung, warmen Fliesen. Eric verlässt die Nasszelle, um kurz darauf mit zwei Stricken, Klammern und einen Bottich Eiswasser, das höre ich am Klappern, zurückzukehren. Er hakt den Bottich irgendwo an der Decke ein, bevor er die Klammern auf meine empfindlichen Nippel setzt, sodass ich aufschreien muss. Mit den Stricken zuerst mein linkes Handgelenk an das linke Fußgelenk fesselt, um dann das Gleiche mit der rechten Seite zu zelebrieren. Stolz betrachtet er sein Werk, worauf er mir belustigt einen Klaps auf die Stirn gibt, sodass ich nach hinten umfalle. Ich will gerade lautstark protestieren, als Eric mit einem Satz über mir kniet und meinen Kiefer zusammendrückt, damit sich mein Mund öffnet. „Du schweigst und denkst über die Schande nach, die du dir erlaubt hast!" Und ehe ich mich versehe, steckt ein Knebel zwischen meinen Zähnen, dessen Klettband Eric mit flinken Fingern an meinem Hinterkopf schließt. Danach greift er nach der Leine, führt sie durch eine Öse an der Wand und bindet sie an ein Seil, dessen Ende er am Griff des Bottichs befestigt, und man braucht nicht viel Phantasie, um zu erraten, was passiert, wenn ich den Kopf hebe. Na klasse! Amüsiert schaut Eric auf mich herab, und ich werfe ihm einen bösen Blick zu, was ihn noch mehr belustigt. „So gefällst du mir am besten. Wütend und doch schweigsam, und dein Sklavinnenfötzchen sowie dein reizvoller Hintereingang leicht zugänglich. Sehr schön!" Daraufhin wendet er sich a,b um sich seiner Jeans zu entledigen, das einzige Kleidungsstück, was er heute Abend trug. Sein Glied steht bereits in erigierter Angriffsstellung vom Körper weg. Die pralle Eichel glänzt, und sein Schaft ist mit dicken Adern überzogen. Mir läuft das Wasser im Mund zusammen und an den Mundwinkeln nach außen, denn der Knebel macht das Schlucken schwer. Es ist von Eric sicher auch nicht vorgesehen, dass ich ihm jetzt orale Befriedigung verschaffen soll. Ich weiß überhaupt nicht, was er vorhat. Das beunruhigt mich etwas. Er tritt wieder auf mich zu und kniet sich vor mich, während er über meinen gewachsten Venushügel streicht, was mir sofort einen wohligen Seufzer entlockt, zumal sein Schwanz auf meinen feuchten Eingang zeigt und diesen ab und zu zart anstupst. „Sehr schön, Sklavin, schön glatt!", nickt er anerkennend und ich freue mich, dass sich die Investition und vor allem der Schmerz gelohnt haben. „Wenn deine zarte Haut jetzt gleich ein wenig verwöhnt wird, wirst du es besonders genießen können. ", fährt er mit listigem Blick fort. Dann greift er hinter sich und hält in jeder Hand zwei kleine schwarze Vierecke, aus denen jeweils ein Kabel hängt, hoch. Scheiße, bloß kein Strom! Erschrocken reiße ich die Augen weit auf und deute auf den Bottich über mir. Doch Eric beruhigt mich „Keine Angst, wir fangen ganz sanft an. Vertrau mir!" Als er mit der Zunge über meine Arschbacken und meinen Venushügel gleitet, worauf er anschließend die Pads platziert, werde ich richtig panisch. „Schscht, durch die niedrige Frequenz kann auch im Wasser nichts passieren, glaub mir. Aber du musst still halten!", versucht Eric erneut, mich zu beruhigen und kurz darauf spüre ich schon, wie meine Haut leicht zu kribbeln beginnt. Es ist ein angenehmes Gefühl. Wärme macht sich breit und meine Erregung lässt mich mittlerweile schwer atmen. Das Kribbeln geht nun in ein Klopfen über, welche die Lustwellen nur so durch meinen Körper schickt. Ich beginne zu wimmern und spüre, wie die Nässe zwischen meinen geschwollenen Schamlippen hervortritt. Es fällt mir immer schwerer, mich nicht zu bewegen. Mein Becken will sich im Rhythmus der Vibration winden, doch die Angst vor dem Eiswasser lässt mich alle Kraft dafür aufbringen, stillzuhalten. Plötzlich erhebt sich Eric, hält demonstrativ den Stromregler hoch und dreht scheinbar auf die höchste Stufe. Ich schreie hinter meinen Knebel, doch Eric hat kein Erbarmen. „Wehe du kommst, bevor ich es dir erlaube!". Er legt den Kasten weg und wendet sich ab. Er will mich doch jetzt hier nicht so liegen lassen? Ich versuche meine Erregung zu dämpfen, indem ich versuche, meine Schenkel zu schließen, doch sofort ist Eric bei mir und treibt sie mit den Füßen wieder auseinander. Sein Blick ist finster und seine dunkle drohende Stimme schickt ein gewaltiges Zucken durch meine Mitte, welches nicht vom Reizstrom herrührt. Ich schließe einfach die Augen und gebe mich dem hin, was jetzt kommen mag. „Du – bist – meine – Sklavin! Du – gehörst – mir! Und - nur – mir! Merke – dir – das – gut, Sklavin! Wenn – ich – mit - dir – fertig – bin, - wirst – du – nie – wieder –

einen – anderen – an – deine – gierige – Möse – lassen, - ohne – mich – vorher – um – Erlaubnis – zu – fragen!" Wohlig lass ich die Worte in mir nachklingen, bevor Eric weiterspricht. „Wenn ich dich erst einmal markiert habe, will sowieso keiner mehr an deine schlampige Sklavenfotze." Während Eric dabei laut und gehässig auflacht, starre ich ihn ungläubig und voller Angst an. Will er mich etwa brandmarken? Das ist ein Tabu, das wird er doch nicht brechen. Panik vermischt mit Erregung beherrscht mein Sein. Eric spürt, was in mir vorgeht und nickt mir kaum merklich, beruhigend mit einem Augenzwinkern, zu. Aber ich sehe auch ein ganz klein wenig Enttäuschung in seinem Blick, und ich schäme mich sofort dafür, ihm misstraut zu haben. Aber auch ein Stück weit beruhigt, schließe ich wieder meine Augen und warte ab, als ich plötzlich etwas Warmes auf meinem Bauch spüre, was langsam weiter nach unten gleitet. Ich lasse meiner Phantasie erst einmal den Vortritt, bevor ich die Augen öffne. Dann wird mein Blick gefesselt von Erics harten, stählernen Schwanz, welcher auf meine Pforte gerichtet ist und mit seinem goldenen Strahl direkt auf meine so empfindliche Perle zielt. Das ist...! Das ist... der blanke Wahnsinn! Okay, Natursekt stand nicht auf meiner No-Go – Liste. Worüber ich gerade eben sehr froh bin, wie ich zugeben muss. Mein Herz rast, mein Atem geht hektisch, und als Erics Stimme abermals losdonnert „Du gehörst mir! Und nur mir. Ich spüle dich rein von fremden Samen, und dann wird nur noch mein Saft in dir sein. Du bist mein!". Das ist zu viel für mich und kostet mich das letzte Bisschen Verstand. „Und jetzt komm, Sklavin!" Die Worte kamen gerade noch rechtzeitig, obwohl sie an Überflüssigkeit, kaum hätten zu überbieten sein können, denn im gleichen Moment werde ich von einem so heftigen Höhepunkt mitgerissen, dass alles um mich herum versinkt. Mein Süden zuckt nun haltlos, was durch die Nässe in Verbindung mit den Stromimpulsen noch intensiviert wird. In meiner Ekstase werfe ich den Kopf hin und her, und der

Bottich über mir gerät ins Wanken. Ein Schwall eiskalten Wassers ergießt sich auf meinen Brüsten, und meine beklammerten, sensiblen Nippel beginnen auf angenehme Weise zu schmerzen, was meinen Orgasmus immer wieder aufleben und ins Grenzenlose zu dehnen scheint.

Irgendwann komme ich langsam wieder zur Erde zurück und lächle Eric, soweit das mit dem Knebel möglich ist, mit verschleiertem Blick an. Dieser grinst liebevoll zurück, während er die letzten Tropfen aus seinem, noch immer prallen Ständer drückt. Dann bindet er mich los, beugt sich vor und indem er meinen Oberkörper anhebt, nimmt er mir den Knebel und die Leine ab. Ich lecke mir instinktiv über die Lippen, als sein Schwanz dabei vor meinem Gesicht auf und nieder hüpft. „Gleich, meine Brave, gleich!", murmelt Eric, und steckt dabei seinen Finger in meine klitschige Möse, um ihn mir dann direkt in den Mund zu stecken. „Nimm erstmal das, du Gierhals! Kannst einfach nicht genug kriegen, oder?" Ich saug' genüsslich an seinem Finger und setze mich auf, um ihn nicht zu verlieren, als Eric ihn wieder zurückziehen will. Mit zwei Fingern hebt Eric meinen Kopf und schlägt mit seinem Schwanz mehrmals auf meine Lippen. „Wem gehörst du, Sklavin?", seine Augen sind nun nur noch Schlitze, sein Blick eindringlich und seine Stimme dunkel. „Dir, mein Herr. Ich gehöre nur dir", flüstere ich heißer und voller Verlangen, doch mit absoluter Überzeugung. „Brav. Lektion gelernt!", erwidert er zufrieden und zerrt mich an den Haaren nach hinten, sodass mir ein „Ahh.", entweicht, und Eric meinen weit geöffneten Mund als Einladung ansieht, weshalb er sich sofort tief in meiner Kehle versenkt. Kurz muss ich würgen, kann jedoch den Reflex schnell weg atmen, und genieße einfach die glatte weiche Haut seines Schwanzes zwischen meinen Lippen. Eric stöhnt, und ich widerstehe dem Drang, genießerisch meine Augen zu schließen. Stattdessen beobachte ich Erics Miene, während ich meine Zunge um seine Eichel flattern lasse, um sie kurz darauf in dem kleinen

Schlitz zu versenken. Erics Schwanz pulsiert in meinem Mund, und seine Hände in meine Haare gekrallt, geben einen schnellen intensiven Rhythmus vor. Meine Zunge spürt die dicken Adern an seinem Schaft, die fast zu platzen drohen und seine schnellen tiefen Atemzüge sagen mir, dass er es nicht mehr lange halten kann, und plötzlich reißt er auch schon unter lautem Stöhnen seinen Kopf in den Nacken und schickt seine heiße Samenfontäne direkt in meine Kehle. Ich versuche zu schlucken, doch so eine gewaltige Ladung bekomme ich nicht auf einmal hinunter. Sein Sperma rinnt mir aus den Mundwinkeln und ich fühle mich so richtig schön beschmutzt und benutzt. Sorgfältig lecke ich sein Glied sauber. Wenig später zieht mich Eric sanft in seine Arme. Es bedarf keiner Worte.
Die halbe Nacht reden wir noch. Auch über mein vermeintliches Misstrauen gegenüber Eric während der Session.

Der nächste Morgen ruft Erics Idee, mich mit Steve zu treffen, wieder in mein Gedächtnis. An Steve habe ich die ganze Zeit überhaupt nicht denken müssen. Jetzt starre ich in meine Kaffeetasse und er ist wieder präsent. „Was hast du?", fragt mich Eric auch prompt, den scheinbar nichts verborgen bleibt. „Ach nichts weiter.", versuche ich, die Sache abzutun, doch ich weiß, dass es nix bringt, denn Eric hebt bereits drohend seine Augenbrauen. „Ich verstehe es nicht, Eric. Auf der einen Seite markierst du mich, weil ich nur dir gehöre. Auf der anderen willst du nicht zwischen mir und Steve stehen? Was soll das, Eric? Ich weiß auch immer noch nicht, was du damit bezwecken willst, Steve in den ‚Schwarzen Engel' zu locken. Willst du, dass er grün wird vor Ärger, wenn er uns zusammen sieht? ... So wie du letztens?" Eric lacht herzhaft auf. „Also ich mag ja ein wenig sadistisch sein, aber das wäre nicht mein Niveau." Er

umfasst meine beiden Hände samt Kaffeetasse, wird plötzlich erst und sieht mir tief in die Augen. „Nein. Ich möchte, wie schon erwähnt, dass er sich selbst ein Bild davon macht, was wir tun. Damit er es verstehen lernt und dich nicht mehr verachtet." Daraufhin macht er eine längere Pause und runzelt die Stirn, bevor er tief Luft holt, als sammle er Kraft für seine nächsten Worte, welche er am liebsten ungesagt lassen würde. „Wenn ihm wirklich noch etwas an dir liegt, akzeptiert er deine Vorlieben..." Hä, hab ich mich soeben verhört? Was soll das denn jetzt? Will Eric mich loswerden? Fragend schaue ich ihn an. „Also ist es mehr oder weniger ein Test?", beginne ich vorsichtig. „Soll ..., soll das heißen, wenn er es toleriert, gehe ich zu ihm zurück? Und wenn er es nicht akzeptiert...? Dann... hast du gewonnen? Willst du das damit sagen, Eric?", meine Stimme wird immer lauter und bebt. In mir tobt es. Werde ich auch gefragt, was ich will? Soll etwa Steve mein Schicksal, wenn auch unbewusst, bestimmen? Ich will Eric nicht verlieren, und erst recht nicht auf so eine perfide Art. Erics Gesicht erhellt sich schlagartig, wenn auch nur kurzzeitig. Ich weiß genau, dass er meine Gedanken erraten hat. Er kennt mich besser, als mich jemals jemand kannte. Noch nicht mal ich selber. Er liest in mir, und ich merke, wie ich rot werde. Hastig nehme ich einen großen Schluck und ersticke fast daran. Erneut umklammert Eric wieder meine Hände, und etwas ist in seinen Augen, was vorher nicht da war. Liebe? Hoffnung? „Auch wenn er es akzeptiert, die Entscheidung liegt letzten Endes bei dir, und bei niemand sonst. Du gehörst mir dann immer noch als Sklavin. Das musst du ihm klarmachen, hörst du?" Ich seufze laut hörbar. „Warum muss die Welt nur immer so kompliziert sein?" Eric küsst mich sanft auf die Stirn. „Das ist sie nicht, wir Menschen machen sie so. Das Leben ist nun mal kein Ponyhof, aber gerade das hält uns auf Trab."
Okay, was soll's? Es gibt sowieso noch einiges zu klären, vor allem wegen der Sache im Gewächshaus werde ich

Steve zur Rede stellen müssen. Nach dem Frühstück werde ich ihn anrufen, und um ein Treffen bitten. Ich will, nein ich muss mit ihm reden, da hat Eric schon Recht, obwohl ich mir momentan gar nicht so sicher bin, was ich überhaupt will. Will ich mit Steve zusammen sein? Liebe ich ihn überhaupt noch? Aber was wird dann aus Eric und mir? Könnte Steve damit leben, wenn ich mich weiterhin mit Eric treffe? Und wenn ich bei Eric bleibe? Werde ich Steve nicht doch eines Tages so sehr vermissen, dass es mich zerreißt? Verdammt!

Steves Stimme klingt noch etwas verschlafen. Ich entschuldige mich sofort für die Störung und beteuere, später noch einmal anzurufen; kann ja auch sein, dass er nicht alleine die Nacht verbracht hat. Bei diesem Gedanken zieht sich mir alles zusammen und mein Herz krampft. Ich höre, wie Steve am anderen Ende der Leitung einen Schluck, wahrscheinlich Kaffee, sein Lieblingsgetränk, nimmt, und auch sofort wacher klingt. „Was willst du? Hast du genug von den Spielchen? Darfst du mich überhaupt anrufen, oder wirst du bestraft, wenn er dahinterkommt? Vielleicht willst du das ja gerade?" Seine Worte tun mir unendlich weh, und ich bin drauf und dran, das Gespräch zu beenden, doch ich reiße mich zusammen, das ist unsere letzte Chance, friedlich auseinanderzugehen. Ich spüre, wie sich ein Kloß in meinem Hals breit macht und ich schlucke hörbar, während mir bereits Tränen in die Augen schießen, deshalb warte ich einen Moment, bevor ich zum Sprechen ansetze. „Bist du noch dran?", jetzt klingt er fast ein wenig besorgt, und ich nehme meinen ganzen Mut zusammen. „Ja, ich bin noch dran. Steve ich muss mit dir reden. Und ja Eric weiß Bescheid, er hat mich sogar mehr oder weniger dazu gedrängt." Steve lacht bitter auf. „Also ist es ein Befehl von ihm? Das gefällt dir, nicht wahr? Du kommst also nicht aus eigenem Interesse auf mich zu?" „Steve bitte, was soll denn das? Eric hat gemerkt, dass es mich belastet, so mit dir auseinandergegangen zu sein, damals im Gewächshaus.

Lass uns bitte in Ruhe reden, ja?" Ein tiefes Luftholen in der Leitung und Steve willigt ein. „Okay von mir aus. Ich hab heute frei, du kannst gleich vorbeikommen, wenn du willst … oder darfst." Ich wollte schon wieder aufbrausen, besinne mich aber doch eines Besseren und flüstere nur „Danke, bis gleich."
Eine halbe Stunde später klingle ich an Steves Tür. Ich musste Erics Wagen nehmen, denn meiner steht ja bei mir zu Hause. Er öffnet, schaut mich von oben bis unten an und pfeift durch die Zähne. „Mann o Mann, was für Waffen! Komm rein." Den Kommentar über meine Stiefel ignoriere ich und laufe Steve hinterher in die Wohnung.
Oje, dort tobt das Chaos. Er war zwar noch nie ein großer Ordnungsliebhaber, aber was hier vorherrscht, grenzt an eine mittlere Katastrophe. „Bin noch nicht zum Aufräumen gekommen", entschuldigt er sich schnell. Meine Frage, seit wie viel Monaten, verkneife ich mir. „Setz' dich doch! Willst du Kaffee?", ruft er wieder aus der Küche. Ich verneine und finde tatsächlich einen Stuhl, der nicht wie die anderen, umzukippen droht, weil die Lehne voller Klamotten hängt. Ich glaub, hier ist, seit wir nicht mehr zusammen sind, noch kein weibliches Wesen wieder über die Schwelle getreten.
„Steve es tut mir leid", beginne ich ohne Umschweif, als er mit seiner Tasse und einen Aschenbecher ins Wohnzimmer kommt. Er raucht sogar wieder. „Aber was im Gewächshaus passiert ist, hätte nicht passieren dürfen. Eric hat dort nichts verloren. Aber du auch nicht mehr. Und erst recht nicht mit diesem Vorhaben. Wir hätten auch erstmal in Ruhe drüber reden können." Steve legt seine Stirn in Falten. „Reden? Hätte ich dich fragen sollen, ob ich dich mal bitte hier auf der Stelle vögeln darf? Komm schon, das willst du doch gar nicht. Und es wäre ja auch nicht so dramatisch ausgegangen, wenn dein Sklavenhalter nicht plötzlich aufgetaucht wäre. Ich konnte ja nicht wissen, dass du jetzt unter Kontrolle bist." Stimmt, verdammt. „Trotzdem, wir hatten es beendet." Steve schnieft verächtlich. „Und? Was willst du

dann hier? Womit kann ich dir dienen?" Seine spöttischen Worte, das letzte hatte er besonders betont, tun mir sehr weh, doch ich bleibe weiter auf Versöhnungskurs. „Ich möchte einfach, dass du weißt, was ich tue, warum es mir wichtig ist. Ich möchte, dass du es verstehst und mich nicht wegen meiner Vorlieben verachtest. Mehr nicht. Steve, mir liegt noch sehr viel an dir, und ich möchte nicht wieder so mit dir auseinandergehen. Vielleicht haben wir sogar noch mal eine Chance, in Zukunft zumindest freundschaftlich miteinander umgehen zu können." Ich mache eine kleine Kunstpause, um meine Worte wirken zu lassen. „Komm mit mir heute Abend in den ‚Schwarzen Engel', und lass mich dir meine Welt zeigen." Steve bekommt fast Schnappatmung, als ich ihn meinen Wunsch unterbreite. „Du willst, dass ich zusehe, wie dich der Kerl schlägt? Das kann nicht dein Ernst sein? Das ist..., das ist irre. Das kannst du nicht von mir verlangen!" Steve fuchtelt mit seinen Armen um sich, und klatscht sich immer wieder mit der Hand an die Stirn. Genervt rolle ich mit den Augen. „Steve es geht hier nicht um Schläge. Es geht um Disziplin, um Dominanz und Unterwerfung. Komm mit, und du wirst es verstehen." Als er nichts erwidert, stehe ich auf und gehe schnurstracks zur Tür. „Ich hole dich um Acht ab."
Anschließend fahre ich wieder zu Eric und berichte ihm von meiner Mission. „Gut gemacht, Schatz." Erleichtert und gleichzeitig niedergeschlagen lehne ich mich an Erics Schulter. Der Kosename Schatz macht es mir nicht leichter, aber das war volle Absicht von ihm.
Belustigte Laute lassen mich skeptisch aufblicken und Eric grinst tatsächlich in sich hinein. „Hey, lachst du mich etwa aus?", frage ich mit einem Hieb in seine Seite. „Niemals, ich habe mir nur gerade den Abend ausgemalt." Irgendwas hat er vor, deshalb frage ich vorsichtig „Kommst du mit in den ‚Schwarzen Engel' oder soll ich lieber nach einem neutralen Dom Ausschau halten?" Seine Miene wird finster, und schon bereue ich meine Frage, als mir die letzte Lektion

wieder bewusst wird. „Wage es nicht! Du isst mit ihm dort zu Abend. Ganz ungezwungen. Ich komme später nach. Lass mich mal machen. Du vertraust mir doch?" Er zieht streng die Augenbrauen hoch und ich weiß, er spielt auf die letzte Session an. „Natürlich Eric, du hast mein vollstes Vertrauen." Sage ich betont ernst und meine es auch wirklich so. Eric schiebt mich sanft aber bestimmt beiseite. „Da fällt mir ein, dass ich noch dringend telefonieren muss." Das war mein Stichwort, ich wollte gar nicht wissen, wen er anruft, was er wieder aushecket. Und ich musste ja auch nach Hause. Außer den Mantel und die High Heels hatte ich nichts bei mir, als ich gestern abgeholt wurde. Plötzlich werde ich sogar rot, als mir schlagartig klar wird, dass ich ohne etwas unterm Mantel zu haben, bei Steve war. Ich will mir ein Taxi rufen, doch das lässt Eric nicht zu. „Ich hab dich gestern entführen lassen, ich bring dich auch wieder zurück." Dagegen protestiere ich nicht! Ich habe sowieso keine Chance.

Zuhause hole ich, nachdem ich aus der Dusche komme, mein neues schwarzes Kleid mit den roten Lackträgern hervor. Darunter ziehe ich eine ebenfalls schwarze Bluse, deren Kragen ich bis hoch verschließe, denn ich will Steve nicht sofort auf mein Halsband aufmerksam machen. Das Korsett fällt darunter ebenfalls nicht gleich auf, da das Kleid nicht so eng ist und obenrum so etwas wie einen Latz hat. Die schwarzen Strümpfe und die Stiefel dazu lassen mein Outfit heiß und etwas streng erscheinen.

Pünktlich um acht parke ich vor dem Eingang des Hauses, indem Steve wohnt. Er wartet bereits, auch wenn er jetzt seine Schritte zum Wagen etwas zögerlich setzt. Wow, er sieht geil aus. Zu einer schwarzen Jeans trägt er ein weißes Hemd, dessen beide oberen Knöpfe offengeblieben sind. Die Lederjacke baumelt nur an seinem Finger über der Schulter.

„Hi", ruft er mir gespielt gutgelaunt entgegen, als er sich auf den Beifahrersitz fallen lässt. Sein Aftershave erfüllt den

Wagen mit Duft aus der Vergangenheit. Ein Duft, der mich an unsere glücklichen Tage erinnert. Ein Duft, den ich einst so liebte und den ich so intensiv wahrscheinlich nie wieder zu riechen bekomme. Verdammt, ich muss mich zusammenreißen, um den aufsteigenden Tränen keine Chance zu lassen. Stattdessen spiele ich die Coole „Hey, schön, dass du dich entschieden hast, mitzukommen." „Klar doch, wo du mich so nett gebeten hast." Der Satz trieft nur so vor Zynismus. Ich hole tief Luft, erspare mir aber jeglichen Kommentar.

Wie immer empfängt uns der Mann im schwarzen Anzug und den weißen Handschuhen mit ausdrucksloser Miene, doch diesmal meine ich, ein kleines verwirrtes Zucken um seine Mundwinkel gesehen zu haben. Wir setzen uns ganz hinter ins Restaurant, nähe der Tür zu den Spielräumen. Steve schaut sich neugierig um, betrachtet aufmerksam die übrigen Gäste des Lokals, und scheint ein wenig erleichtert zu sein, dass niemand zu bizarr aussieht oder handelt. Ich amüsiere mich darüber, obwohl ich vor kurzem selbst ziemlich irritiert zusehen musste, wie eine Sklavin aus einem Hundenapf fraß.

Während des Essens überlege ich krampfhaft, was ich mit ihm anstelle. Ich bin ja auch erst Neuling in dieser Szene. Er kann mich nicht dominieren, aber wie verfahre ich mit ihm? Ich könnte ihm nur einen abgeschwächten Teil, von dem, was Eric mit mir tut, spüren lassen. Ein bisschen mit der Gerte spielen, ein paar Klammern setzen. Mal sehen, ob sich da zwischen seinen Beinen etwas regt. Nur, was hab ich dann gekonnt? Er entdeckt seine devote Seite und dann? Ach das wird sich alles ergeben, sage mir, und führe ihn hinaus in den Flur, über den man zu den einzelnen Spielräumen gelangt.

Vorsichtig schaue ich an die Kästen der einzelnen Türen, doch die meisten Zimmer stehen noch unbenutzt offen. Ich suche das Zimmer mit dem Andreaskreuz darin, da es für meine Begriffe das offensichtlichste Symbol und das geeignetste Werkzeug ist, um einen Anfänger in die Praktiken des BDSM einzuführen oder zumindest diese zu veranschaulichen. Hoffend, dass Eric meine Gedankengänge nachvollziehen kann, betreten wir den Raum. Einen blanken weißen Zettel ohne eine Nachricht stecke ich in das dafür vorgesehene Fach neben der Tür. Eric wird ihn finden und zu deuten wissen.

„Zieh dich aus und lege deine Sachen ordentlich über den Bock!", befehle ich Steve fast schon mit übertriebener Autorität. „Wenn du fertig bist, stellst du dich an das Kreuz!" Ich gehe hinter die Trennwand und ziehe mein Kleid und die Bluse aus, sodass ich nur noch das Korsett, welches meine Brüste majestätisch herausquellen lassen, die Strümpfe und die Stiefel, anhabe. Als ich heraustrete, sehe ich, wie Steve brav am Rad steht und sich scheu umschaut. Sein Penis ist leicht erigiert. Um Zeit zu schinden und um ihn meinen Anblick genießen zu lassen, suche ich in aller Ruhe eine Peitsche für ihn aus. Ich entscheide mich für eine Weiche mit etwas breiteren Riemen, um die Haut nicht zu verletzen. Als ich mich umdrehe, staune ich, wie weit Steves Schwanz doch an Größe zugenommen hat. Neugierig steht er jetzt vom Körper weg und ich würde ihn am liebsten zwischen meinen Lippen spüren, bleibe aber streng. „Beine auseinander!", zische ich und lass die Peitsche laut durch die Luft knallen, bevor ich mich daranmache, Steves Hand- und Fußgelenke in den Manschetten zu fixieren.

Zuerst lasse ich die Riemen der Peitsche sachte über seinen Körper tänzeln, was seinen Schwanz auf und nieder hüpfen lässt. Ob aus Angst oder Geilheit, wage ich nicht, genau zu sagen. Gerade als ich davon so ermutigt wurde, und mit der Peitsche ausholen wollte, kommen Eric und Lucy zur Tür hereingestürmt. „Halt! Schluss! Hör sofort auf damit!", richtet Eric seine Worte an mich, woraufhin ich sofort mein Folterinstrument fallen lasse und auf die Knie sinke. Lucy dagegen nimmt eine neunschwänzige Katze aus dem Peitschensortiment an der Wand und hält sie drohend vor Steve. „Was hast du angestellt, Kleiner, dass du gezüchtigt werden musst?" Aus den Augenwinkeln sehe ich, wie Steve kreidebleich wird und muss innerlich schmunzeln. „Ich...", beginnt er zu stammeln. „Schweig!", herrscht Lucy ihn an. Jetzt tut er mir fast schon leid, aber in Hinsicht auf das, was ihn erwartet, nicht mehr. Schon schlägt sie ein paarmal sachte über seinen Oberkörper, wovon seine kleinen Nippel augenblicklich hart werden.

Unterdessen weist Eric mich an, aufzustehen, und flüstert mir ins Ohr „Gut gemacht, mal sehen, was wir heute aus ihm machen können.", bevor er losdonnert: „Was fällt dir eigentlich ein, Hand an ihn zu legen? Du hast keinerlei Erfahrung! Weißt du, was da alles passieren kann? Lucy wird sich um ihn kümmern." Nun, sie ist nicht gerade meine beste Freundin, aber hier geht es auch nicht um Freundschaft. Soll sie ihn sich vorknöpfen, vielleicht findet er am Ende doch noch Gefallen daran, oder versteht zumindest, was wir tun. Die meisten Doms, waren bei einer Domina in der Lehre.

„Ja mein Herr, es tut mir leid. Ich hätte meine Unwissenheit in Betracht ziehen müssen.", sage ich demütig, obwohl ich nie vorhatte, Steve tatsächlich zu züchtigen, da ich, seit wir hier sind, auf Eric Eintreffen und Unterstützung gehofft hatte. Aber das weiß er auch, und ich spiele das Spiel mit. „Dann geh und nimm Haltung an!" Ich begebe mich daraufhin in die Mitte des Raumes und knie mich, meine Hände hinter dem Rücken zusammengefaltet, hin. Und zwar so, dass Steve eine gute Sicht auf das Geschehen hat. Eric kommt nun wieder auf mich zu, und in seiner Hand hält er eine ganz besondere Peitsche, eine sogenannte Singletail, oder Bullenpeitsche genannt, deren einziger breiter Riemen aus geflochtenem Leder besteht. Sieht gefährlich aus, aber ich weiß, dass sie eher weich ist und dass man damit sehr präzise Schläge verabreichen kann. Mir schwant nichts Gutes. „Auf alle Viere, Sklavin!", erreicht mich nun Erics

Befehl und ich gehorche sofort. Zuerst erhalte ich ein paar Klapse mit der flachen Hand auf meine Arschbacken. „Höher recken, Sklavin. Ich will mich nicht so tief bücken müssen!", bellt er auch schon wieder, während er beginnt, mich überall abzugreifen, was meine Atmung schneller werden lässt, denn jedes Mal, wenn er meine Klitoris berührt, durchfährt mich eine Welle der Lust. Ich höre, wie Lucy derweil hart mit Steve ins Gericht geht. „Stell dich nicht so an, du Jammerlappen! Du wirst wohl ein paar sachte Hiebe von dieser niedlichen Mietze hier ertragen!" Dann höre ich es klatschen und Steves Wimmern erfüllt den Raum. „Eric verteilt meinen Saft, welcher mittlerweile schon ergiebig fließt, gründlich auf meinem Po und dringt mit seinem Finger dabei immer wieder in meinen Anus, was meine Erregung beinahe ins Unermessliche steigert und mich spastisch zucken lässt. „Hab ich dir gesagt, dass du dich bewegen sollst?" „Nein mein Herr, das hast du nicht." Schniefend holt Eric aus und die Gerte prasselt auf mein Fleisch. „Dann halte gefälligst still, bis ich mit dir fertig bin. Ich werde dir jetzt zehn Schläge auf deinen Arsch verabreichen. Dabei kann es passieren, dass ich gelegentlich deine kleine geile Sklavinnenfotze treffe. Weil die schon wieder so nass ist, dass es tropft, hat sie ebenfalls eine Strafe verdient, finde ich." Seine Worte bringen mich fast um den Verstand, und ich stöhne leise vor mich hin. „Du wirst erst kommen, wenn ich es dir erlaube", trichtert mir Eric nochmals ein. Der zweite Schlag trifft noch meine linke Arschbacke, doch als Eric das dritte Mal ausholt, schlängelt sich das Leder punktgenau in meine Spalte und ich schreie auf. „Auu! F**k!"
Hinter mir höre ich Steve aufschreien. Es klingt kläglich. „Nein, bitte keine Klammern!", höre ich ihn winseln und muss schmunzeln, trotzdem das Leder mir erneut auf meine Mitte peitscht. Bei jedem weiteren Schlag spüre ich, wie ich allmählich weggetragen werde. Mit aller Kraft, halte ich mich im Hier und Jetzt, doch als die letzten Hiebe noch

an Wucht zunehmen, stehe ich bereits oben auf dem Berg der Erregung und zittere, bereit zum Absprung. „Sklavin – komm – jetzt!!" Der erlösende Satz von Erics Lippen, stürzt mich dann auch sofort von der Klippe. Ich gebe mich den Gefühlen hin und schreie meine Lust hinaus. Vergessen sind Steves und Lucys Anwesenheit.

Mein Herr lässt mich in Ruhe zurückkommen, und beobachtet derweil Lucys geschickte Peitschenführung. Steve wimmert und stößt kleine Schreie aus, wenn das Leder auf seine geklammerten Warzen trifft. Sein Schwanz ist hart und prall, die Adern darauf sehen aus wie eine Gebirgskette. Es ist zu mutmaßen, dass er sich bald ergießen wird. Lucy schnappt ihn sich und drückt an der Peniswurzel zu. Steve zappelt, soweit es ihm möglich ist unruhig am Kreuz herum. „Wehe dir, wenn ich auch nur einen Tropfen auf meinen Stiefeln finde..." Steve ist jetzt wirklich kurz davor, ich kenne ihn. Nur was hat sie vor? Wenn sie vor ihm steht und ihn weiterbearbeitet, trifft sein Sperma garantiert ihren Schuh. Sie hält seine Erektion immer noch in Schach, als sie sich plötzlich zu mir umdreht und ruft „Hey Sklavin, komm hierher!". Erschrocken schaue ich Eric an, doch dieser zwinkert mir aufmunternd zu. Ich knie mich neben Lucy. „Du wirst ihm jetzt den Schwanz lecken bis er kommt und wirst alles in dir aufnehmen. Und pass' ja auf, dass nichts daneben geht, sonst ist dir eine Strafe sicher!" Ich rutsche noch ein Stück zu Steve und Lucy übergibt mir seinen zum Bersten gefüllten Ständer, wie einen Staffelstab. Ganz tief nehme ich ihn in mir auf, streichle seine Hoden, welche schon leer gepumpt sind, zwicke leicht mit den Fingernägeln hinein und lasse ihm sachte meine Zähne spüren. Sekunden später schreit er auf und unter lautem Stöhnen ergießt er sich so ergiebig in meiner Kehle, dass ich Mühe habe, alles zu schlucken. Sein ekstatisches Stöhnen macht mich wiederum auch schon wieder geil. Aber ich denke, später am Abend werde ich wohl noch einmal bei Eric aufschlagen müssen, nachdem ich Steve nach Hause

gefahren habe. Denn Eric hat sich noch nicht erleichtert. Als ich mit ihm fertig bin, zieht Lucy mich an den Haaren hoch. „Sehr schön, Sklavin, aber es reicht jetzt!", drängt sie mich entschieden von Steve weg.
Eine halbe Stunde später sitzen wir wieder im Gastraum und schlürfen durstig an unserer Erfrischung. Lucy ergreift zu unser aller Erleichterung zuerst das Wort „Na Süßer, wie hat dir die kleine Züchtigung gefallen? Warst ja ziemlich schnell hart geworden. Dafür, dass du unserer Sache bisher nichts abgewinnen konntest. Alle Achtung!" Ihr lockerer Plauderton kann trotzdem nicht verhindern, dass Steves Gesicht von einer starken Röte überflutet wird. Er beißt sich nachdenklich auf die Lippen, während er nach den richtigen Worten sucht. „Naja ich …, es hat mich schon erregt. Der Schmerz…, das war eigenartig, es war kein realer Schmerz… Ach, ich weiß auch nicht, wie ich das erklären soll.", stammelt er herum und schaut fast scheu in die Runde. Eric und ich nicken nur zufrieden, doch Steves Blick bleibt noch eine ganze Weile verträumt auf Lucy haften, und ich meine eine Flamme darin zu bemerken. „Also war's geil, oder nicht?" Lucys nüchterne zusammenfassende Frage reißt ihn aus seinen Gedanken, und er schaut uns nun alle erschrocken an. „Ja, es war einfach geil, so… wehrlos zu sein.", gibt er leise zu, es selbst kaum glaubend. Eric und ich werfen uns einen fragenden Blick zu und wissen, dass da noch Gesprächsbedarf ist. „Könntest du dir vorstellen, dich jemanden zu unterwerfen? Dich derart züchtigen zu lassen? …Steve?", ich hole ihn scheinbar von weither und spüre, dass die Atmosphäre irgendwie knistert, denn Lucy und Steve fahren gemeinsam erschrocken hoch. Ich muss schmunzeln und Steve beginnt wieder zu Stottern „Ich…, vielleicht… ich weiß es nicht."
Es macht ihn wahrscheinlich ganz schön zu schaffen, die neue Erkenntnis, und ich weiß plötzlich gar nicht mehr, ob das wirklich so eine gute Idee war, ihn hierher zu schleifen. Ich spüre einen merkwürdigen Stich in meinem Herzen, als

ich bemerke, wie verloren Steves Blick an Lucy hängt. Scheiße, was will ich überhaupt? Ich wollte doch nur, dass er meine Welt verstehen lernt. Nicht mehr, aber auch nicht weniger. Ich sollte froh sein, wenn er sich mit Lucy tröstet, wobei von Trösten kann hierbei wohl kaum die Rede sein. Ich kann es jedenfalls nicht mehr länger mit ansehen. „Okay, das bringt heute nix mehr!", entscheide ich energisch, worauf mich alle verwundert anschauen. Ich zucke nur mit den Schultern und rufe den Kellner, damit er die Rechnung bringt.

Draußen auf dem Parkplatz; ich bin davon ausgegangen, Steve auch wieder nach Hause zu fahren; verabschiede ich mich von Lucy, welche mir zwar nicht mehr so unsympathisch ist, aber auch nicht unbedingt zu meinen engsten Freunden zählt, und deute Eric an, später noch einmal vorbeizukommen, als ich merke, dass Steve mir gar nicht zum Auto folgt. Ich drehe mich um und er steht wie ein Schoßhund neben Lucy, welche sich gerade von Eric verabschiedet. „Kommst du jetzt Steve?", frage ich ungeduldig. „Ähm, ich bring ihn nach Hause, fahr du ruhig, es liegt mir auf der Strecke", ruft mir Lucy an seiner statt zu. Sie weiß doch gar nicht, wo er wohnt, überlege ich nachdenklich, setze mich dann aber an Steuer und fahre geradewegs zur Villa ‚Bluebird'. Unterwegs überlege ich mir die Sache mit Lucy doch nochmal. So ein Miststück!

Kurz, nachdem ich bei der Villa ankomme, fährt auch schon Erics Wagen vor.

Als Eric aussteigt, strahlt er übers ganze Gesicht. „Was ist der Grund deiner Erheiterung?", frage ich ihn prompt. „Na ist doch ganz gut gelaufen, oder?", grinst er mich siegessicher an. „Dein Steve scheint ja ziemlich großen Gefallen an der Sache gefunden, zu haben ... und an Lucy." Das Wort Sache setzt er mit seinen beiden Zeige- und Mittelfingern in Gänsefüßchen und hat arg zu kämpfen, nicht in lautes Gelächter auszubrechen. „Ich glaub, der wird niemals dominant.", setzt er noch hinzu. Irgendetwas an seiner

Stimme gefällt mir nicht. „Sagtest du nicht selbst, dass jeder Dom erst einmal seine devote Seite ausprobiert. Vielleicht geht er nur bei Lucy in die Lehre?", kontere ich trotzig und setze das Wort Lehre ebenfalls bedeutungsvoll in Gänsefüßchen. Seine Miene verdunkelt sich auf der Stelle. „Der Punkt geht an dich. Allerdings müsste ich dich für deine Frechheit gleich übers Knie legen!" Gerade wollte ich protestieren, als er mich schon packt und über seine Schultern wirft. Ich quieke und strample und hämmere mit den Fäusten auf Erics Rücken herum „Dachte schon, du kommst nie drauf.", kichere ich. „Oh, es wird immer wahrscheinlicher, Fräulein, und nicht nur übers Knie. Verlass dich drauf!"

In der Villa startet Eric mit mir auf der Schulter sofort durch ins Kaminzimmer und wirft mich auf die Couch, wo ich regungslos liegenbleibe. Mein Mantel hat sich durch den Wurf geöffnet, und mein Kleid lugt darunter hervor. Mit herablassendem Blick sieht Eric mich an „Übrigens, neckisches Kleid, aber für meine Begriffe hast du viel zu viel an.", und wendet sich ab. „Sehe zu, dass du diesen Missstand so schnell wie möglich korrigierst, und warte im Spielzimmer auf mich! Wie, muss ich dir ja nicht mehr sagen." Seine Stimme klingt kalt und drohend, sodass sich auf der Stelle meine inneren Muskeln zusammenziehen, und die Vorfreude auf das, was folgen wird, nahezu übermächtig wird. Brav gehe ich nach oben, entledige mich meiner Sachen und knie mich, mit auf dem Rücken verschränkten Armen und gesenktem Haupt ins Spielzimmer vor den großen Käfig.
Ich spüre, wie die Feuchtigkeit sich bereits in meinem Schoß zu sammeln beginnt, während ich auf Eric warte, und mir ausmale, was er wohl jetzt gleich mit mir anstellen wird. Nach einer gefühlten Ewigkeit betritt er den dunklen

Raum und betätigt den Lichtschalter. Blinzelnd sehe ich zu ihm hoch und erkenne ein dickes Seil, welches mehrfach zusammengelegt wurde, was auf eine beachtliche Länge schließen lässt, oder sind es sogar zwei? „Steh auf, sofort, du geiles Luder! Und die Hände bleiben dabei, wo sie sind! Los, beweg' deinen schmutzigen Sklavinnenarsch!", lautet der Befehl. Diese verbale Erniedrigung lässt mich augenblicklich erschauern und gleichzeitig wohlig stöhnen. Heißes Verlangen löst augenblicklich starke Kontraktion meiner Vaginalmuskeln aus, sodass der Saft nun langsam aber unaufhaltsam an meinen Schenkeln herunterläuft. Vorsichtig versuche ich, ohne zu Strauchel, möglichst graziös aufzustehen, was sich in den Mörder-Heels als gar nicht so einfach herausstellt.

Als ich leicht ins Schwanken gerate, fängt Eric mich auch schon auf, und beginnt sofort, meine Handgelenke zu fixieren, indem er sie mit dem Seil aneinanderbindet. Dazwischen lässt er einen Steg entstehen, bevor er die Enden des Strickes über meinem Rücken kreuzt. Seine flinken Finger lassen ein interessantes Geflecht aus grauem Hanf entstehen. Ehe ich mich versehe, sind meine Brüste umwickelt und meine Arme fest an meinen Körper gebunden. Eric tritt ein Stück von mir weg und betrachtet mich kritisch. „Hm, soweit so gut! Und jetzt auf den Boden! Leg dich hin!". Mit großen Augen starre ich ihn an, verkneife mir aber jeden Widerspruch. Langsam geh ich wieder in die Knie. Und nun? Ich kann mich nicht mit den Armen abstützen. Vorsichtig lasse ich meinen Oberkörper nach vorn sinken und versuche ihn mithilfe meiner Stirn, mit welcher ich mich auf dem harten Boden abfange, auszubalancieren. Ein ungewolltes Kichern entweicht mir, als ich schließlich den Kopf drehe und meine Wange über die Dielen schiebe, um in die gewünschte Liegeposition zu gelangen. Ich kann mir vorstellen, in diesem Moment für den Betrachter ein sehr komisches Bild abzugeben. Endlich lang ausgestreckt, tritt auch schon Eric wieder, mit einem Weiteren bewaffnet auf mich zu. Ich kann kurz ein amüsiertes Lachen hören, doch sofort ist da wieder der strenge Ton in seiner Stimme, welcher erneut erregende Stromstöße durch meinen Körper schickt, und das Blut in meinen Adern zum Pochen bringt. Vor allem in meinen ohnehin schon geschwollenen Schamlippen. „Mach die Beine auseinander! Zeig mir ruhig deine nasse Sklavinnenfotze! Die kleine Pfütze auf dem Boden hat dich sowieso schon verraten. Also los, Geduld gehört nicht zu meinen Stärken." Er stellt sich nun über mich zwischen meine Schenkel, und ja, ich zerfließe unter ihm, unter seinen Worten. Ich spreize meine Beine, doch scheinbar nicht weit genug, denn er schiebt sie mit seinen Füßen noch weiter auseinander und lässt sich auf die Knie fallen. Mit beiden Händen spreizt er meine Pobacken und pustet sachte auf meine Rosette. Ein angenehmes Kribbeln lässt mich unter ihm zucken, und schon bald spüre ich Erics warme feuchte Zunge an meinem engen Eingang. Ich stöhne, mein Atem geht schwer, und meine Lust wird durch das kurzzeitige Eintauchen seiner Zungenspitze in meinem Anus ins Unermessliche gesteigert, das Feuer in meiner feuchten Mitte zum Flächenbrand geschürt. Ich winde mich unter seinen Berührungen, doch Eric kniet sich kurzerhand auf meine Oberschenkel und drückt sie mit seinem ganzen Gewicht auf den Boden. Der Schmerz tritt augenblicklich ein, doch dadurch wird auch mein Venushügel nach unten gedrückt, was wiederum gewaltige Blitze durch meine Klitoris schickt. Diese gefährliche Mixtur vernebelt meine Sinne und ich bin kurz davor abzudriften, sodass ich gar nicht mehr mitbekomme, wie Eric ein Seil an meinem linken Fußgelenk festmacht, den Unterschenkel einknickt und dann mit meinem linken Oberschenkel verbindet. „Ahhh…!" Ein Krampf holt mich zurück und lässt mich aufschreien, doch Eric massiert ihn sofort mit geübten Fingern weg, bevor er sich dem nächsten Bein widmet. Langsam wird mir meine Bewegungslosigkeit richtig bewusst. Als Eric spontan einen Finger in meine tropfende Spalte schiebt, quieke ich erschrocken auf. „Ah, danke! Ich wusste doch, dass noch etwas fehlt!", quittiert Eric meine Laute, steht auf und klatscht mir auf beide Arschbacken, und geht zum Schrank. Ich dachte, er würde mich jetzt so ficken wollen, deshalb bin ich ein wenig enttäuscht über seinen Weggang, wenn es auch nur für kurze Zeit ist, denn er ist sofort wieder zurück und kniet sich erneut zwischen meine zusammengeschnürten Schenkel. Ich fühle mich wie ein Brathähnchen, das man zusammengebunden hat, damit die Beine und die Flügel nicht zu weit ins Feuer hängen und verbrennen. Wieder stößt er seinen Finger in mich und verteilt meine Feuchtigkeit auf meinen Pobacken und den Innenseiten meiner Schenkel. Ich korrigiere meine Aussage bezüglich des Brathähnchens. Die Pekingente trifft es besser. Ich muss wieder kichern, doch dies vergeht mir auch gleich wieder, als Eric mit festem Griff in meine Haare, meinen Kopf zurück zerrt. „Ahhh…!", protestiere ich und bereue es auf der Stelle, denn mein Mund wird sofort mit einem weichen Gummiball gestopft, von welchem links und rechts Riemen abgehen, die Eric an meinem Hinterkopf mithilfe einer Schnalle befestigt. Mir fällt es schwer, zu schlucken, Speichel rinnt aus meinen Mundwinkeln. Es ist mir peinlich, doch Eric nickt zufrieden und fädelt ein weiteres Seil durch den Ring an der Schnalle an meinem Hinterkopf. Er zieht es straff, sodass mein Kopf nach oben gebeugt ist, und verknotet es mit dem Steg zwischen meinen Händen. Nun kann ich mich kaum noch rühren, die Stricke schneiden mittlerweile ins Fleisch ein, und ich spüre, wie meine Brüste zwischen dem runenartigen Gebilde, was ohne Frage ein echtes Kunstobjekt geworden ist, hervorgepresst werden. Doch als ob es damit nicht genug wäre, zaubert Eric noch ein Seil hervor, welches er mir um die Lenden legt und meinen Bauch anhebt, um es auf meinen Venushügel zu kreuzen. Der Druck des rauen Materials und die Berührungen von Erics Händen lassen mich tief die Luft einsaugen, denn sie sind wie kleine Flammen, die sich an meiner stark durchbluteten Haut entlang züngeln. Als Eric die beiden Seilenden schließlich rechts und links an meinen äußeren Schamlippen vorbei wieder nach hinten führt, was natürlich ein kratziges Scheuern auf meiner ohnehin gereizten Haut nicht vermeiden lässt, seufze ich vor Schmerz auf, doch Eric schaut mich kopfschüttelnd an „Du solltest froh sein, dass ich die Seile nicht innen verlege." Mir bleibt nur, mit den Augen zu rollen, doch Eric kann es nicht sehen, denn er verknotet bereits das Ganze am Strick an meinen Hüften. Als er fertig zu sein scheint, tritt er einen Schritt zurück, legt den Kopf schief und hält sich nachdenklich den rechten Zeigefinger an die Wange, während er mich mit scharfem Blick mustert. Zur Sicherheit überprüft er nochmals alle Verbindungen, Verzweigungen und Knoten auf ihre Festigkeit, bevor er zufrieden nickt. Dann greift er zu den langen Enden der Seile, welche sich an den schwersten Punkten des Körpers befinden und hängt sie, mittels Schlaufen in einen riesigen von der Decke baumelnden Haken. Ich höre ein Klacken und Rattern, was mir bewusst macht, dass es sich um eine Art Flaschenzug handeln muss. Und kurz darauf hebt mein Körper auch schon vom Boden ab. Ich zittere innerlich, Angst beschleicht mich, ob die Stricke mich aushalten, und was Eric wohl mit mir vorhat. Dieser bewundert, nachdem ich die gewünschte Höhe erreicht habe, nochmals zufrieden sein Werk und schaut mir fest in die Augen. „Die Angst steht dir ausgezeichnet. Sie schürt mein Feuer und meine Lust, welche durch deinen Schmerz genährt wird. Vertrau mir, lass dich einfach fallen. Gib dich mir hin. Genieße den Schmerz!", sanft legt er den Zeigefinger unter mein Kinn „Bist du bereit?", fragt er dann mit dunkler Stimme, und ich antworte mit einem kurzen Augenaufschlag, da mir ein Nicken nicht vergönnt ist. „Gut!", meint er daraufhin, worauf er meine Nippel zwirbelt und mir einen Kuss auf die Stirn gibt, ich wollte gerade lächeln, doch scharfe metallene Zähne beißen sich in meine Warzen. Mein Schrei erstickt hinter dem Knebel,

heiße Blitze schießen von meinen Brüsten direkt in meine bebende Mitte. „Schscht!", zischt Eric und küsst erneut meine Stirn. Meine Vaginalmuskeln ziehen sich zusammen, doch während ich mich schon langsam an die Qualen zu gewöhnen scheine, lässt Eric meine Brüste los, welche er bis jetzt in den Händen hielt, und schon im nächsten Augenblick durchfährt mich ein dermaßen stechender Schmerz, dass mir sofort Tränen in die Augen schießen, und die ich trotz aller Bemühungen nicht zurückhalten kann. Schwere Gewichte baumeln an den Nippelklemmen und ziehen brutal an meinen Brüsten, deren Haut bereits von den Hanffasern des Seils wundgerieben ist. Unaufhaltsam rinnen die Tränen über mein Gesicht. Ich kann sie schmecken, denn die salzigen Rinnsale lassen sich nicht von dem Knebel aufhalten. Durch den feuchten Schleier sehe ich, wie Eric sich an meiner Pein ergötzt. Die dünne Jogginghose hat er abgelegt und sein praller Ständer steht steif vom Körper weg. Eric hält ihn locker in seiner Hand, zumindest bis er sicher ist, dass mein Blick nicht mehr von den Tränen verschwommen ist, dann stößt er mehrmals heftig in seine Faust, stöhnt laut und legt den Kopf genüsslich in den Nacken. Mistkerl! Er weiß genau, dass mich das nicht kalt lässt, zumal er das Schauspiel direkt vor meinen Augen vollführt. Ich sehe, wie sich seine Hoden zusammenziehen und er kurz davor steht abzuspritzen. Kleine Tropfen als Vorboten sammeln sich bereits auf seiner Eichel, doch plötzlich hält er inne. „Das könnte dir so passen!", murmelt er nur und geht wieder zum Schrank. Ich kann nicht sehen, was er zum Vorschein bringt, doch ich höre ein helles Klicken. Ein Stativ? Oh nein! Er wird doch nicht ...
Doch! Keine zwei Sekunden später stülpt Eric mir etwas Weiches, Gummiartiges über den Kopf. Eine Maske. „Wir wollen ja deine Identität schützen", meint er nur beiläufig, tritt hinter mich und ein Summen wird laut und lauter. Ich spüre etwas in mich eindringen. Ein Gegenstand, dessen Zittern sich direkt auf meine nasse Möse überträgt, bringt

mich zum Schreien, doch diese Schreie verklingen ungehört hinter dem Knebel, was mir schlagartig bewusst macht, dass mich just in dem Augenblick die ganze Welt beobachten könnte. In diesem Moment dankbar für den Knebel und vor allem für die Maske, überläuft mich ein seltsames Prickeln, woran nicht unwesentlich die Anwesenheit der Kamera ihren Anteil hat. Die Vorstellung, von hunderten, tausenden oder sogar noch mehr beobachtet zu werden, während Eric mir das Gehirn rausvögelt, jagt regelrechte Stromstöße durch meinen Körper. Es macht mich geil und noch nasser. Der Vibrator schwimmt förmlich in meiner Grotte, das ist an den pfatschenden Geräuschen zu erkennen, welche durch das schnelle Rein und Raus des Lustbereiters immer deutlicher werden. Eric beginnt meinen Saft langsam über meinen Hintern zu verteilen, cremt meine Spalte damit ein und reibt mehrfach über meinen faltigen Ring, der sich bereits in freudiger Erwartung dehnt und wieder zusammenzieht. Es ist kaum mehr auszuhalten, wie meine Lust von Sekunde zu Sekunde weiter in schwindelerregende Höhen steigt. Ich will jetzt endlich Erics Schwanz in mir spüren. Los fick mich endlich, du Mistkerl, denke ich, doch Eric stößt nun mit dem zappelnden Toy fordernd gegen mein enges Loch, welches er so mit meiner Nässe befeuchtet hat, dass jedes Gleitmittel überflüssig wäre. Trotzdem höre ich, wie Eric zusätzlich auf meine zuckende Rosette spuckt, und ich saug' tief Luft ein. Allein die Vorstellung erregt mich noch mehr, als ich ohnehin schon bin. Der Druck wird stärker und ich spüre, wie die metallene Spitze langsam in mich eindringt. Ein kurzer Schmerz, doch Eric hält sofort inne, lässt mir Zeit, mich an den Fremdkörper zu gewöhnen. Sekunden später entspannt sich mein Muskel auch schon, und gewährt dem Eindringling bereitwillig Einlass, woraufhin er in seiner ganzen Länge Besitz von mir nimmt. Heiße Wellen beuteln mich, und ich spüre den Höhepunkt unaufhaltsam näher kommen. Endlich bedient sich Eric nun auch meiner feuch-

ten, ein wenig vernachlässigten Pforte, und schiebt seinen warmen prallen Ständer in quälender Langsamkeit in mich hinein. Gern würde ich ihm entgegenkommen, sein Eindringen beschleunigen, doch die Fesseln lassen es nicht zu. Anstatt abgrundtief in mich einzutauchen, zieht sich Eric immer wieder zurück, um mich gleich darauf erneut zu penetrieren. Ein scheinbar endloses Spiel. Ich vergehe vor Lust und sehne mir die Erlösung herbei, doch sobald ich kurz davor stehe, entfernt sich Eric wieder aus mir. Ich wimmere in meine Maske, welche von Tränen bereits durchtränkt ist. Wie kann er mich nur so foltern. Es sind keine Tränen des Schmerzes, nein, es sind Tränen der Erniedrigung, Tränen der Lust. Plötzlich stößt Eric in mich hinein. Immer wieder. Sein Schwanz und der Vibrator sind nur durch eine dünne Wand in mir getrennt und stoßen aneinander. Ich kann das spüren, es ist der Wahnsinn. Eric nimmt mich hart. Endlich. Ich höre sein Stöhnen, ein Röhren, wie der Hirsch in der Brunft, als er sich in mir ergießt. Mein ganzer Körper zittert in den Seilen, wie ein Fisch im Netz. Eine riesige Welle erfasst mich, als Eric mich von der Klippe stürzt und ich zu fliegen beginne. Alles an mir wird federleicht. Ich befinde mich in einer Wolke und treibe davon. Weit weg. Ganz weit weg.
Klatsch! „Hallo! Chris, hey! Komm zurück!" Klatsch! Wie durch dichten Nebel sehe ich Eric erschrocken und außer sich über mich gebeugt. Was war los? „Verdammt Chris das hätte nicht passieren dürfen! Ich hab völlig die Kontrolle verloren. Scheiße, Scheiße, scheiße .... Bist du okay?" Er schüttelt mich, nimmt mich in den Arm und küsst immer wieder in mein Haar. Ich versteh im ersten Moment gar nicht, warum Eric so aufgelöst ist. Ich hab mich doch gut gefühlt. „Ja Eric, es ist alles gut. Ich bin okay. Was ist denn passiert?" Verblüfft schaut er mich an. „Wirklich?" Ich nicke und lächle. Sofort drückt er mich wieder an sich. „Mist, ich hätte es merken müssen!", murmelt er immer wieder. „Ich hab dich verloren. Du bist ohnmächtig geworden, und ich

habe es nicht gemerkt. Das ist mir noch nie passiert. Verdammt!" Dann macht er eine lange Pause, und ich weiß nicht, was ich sagen soll. Er nimmt meinen Kopf in beide Hände und sieht mich nahezu traurig an. „Es tut mir leid. Ich hatte ständig das Bild von dir und Steve vor Augen und da bin ich einfach durchgedreht. Ich konnte mich nicht beherrschen." Er ist so verzweifelt, er tut mir jetzt leid. „Eric, ich hatte einen wahnsinnig schönen und extrem intensiven Orgasmus. Es muss dir nicht leidtun. Ich fühle mich hervorragend." „Wirklich?", flüstert er wieder. Ich küsse ihn zum Beweis ganz sanft auf seine Lippen, worauf er den Kuss intensiviert und mit seiner Zunge stürmisch seine Freude ausdrückt, doch plötzlich lässt er von mir ab und wird ernst. „Was empfindest du wirklich noch für Steve?"

Da ist sie. Die Frage, vor der ich mich am meisten gefürchtet habe und die mich seit dem Vorfall im Gewächshaus ständig beschäftigt. Sie laut ausgesprochen zu hören, versetzt mein Innerstes erst recht in Aufruhr. Ich will Eric nicht verlieren, aber wenn ich mir wiederum die Situation auf dem Parkplatz mit Lucy ins Gedächtnis rufe, krampft sich mein Herz zusammen. Ich wollte nicht mehr mit Steve zusammen sein, doch ihn mit einer anderen zu sehen, tut mir weh. „Hallo! Erde an Chris!", holt mich Eric aus meinen Gedanken. Ich seufze und sehe ihn fest in die Augen. „Ich… weiß es selbst nicht, Eric." Und das ist die Wahrheit. „Es ist nicht mehr das Gefühl wie früher, als wir uns noch heimlich trafen, Pläne aushecken, wie wir uns mal ein paar Stunden vom Alltag wegnehmen können. Es war eine schöne Zeit, sehr intensiv. Voller Leidenschaft und Begierde. Und Liebe." Meine Wimpern flattern die unbezwingbaren Tränen weg, welche mir in die Augen steigen. „Doch…, irgendwann wurde es irgendwie normal. Es fehlte der Kick. Besonders nachdem Oliver Bescheid wusste." Ein dicker Kloß, wartet in meiner Kehle, befreit zu werden, doch ich versuche, ihn hinunterzuschlucken. Eric nimmt mich ganz fest in den Arm und da bricht es aus mir heraus. „Ich dachte, wir könnten noch so viel miteinander erleben, jetzt da wir uns nicht mehr verstecken müssten", schluchze ich an Erics Schulter, doch dieser hört einfach nur zu und ich bin ihm sehr dankbar für sein Schweigen. „Ich habe immer versucht, unsere Beziehung spannend zu halten...", schnief. „... ich schlug ausgefallene Treffpunkte zu unterschiedlichen Zeiten vor, oder wollte einfach auch mal spontan sein. Natürlich hatte ich, auch was unseren Sex betraf, den Kopf voller Ideen... Wahrscheinlich habe ich ihn einfach überfordert. Ich war so euphorisch, dass ich gar nicht gemerkt habe, wie unangenehm ihm meine Vorlieben sind. Ich wollte sie so gern mit ihm teilen. Alles wollte ich mit ihm teilen, und hab ihn damit mehr und mehr von mir weggetrieben." Eric reicht mir ein Taschentuch, und ich sehe ihn aus feuchten traurigen Augen an. Traurig allerdings auch darüber, dass ich ihm, wegen meines Ex die Ohren voll heule. Das hat er nicht verdient. Wie muss er sich fühlen? Ich hasse mich dafür. Ich mache anscheinend alles falsch. „Es tut mir leid.", murmle ich noch immer schniefend, den Kopf vor Scham gesenkt. Eric hebt ihn mit seinem Zeigefinger nach oben. „Sieh' mich an!", befiehlt er mit ruhiger weicher Stimme. „Es muss dir nicht leidtun, über deine Gefühle zu sprechen. Sie gehören nun mal zu dir. Ich möchte wissen, was dich belastet, damit ich dir helfen kann." Ich schaue ihn entgeistert an. „Mir helfen?" Eric küsst mich sanft auf die Stirn, und mit einem Lächeln, was auch seine Augen erreicht, fährt er fort. „Natürlich, du Dummchen. Ich will dir helfen, dich frei von diesem Gefühlschaos zu machen. Frei dafür, wieder ganz du selbst zu sein. Frei, dein Leben wieder zu genießen, ohne dich ständig zu fragen „Was wäre gewesen, wenn...?". Frei für Neues oder Altes, aber auf jeden Fall frei für dich. Du sollst dich nicht zwischen Steve und mir entscheiden müssen. Das will ich gar nicht. Ich will nur, dass du glücklich bist und wieder du selbst sein kannst, ohne diese erdrückenden Gedanken im Hinterkopf." Ich lächle Eric schief an. „Und wie willst du das anstellen?"

Eric grinst breit. „Nun, das lass mal meine Sorge sein!" Ich spiele die Empörte und trommle mit den Fäusten auf seinen Oberschenkeln herum. „Hey, wenn es um mich geht, will ich auch wissen, was mit mir geschieht!" Jetzt ist Eric erstaunt. „Seit wann reizt dich denn so was?", grölt er und ich stimme ertappt in sein Lachen ein. „Siehst du! Ablenkung ist schon mal eine gute Therapie für den Anfang.", meint er nur verheißungsvoll. „Deshalb schlage ich vor, wir gehen jetzt gemeinsam duschen. Dabei kannst du dich etwas nützlich machen und mir den Rücken waschen." Ich kann mir ein Kichern nicht verkneifen. „Den Rücken, soso!" „Natürlich den Rücken. Ich will dich ja nicht beeinflussen.", gibt sich Eric entrüstet. „Das kann aber auch nach hinten losgehen.", bringe ich sofort meine Zweifel an. Lachend zieht mich Eric mit einem Ruck hoch, denn wir saßen immer noch auf den Fußboden im Spielzimmer, rings um uns die Seile. Oh je, er hat sie durchgeschnitten, um mich schneller befreien zu können. Augenblicklich überkommt mich ein schlechtes Gewissen. Hatte ich mich denn gar nicht mehr unter Kontrolle? Wollte ich diese überhaupt haben? Eric scheint sofort meine Gedanken zu erraten und schaut mich entschuldigend an. „Ich habe die Verantwortung für dich. Ich hätte nicht die Kontrolle nicht verlieren dürfen. Du schon! So ist es gewollt. Doch ich hätte merken müssen, wie weit du mir entgleitest. Ich verspreche dir, es kommt nicht wieder vor." Schade!

Da fällt mein Blick auf die Maske, welche Eric mir in seiner Panik wahrscheinlich vom Kopf gezerrt hat, und plötzlich erinnere ich mich an die Kamera. „Ähm…, was ist mit dem Video?" Eric stürzt sofort Richtung Stativ, doch auf halben Weg stoppt er plötzlich und grinst mich an. „Sorry, das war ein Fake. Ich wollte nur testen, wie weit du dich gehen lässt, bei dem Gedanken, die ganze Welt würde uns zuschauen." Ich reiße meine Augen ungläubig auf, um im nächsten Augenblick beschämt meine Lider, wieder zu senken. Eric schmunzelt. „Kann es sein, dass dich gerade das mehr als heiß macht?" Eine zarte Röte steigt mir in die Wangen, ich spüre das Glühen in ihnen. „Da könntest du Recht haben.", flüstere ich. „Aber die Maske hat mir auch eine gewisse Anonymität gegeben.", und sofort füge ich mit bösem Blick hinzu „Nicht wie auf dem Weihnachtsmarkt!" Eric lacht und ist gleichzeitig betreten, nimmt mich wieder in den Arm. „Bist du immer noch böse deswegen? Nochmal: Es tut mir leid. Wirklich." Das klingt aufrichtig, ich glaube ihn. Doch mit dem Zeigefinger bohre ich nun fest auf sein Brustbein. „Versprich mir..." Eric hebt sofort ergeben seine Arme. „...so etwas kommt nicht wieder vor!" Mein Finger bohrt noch härter, und ich funkele ihm für die Unterbrechung böse an. „Versprich mir...", beginne ich erneut. „...beim nächsten Mal, die Kamera anzuschalten!" Lachend reiß ich mich los und renne ins Bad. Vor der Dusche holt Eric mich jedoch ein, und sein Blick hat sich bedrohlich verdunkelt, als er mich zwischen seinen an der Wand abgestützten Armen gefangen hält. „Du hast mir überhaupt nichts zu befehlen, du kleines Miststück. Ich fürchte, ich werde dir wohl eine kleine Lektion erteilen müssen, damit du in Zukunft mehr Respekt vor deinem Herren zeigst, Sklavin." Seine Stimme klirrt vor Kälte, doch mir wird augenblicklich heiß. Ja, das ist der Ton, den ich brauche. Das weiß Eric ganz genau, denn ich sehe ein Blitzen in seinen Augen. Ich senke den Kopf und flüstere „Ja mein Herr, darf ich dir jetzt den Rücken waschen?" Ich muss mich beherrschen, nicht zu kichern, denn obwohl ich sonst meine Sklavenrolle sehr ernst nehme, und nichts Lächerliches dabei empfinde, amüsiert mich nun doch der Inhalt meiner Bitte. Rückenwaschen! Doch Eric scheint nicht im Geringsten belustigt zu sein, im Gegenteil. Er packt mich am Arm und schiebt mich unsanft in die Dusche. „Ja, das wirst du tun. Doch zuvor stopfe ich dir dein vorlautes Mundwerk." Mit dieser Drohung drückt er meine Schultern nach unten, und ich knie mich vor ihn auf die Fliesen, meine Hände brav auf dem Rücken verschränkt, als Eric meinen Kopf an den Haaren nach hinten zieht. Sein mittlerweile steinharter Schwanz schwingt vor meinem Gesicht. Eric umfasst ihn mit der Faust und massiert ihn vor meinen Lippen. Ich spüre, wie mein Saft bereits meine Mitte flutet und versuche, mit der Zunge seine Spitze zu erhaschen, auf welcher sich bereits ein Tropfen dafür bereit gemacht hat. „Gierig bist du auch noch?", haucht Eric, denn sein Atem ist schwerfällig geworden. Ich sehe zu ihm auf, und in diesem Moment schiebt er sich endlich tief in meinen Rachen. Sein Kopf schnellt in seinen Nacken, um kurz danach wieder auf mich nieder zu schauen. Ich halte seinen Blick stand, lege meine Lippen um seinen Schaft. Ich sauge, lecke und lass ihm, immer wenn er sich zurückzieht, sanft meine Zähne spüren. Sein Gesicht ist verzerrt, in seiner Erregung reißt Eric den Mund weit auf und stöhnt völlig losgelassen seine Lust heraus. Eric krallt sich jetzt fester in mein Haar, gibt einen schnelleren Rhythmus an. Blonde Strähnen hängen ihm in die schweißbedeckte Stirn, das Stöhnen wird lauter. Ich kann mich nicht sattsehen an ihn. Er sieht so heiß aus. Und plötzlich kommt er. Sein heißer Samen sprudelt aus ihm heraus wie die Fontäne eines Geysires. Gierig nehme ich jeden Tropfen in mir auf, schlucke und lecke seinen immer noch zuckenden Schwanz sauber. Alles, ohne den Blick von seinem schönen geilen Gesicht abzulassen. Sanft zieht Eric mich wenig später unter dem sachten Nieselregen der Brause in seine Arme und küsst mich leidenschaftlich. Meine Hände wandern derweil hinter ihm zur Ablage, wo ich nach dem Duschgel greife. Ich befreie mich aus seinen Armen, gebe eine ziemlich große Menge von dem Gel auf meine Handfläche und trete hinter ihn. „So, nun zur Pflicht.", entscheide ich sachlich, obwohl meine Möse gerade alles andere als Sachliches im Sinn hat. Eric beim Höhepunkt zu beobachten hat mich so geil gemacht, als wäre es mein eigener. Ich hab gefühlt, was er gefühlt hat. Unglaublich. Zart verteile ich den Schaum auf Erics Rücken, auf seinen Schultern dagegen etwas fester, So weit es mir möglich ist, denn ich muss mich auf Zehenspitzen stellen, um den nötigen Druck auszuüben. Doch Erics wohliges Knurren, was man beinahe mit dem Schnurren einer Katze gleichsetzen könnte, ermutigt mich, alles zu geben. Ich kann nicht verhindern, dass meine Hände ab und zu Erics Rücken verlassen und über seine Lenden nach vorn streichen, über seinen flachen Bauch, welcher sich noch mehr zurückzieht, als ich meine Finger sanft mit Kurs Richtung Süden darüber gleiten lasse. Von hinten seife ich seinen erschlafften Penis vorsichtig ein, als dieser schon wieder unter meinen flinken Fingern zu wachsen beginnt. Das Spiel mit den Muskeln lässt seinen Knackarsch vor mir tanzen und lenkt sofort meine ganze Aufmerksamkeit auf sich. Mit beiden Händen knete ich das verlockende Fleisch rechts und links von seiner Pofalte, hin und wieder kralle ich meine kurzen aber durchaus vorhandenen Fingernägel hinein und höre jedes Mal, wie Eric ein Seufzen entwischt. Ermutigt von seinen Lauten und dem beinahe wieder stabilen Zustand seines Gliedes, fahre ich vorsichtig mit zwei Fingern seine Spalte entlang. Kräftige Muskeln ziehen sich zusammen und ich halte kurz inne, warte bis Eric sich wieder entspannt hat, und hin und her zu winden beginnt, sich meinen Fingern entgegendrängt. Eine Aufforderung, fortzufahren. Ich gehe wieder in die Knie und verteile sanfte Küsse auf Erics Pobacken. Das stete Rieseln der Brause benetzt mein Gesicht mit kleinen Tropfen, welche an den Wimpern hängen bleiben, um dann über meine Wangen, den Hals hinunter zu meinen Brüsten zu gelangen, um dort von den hervorstehenden harten Warzen den Absprung zu wagen. Es ist erregend, die kleinen Perlen auf der Haut zu spüren. Und wie schön sie auf Erics knackigem Hintern schimmern. Ich beginne sachte jede einzelne mit meiner Zunge aufzunehmen, als wäre es der teuerste Champagner, dabei sind sie viel wertvoller. Mit beiden Händen teile ich die zwei Pohälften und versenke meine Zunge in dem nun klaffenden Spalt. Ein Zittern durchläuft Eric und überträgt sich sofort auf mich. Meine

Mitte pocht, läuft aus, will mehr von diesen köstlichen Reaktionen Erics, welcher sich an der Duschwand abstützt und mir willig seinen Eingang präsentiert. Meine Zunge flattert in der Ritze auf und ab, während sie darauf den gesammelten Speichel verteilt, bevor sie ganz sachte die zarte Rosette umkreist und schließlich mit der Spitze ein kleines Stückchen eindringt, sich wieder entfernt um kurz darauf wieder zuzustoßen. Eric quittiert dies mit einem wohligen Seufzen. Für mich das Zeichen, mich noch einen Schritt weiter vor, zu wagen. Mit einem Finger drücke ich vorsichtig gegen das enge Loch, welches meine Zunge weiterhin benässt, dringe ganz langsam immer tiefer, stoppe, damit sich Eric daran gewöhnen kann, fahre fort, weite ihn, indem ich den Finger kreisen lasse und entferne mich wieder aus seinem geilen Arsch, nur um gleich wieder zuzustoßen, tiefer, jetzt mit zwei Fingern. Mit der anderen Hand massiere ich seine samtenen Hoden, die sich mehr und mehr zusammenziehen. Ich setze mein Fingerspiel noch eine Weile fort, ertaste von innen Erics Prostata und ernte ein lautes genüssliches Stöhnen. Heftig windet sich sein verführerisches Hinterteil im Rhythmus meiner Finger, die ihn unablässig ficken. Immer wenn ich mich wieder aus ihm entferne, bettelt sein Ringmuskel regelrecht, wieder durchstoßen zu werden, indem er sich den Eindringlingen freiwillig öffnet. Die Kontraktionen kommen einer fleischfressenden Pflanze gleich, der es nach mehr hungert. Genauso wie es meiner nassen zuckenden Möse nach mehr hungert, die Erics Erregung in keiner Weise nachsteht und deren Lust kaum noch zu bändigen ist. Erics Stöhnen wird lauter, er zittert. Doch plötzlich dreht er sich um, packt mich am Genick und drückt mich mit seinem kräftigen Körper gegen die Duschwand. Sein Atem geht hektisch, wobei ich wiederum kaum wage, Luft zu holen. Mit den Füßen treibt Eric meine Beine auseinander. „Du kleine geile Schlampe, weißt wohl nicht, wo mein Rücken ist?" Ich versuche zu schlucken, zu sprechen, zu atmen. Doch Erics große Hand im

Genick umfasst nahezu meinen ganzen Hals mit. „Doch Herr..., ich dachte, es...", aber Eric lässt mich nicht ausreden. Ich japse nach Luft, als ich seine Hand plötzlich zwischen meinen Pobacken spüre. „Ja, es hat mir durchaus gefallen, trotzdem werde ich dich für deine Tat, wozu du keinen Befehl hattest, bestrafen. Das ist dir ja wohl klar." Ich nicke nur leicht, soweit es sein fester Griff erlaubt. „Du willst also in den Arsch gefickt werden? Habe ich das richtig interpretiert? Ich soll dich in deinen dreckigen Sklavinnenarsch ficken?", säuselt seine Stimme an meinem Ohr und hinterlässt ein wohliges Kribbeln auf meiner Kopfhaut und in meinem Schoß, was besonders dem demütigen Wortlaut Erics gezollt ist. „Antworte Sklavin!" Hitzig wäge ich das Für und Wider meiner Antwort ab. Sage ich ‚Ja', könnte Eric, zur Strafe, etwas anderes mit mir anstellen, schlimmsten Falls gar nichts. Sage ich aber ‚nein', könnte er es akzeptieren und es ebenfalls nicht tun. „Ja mein Herr", entscheide ich mich für die Wahrheit. „...das möchte ich.", flüstere ich nur. Eric drückt seinen Schwanz gegen meine Spalte, reibt ihn auf und ab und sein Atem geht schwer. „Gut, ich werde deinen Arsch ficken, aber du wirst nicht ohne meine Erlaubnis kommen. Strafe muss sein." Oh Gott, ich stehe bereits kurz davor und wimmere, als Eric beginnt, mich langsam mit seinem Finger zu dehnen. „Oh ja, du bist so was von bereit.", haucht er in meinen Nacken und ich ersticke einen Aufschrei, als er mit seiner Eichel gegen meine Pforte drängt, sich langsam immer tiefer schiebt. „Eric ich...", keuche ich, doch weiter komme ich nicht, denn Erics Hand presst sich sofort auf meinen Mund. „Sei still, wenn ich dich benutze, du kleines Biest.". Seine Worte lassen mich erzittern. Ich spüre, wie mein Lustsaft aus meiner Möse tropft, und Eric schiebt sich immer tiefer in meinen Arsch. Lange halte ich das nicht mehr aus. „Du bist so heiß, du kleine Schlampe. Ich werde dir gleich in deinen geilen Arsch spritzen.", stöhnt Eric hinter mir. Nur mit allergrößter Mühe gelingt es mir, meinen Höhepunkt zurückzuhalten, doch als

Eric sich in mir bewegt, rein und wieder heraus schlüpft, geht mein Wimmern in Schluchzen über. Tränen, die ich nicht mehr zurückhalten kann mischen sich mit den Tropfen aus der Dusche, die mein Gesicht benetzen, weil Eric meinen Kopf nach hinten zieht.

„Du willst Erlösung? Dann flehe mich an! Ich will dich betteln hören!" Mit diesen Worten lässt er seine Hand los und ich kann kaum sprechen. Ich vibriere, meine Körper zittert so stark vor Verlangen, dass meine Zähne fast aufeinander schlagen. „Bitte... Eric... lass mich kommen. Ich halte das nicht mehr aus." „Hmm, schön, aber ich entscheide, wann du kommst.", brummt Eric heißer und ich spüre bereits die Wellen der Erlösung in mir aufsteigen, ganz langsam. Ich kneife meine Augen zu und die Lippen aufeinander, um sie aufzuhalten. „Ich will, dass du mit mir kommst..." Oh Gott, warum quält er mich so? Plötzlich spüre ich einen Druck auf meiner Perle, Erics Finger. „... und zwar jetzt!" Im gleichen Moment brechen die Wellen über mir zusammen, mein Körper bäumt sich auf, verkrampft sich um Erics Glied, welches heftig in mir zu zucken beginnt. Ich schreie meine Lust heraus und wird fast von Erics Röhren übertönt. „Ahhh ... oh... ja... ich komme, ich spitz' dir alles in deinen schmutzigen Sklavinnenarsch, du geiles Miststück!" Seine Worte sorgen dafür, dass mein Orgasmus nicht abebbt, peitschen ihn immer wieder hoch. Meine Perle zuckt immer noch unter dem Druck seines Fingers und meine inneren Muskeln scheinen seinen Schwanz erbarmungslos melken zu wollen. Irgendwann verlassen mich meine Knie und ich sinke auf den Boden der Dusche. Eric hält mich von hinten fest und wiegt mich in seinen Armen. Er küsst mein nasses Haar, während die Dusche unbeirrt weiter auf unsere Körper rieselt. „Eigentlich wollte ich dir die Erlösung verwehren.", meint Eric wie nebenbei, und ich seufze. „Dann wäre mir die nächste Strafe schon sicher, denn ich hätte es nicht mehr verhindern können.", gebe ich ehrlich zu. Eric haucht in meine Halsbeuge, ein wohliges Gefühl. „Da müssen wir wohl noch etwas an deiner Erziehung feilen." Ich nicke nur stumm und glücklich vor mich hin. „… und an meinem Kontrollvermögen, diesem kleinen gierigen Fickstück gegenüber.", lacht Eric nun auf, und ich stimme ein. „Ich bitte darum, Master Eric!"

Am nächsten Tag machte ich mich, nachdem wir ausgiebig gefrühstückt hatten, auf den Weg nach Hause. Ich wollte noch ein paar Plätzchen backen und die Wohnung hübsch herrichten, denn in einer Woche kommt Mia, und sie liebt die Vorweihnachtszeit in der Heimat mit den Lichterbögen, den geschmückten Tannenbäumen und Weihrauchduft aus dem Räuchermann.
Die Woche verging wie im Flug. Als ich am Freitagmittag zum Feierabend aufbrechen und den Rechner runter fahren wollte, hüpfte noch schnell ein kleiner Brief über den Bildschirm. „Ach Mann!", seufze ich. „Wird wohl nix aus dem langen Wochenende.", denn ich dachte, Amelie hat noch einen Großauftrag gesendet, doch der Absender belehrt mich sofort eines Besseren. Eric!

Von: ericjohannson@ sfty-germancars.com
An: c.schneider@ sagsmitblumen.de

Freitag, den 20. Dezember 2013, 13.25 Uhr

Betreff: Wochenende

„Heute Abend 19 Uhr. Halte dich in deinem Sklavinnen-Outfit bereit!
Eric"

Eric Johannson, Responsibe Safety- Development, German Automobile

Was hat er vor? Wenn wir nur zu ihm nach Hause gehen würden, hätte er das Kleiderthema gar nicht erwähnt. Würden wir ausgehen, hätte er konkrete Anweisungen erteilt, bzw. mir mit den Worten „Mach dich schick!" freie Hand gelassen. Nein, dieser Ton besagt ganz eindeutig, dass es eine Session geben wird. Die Frage ist nur, wo? Eric hat letzte Woche einen Club erwähnt. Aufgeregt schließe ich mein Mail-Postfach, ohne zu antworten. Was sollte ich auch schreiben? Die Anweisung war deutlich.
Ich schließe mein Büro ab und verabschiede mich noch von Amelie und Kevin, wünsche den beiden ein schönes Wochenende. Eddie und Harry sind sicher noch unterwegs. Auf dem Heimweg male ich mir immer wieder neue Varianten aus, was heute Abend passieren wird. Wir hatten eigentlich vor, es uns bei Eric richtig gemütlich zu machen, da es das letzte Mal vor Weihnachten ist, dass wir uns sehen, denn wenn Mia kommt, hat sie absolute Priorität. Wir wollen ein schönes Fest miteinander verbringen und auch mal einen Tag meine Eltern im Gebirge besuchen, in der Hoffnung, Frau Holle hat dort schon kräftig die Betten geschüttelt. Mia ist gern bei ihren Großeltern. Sie waren früher, als sie noch klein war, immer viel mit ihr in den Wäldern, wo auch ich den größten Teil meiner Kindheit verbracht habe, bis ..., naja, bis ich Teenager wurde und andere Interessen hatte. Der Winter da oben ist immer besonders schön. Schlittenfahren, Eislaufen auf zugefrorenen Bergseen, mit dem Ski ins Tal stürzen oder einfach einen ausgiebigen Spaziergang an der frischen Luft genießen, man hat so viele Möglichkeiten.
Hmm, schon sind meine Gedanken wieder bei Eric. Was hat er vor? Er kennt sicher viele Möglichkeiten, den Abend zu gestalten. Viel mehr als ich, denn ich wohne zwar schon

eine Weile in der Stadt, aber so richtig was unternommen habe ich bisher nicht. Das wird mir soeben mit Schrecken klar.

Punkt um sieben Uhr stehe ich nur mit meinem Mantel und den hohen Stiefeln bekleidet vor der Haustür, als Eric auch schon vorfährt. Ich steige ein und merke sofort, dass ich mich bereits mitten in der Session befinde. Eric würdigt mich keines Blickes. „Guten Abend Master Eric.", wage ich eine formelle Begrüßung, doch dieser starrt weiter gerade aus auf die Straße. Es herrscht reger Verkehr. Pendler, die schnell nach Hause wollen; Pärchen, auf den Weg zum Weihnachtsmarkt; Familien, dem Wochenendeinkauf entgegensteuernd. Nur wo fahren wir hin? Ich getraue mir nicht, zu fragen. Eric lenkt den Wagen aus der Stadt heraus. Die Straßen sind rutschig, denn es hat fast die ganze Woche nur Schneeregen gegeben. Heute ist es zum Glück wieder etwas kälter und es fallen große Flocken vom Himmel, wie man es sich für die Adventszeit wünscht.

„Wir werden einen Ausflug machen, ich möchte dir etwas zeigen", richtet Eric irgendwann, wenn auch sehr unterkühlt, doch noch das Wort an mich. Sofort beginnt mein Herz aufgeregt zu klopfen. Ich kann meine Neugierde kaum verbergen. „Den Club, von dem du mir letzte Woche erzählt hast?", getraue ich mir nun doch die Frage, worauf sich Erics Gesichtsausdruck sofort noch verdüstert, als er heute ohnehin schon ist, doch dann huscht ein Schmunzeln über seine Lippen. „Vielleicht. Lass dich einfach überraschen!" Es macht keinen Sinn, noch weiter zu bohren. Deshalb lehne ich mich im Sitz zurück und betrachte Eric intensiv, um ihn ein wenig zu studieren. Er sieht richtig heiß aus, in seiner schwarzen Jeans und der schwarzen Lederjacke, unter der er ein weißes Hemd trägt, von dem ich weiß, dass er die obersten Knöpfe immer offen lässt. Sein blondes langes Haar fällt wie ein seidiger Vorhang auf das schwarze Leder der Jacke. Beinahe erliege ich der Versuchung, meine Hände darin zu vergraben, doch das sollte ich in

meiner derzeitigen Position, nicht wagen. Die momentan herrschende Atmosphäre zwischen Eric und mir, besagt eindeutig, dass wir als Herr und Sklavin unterwegs sind, und da stehen mir derartige Handlungen nicht zu.
Langsam werde ich ein wenig schläfrig, wie immer, wenn ich bewegt werde. Die schlechten Straßen außerhalb der Stadt und die Musik, die mich aus den vielen Boxen der Soundanlage einlullt, wirken auf mich wie ein Schlafmittel.
Ein heftiges Ruckeln des Wagens wirft mich in meinem Sitz vor und zurück, worauf ich auf der Stelle hellwach werde. Was war das? Wo sind wir? Ein Blick aus dem Fenster sagt mir, dass wir die Lichter der Stadt schon vor einer ganzen Weile hinter und gelassen haben mussten. Hier draußen sieht man die Hand vor Augen kaum und es ist neblig. Eric flucht, was das Zeug hält. „Was ist denn passiert?", frage ich vorsichtig. Eric fuchtelt wild mit den Armen, und zwischendurch heult der Motor gequält auf. „Elende Provinznester! Haben noch nicht einmal feste Straßen." Mir dämmert, dass wir irgendwo im Nirgendwo im Schlamm feststecken. Scheinbar sehr tief, denn wenn so ein Allradjeep nicht mehr herauskommt, muss es echt schlimm sein.
Eric springt laut schimpfend aus dem Wagen und schaut sich das Dilemma genauer an. Die Dunkelheit lässt kaum was erkennen. Wir stehen neben einem Waldstück, am Feldrand. Nur ein schwaches Licht scheint, von einem entfernten Haus herüber. „Ich könnte schieben und du gibst Gas?", biete ich ihm meine Hilfe an, schon drauf und dran, meine High Heels, auszuziehen und raus zuspringen. „Nein, du bleibst beim Wagen, hier ist nur Schlamm, das würde nichts bringen. Ich hole nur von dem Haus da drüben eine Schaufel, bzw. frage ich, ob uns der Trecker raus ziehen kann. Ich bin gleich zurück. Du bleibst, wo du bist!", antwortet er forsch und verschwindet in der Dunkelheit. Na toll. Der Abend fängt ja gut an. Wo es doch unser letzter sein wird vor den Feiertagen. Aber Jammern hilft jetzt nix, wir müssen erst einmal hier raus, bevor wir unsere vorerst

letzten Stunden doch noch genießen können. Ich mache das Autoradio lauter, um mich nicht so einsam zu fühlen, in dieser Einöde, schließe die Augen und warte.
Plötzlich wird die Beifahrertür aufgerissen, Hände packen mich und jemand zerrt mich aus dem Wagen. Brutal wird mir sofort ein Sack über den Kopf gestülpt. Ich schreie so laut ich kann, doch Eric ist schon zu weit weg, um meine Schreie hören zu können, und weit und breit ist hier keine Menschenseele. Man muss uns beobachtet haben. Ich strample verzweifelt und versuche zu treten, doch der Entführer ist natürlich viel stärker. Er bindet meine Füße zusammen und die Arme auf den Rücken. Meine lauten Beschimpfungen hallen ungeachtet durch die Nacht. Kräftige Arme heben mich ohne Mühe hoch und legen über die Schulter, um dann schnellen Schrittes zu verschwinden. Es riecht nach Moos und Blättern, nach nasskalten Waldboden. Der Entführer schafft mich scheinbar tiefer in den Wald. Ich habe eine Höllenangst. Eine ganze Weile läuft er mit mir hastig durch die Gegend. Sein schreiendes Bündel ignorierend, stolpert er hin und wieder, fängt sich aber immer wieder ab. Irgendwann bleibt er stehen und das Knarren einer Türe ist zu hören. Es riecht muffig und rauchig, als hätte man einen alten Ofen nach Jahren wieder befeuert, was aber auch an dem Geruch des Sackes auf meinem Kopf liegen kann. Ich werde nicht müde, weiter zu schreien. Irgendwann muss Eric ja zurückkehren und meine Abwesenheit bemerken, und nach mir suchen. Dielen quietschen – eine Hütte, schlussfolgere ich. Gleich darauf werde ich auf eine Matratze geworfen, wie ein alter Rucksack. Ich schreie mir die Kehle aus dem Leib und prompt wird mir ein dicker Strick, vielleicht auch ein Schal, der offensichtlich einen Knebel ersetzen soll, zusätzlich um den Kopf gebunden. Eine Laterne wird angezündet, denn das Streichen und Zischen eines Streichholzes und das Klappern von Metall sind zu hören, bevor ich unter dem Sack ein Flackern vernehmen kann. Jedoch zu schwach, um meinen

Entführer erkennen zu können. Er redet auch nicht. Verbrechen in Perfektion. Nichts, was ihn verraten könnte. Ich höre schwere Schritte. Der Entführer kommt wieder auf mich zu, rollt mich auf den Bauch. Den Kopf nach unten habe ich Mühe, Luft zu bekommen. Zum Glück habe ich durch Eric gelernt, mich mit der richtigen Atemtechnik zu beruhigen. Ich hoffe und rechne fest damit, dass er mich bereits sucht. Mein Peiniger löst die Stricke von meinen Beinen, doch bevor ich zutreten kann, spreizt er meine Schenkel weit auseinander und fixiert meine Knöchel an den Handgelenken und lässt mich liegen. Shit! Das war eindeutig das Ratzen eines Reißverschlusses. Ich kann nur noch wimmern. Mit einem Satz ist er wieder über mir und drückt mit seinen Beinen meine Schenkel noch weiter auseinander, während seine Hände sich zu meiner Mitte tasten. Oh Gott! Panik steigt in mir auf. Er trägt Handschuhe? Warum? Wegen der Fingerabdrücke? Die grässlichsten Gedanken spuken mir durch den Kopf und lassen mich erschauern. Ich zittere wie Espenlaub. Den Mantel hat er einfach nach oben geschlagen. Da ich ja nichts darunter trage, hat er es natürlich noch einfacher. Verdammt! Das Gefühl, so entblößt vor diesem Lustmolch zu liegen, ist so erniedrigend und beschämt mich ungemein. Er ist ein völlig Fremder, noch dazu ein Verbrecher, ein Krimineller, vielleicht sogar ein Mörder, ein Vergewaltiger…? In meiner Angst rasen die schlimmsten Varianten, was er mit mir anstellen könnte, durch mein Hirn. Die Panik steigt ins Unermessliche, aber leider steigt damit absurderweise auch meine Erregung unaufhaltsam an. Eine Hand drückt mich im Nacken derb auf die Matratze, und ein Finger der anderen Hand gleitet zwischen meine Schamlippen, streicht langsam mehrmals hin und her, bevor er langsam in der feuchten Öffnung versinkt. Am Pfatschen kann man hören, wie nass meine Schlucht bereits ist, und das Schwein saugt auch noch tief und genüsslich die Luft ein. Das ist so furchtbar peinlich. Wenn doch nur endlich Eric auftauchen würde!

Jetzt drückt der Scheißkerl auch noch auf meine Klitoris, rollt sie hin und her und ich könnte schreien vor Lust, verdammt, doch selbst ohne Knebel, würde ich ihm nicht den Gefallen tun. Mit der ganzen Hand verreibt er jetzt meinen Saft in der weit geöffneten Spalte bis hoch zu meinem Anus. Was hat er vor? Panisch winde ich mich hin und her, doch er ist viel zu stark und klemmt mich geschickt ein, indem er seine Oberschenkel unter meine gefesselten Beine stemmt, ohne mit dem Einschmieren aufzuhören, selbst die Arschbacken nimmt er sich vor. Ein kalter Hauch weht darüber hinweg, als sich mein Verdacht bestätigt und der Entführer seinen harten warmen Penis dazwischen reibt. Immer wieder, dann schlägt er damit auf die beiden prallen Hälften, um gleich darauf wieder zu reiben. Ein sehr kräftiger Schwanz, und als er mit seiner Spitze fordernd an das zarte Loch drängt, um sich Einlass zu verschaffen, entfährt mir doch glatt ein lautes Stöhnen, was dieses Schwein von Entführer nur noch ermutigt, das Begonnene weiterzuführen. Obwohl er sogar erstaunlich sanft vorgeht, schmerzt es sehr, da meine Angst überwiegt und mich verkrampfen lässt, anders als bei Eric. Wo bleibt er denn bloß? Ob er denkt, ich wäre abgehauen? Nein das ist Quatsch. Er wird nur nicht wissen, wo er mich suchen soll. Aber wer rechnet schon mit einer Entführung? Es wusste doch keiner von unserem Ausflug. Oder doch? Ahh! Shit! Nach und nach verschwindet Zentimeter um Zentimeter seines riesigen Ständers in meinem Arsch, was mich nur noch entsetzlich wimmern lässt. Vor Scham, vor Schmerz und vor Erregung. Ein paarmal stößt er zu, dann entzieht er sich mir wieder, um kurz darauf wieder einzudringen. Eine Höllenqual, denn ich kann den Höhepunkt kaum noch hinauszögern, doch den Triumph will ich ihm nicht gönnen. Er zieht meinen Körper auf seinen Schoß, um noch tiefer eindringen zu können, was mich an meine Grenze bringt, und als er mit seinem Finger wieder fest auf meine Perle drückt, entreißt er mir alle Sinne und ich komme unter heftigen Zuckungen auf seinem Handschuh.

Völlig erschöpft breche ich wenig später in mir zusammen. Jetzt kann ich nicht einmal mehr winseln. Alles ist taub, als ob mein Körper gar nicht mehr zu mir gehört. Plötzlich hält der Entführer inne. War da ein Geräusch? Hastig entfernt er sich aus mir, ohne selbst Erlösung gefunden zu haben, löscht eilig die Laterne und hastet hinaus in den Wald. Ich bleibe im Dunklen zurück. Verschnürt und entblößt aber wenigstens nicht mehr in seiner Gewalt. Es sei denn, er kommt zurück ... Noch völlig gelähmt von dem, was gerade passiert ist, gelingt es mir nicht, einen vernünftigen Gedanken zu finden, was ich nun tun könnte. Ich weine im Krampf vor mich hin, doch ab und zu erschüttert mich noch ein wohliges Nachbeben, bevor ich ohnmächtig werde. Das war alles zu viel für mich.

War das jetzt reell, oder hab ich das alles nur geträumt? Das war das Erste, was mir einfällt, als ich wieder zu mir komme. Hektisch entfernt jemand die Fesseln, der Knebel und der Sack werden ruckartig von meinem Kopf gezerrt. Ich kann es kaum glauben. „Eric! Endlich...!", stammle ich und bin so froh, ihn zu sehen. Doch Moment..., warum hat er Handschuh an? Er nimmt mich ganz fest in seine Arme und beginnt zu lachen. Ich reiße die Augen auf und bin total entsetzt. Eric war selbst der Entführer. Das glaub ich jetzt nicht. Mein Magen krampft sich zusammen. Mir ist schlecht. Damit hat er es eindeutig zu weit getrieben. Ich entreiße mich aus seinem Griff, trommle wie besessen mit den Fäusten auf ihn ein. Der Schmerz sitzt so tief. Ich schreie gequält auf. „Du Schwein, du elendes Schwein! Kannst du dir nur in etwa vorstellen, was ich durchgemacht habe? He? Kannst du das? Nein, natürlich kannst du das nicht! Du hast überhaupt keine Ahnung. Ich hatte Angst. Verdammte Angst. Verstehst du das?" Wütend und traurig richte ich meinen Mantel zurecht und stürze davon. Im Augenwinkel sehe ich noch Erics verdutztes Gesicht, als er mir hinterher

flüstert „Aber du siehst so heiß aus, wenn du Angst hast..."
Heulend flüchte ich aus der Hütte. Ich hasse ihn. Nur weg
von hier, schnell weg von diesem dunklen Ort. Ich laufe, so
schnell mich meine Beine tragen können, die High Heels in
der Hand aus dem Wald heraus, während ich Eric verzweifelt rufen höre „Komm zurück, wo willst du denn hin? Es ist
stockdunkel." Aus seiner Stimme klingt Angst. Hysterisch
kichere ich laut. Welch ein Hohn! Dass ich heute nochmals
vergewaltigt werde, ist wohl sehr unwahrscheinlich. Unter
Tränen versuche ich, schneller zu laufen, doch der Waldboden ist tückisch, mein Blick verschwommen. Tannennadeln, Bucheckern und andere fiese Teile bohren sich mit
jedem Schritt in meine Fußsohlen. Mein Versuch, den
Schmerz zu ignorieren, scheitert. An einer Wurzel knicke
ich um und stürze zu Boden. Der Schmerz fährt wie eine
Pfeilspitze durch meinen Knöchel. Instinktiv fange ich mich
mit meinen Händen ab, wobei sich ein spitzer Ast in meine
Handfläche bohrt. Halb betäubt vor Schmerz, Wut und Verzweiflung bleibe ich liegen und lasse meinen Tränen freien
Lauf. So ein Scheißkerl! Ich hatte mich so auf einen schönen Abend gefreut. Und nun das. Mein Wimmern wird
immer lauter, sodass ich nicht die Schritte höre, die sich mir
nähern. Sachte aber bestimmt packen mich zwei starke
Hände und ziehen mich hoch. Ich fuchtle in Panik und Wut
mit den Armen herum, um ihn abzuschütteln. „Fass mich
nicht an!", fauche ich und erwische mit der Handkante seine
Nase. Ich versuche, allein aufzustehen, aber jedes Mal
knicke ich wieder ein. In meiner Verzweiflung lasse ich mich
heulend und fluchend wieder auf dem nassen kalten Waldboden nieder. Ich zittere am ganzen Körper. Wenn ich so
liegenbleibe, hole ich mir bestimmt eine gehörige Erkältung.
Aber das ist mir jetzt auch egal. Meinetwegen. Na und?
Sterb' ich eben. Trotzig und wütig trommle ich mit den
Fäusten auf das Laub unter mir. Völlig erschöpft lege ich
den Kopf auf den Boden und weine leise vor mich hin. Bis
Eric mich auf seinen Schoß zieht. Ich lass es geschehen,

hab keine Kraft mehr, mich zu wehren. „Schscht... Alles gut, es ist alles vorbei.", murmelt er in mein Haar, und wieder werde ich von heftigem Schluchzen gebeutelt. Eric streicht mir über den Kopf und flüstert „Es tut mir so wahnsinnig leid. Ich wollte dich nicht verletzen." Er macht eine Pause, als ob er sich nicht traut, die nächsten Worte auszusprechen. „Christine, es ist unverzeihlich, was ich getan habe...", er nennt mich sogar bei meinem vollen Namen und küsst mich ganz sachte auf die Stirn. „...aber ich dachte, dies wäre auch eine deiner Phantasien. So eine Art besonderer Kick vor dem Jahreswechsel, so als Abschluss...", er seufzt, bevor er fortfährt. „Es sollte ein Weihnachtsgeschenk für dich sein und gleichzeitig mein Abschiedsgeschenk, weil ich doch erst im neuen Jahr wieder da bin." Jetzt klingt er echt verzweifelt. „Oder hast du es dir doch noch einmal überlegt und kommst mit mir nach Schweden über die Feiertage? Bitte!" In seinem Blick liegen Hoffnung und Reue ganz dicht beieinander. Hmm..., eigentlich süß, wie er so betteln kann. Innerlich muss ich schmunzeln. Aber ich schüttle langsam den Kopf, zu mehr reicht meine Kraft nicht. Das war zu viel für mich. Ich kann ihn einfach nicht mehr vertrauen. „Bitte Eric, bring mich nach Hause." Ich höre, wie er fast in Panik tief Luft einsaugt und etwas erwidern will, sich aber dennoch eines anderen besinnt. „Dann komm!", sagt er nur, und seiner Stimme ist die Enttäuschung deutlich anzumerken. Stützend fasst Eric mich am Ellenbogen, obwohl er mich lieber auf seiner Schulter getragen hätte, doch das verkneift er sich jetzt lieber. Schweigend humpeln wir den Weg bis zu Erics Wagen zurück. Jeder hängt seinen Gedanken nach.

Eric fährt morgen für zwei Wochen in seine Heimat nach Schweden. Er wollte, dass ich mit ihm fahre, sogar Mia hätte mitkommen können, doch ich wollte sie nicht überfahren. Wir hatten bereits Pläne für die Festtage, und sie wollte auch Oliver besuchen. Er fände es bestimmt nicht so toll, wenn sie an Weihnachten mit zu meinen neuen Lover

fährt und deswegen ihren Vater vor den Kopf stößt. Das möchte ich auch nicht. Vielmehr wollte ich sie erst einmal langsam mit der neuen Situation vertraut machen, mit welcher ich selbst noch etwas überfordert bin. Mein neues Leben an Erics Seite wäre unwahrscheinlich aufregend, nur nach der heutigen Aktion habe ich erst einmal die Nase gestrichen voll von ihm und seinen kranken Phantasien.
Als wir so langsam wieder die Lichter der Stadt erobern, die über dem tristen Alltagsgrau ihre Farbe verteilen, muss ich mir, wenn auch nur ein winziges Stück, eingestehen, dass eine Entführungsphantasie durchaus schon immer einen gewissen Reiz auf mich ausgeübt hat. Aber tatsächlich einem Kidnapping zum Opfer zu fallen, wäre undenkbar und keiner wünscht sich so etwas. Eric wollte mich lediglich überraschen. Eigentlich mag ich gerade das an ihm. Er überrascht mich immer wieder und sorgt dafür, dass es nicht langweilig wird. Denn vor genau diesen Beziehungen bin ich ja auf der Flucht. Ich mag seine kreative und dominante Art, doch ist es die große Liebe? Oder reizt mich lediglich, was Eric mit mir und vor allem meinem Körper anzustellen vermag? Mag sein, nur dies heute ging eindeutig zu weit. Definitiv.

Schweigend nähern wir uns dem Ziel. Ich merke, wie Eric mit meiner Reaktion zu kämpfen hat. Er ist traurig und wütend auf sich selbst. Aber egal, ich habe kein Mitleid. Hat er sich doch eben noch daran ergötzt, wie ich voller Angst und Panik geschrien habe.
Ohne mich noch einmal zu bedrängen, wofür ich ihm unendlich dankbar bin, hält Eric vor meiner Haustür. „Ich möchte jetzt gern alleine sein!", presse ich so beherrscht wie möglich aus mir heraus, als er Anstalten macht, auszusteigen. Ich bekräftige meine Aussage, indem ich ihm meine Hand fest auf den Oberschenkel lege, um meine Ernsthaftigkeit zu demonstrieren. Seine Nähe ist das Letzte, was ich jetzt brauche. Eric nickt, sagt aber nichts, doch die

Enttäuschung steht ihm ins Gesicht geschrieben. Schnell steige ich aus. „Schöne Weihnachten und guten Rutsch! Mit Schlamm solltest du dich ja jetzt auskennen!", schmettere ich ihm noch höhnisch zu, als Eric plötzlich in Panik verfällt. „Chris lass mich dir wenigstens ... Aber ..., aber können wir telef ..." Ich schlage die Autotür zu und kann den Rest nicht mehr hören, was Eric mir noch nachruft. Es interessiert mich auch nicht. Ich bin fertig. Ich hasse ihn. Oder mich? Ich weiß nicht. Scheiße...! Das war's dann also. Schöne Zeit, aber das war zu viel. Wie soll ich ihm je wieder vertrauen können?

Zu Hause lasse ich mir ein heißes Bad ein und gönne mir ein kühles Glas Wein dazu. Dann gebe ich mich ganz meinen Gedanken hin, obwohl ich eigentlich vorhatte, erst einmal abzuschalten. Doch dazu ist zu viel passiert. Habe ich mir selbst zu viel zugetraut, als ich mich in Erics Obhut begab? Will ich vielleicht doch eine Liebesbeziehung mit Kuscheln und Blümchensex? Neiiin!!! Bloß nicht wieder so eine Langeweile! Solche kranken Aktionen, wie heute Abend will ich aber auch nicht. Aber was will ich überhaupt? Ich glaube, ich genieße erst einmal die Feiertage mit Mia. Danach wird sich zeigen, was mir wirklich fehlt.

Ende

Bibliografische Information der Deutschen Nationalbibliothek:
Die Deutsche Nationalbibliothek verzeichnet diese Publikation in
der Deutschen Nationalbibliografie; detaillierte bibliografische
Daten sind im Internet über dnb.d-nb.de abrufbar.

TWENTYSIX – Der Self-Publishing-Verlag
Eine Kooperation zwischen der Verlagsgruppe Random House
und BoD – Books on Demand

© 2019 Werner, Dajana

Herstellung und Verlag:
BoD – Books on Demand, Norderstedt

ISBN: 978-3-7407-5353-5